Fuentes

LECTURA Y REDACCIÓN

FOURTH EDITION

Donald N. Tuten
Emory University

Lucía Caycedo Garner
University of Wisconsin—Madison, Emerita

Carmelo Esterrich
Columbia College Chicago

with the collaboration of

Debbie Rusch
Boston College

Marcela Domínguez
Pepperdine University

HEINLE
CENGAGE Learning

Australia • Brazil • Japan • Korea • Mexico • Singapore • Spain • United Kingdom • United States

Lectura y redacción, 4/e

Tuten / Caycedo Garner / Esterrich

Publisher: Beth Kramer

Executive Editor: Lara Semones

Managing Development Editor: Harold Swearingen

Assistant Editor: Marissa Vargas-Tokuda

Editorial Assistant: Maria Colina

Media Editor: Morgen Murphy

Senior Marketing Manager: Ben Rivera

Marketing Coordinator: Jillian D'Urso

Senior Marketing Communications Manager: Stacey Purviance

Senior Content Project Manager: Carol Newman

Art Director: Linda Jurras

Print Buyer: Susan Spencer

Senior Rights Acquisition Account Manager: Mardell Glinski Schultz

Text Permissions Editor: Ana Fores

Production Service: Elm Street Publishing Services

Text Designer: Carol Maglitta/One Visual Mind

Senior Photo Editor: Jennifer Meyer Dare

Photo Researcher: Susan McDermott Barlow

Cover Designer: Polo Barrera

Cover Image: Laguna Negra, Nahuel Huapi National Park, Rio Negro, Argentina, South America/ Getty

Compositor: Integra Software Services

Library of Congress Control Number: 2009932518

Student Edition:

ISBN-13: 978-0-495-89864-1

ISBN-10: 0-495-89864-3

Loose-leaf Edition:

ISBN-13: 978-0-495-90925-5

ISBN-10: 0-495-90925-4

Heinle
20 Channel Center Street
Boston, MA 02210
USA

Cengage Learning is a leading provider of customized learning solutions with office locations around the globe, including Singapore, the United Kingdom, Australia, Mexico, Brazil and Japan. Locate your local office at **international.cengage.com/region**

Cengage Learning products are represented in Canada by Nelson Education, Ltd.

For your course and learning solutions, visit **www.cengage.com.**

Purchase any of our products at your local college store or at our preferred online store **www.CengageBrain.com.**

Printed in the United States of America
2 3 4 5 6 7 13 12 11 10

Contents

Capítulo 1 • *Los hispanos* 1

Capítulo 2 • *Historias de España* 18

Capítulo 3 • La América indígena: Ayer y hoy 38

Contents

Capítulo 7 • *La crisis ecológica* 122

Capítulo 8 • *En busca de seguridad económica* 144

Capítulo 9 • *Arte, identidad y realidad* 165

Contents

10 Capítulo 10 • *Lo femenino y lo masculino* 190

Capítulo 11 • *Actos ilegales* 212

Capítulo 12 • *Cruzando fronteras* 231

Preface

To the Student

Fuentes: Lectura y redacción (*FLR*), Fourth Edition, is a textbook for intermediate Spanish courses, intended for use with *Fuentes: Conversación y gramática* (*FCG*), though it may also be used independently. *Fuentes: Lectura y redacción* is designed to help you perfect your ability to read and write in Spanish and deepen your understanding of Hispanic cultures and societies. You may ask, *Why focus on reading at all? Or writing? Or culture?*

The answers to these questions are closely related. Learning to read and write well in Spanish will help you improve your ability to listen and speak in Spanish. This is so because reading and listening are both interpretive skills that depend on many of the same abilities and strategies. Likewise, writing and speaking are expressive skills that depend on similar abilities and strategies. Writing allows you to hone your ability to express yourself in Spanish while reading trains you to understand and interpret as you also learn about language and culture. However, reading and writing are probably both easier for you to do successfully, since you can control the way you do each and how much time you spend at each task. Consequently, you can often learn more about language and culture through reading and writing than through listening and speaking alone.

Each chapter of *Fuentes: Lectura y redacción* is designed to enhance the development of your reading and writing skills, your understanding of Hispanic cultures and societies, as well as your awareness of your own cultural beliefs, values, and assumptions. As you work through *Fuentes: Lectura y redacción*, remember that learning to read and write in Spanish is a process. In fact, you are probably still learning to interpret texts and write well in your native language. But you can make this process flow more easily by reading and writing something in Spanish every day, even if it is just a note. More important, stop every now and then to check your progress. Read something in Spanish that has nothing to do with class; you may not understand everything, but you will probably understand at least part of it. Though it is often forgotten, the fact is that people do much of their reading and writing for pleasure, and we, the authors of this text, hope that the readings and writing activities in *Fuentes* will spark your imagination and continued interest in the Spanish-speaking world.

Study Tips for Fuentes: Lectura y redacción

As you work through the text, keep in mind the following tips.

Tips for reading:

- Read in cycles. Your first reading of a text should focus on understanding the main ideas or gist. Try to read the entire text without stopping. In subsequent reading cycles you can focus on details and fine-tune your understanding. See the Overview of FLR Reading Strategies on the *Fuentes* Companion Website for more information.
- Read each text at least twice before class discussion, and read it at least once after each class discussion.
- Make spontaneous use of the strategies studied and practiced in class since this is the natural way in which you will want to employ them when reading texts outside of *Fuentes: Lectura y redacción*. See the Overview of FLR Reading Strategies on the *Fuentes* Companion Website for more specific suggestions.
- Don't be afraid to disagree with what you read. Many readings have been chosen precisely to generate differing reactions and opinions.
- Number paragraphs for each reading and use these numbers to locate and justify your answers to post-reading exercises during class.
- Use the readings as a way of building your language resources. Much of the vocabulary in the readings is intended for recognition, but aim to incorporate high-frequency or very important vocabulary items (or grammar structures) in your writing and in class discussion.

Preface

Tips for writing:

- In journal or informal writing activities, focus primarily on generating and expressing ideas in Spanish and only secondarily on details of grammar.
- In formal writing, focus first on expressing your ideas, and then revise with an eye on correct forms and effective organization.
- Brainstorm ideas before starting to write.
- Decide who your audience is and why you are writing.
- Get a good bilingual dictionary and learn how to use it.
- Try new things and take risks. If you see an interesting expression in one of the readings, try to incorporate it into your own writing.
- Talk about your ideas for writing with classmates, your instructor, and friends.
- Don't try to pump out compositions overnight. Write on one day and revise on another. Discuss your ideas with others. Make it a process of writing, responding, and revising.
- Try to make spontaneous use of the strategies that are presented and practiced in *Fuentes: Lectura y redacción.* Even though an activity may focus on a particular strategy, you may also be able to use previously studied strategies in your own writing.

Tips for studying culture:

- Practice "reading between the lines." The ability to make inferences about a writer's or speaker's intentions and the implications of what is expressed is essential to intercultural communication.
- As you read, compare and contrast what you learn about Hispanic cultures and societies with your own. Use your informal writing to explore these ideas and become more aware of your own underlying beliefs and values.
- Relate what you study and write about in *Fuentes: Lectura y redacción* with current events or material you are studying in other classes.

Acknowledgments

The publisher and authors wish to thank the following reviewers for their feedback on *Fuentes*. Many of their recommendations are reflected in the changes made in the new edition.

Karen Berg, College Of Charleston
Diane Forbes, Rochester Institute of Technology
Gail González, University of Wisconsin – Parkside
Elisa Lucchi-Riester, Butler University
Joanna Lyskowicz, Drexel University
Antxon Olarrea, University of Arizona
Mariola Pérez de la Cruz, Western Michigan University
Virginia Rademacher, Babson College
Karyn Schell, University of San Francisco
Barry Velleman, Marquette University
Maria Villalobos-Buehner, Grand Valley State University
Shauna Williams, University of Notre Dame
Timothy Woolsey, Penn State

The authors wish to extend their thanks to several people who have made important contributions to the development of *Fuentes: Lectura y redacción*: Ramonita Marcano-Ogando, Mónica Velasco-González, Joyce Martin, Lisa Dillman, José Luis Boigues-López, Elva González, Irina Zaitseva, and Robyn Clarke (for providing feedback on previous editions of the text); Natalia Francis, Lisa Dillman, Miguel Valladares, Wilfredo Hernández (for helping locate new texts); Lucía Sierra de Laignelet, Virginia Laignelet and Blanca C. Dávila Knoll (for assistance answering linguistic and cultural questions). Special thanks go to Hugo Aparicio who generously offered to write an original essay for this book. We would also like to thank undergradudate students, graduate student instructors and faculty colleagues at Emory University for their input and encouragement during the development of this new edition.

We want to express our appreciation to the following people for their valuable assistance during the development and production of this project: Lara Semones, Carol Newman, Amy Johnson, Grisel Lozano-Garcini, Max Ehrsam, Susan McDermott Barlow, and Amanda Hellenthal. Our greatest thanks go to our development editor Sandy Guadano, for her patience, willingness to listen and negotiate, sharp editor's eye, impressive organizational skills, and broad knowledge of publishing, language education, the Spanish language, and Hispanic cultures. We have been fortunate indeed to have once again received her invaluable guidance as we prepared the Fourth Edition of *Fuentes: Lectura y redacción.*

D. T.
L. C. G.
C. E.

This book is gratefully dedicated to the memory of Sandy Guadano, friend and editor extraordinaire.

Preface

Index of Reading and Writing Strategies

Fuentes

LECTURA Y REDACCIÓN

FOURTH EDITION

Los hispanos

Victoria Abril ★ Christina Aguilera ★ Isabel Allende ★ Pedro Almodóvar ★ Alejandro Amenábar ★ Marc Anthony ★ Gloria Anzaldúa ★ Óscar Arias ★ Juan Esteban 'Juanes' Aristizábal Vásquez ★ Ramón 'Daddy Yankee' Ayala ★ Judith Baca ★ Michelle Bachelet ★ Joan Baez ★ Antonio Banderas ★ Javier Bardem ★ Eduardo Berástegui ★ Rubén Blades ★ Roberto Bolaño ★ el rey don Juan Carlos I de Borbón y la reina doña Sofía ★ Fernando Botero ★ Santiago Calatrava ★ Tego Calderón ★ Andrés Cantor ★ Mariah Carey ★ Fidel Castro ★ Hugo Chávez ★ Linda Chávez-Thompson ★ Chayanne ★ Sandra Cisneros ★ Penélope Cruz ★ Alfonso Cuarón ★ Pedro Delgado ★ Cameron Díaz ★ Junot Díaz ★ Plácido Domingo ★ Pedro Duque ★ Gloria Estefan ★ Freddy Ferrer ★ América Ferrera ★ Carlos Fuentes ★ Luis Miguel Gallego Basteri ★ Andy García ★ Gael García Bernal ★ Gabriel García Márquez ★ Baltasar Garzón ★ Salma Hayek ★ Enrique Iglesias ★ Julio Iglesias ★ Miguel Induráin ★ Bianca Jagger ★ John Leguizamo ★ Francisco "Pancho" Lombardi ★ Eva Longoria ★ George López ★ Jennifer López ★ Diego Luna ★ Diego Maradona ★ Subcomandante Marcos ★ Ricky Martin ★ Pedro Martínez ★ Shakira Mebarak Ripoll ★ Juana Molina ★ Evo Morales ★ Rafael Nadal ★ Lorena Ochoa ★ Edward James Olmos ★ Elena Poniatowska ★ Manuel Puig ★ Óscar de la Renta ★ Geraldo Rivera ★ Alex Rodríguez ★ Paul Rodríguez ★ Linda Ronstadt ★ Ken Salazar ★ Joaquín 'Quino' Salvador Lavado ★ Carlos Santana ★ Gustavo Santaolalla ★ Cristina Saralegui ★ Jon Secada ★ Carlos Slim Helú ★ Sonia Sotomayor ★ Ariadna Thalía Sodi Miranda ★ Hilda Solís ★ Ilán Stavans ★ Benicio del Toro ★ Guillermo del Toro ★ Mario Vargas Llosa

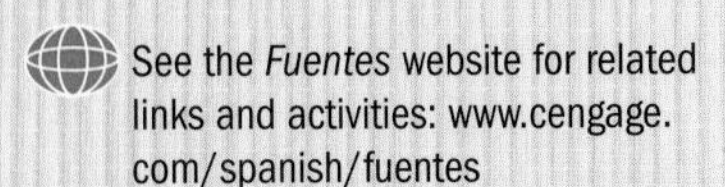
See the *Fuentes* website for related links and activities: www.cengage.com/spanish/fuentes

Activating background knowledge

ACTIVIDAD 1 **Los hispanos famosos**

Todos los nombres que aparecen en la página anterior son de personas famosas. Algunos viven en los Estados Unidos, otros en América Latina o España. Algunos son famosos en los Estados Unidos, otros tienen fama internacional y otros son conocidos en los países hispanos. En grupos de tres, identifiquen cinco personas que Uds. conocen. Hagan una lista de esas personas y contesten las siguientes preguntas para cada una.

- ¿De dónde es?
- ¿Qué hace?
- ¿Cuál es el lugar de origen de su familia?
- ¿Qué piensan Uds. de él/ella?

Lectura 1: Los anuncios personales

ESTRATEGIA DE LECTURA

Activating Background Knowledge
To understand a specific reading, you must employ knowledge you already have about the topic. Thinking about your background knowledge before reading helps you contextualize the topic and predict what kinds of information and vocabulary are likely to appear in the text. For example, based on what you know about personal ads in English, you can guess that Spanish ads contain similar information.

Activating background knowledge

ACTIVIDAD 2 **¿Qué desean?**

Vas a leer unos anuncios personales escritos por hispanos y publicados en Internet. Primero, en grupos de tres, contesten las siguientes preguntas sobre los anuncios personales.

1. ¿Leen Uds. los anuncios personales con frecuencia? ¿Por qué?
2. ¿Les gustaría responder a un anuncio personal?
3. ¿Por qué escribe la gente anuncios personales?
4. ¿Qué información suelen incluir los anuncios personales?
5. ¿Creen que la gente miente mucho en los anuncios?
6. ¿Qué características buscan Uds. al leer los anuncios?

ACTIVIDAD 3 ¿Cómo es?

Scanning for information

Muchas veces buscamos características específicas al leer los anuncios personales. Mira rápidamente los siguientes anuncios personales y escoge uno o dos adjetivos para cada persona o grupo de personas.

Gerardo: ________________
Rakhel: ________________
Álvaro: ________________
Luisa: ________________
Juan Carlos: ________________
María: ________________
Carmen: ________________
Andrés: ________________
Bárbara: ________________
"los Golfos": ________________

ACTIVIDAD 4 Las actividades preferidas

Scanning for information

Con frecuencia buscamos las actividades preferidas de las personas al leer los anuncios personales. Mira rápidamente los siguientes anuncios personales y contesta cada una de las siguientes preguntas.

1. ¿Quién practica alpinismo? ________________
2. ¿A quién le interesa el rock latino? ________________
3. ¿A quién le gusta platicar? ________________
4. ¿Quién asiste a clases de veterinaria? ________________
5. ¿Qué persona tiene buen sentido del humor? ________________
6. ¿Quién corre todos los días? ________________
7. ¿Quién no come carne? ________________
8. ¿A quiénes les encantan las fiestas? ________________

Platicar (*México y partes de Centroamérica*) = hablar, charlar

Remember that you only need to understand these personal ads well enough to complete assigned activities. Rely on familiar vocabulary and cognates to get the main ideas.

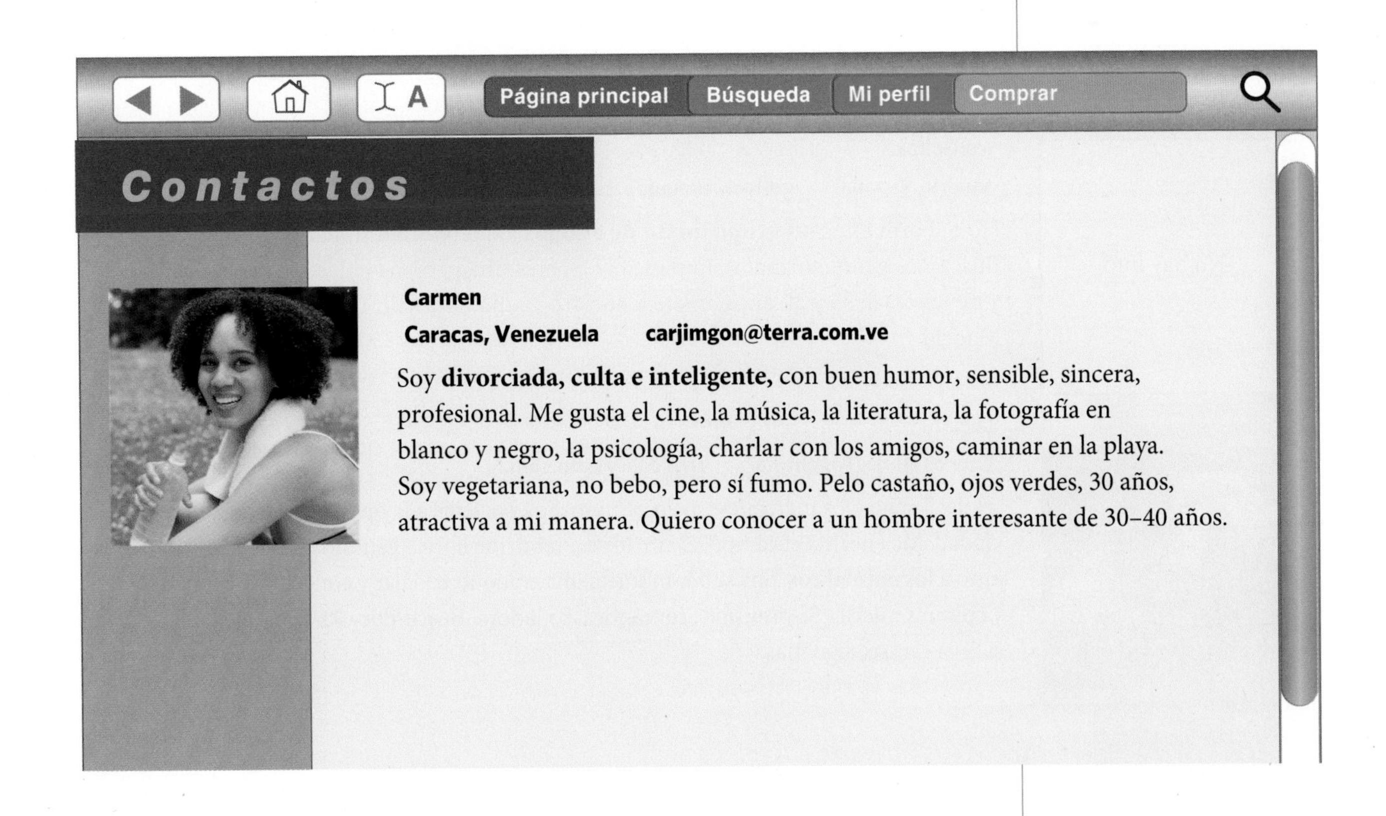

Carmen
Caracas, Venezuela **carjimgon@terra.com.ve**

Soy **divorciada, culta e inteligente,** con buen humor, sensible, sincera, profesional. Me gusta el cine, la música, la literatura, la fotografía en blanco y negro, la psicología, charlar con los amigos, caminar en la playa. Soy vegetariana, no bebo, pero sí fumo. Pelo castaño, ojos verdes, 30 años, atractiva a mi manera. Quiero conocer a un hombre interesante de 30–40 años.

Página principal | Búsqueda | Mi perfil | Comprar

Gerardo

Distrito Federal, México **gerfer@terra.com.mx**

Soy **un hombre emprendedor,** con miras al futuro, ambicioso, de carácter fuerte. Guapo, 27 años, 70 kilos, 1,77, atlético (hago pesas), ojos azules, rubio. Me dedico a la mercadotecnia y en mi tiempo libre practico alpinismo. Te busco a ti: la mujer de mis sueños, tierna pero decidida, emprendedora y con profesión.

Álvaro

Santiago, Chile **garciaal21@123click.cl**

Soy estudiante, 21, soltero, pelo y ojos negros. Me considero una persona de buen corazón. Me gustan los deportes (fútbol, béisbol, tenis), la astrología (soy Tauro), la naturaleza, el rock latino, especialmente grupos mexicanos como Café Tacuba, Maná, etc., y me interesa conocer **gente (chicas) de México,** ya que quiero visitar el país.

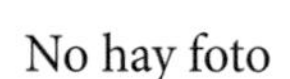

No hay foto

Rakhel

Bilbao, España **rakhebv@yahoo.es**

Buffff... por dónde empezar... mujer... jejeje... atractiva (dicen)... 32 años... de momento... espero cumplir muchos más... jejeje... con sentido del humor... irónica... me gusta reír... y hacer reír... me encantan las fiestas... y bailar... me fascina mi trabajo... me aburre la rutina... **odio la mediocridad**... y la injusticia... ¿tú?... guapo... jeje... buen conversador... diferente de los demás... escríbeme...

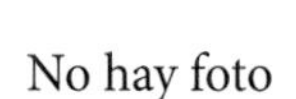

No hay foto

los Golfos

Madrid, España **golfos@wanadoo.es**

Hola. Formamos **un grupo mixto de amigos** y queremos ampliarlo. Buscamos gente normal y simpática ☺. Si eres una persona abierta y simpática, y tienes entre 25 y 30 años, únete a nuestro grupo para salir de fiesta por Madrid.

Luisa

Buenos Aires, Argentina **luvalda@yahoo.com.ar**

¡Hola! Tengo ojos marrones y pelo castaño. Soy porteña, a la que no le gusta la ciudad. Me encanta el campo, el aire libre... sentirme libre... Estudio veterinaria, **amo a los animalitos.** Soy super inquieta, me enloquece viajar y conocer lugares y culturas nuevas. Soy sensible, romántica, soñadora. Busco nuev@s amig@s y, si llega el caso, algo más.

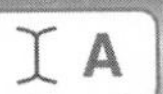

Página principal | Búsqueda | Mi perfil | Comprar

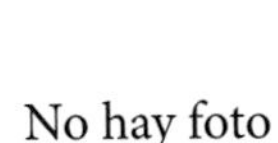

Juan Carlos
San José, Costa Rica **juanca32@lycos.com**

Soy normal, sincero, muy romántico. **Soy divorciado, sin hijos, con título universitario.** Soy delgado, 1,78, peso normal, cara normal. Me gusta de todo – leer, ir a la playa, correr, andar en bicicleta, el deporte, el teatro, el arte, la música. Me gustaría conocer una mujer simpática, romántica, respetuosa, que crea en Dios.

Andrés
Lima, Perú **carvajalaa@situ.pe**

Soy del tipo intelectual, **libre pensador,** tolerante, acepto que existen otros mapas de la realidad. Me considero amigable, sencillo y espiritual. Tengo 40 años, soy médico, separado, vivo con mi hijo. Me mantengo en buena forma (corro todos los días). Busco amistad con una persona liberal, culta, inteligente, de cualquier edad. No necesito media naranja, sino buena amistad.

María
Tegucigalpa, Honduras **marijose@hotmail.com**

Soy amigable, **super alegre, cariñosa, sensible.** Tengo 28 años, ojos color miel, y soy morena. Me gusta platicar con la gente, bailar y escuchar salsa y merengue. Soy colombiana y vivo en Honduras hace seis años. Soy tradicional y quiero casarme con un hombre bueno. No me importa ni el dinero ni dónde vive.

Bárbara
Miami, EE.UU. **barbara3@hotmail.com**

Mi nombre lo dice todo. No busco ni sinceridad, ni honestidad, ni el amor de mi vida. Busco gente viva, loca, aventurera, sin inhibiciones, para viajar juntos, conocer el mundo y disfrutar sin límites de la vida.

ACTIVIDAD 5 Las combinaciones perfectas

Skimming and scanning

En grupos de tres, miren los anuncios otra vez. Busquen dos personas que se complementen bien y que puedan formar pareja, pensando en:

- qué características comparten
- qué valores comparten
- qué actividades prefieren

Luego, explíquenle a la clase por qué han seleccionado a esas dos personas o grupos de personas.

Personal reactions

ACTIVIDAD 6 ¿A quién prefieres?

Parte A: Individualmente, mira los anuncios y decide:

1. ¿Quién te cae bien? ¿Por qué?
2. ¿Quién te cae mal? ¿Por qué?
3. ¿Qué anuncios te llaman la atención? ¿Por qué?

Parte B: Después, en grupos de tres, comenten y justifiquen sus preferencias: ¿Quiénes les caen bien a todos Uds.? ¿Quiénes no? ¿Por qué? ¿Qué anuncios les llaman la atención?

Brainstorming

ACTIVIDAD 7 Un corazón solitario

Parte A: En parejas, escojan una de las fotos de la siguiente página. Imaginen cómo es la persona, usando las siguientes preguntas como guía.

1. ¿Quién es? ¿Cómo se llama?
2. ¿Qué hace? ¿Dónde trabaja?
3. ¿Cuántos años tiene?
4. ¿Cómo es físicamente?
5. ¿Qué le gusta/encanta hacer en su tiempo libre? (tres actividades)
6. ¿Qué prefiere no hacer? (tres actividades)
7. ¿Cómo es su personalidad? (tres características)
8. ¿Cómo es su pareja o amigo/a ideal?

Using models

Parte B: En parejas, escriban un anuncio para esta persona, usando los detalles de la Parte A. Usen el siguiente anuncio como modelo.

> Soy un hombre de 30 años, delgado, con pelo castaño y ojos marrones. Soy guapo, divertido y cariñoso. En mi tiempo libre juego al tenis, paseo al perro, leo novelas, voy al cine. Me encanta viajar. Deseo conocer a una mujer inteligente, culta y atractiva entre 30 y 40 años. Escríbeme, te contestaré. Vicente, Valencia, España.

Parte C: Después de terminar el anuncio, intercámbienlo con otra pareja, lean el anuncio de ellos y averigüen a qué foto pertenece.

1

2

3

4

5

6

Cuaderno personal 1-1 

Imagina que te sientes muy solitario/a y decides poner un anuncio personal en un sitio web. Escribe un anuncio como los que acabas de leer.

Para ver miles de anuncios personales del mundo hispano, ve a la página web de **es.match.com**

Lectura 2: Panorama cultural

Activating background knowledge

ACTIVIDAD 8 Hispanos, latinos y americanos

Antes de leer "La dificultad de llamarse hispano, latino o americano", decidan en parejas cuáles de estos tres términos, **hispano, latino** o **americano,** se pueden usar para describir a una persona de los siguientes países. Luego, escriban una definición de cada término.

México	*Francia*	*Canadá*
España	*Cuba*	*Chile*
EE.UU.	*Brasil*	*Guatemala*

ESTRATEGIA DE LECTURA

Identifying Cognates
Spanish and English share the Latin alphabet as well as many words of Latin and Greek origin. By depending on these similar words, or cognates, you will often be able to understand much of any text written in Spanish. Familiar cognates include words like **información, artista, historia,** and **similar.**

Identifying cognates

ACTIVIDAD 9 Busca los cognados

En la siguiente lectura hay muchos cognados. Busca el equivalente en español de los siguientes términos.

the Caribbean	*Latin America*	*North American*
Central America	*Latin American*	*South America*
Hispanic	*North America*	*Spanish America*
Latin		

Skimming

ACTIVIDAD 10 La idea general

Parte A: Lee por encima la siguiente lectura y decide cuál de estas ideas representa mejor la idea general.

______ *Es una descripción de tres hispanos: Orlando, Rosa y Rocío.*
______ *Es una descripción de la geografía y la cultura hispanas.*
______ *Es una exploración de palabras que describen distinciones raciales, culturales y geográficas.*

Active reading

Parte B: Mientras lees, compara tus definiciones de **hispano, latino** y **americano** con las que aparecen en el texto. ¿Son iguales o diferentes?

La dificultad de llamarse hispano, latino o americano

Orlando es de Buenos Aires, tiene la piel blanca y el pelo rubio. ¿Es hispano, latino o blanco? Rosa es de Venezuela, tiene la piel muy oscura y el pelo negro y rizado. ¿Es hispana o negra? Rocío es de México, es morena y tiene rasgos indígenas. ¿Es mexicana, hispana o indígena?

El adjetivo **hispano** es más frecuente que **hispánico.**

Indígena americano = Native American

5 Al leer el párrafo anterior, se puede ver que los términos *hispano* y *latino* se confunden con otros más bien raciales: indígena, negro, blanco, asiático. Sin embargo, *hispano* y *latino* no se basan históricamente en distinciones de raza sino en distinciones de cultura. *Latino* es un término de significado

bastante amplio que denomina a las personas que hablan lenguas
10 romances como el portugués, el español, el catalán, el francés y el italiano, lenguas que tienen su origen en el latín, y por eso también se llaman lenguas *latinas*. Como la cultura y la lengua van íntimamente relacionadas, el término *latino* es tanto cultural como lingüístico. *Hispano* es un término que denomina a un habitante de la antigua provincia romana de Hispania,
15 hoy España, y se usa actualmente para referirse a todas las personas de habla española y su cultura.

El uso de los nombres *latino* e *hispano* con connotaciones raciales es problemático, ya que hay hispanos blancos, negros, asiáticos e indígenas y mezclas de estos grupos. En realidad, *latino*
20 empieza como una abreviatura de *latinoamericano*, término que puede incluir no solo a los hispanos, sino también a los brasileños (de habla portuguesa) y a los haitianos (de habla francesa). Por otro lado, puede excluir a
25 muchos habitantes indígenas de Latinoamérica que no hablan español ni portugués y que no se consideran latinos.

Las cuestiones de nomenclatura se extienden también a los términos geográficos. *Latino-*
30 *américa* incluye a todos los países de lengua y cultura latinas, mientras que *Hispanoamérica* se compone de los diecinueve países de lengua española y cultura hispana. Otros términos geográficos son *Norteamérica, Centroamérica,*
35 *Suramérica* y *el Caribe*. En español, el nombre *América* no se refiere a ningún país, sino al continente que se extiende desde el Ártico hasta Tierra del Fuego. Ya que todo habitante de América es *americano*, muchos dicen que la
40 palabra *americano* no debe referirse solo a personas de los Estados Unidos. Se han buscado, entonces, alternativas como *estadounidense* y *norteamericano*. Sin embargo, no solo las personas de los Estados Unidos son *norteameri-*
45 *canos* porque los canadienses y los mexicanos también lo son. Y la palabra *estadounidense*, formal y burocrática, parece forzada en la conversación; así que, por falta de algo mejor, muchísimas personas dicen *americano*
50 cuando se refieren a un habitante de los Estados Unidos.

Estos términos revelan la complejidad geográfica, cultural, racial y lingüística del mundo hispano y, por tanto, es importante entender qué significan. Aún más importante es reconocer que su significado puede
55 variar de un grupo a otro, y en lugares y circunstancias diferentes. ■

El rumano también es una lengua romance, pero la cultura de Rumania es más bien eslava.

En los Estados Unidos, **latino** = **hispano**, aunque pueden tener connotaciones políticas diferentes en algunas comunidades.

Norteamérica = la América del Norte
Centroamérica = la América Central
Suramérica/Sudamérica = la América del Sur

Identifying main ideas of paragraphs

ACTIVIDAD 11 Las ideas principales

Hay cinco párrafos en la lectura anterior. Pon un número (1–5) al lado de la descripción que exprese mejor la idea principal de cada párrafo.

_______ *los orígenes de **latino** e **hispano***
_______ *ejemplos del uso confuso de algunos términos*
_______ *el uso problemático de **latino** e **hispano***
_______ *la importancia de entender los diferentes significados de los términos de identidad cultural*
_______ *el uso de los términos geográficos para la identificación*

Scanning and circumlocution

ACTIVIDAD 12 Definiciones

Parte A: En parejas, escriban definiciones para las siguientes palabras. Busquen información en la lectura anterior y añadan otra información que Uds. conozcan. Usen expresiones como: **Es un término/adjetivo/nombre que se refiere a..., Es una expresión que denomina a...**

1. lenguas romances
2. latino
3. hispano
4. americano
5. hispanoamericano
6. latinoamericano
7. estadounidense

Parte B: Discutan con otra pareja las definiciones. ¿Hay palabras que tengan más de una definición? ¿Existen conflictos entre diferentes perspectivas y definiciones? ¿Por qué? ¿Hay definiciones que sean mejores que otras?

ACTIVIDAD 13 Reflexiones y reacciones

Después de terminar la lectura, lean y comenten las siguientes preguntas.

1. ¿Cómo te identificas tú? ¿Te identificas con una comunidad local, un estado o provincia, una región, una nación, una religión, un grupo étnico? ¿Crees que la gente debe preocuparse por estos términos de identidad? ¿Por qué?
2. ¿Crees que algunas personas en los Estados Unidos se equivocan cuando usan el término *Spanish*? ¿A qué se refieren al usar este término? ¿Crees que un mexicano o un puertorriqueño se siente mal o se enoja cuando alguien lo identifica como *Spanish*? ¿Por qué sí o no?
3. Algunas personas de origen "hispano" o "latinoamericano" en Estados Unidos se quejan del término *hispano* y prefieren llamarse *latinos*. ¿Por qué?

Cuaderno personal 1-2

En español, ¿prefieres usar americano/a, norteamericano/a o estadounidense para identificar a un habitante de los Estados Unidos? ¿Por qué?

VIDEOFUENTES 

¿Cómo se identifican las personas entrevistadas en el video? ¿Las entrevistas confirman o contradicen las ideas presentadas en la lectura "La dificultad de llamarse hispano, latino o americano"?

Lectura 3: Artículos breves

ESTRATEGIA DE LECTURA

Scanning and Skimming

Scanning means searching a text for specific details or pieces of information without paying much attention to other information in the text. For example, when you decide to see a particular movie, you probably scan the film section of a newspaper or website for times and locations. *Skimming* means focusing on just enough features of a text to form a general idea of its content. You are skimming when you first glance over a newspaper article to see if it interests you and merits closer reading. Skimming is similar to scanning, but when you scan you search for specific details since you already know what kinds of information the text contains. Skimming and scanning are often done together.

ACTIVIDAD 14 La primera aproximación

Skimming

Parte A: En parejas, lean el título y los subtítulos, miren el formato y las fotos, y determinen el tema general de la siguiente lectura, "Gente hispana". Digan si la selección es de:

un periódico	*un catálogo*	*un documento oficial*
una carta	*una revista popular*	*una revista literaria*

Skimming and scanning

Parte B: Lee rápidamente los artículos de "Gente hispana" e indica qué descripción corresponde a cada persona famosa. Después, compara tus resultados con los de otros compañeros.

1. ______________________ compone música, canta y toca la guitarra.
2. ______________________ actúa en películas mexicanas e internacionales.
3. ______________________ juega al béisbol.

4. ______________________ escribe cuentos y novelas y defiende la identidad latina.

5. ______________________ actúa en películas y produce series de televisión.

Scanning

Parte C: Miren la lectura otra vez y digan de dónde es cada persona.

Gente hispana

¡Mujer latina!

Nace en Chicago de madre chicana y padre mexicano, y pasa la infancia entre México y los barrios pobres de Chicago. Más tarde, esta mujer independiente, hija única de una familia con seis hijos varones, rechaza el papel tradicional de la mujer latina. **Sandra Cisneros** se dedica, entonces, a escribir sobre su vida como mujer latina... ¡en inglés! ¿Por qué? Quizás porque, para ella, escribir significa poder cambiar la opinión que la gente tiene de su comunidad, su sexo y su clase social. En libros como *The House on Mango Street*, *Woman Hollering Creek* y *Caramelo*, Cisneros narra las experiencias de las chicanas y otras mujeres latinas pobres, creando personajes femeninos que triunfan en un mundo de tensión intercultural, pobreza y humillación. Y es muy importante recordar que Cisneros no se considera hispana, sino latina. Según Cisneros, *hispano* es un nombre de esclavo, asociado con los españoles que conquistaron a sus antepasados mexicanos. Para ella, solo *latino* define la orgullosa identidad nueva de los descendientes de los pueblos de América. ■

Ladrona de corazones

Nace en 1977 de padre libanés y madre colombiana. Se inicia en la música a la edad de cinco años. Escribe su primera canción a los ocho años. Recibe su primer contrato con Sony a los 13 años. Graba su primer álbum platino —*Pies descalzos*— a los 19 años, convirtiéndose de la noche a la mañana en una estrella del rock latino. Hoy **Shakira** es un nombre conocido en el mundo entero y su éxito no conoce límites. La cantante colombiana saca otros discos —*¿Dónde están los ladrones?, Laundry Service, Fijación Oral* y *Oral Fixation*— cantando no solo en español sino también en inglés (dice que habla tres lenguas pero que ama solo en español...). ¿A qué se debe este éxito? En parte, a su inconfundible voz; en parte, a su perfeccionismo; en parte, a la fusión singular de su música, que combina influencias latinoamericanas con la música árabe de su padre, la música rock de Led Zeppelin, The Cure y Nirvana, y las composiciones poéticas de Leonard Cohen y Walt Whitman. ■

En el ojo del huracán

Entre los jugadores del béisbol norteamericano, sobresale el nombre de **Alex "A-Rod" Rodríguez**. Nace en Washington Heights, el barrio dominicano de Nueva York, y luego su familia vuelve a la República Dominicana, donde aprende a jugar al béisbol. A sus ocho años, la familia se muda a Miami y allí Alex se convierte en una estrella local del béisbol. Inicia su carrera profesional con los Marineros de Seattle, pasa a los Rangers de Texas y luego a los Yankees de Nueva York. Ahora es un líder histórico en jonrones y disfruta del contrato más valioso de la historia del béisbol. Algunos dicen que nadie merece tanto dinero; otros lo llaman el mejor jugador del mundo. Todos lo ven como ambicioso. Algunos dicen que es un hombre creído y egoísta, otros responden que tiene que ser competitivo para ser el mejor. Algunos recuerdan su fama de "don Juan" y sus problemas con los esteroides, otros señalan sus actos de generosidad, su devoción por los niños y su lealtad a la República Dominicana. ¡Lo que es cierto es que Alex siempre se encuentra en el ojo del huracán! ■

Dos estrellas, dos trayectorias

Los dos son mexicanos: ella de Veracruz, él de Guadalajara. Los dos empiezan su carrera en la telenovela mexicana *Teresa*. Los dos representan en algún momento a un icono cultural de Latinoamérica: ella a la artista mexicana Frida Kahlo (*Frida*), él al revolucionario Che Guevara (*Diarios de motocicleta*). Y los dos son actores de gran éxito internacional. **Salma Hayek** y **Gael García Bernal** también son personas decididas, rebeldes e independientes, que saben forjar su propio destino. Salma deja una carrera fácil en México para buscar la fama en Hollywood, donde realiza su sueño de representar a Frida y también se convierte en una productora importante de películas y series televisivas como *Ugly Betty*. Gael decide quedarse en México, donde actúa en películas tan conocidas y controvertidas como *Amores Perros, Y tu mamá también* y *El crimen del padre Amaro*. Pero Gael no se queda siempre en casa: sale de su país para colaborar con el director español Pedro Almodóvar en *La mala educación* y con otros directores y actores conocidos en películas como *Babel* y *Los límites del control*. Diferentes y similares, Gael y Salma siguen dos trayectorias diferentes, pero los dos parecen destinados para la gloria... ■

ACTIVIDAD 15 Detalles y pormenores

Skimming and scanning

Busca la información indicada para cada persona en las lecturas de "Gente hispana".

- lugar de origen
- talentos/profesiones
- actividades favoritas
- un dato que te llama la atención

ACTIVIDAD 16 Una segunda aproximación

Parte A: En parejas, busquen las respuestas a las siguientes preguntas en la lectura anterior.

Sandra Cisneros: *¿A qué se dedica? ¿Qué escribe? ¿Cuál es su última novela? ¿De qué se queja?*
Shakira: *¿Qué escribe a los ocho años? ¿Cuál es su primer álbum platino? ¿Qué lenguas habla?*
Alex Rodríguez: *¿Qué hace? ¿Qué dicen los demás de él? ¿Cuál es su apodo en los EE.UU.?*
Salma y Gael: *¿Cuál es su lugar de origen? ¿Cuál de ellos trabaja más en los EE.UU.? ¿Qué buscan los dos?*

Scanning

Parte B: Busquen las respuestas a las siguientes preguntas en la lectura anterior. Escribe el nombre de cada persona en el espacio en blanco.

1. ¿Quién narra las experiencias de las mujeres latinas? ____________
2. ¿Quién rechaza el término **hispano**? ____________
3. ¿Quién combina varias influencias en su trabajo? ____________
4. ¿Quién combina muchas tradiciones en sus composiciones? ____________
5. ¿Quién tiene el contrato más valioso de la historia del béisbol? ____________
6. ¿Quién tiene fama de ser un "don Juan"? ____________
7. ¿Quiénes representan a dos iconos culturales de Latinoamérica? ____________
8. ¿Quién prefiere trabajar en México? ____________
9. ¿Quién produce el programa *Ugly Betty*? ____________

Skimming, scanning, and describing

ACTIVIDAD 17 ¿Cómo son?

Parte A: Los siguientes adjetivos se suelen usar para describir a las personas. Piensa en las cinco personas famosas. Para cada una, escoge tres adjetivos. Justifica o ejemplifica cada adjetivo con algo que es, cree o hace esa persona.

▸ Shakira es una persona polifacética, porque sabe bailar, cantar y componer música.

polifacético/a	*obstinado/a*	*generoso/a*
respetado/a	*responsable*	*idealista*
controvertido/a	*creativo/a*	*divertido/a* (fun)
rebelde	*egoísta* (selfish)	*trabajador/a*
decidido/a (determined)	*independiente*	*seductor/a*

Parte B: Ahora escoge tres adjetivos que te describan a ti y justifica o ejemplifica cada adjetivo con algo que eres, crees o haces.

Parte C: Ahora, en parejas, compartan sus adjetivos y ejemplos. ¿Tienen características en común o son muy diferentes? ¿Son similares o diferentes de las cinco personas famosas?

ACTIVIDAD 18 La descripción de un famoso

Using models

Parte A: Hay muchas maneras de describir a una persona. ¿Cuáles de los siguientes aspectos aparecen en las descripciones de "Gente hispana"?

______ *la edad*	______ *lo que no le gusta*
______ *la profesión*	______ *la familia*
______ *los gustos*	______ *la personalidad*
______ *las metas*	______ *las actividades preferidas*
______ *el origen*	______ *la apariencia física*
______ *los logros*	______ *sucesos especiales*

Parte B: Ahora, en parejas, escojan a una persona famosa. Pensando en los modelos de "Gente hispana", escriban una descripción de su persona. ¡Ojo! No mencionen el nombre de la persona, para que después otros estudiantes adivinen su identidad.

Cuaderno personal 1-3 

Describe a una persona famosa que admires y sus actividades preferidas. ¿Por qué admiras a esta persona?

Redacción: Reseña de una entrevista

ESTRATEGIA DE REDACCIÓN

Reported Speech

The following activities will lead you to write an article based on an interview. In order to do this, you will need to convert direct speech to reported speech. Examine the following examples.

Direct Speech (estilo directo)	**Reported Speech (estilo indirecto)**
—Soy bella, elegante y rica.	**Dice que** es bella, elegante y rica.
—¡¡Yo no soy gordo!!	**Insiste en que** no es gordo.

Other expressions used to introduce reported speech:

Confiesa que...	Cree que...
Cuenta que...	Explica que...
Piensa que...	Le parece que...
Afirma que...	Contesta/Responde que...

Reported speech

ACTIVIDAD 19 Un poco de práctica

Cambia las siguientes frases del estilo directo al estilo indirecto.

1. En realidad, me llamo Isabel Mebarak.
2. No bebo, pero fumo un poco.
3. Me gusta viajar por el mundo.
4. Voy a sacar un nuevo disco el año que viene.
5. Creo que soy un poco perfeccionista.

Gathering information

ACTIVIDAD 20 La entrevista

Trabajando en parejas, uno de Uds. es periodista y la otra persona es una persona famosa. Sigan las instrucciones para su papel. Cuando terminen, cambien de papel.

Periodista

Tienes que escribir un artículo sobre una persona famosa. Por supuesto, necesitas información. Usa el siguiente cuestionario y entrevista a una persona famosa. Consigue toda la información que puedas. ¡Pídele detalles íntimos! Toma buenos apuntes para escribir el artículo.

Persona famosa

Eres una persona famosa (real o ficticia) y te va a entrevistar un/a periodista para un artículo. Contesta sus preguntas detalladamente.

1. ¿Cuál es su nombre verdadero?
2. ¿Le importa a Ud. si le pregunto su edad?
3. ¿Qué características físicas considera positivas en Ud.?
4. ¿Qué características de su personalidad contribuyen a su fama?
5. ¿Hay aspectos de su personalidad que considera negativos? ¿Cuáles?
6. ¿Cuáles son sus actividades favoritas?
7. ¿Qué piensa Ud. sobre (algún tema)?
8. ¿Qué planes tiene para el futuro?
9. ¿Tiene Ud. algún mensaje para nuestros lectores?

ESTRATEGIA DE REDACCIÓN

Defining Audience and Purpose

An effective writer defines and keeps in mind an audience. The audience may be the writer himself/herself, another person, a specific group, or the general public. At the same time, the writer must define and keep in mind a clear purpose. For example, a writer may want to brainstorm or explore ideas, express love, provide information, explain and/or convince. Defining and considering your audience and purpose will help you decide what to discuss and how to express your thoughts.

ACTIVIDAD 21 El artículo

Parte A: Estudia la información que tienes sobre la persona famosa. Las respuestas de la entrevista se pueden dividir en cuatro categorías:

- apariencia física
- opiniones y actividades preferidas
- personalidad
- planes

Cada una de estas categorías puede formar la idea principal de un párrafo. Antes de seleccionar y organizar la información que vas a presentar, escoge un público y un propósito de los siguientes.

Público

a. personas de 15 a 24 años

b. tus padres y personas de su generación

Propósito principal

a. informar objetivamente sobre la vida de una persona

b. interesar al público con detalles y chismes chocantes

Debes tratar de incluir toda la información pertinente, pero organizarla y presentarla pensando en las opiniones y preocupaciones de tu público y las necesidades de tu propósito. Ahora, escribe tu artículo.

Parte B: Después de escribir el artículo, muéstraselo a la "persona famosa" que entrevistaste para ver si la información es correcta.

Historias de España

 See the *Fuentes* website for related links and activities: www.cengage.com/spanish/fuentes

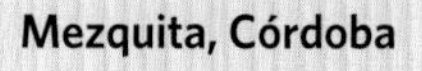

Mezquita, Córdoba

La Ciudad de las Artes y las Ciencias, Valencia

La Sagrada Familia, Barcelona

Catedral gótica, Burgos

Sinagoga de Santa María La Blanca, Toledo

Palacio-Monasterio de El Escorial

Teatro romano, Mérida

ACTIVIDAD 1 Los monumentos históricos

Activating background knowledge

Los monumentos históricos de cualquier país reflejan su historia y la influencia de otras culturas. En grupos de tres, miren el mapa, los nombres de los monumentos y las fotos, y la información que aparece abajo. Decidan su fecha de construcción y digan con qué cultura o qué persona(s) se asocia cada monumento.

¿Qué?	**¿Cuándo**	**¿Quiénes?**
Mezquita, Córdoba	*el siglo XXI (2000+)*	*los cristianos*
Catedral gótica, Burgos	*el siglo X (la Edad Media)*	*los romanos*
Ciudad de las Artes y las Ciencias, Valencia	*el siglo I*	*el arquitecto Antonio Gaudí*
Teatro romano, Mérida	*el siglo XIII (Edad Media)*	*los judíos sefardíes*
Palacio-Monasterio de El Escorial	*el siglo XX (1882–1926)*	*los árabes (moros)*
Sinagoga de Santa María La Blanca, Toledo	*el siglo XVI (1562–1584)*	*Felipe II, rey de España*
La Sagrada Familia, Barcelona	*el siglo XIII (Edad Media)*	*el arquitecto Santiago Calatrava*

Lectura 1: Un programa de cine

ESTRATEGIA DE LECTURA

Recognizing Chronological Organization
Understanding how a text is organized aids comprehension. One of the most common ways to organize a text is to follow a chronological sequence. Examples of a schematic use of chronological organization include recipes, trip itineraries, schedules, and instructions for putting things together or repairing things. These sorts of texts are often characterized by numbering, or clear divisions between stages or events. Other more fully developed examples include certain types of news reports, histories, short stories, and novels. These last are generally referred to as examples of narrative.

Skimming and scanning

ACTIVIDAD 2 Primera mirada

Mira rápidamente el programa de cine y completa las siguientes oraciones.

1. El programa de cine es para...

   _____ la televisión. _____ un club de cine universitario.

   _____ una filmoteca. _____ un cine comercial.

filmoteca = film library, archive, and/or club

2. Son películas que tratan de...

   _____ la historia del cine español. _____ la historia de España.

3. Las películas fueron producidas en...

   _____ Italia. _____ España. _____ Francia.

   _____ Estados Unidos. _____ México. _____ Reino Unido.

4. Los idiomas usados en las películas incluyen...

   _____ el inglés. _____ el castellano. _____ el gallego.

   _____ el euskera. _____ el catalán.

5. Las películas están ordenadas según...

   _____ el director y los actores. _____ las lenguas usadas.

   _____ la fecha de producción. _____ el período histórico de la trama.

Skimming and scanning

ACTIVIDAD 3 El contexto histórico

Mira brevemente la descripción de cada película y decide con qué período se asocia cada película.

la época romana
la Edad Media
la época de los Reyes Católicos
la época imperial
la guerra civil española
la época franquista

La guerra civil española: 1936–1939

La época franquista (la dictadura de Francisco Franco): 1939–1975

Activating background knowledge

ACTIVIDAD 4 El cine histórico

Parte A: En parejas, contesten las siguientes preguntas.

1. ¿Conocen películas que tratan de la historia de su país? Den dos ejemplos.
2. ¿Qué tipos de eventos se narran? ¿Qué tipo de personajes suelen aparecer?
3. ¿Con qué objetivo se hacen películas históricas?
4. ¿Las películas históricas cuentan la verdad o una versión de la verdad?

Parte B: Lee el siguiente programa de cine. Trata de identificar los personajes y los eventos básicos de la trama de cada película.

Ciclo de Cine: Historia de España

Organizado por la Filmoteca Municipal ▪ Proyección: Miércoles a sábado, 21-24 de noviembre, a las 20:00

Miércoles

El Cid (1961)
Director: Anthony Mann
Reparto: Charlton Heston, *Rodrigo Díaz de Vivar* (*El Cid*); Sophia Loren, *Jimena*
Duración: 182 min
País: Estados Unidos
Lengua: Inglés
Resumen: Esta película épica cuenta la historia —al estilo de Hollywood y Franco— del héroe cristiano de la Castilla medieval. La película cambia muchos aspectos de la leyenda tradicional, pero en lo esencial acierta... por medio de sus acciones, vemos al Cid[1] como el líder cristiano noble, honrado, justo, fiel, generoso y victorioso. El rey lo exilia injustamente, pero el leal Rodrigo acepta esa decisión. Durante largos años de separación, El Cid se mantiene fiel a su querida Jimena. Y cuando conquista el reino moro de Valencia, vuelve a declararse leal vasallo del rey. Al final, demuestra ser el líder de todos al unir a cristianos y musulmanes hispanos contra los invasores almorávides[2]. ■

Jueves

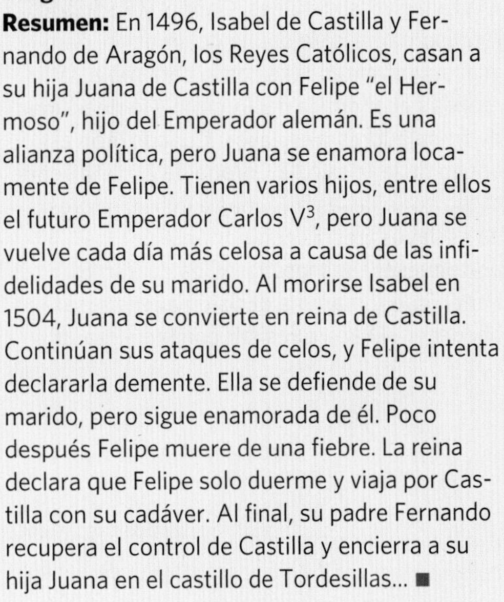

Juana la Loca (2001)
Director: Vicente Aranda
Reparto: Pilar López de Ayala, *Juana*; Daniele Liotti, *Felipe*
Duración: 115 min
País: España
Lengua: Castellano
Resumen: En 1496, Isabel de Castilla y Fernando de Aragón, los Reyes Católicos, casan a su hija Juana de Castilla con Felipe "el Hermoso", hijo del Emperador alemán. Es una alianza política, pero Juana se enamora locamente de Felipe. Tienen varios hijos, entre ellos el futuro Emperador Carlos V[3], pero Juana se vuelve cada día más celosa a causa de las infidelidades de su marido. Al morirse Isabel en 1504, Juana se convierte en reina de Castilla. Continúan sus ataques de celos, y Felipe intenta declararla demente. Ella se defiende de su marido, pero sigue enamorada de él. Poco después Felipe muere de una fiebre. La reina declara que Felipe solo duerme y viaja por Castilla con su cadáver. Al final, su padre Fernando recupera el control de Castilla y encierra a su hija Juana en el castillo de Tordesillas... ■

Continúa en la página siguiente

1 "Cid" era adaptación del título árabe *sidi*, que significaba "señor".
2 Los almorávides fueron musulmanes fundamentalistas que invadieron la península en 1086; conquistaron a los reinos moros y también parte del territorio cristiano.

3 Carlos V fue Emperador del Sacro Imperio Romano (Alemania) y Rey de España durante la expansión imperial de España (1519–1555).

As you skim and scan this reading, remember that you only need to understand enough to complete assigned activities. Use your existing vocabulary and cognates to understand main ideas, and try to guess the meaning of new words by relying on context.

Viernes

La misión (1986)
Director: Roland Joffé
Reparto: Robert De Niro, *Rodrigo Mendoza;* Jeremy Irons, *Gabriel*
Duración: 126 min
País: Reino Unido
Lengua: Inglés
Resumen: Durante el siglo XVIII, Gabriel, un jesuita español idealista, va al Paraguay para convertir a los indígenas guaraníes al cristianismo. Se enfrenta con Rodrigo, un cazador de esclavos indios, pero éste, después de matar a su propio hermano, hace penitencia convirtiéndose en misionero y defensor de los indígenas y las misiones. Gabriel y Rodrigo representan la cara buena del imperio, pero acaban enfrentándose con la cara mala: la realidad económica del imperio y la necesidad de trabajadores y esclavos. Cuando, con el apoyo de la Iglesia, la Corona de España vende el territorio de las misiones a los cazadores de esclavos (representados aquí por los portugueses), los jesuitas y los guaraníes tienen que tomar una decisión angustiosa: obedecer al Papa o resistir con la fuerza. ■

Sábado

El laberinto del fauno (2006)
Director: Guillermo del Toro
Reparto: Ivana Boquero, *Ofelia;* Ariadna Gil, *Carmen;* Doug Jones, *el fauno;* Sergi López, *Capitán Vidal;* Maribel Verdú, *Mercedes*
Duración: 112 minutos
Países: México y España
Lengua: Castellano
Resumen: España, 1944, cinco años después del final de la Guerra Civil. Un bando de rebeldes republicanos sobrevive en las montañas, luchando contra las fuerzas fascistas bajo el mando del cruel capitán Vidal. Ofelia, niña joven e imaginativa, viaja a las montañas con su madre Carmen, recién casada con el mismo capitán Vidal. Carmen está embarazada y enferma, y Ofelia se encuentra atrapada en la realidad violenta de su padrastro, quien persigue y tortura a los rebeldes. La niña intenta escaparse al mundo de la fantasía, donde un fauno mitológico le explica que ella es —"en realidad"— la hija de un rey, y para poder volver a ver a su padre el rey, debe sobrevivir tres tareas peligrosas. Ofelia cumple las dos primeras tareas, pero el fauno se niega a darle la tercera. La niña descubre que la tercera es trágica y hermosa a la vez. El espectador se queda con la duda: en la lucha entre la realidad y la fantasía, ¿cuál gana? ■

Scanning

ACTIVIDAD 5 Personajes y acciones

Después de leer el programa de cine, decidan en parejas a qué película se refiere cada oración. Después, decidan si son ciertas (C) o falsas (F), y corrijan las falsas.

1. _____ El Cid es un musulmán que conquista el reino moro de Valencia.
2. _____ El Cid se mantiene fiel a su esposa Jimena.
3. _____ Juana la Loca se enamora de Fernando de Aragón.
4. _____ Felipe el Hermoso se muere antes de casarse con Juana la Loca.

5. _____ Gabriel y Rodrigo luchan por proteger a los indígenas guaraníes.

6. _____ Gabriel es cazador de esclavos antes de convertirse en misionero.

7. _____ El capitán Vidal lucha contra los fascistas.

8. _____ Ofelia es la hija del capitán Vidal.

ACTIVIDAD 6 ¿Cuál es la trama?

Summarizing

En parejas, hagan un breve resumen de la trama de una de las películas, con 3–6 acciones específicas. Usen adverbios temporales como **al principio, luego, después, finalmente** para completar el resumen. Por ejemplo, para la película *Juana la Loca:*

▶ Al principio, Juana de Castilla se casa con Felipe, el hijo del Emperador alemán. Luego...

ACTIVIDAD 7 Reacciones y recomendaciones

Reacting to reading

Parte A: En parejas, contesten y comenten las siguientes preguntas sobre sus reacciones a las películas.

1. ¿Cuál es la película más interesante para ti?
2. ¿Cuál es la película más triste para ti?
3. ¿Cuál es un aspecto sorprendente para ti?
4. ¿Cuál de estas películas te gustaría ver más?

Parte B: Imaginen que la clase va a ver una de estas películas. En parejas, decidan cuál de ellas les gustaría ver. Justifiquen su decisión.

Cuaderno personal 2-1

¿Cuál es tu película histórica favorita? Descríbela y explica por qué te gusta.

Lectura 2: Panorama cultural

Building vocabulary

ACTIVIDAD 8 Términos fundamentales

Pon la letra de la definición más apropiada al lado de cada palabra. Puedes usar el glosario al final del libro o el diccionario si es necesario.

1. ____ mezclar	a. grupo étnico o cultural
2. ____ pueblo	b. hacer y terminar, realizar
3. ____ lograr	c. mandar
4. ____ enviar	d. una producción artística de gran valor
5. ____ declive	e. combinar elementos diferentes
6. ____ obra maestra	f. que dura muchos siglos
7. ____ reino	g. decadencia, deterioro
8. ____ pertenecer	h. el territorio de un rey
9. ____ multisecular	i. formar parte de un grupo

ACTIVIDAD 9 En voz alta

En parejas, miren las siguientes expresiones y léanlas en voz alta.

1. 218 a. de C.
2. 409 d. de C.
3. 4.000
4. Felipe II
5. 1492, 1810, 1975
6. los siglos XVI y XVII

a. de C = B.C.

d. de C = A.D.

Predicting, Activating background knowledge

ACTIVIDAD 10 Hablando de historia

El tema de la siguiente lectura es la historia de España. En parejas, hagan una lista de temas y palabras que esperan encontrar en este tipo de lectura. Luego, lean para ver cuántos de éstos aparecen.

Brevísima historia de España

La Hispania romana

En el año 218 a. de C., los romanos invadieron la península Ibérica y crearon su nueva provincia de Hispania. Los seis siglos de dominio romano sobre Hispania vieron la mezcla de los romanos con los pueblos locales, el establecimiento de costumbres y leyes romanas y la adopción casi completa del latín
5 como lengua común. A partir del año 409 d. de C., el dominio político de Hispania pasó a un pueblo germánico, los visigodos, pero con el tiempo estos también adoptaron las tradiciones romanas y la lengua latina.

Los vascos, del norte de España, nunca adoptaron el latín y todavía hoy hablan un idioma que no tiene relación con ningún otro idioma de Europa.

La época de las tres culturas

En el año 711, los moros entraron en Hispania y en solo siete años conquistaron casi toda la península, a la que llamaron Al-Ándalus. 10 Los moros llevaron el islam y todo el esplendor de la civilización árabe del momento: su comercio, arquitectura, literatura, música y sus conocimientos de astronomía, agronomía, matemáticas y filosofía. Estos aportes enriquecieron la cultura hispánica y la europea. Sin embargo, en las montañas del norte, algunos reinos cristianos resistieron el dominio 15 de los musulmanes y empezaron la "Reconquista" de la península. En ese conflicto multisecular, el reino central de Castilla ("tierra de castillos") conquistó la mayor parte de los territorios del sur y, por lo tanto, fue el dialecto de ese reino, el castellano, el que se extendió en las regiones recon- 20 quistadas. Aunque la Edad Media fue una época conflictiva, también fue un período de cooperación fructífera. Por ejemplo, bajo el rey castellano Alfonso X el Sabio (1252–1284), musulmanes, cristianos y judíos trabajaron juntos en la famosa Escuela de 25 Traductores de Toledo (siglos XII y XIII), donde tradujeron del árabe al castellano las obras filosóficas y científicas de los musulmanes.

Unas 4.000 palabras del español son de origen árabe: **alfombra, alcalde, alquilar, álgebra, azúcar** y **ojalá**, del árabe "wa šā llâh" = y quiera Dios.

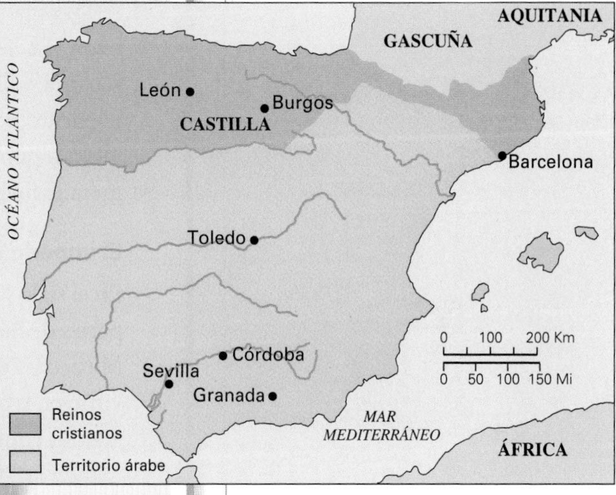

La península Ibérica en el siglo X.

Vista exterior del palacio de La Alhambra en Granada, monumento de la arquitectura musulmana en España.

Los judíos tuvieron un papel muy importante en la vida intelectual y económica de la España medieval. Llamaron a España Sefarad, y hasta 1492 fue un lugar de refugio para ellos, ya que durante la Edad Media otros reinos como Inglaterra y Francia ya habían expulsado a los judíos.

1492

El día 2 de enero de 1492, los Reyes Católicos Isabel y Fernando conquistaron el último reino moro de Granada. Con su matrimonio, los reyes ya habían realizado la unificación de los reinos de Castilla y Aragón, pero la conquista 30 de Granada les permitió continuar su unificación política y religiosa de España. Al eliminar a los musulmanes, también decidieron eliminar a los judíos y ordenaron su expulsión o conversión al cristianismo en el mismo año de 1492. Gracias a su victoria en Granada, los reyes también pudieron

Los judíos expulsados de Sefarad (España) en 1492 son conocidos aun hoy día como los sefarditas.

Continúa en la página siguiente

35 financiar al navegante Cristóbal Colón, cuyo viaje a América abrió un nuevo capítulo en la historia de España: 40 la conquista y colonización del Nuevo Mundo. Fue en esta época que el castellano, lengua principal 45 de los españoles, empezó a llamarse español, y fue en 1492 que Antonio de Nebrija publicó la pri- 50 mera gramática de la lengua española.

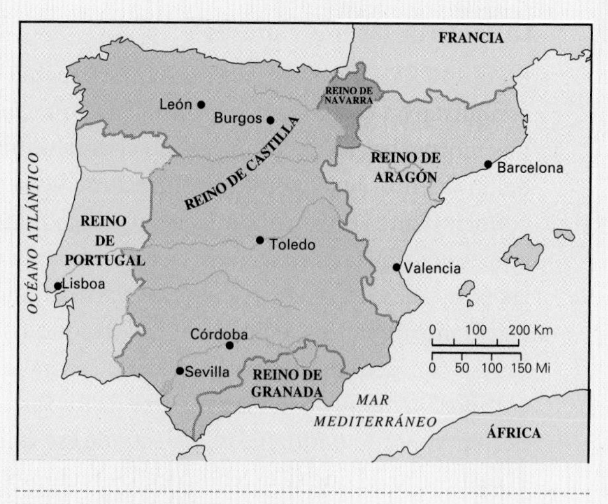

La península Ibérica en el siglo XV.

El imperio español

En el siglo XVI, España creó un gran imperio que llegó a extenderse a otras partes de Europa, a América y hasta a las islas Filipinas. Las colonias de México y Perú enviaron grandes cantidades de oro y plata, y España se convirtió en la superpotencia de la época. Pero el dinero se perdió en ruinosas 55 guerras contra los protestantes, como fue el caso cuando el rey Felipe II mandó la "Armada Invencible" contra Inglaterra en 1588. En el siglo XVII, España entró en un largo declive político y económico. Sin embargo, la época de 1550 a 1650 también fue un momento de magnífica producción artística, y fue durante este "Siglo de Oro" cuando Cervantes publicó *Don Quijote de la* 60 *Mancha* y los pintores El Greco y Velázquez produjeron sus obras maestras.

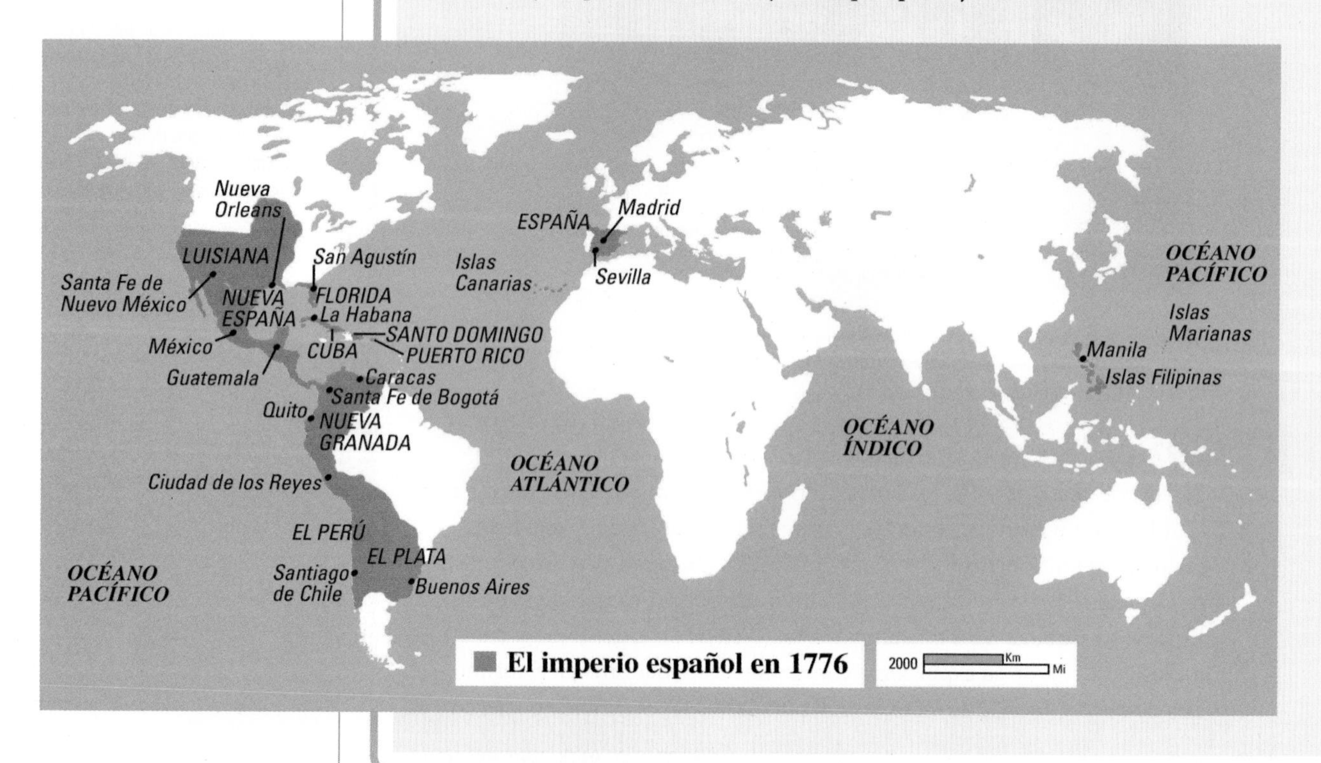

El imperio español en 1776

Los fusilamientos en la montaña del Príncipe Pío. Francisco de Goya, Madrid, Museo del Prado. Este cuadro muestra los fusilamientos del tres de mayo de 1808 de los españoles que lucharon contra la invasión de Napoleón.

La independencia

En 1808, el dictador francés Napoleón invadió España. Mientras la nación española luchaba contra Napoleón para conservar su independencia, las colonias españolas de América iniciaron, a su vez, sus propias rebeliones contra la autoridad española. Casi todas las 65 repúblicas hispanoamericanas lograron su independencia entre 1810 (Argentina) y 1828 (Bolivia).

Los españoles lucharon contra Napoleón de 1808 a 1814.

La España moderna

En 1898, España perdió sus últimas colonias de Cuba, Puerto Rico y las Islas Filipinas en una guerra con los Estados Unidos, y el imperio español llegó a su fin. El choque fue seguido en el siglo XX por un momento de 70 progreso, cuestionamiento y conflicto. Se estableció una república democrática en 1931, pero esta no duró mucho tiempo a causa de las grandes divisiones que existían entre las diferentes facciones políticas. En 1936, el general Francisco Franco se rebeló contra el gobierno republicano, lo cual inició la guerra civil española que terminó en 1939 con la victoria 75 de Franco y los fascistas. La dictadura de Franco continuó hasta su muerte en 1975. A partir de entonces, España entró en una época de renovación social, política y económica. Actualmente el país es una monarquía constitucional, como el Reino Unido, y desde 1986 pertenece a la Unión Europea. Es una de las democracias más estables del mundo, y también se 80 beneficia de una economía desarrollada, un alto nivel de vida y una cultura dinámica y variada. ■

España ahora está dividida en varias regiones autónomas. Cinco de las autonomías son bilingües: Cataluña, Valencia y Baleares (catalán y castellano) el País Vasco (euskera y castellano) y Galicia (gallego y castellano).

Skimming and scanning

ACTIVIDAD 11 ¿Qué ocurrió ese año?

La lectura menciona muchas fechas claves de la historia de España. Usa el pretérito para decir qué ocurrió en cada año.

► 218 a. de C.

► En el año 218 a. de C., los romanos invadieron la península Ibérica y crearon la provincia de Hispania.

711	*1588*	*1898*
1492	*1550–1560*	*1975*
1550–1650	*1810–1828*	*1936–1939*

Skimming and scanning

ACTIVIDAD 12 Datos importantes

Indica si cada oración es cierta (C) o falsa (F) según la lectura. Si es falsa, corrígela y lee la parte del texto que contiene la información.

1. _____ El latín, el castellano y el español son tres lenguas diferentes.
2. _____ La cultura y el idioma árabes tuvieron poco efecto sobre la cultura cristiana de la Edad Media.
3. _____ Con su matrimonio, los Reyes Católicos unificaron los reinos de Castilla y Portugal.
4. _____ La conquista de América fue, en cierto sentido, una extensión de la Reconquista medieval de España.
5. _____ El imperio español se convirtió en gran defensor del catolicismo.
6. _____ El imperio español entró en decadencia en el siglo XVII.
7. _____ Goya y Picasso son artistas asociados con el "Siglo de Oro" de España.
8. _____ Los fascistas o franquistas ganaron la guerra civil española.
9. _____ La muerte de Franco representó el principio de una democracia estable en España.

Making inferences

ACTIVIDAD 13 Ironías de la historia

Algunos acontecimientos de la historia pueden parecer irónicos desde una perspectiva moderna. En parejas, expliquen por qué los siguientes acontecimientos pueden considerarse irónicos.

1. Los judíos fueron expulsados de España en 1492.
2. El período de 1550 a 1650 se conoce como el "Siglo de Oro".
3. Las colonias españolas empezaron a luchar por su independencia en 1810.
4. Estados Unidos había sido una colonia antes de independizarse, pero convirtió a Puerto Rico y Filipinas en colonias.
5. La guerra civil española terminó en 1939.

ACTIVIDAD 14 Para resumir

Summarizing

En parejas, escojan y adapten palabras de la siguiente lista para terminar este resumen de la lectura.

expulsar	*el siglo XIX*	*perderse*	*mezcla*
Castilla	*sufrir*	*guerra*	*Siglo de Oro*
lograr	*imperio*	*1975*	

La larga historia de España se puede dividir en tres grandes etapas: expansión, decadencia y renovación. En sus orígenes, la cultura española fue el resultado de la ______ (1) de muchos pueblos y culturas y de la convivencia entre cristianos, musulmanes y judíos en la Edad Media. Esta convivencia terminó cuando los Reyes Católicos ______ (2) unir los reinos cristianos de ______ (3) y Aragón; conquistar Granada, el último reino moro, y ______ (4) a los judíos. La expansión castellana continuó con la creación del ______ (5) español, que se extendió en Europa, en América y hasta en las islas Filipinas. Las riquezas imperiales ______ (6) en largas ______ (7) religiosas, y desde temprano el imperio entró en declive económico, aunque también vio el florecimiento cultural conocido como el ______ (8). El imperio llegó a su fin durante ______ (9), con la invasión de Napoleón y la independencia de las colonias americanas. En el siglo XX, España ______ (10) los trágicos efectos de la guerra civil española y la dictadura de Franco, pero desde ______ (11) vive un período de renovación social, política y económica.

convivencia = coexistence, living together

Cuaderno personal 2-2

En tu opinión, ¿cuál fue el evento más importante de la historia de España? ¿Cuál fue el acontecimiento más importante de la historia de tu propio país? ¿Por qué?

VIDEOFUENTES

¿Qué aspectos de la "Brevísima historia de España" se reflejan en el video sobre España? ¿Incluye el video otros aspectos de la historia de España? ¿Cuáles?

Lectura 3: Literatura

ESTRATEGIA DE LECTURA

Guessing Meaning from Context
When reading, you will often come across words that are unfamiliar to you. In many cases these may be easily understood cognates. In other cases, however, you will need to look at the wider *context* to guess the meaning of unfamiliar words. The parts of a passage that surround a particular word generally limit what that word can and cannot mean. Though you may be tempted to look up each unfamiliar word in the glossary or dictionary, it is often faster and sometimes more helpful to guess the meaning of a word from its context, or even to skip it if it seems unimportant.

Guessing meaning from context

ACTIVIDAD 15 Personajes y acciones

Las palabras que están en negrita en las siguientes oraciones aparecen en los cuentos que vas a leer. Lee cada oración y escribe a su lado la letra de la definición de la palabra.

1. ______ **El mercader** fue a vender sus productos y mercancías al mercado.	a. irse rápidamente de un lugar para escaparse
2. ______ Cuando la mujer oyó el ruido, hizo **un gesto** de sorpresa.	b. una persona que trabaja sirviendo a otra persona (su amo)
3. ______ El hombre robó el dinero, salió del banco y **huyó** en un coche viejo.	c. el fin de la vida
4. ______ **El criado** puso la mesa, sirvió la comida y limpió los platos.	d. palabra antigua para referirse a un comerciante
5. ______ A veces los políticos reciben **amenazas** de personas descontentas con sus acciones.	e. movimiento físico expresivo
6. ______ Omar está muy triste por la **muerte** de su abuelo.	f. palabras o acciones que demuestran que una persona le quiere hacer mal a otra

Predicting, Activating background knowledge

ACTIVIDAD 16 El principio del cuento

Parte A: El principio de un cuento es importante porque muchas veces allí se presenta el conflicto del protagonista. Lee el primer párrafo del cuento, mira el dibujo y después contesta las siguientes preguntas.

1. ¿Se parece el principio al de otros cuentos que conoces? ¿Cuáles?
2. ¿Por qué los cuentos folclóricos empiezan siempre con la misma fórmula?
3. ¿Qué crees que va a pasar en el cuento?

Parte B: Ahora, lee el cuento y busca la moraleja.

Active reading

Otros cuentos conocidos de *Las mil y una noches* son "Aladino y la lámpara maravillosa" y "Alí Babá y los cuarenta ladrones". Muchos de los cuentos árabes se conocían en España durante la época de Al-Ándalus.

Bernardo Atxaga *(se pronuncia [a-chá-ga]) es el seudónimo del autor vasco Joseba Irazu Garmendia. Nació en 1951 en Bilbao, España, y ha publicado cuentos, novelas, poesía y libros infantiles. Escribe en euskera, su primera lengua materna y luego traduce sus obras al español, su otra lengua materna. En 1989 se hizo famoso cuando su novela Obabakoak ganó el Premio Nacional de Literatura. En la novela, Atxaga reúne muchos cuentos cortos de varias culturas para hablar del arte de contar historias. Una de sus fuentes es* Las mil y una noches, *obra clásica de la civilización árabe en la que la princesa Scheherazada evita la muerte contando una historia cada noche durante mil noches. El cuento "El criado del rico mercader" pertenece a esta colección. Atxaga lo utiliza en su novela como ejemplo de un cuento bien escrito y para mostrar cómo influyen los cuentos en nuestra manera de pensar, y lo reescribe para mostrar cómo nuestra manera de pensar influye en nuestra manera de contar historias.*

El criado del rico mercader

Contado por Bernardo Atxaga

Érase una vez, en la ciudad de Bagdad, un criado que servía a un rico mercader. Un día, muy de mañana, el criado se dirigió al mercado para hacer la compra. Pero esa mañana no fue como todas las demás, porque esa mañana vio allí a la Muerte y porque la Muerte le hizo un gesto.
5 Aterrado, el criado volvió a la casa del mercader.

—Amo —le dijo—, déjame el caballo más veloz de la casa. Esta noche quiero estar muy lejos de Bagdad. Esta noche quiero estar en la remota ciudad
10 de Ispahán.

—Pero ¿por qué quieres huir?

—Porque he visto a la Muerte en el mercado y me ha hecho un gesto de amenaza.

15 El mercader se compadeció de él y le dejó el caballo, y el criado partió con la esperanza de estar por la noche en Ispahán.

Por la tarde, el propio mercader
20 fue al mercado, y, como le había sucedido antes al criado, también él vio a la Muerte.

—Muerte —le dijo acercándose a ella—, ¿por qué le has hecho un gesto de amenaza a mi criado?

25 —¿Un gesto de amenaza? —contestó la Muerte—. No, no ha sido un gesto de amenaza, sino de asombro. Me ha sorprendido verlo aquí, tan lejos de Ispahán, porque esta noche debo llevarme en Ispahán a tu criado. ■

Érase una vez... = Once upon a time there was/were...

El presente perfecto, **ha sido,** se usa en algunas partes del centro de España en vez del pretérito **fue,** para referirse al pasado reciente.

Guessing meaning from overall context

ACTIVIDAD 17 Otra mirada al contexto

Busca las siguientes palabras en el cuento que acabas de leer y escoge el sinónimo de cada una de ellas.

1. (línea 6) aterrado
   a. tranquilo b. preocupado c. sorprendido d. con mucho miedo
2. (línea 8) veloz
   a. lento b. rápido c. bello d. caro
3. (línea 7) déjame
   a. abandóname b. párame c. regálame d. préstame
4. (línea 14) se compadeció
   a. habló b. sufrió c. se puso triste d. tuvo compasión
5. (línea 22) asombro
   a. sombra b. depresión c. sorpresa d. alegría

Recognizing chronological organization

ACTIVIDAD 18 Secuencias de acciones

En parejas, decidan si cada oración indica la secuencia correcta (C) o no (F) de las acciones del cuento. Si no, corrijan la oración.

1. ______ El criado había querido huir a Ispahán antes de ver a la Muerte.
2. ______ El criado ya había visto a la Muerte cuando le pidió el caballo al mercader.
3. ______ El criado ya había aceptado el caballo cuando partió para Ispahán.
4. ______ El mercader todavía no había hablado con el criado cuando fue al mercado.
5. ______ El mercader ya había llegado al mercado cuando vio a la Muerte.
6. ______ El criado no había salido para Ispahán cuando el mercader habló con la Muerte.

Identifying and interpreting main ideas

ACTIVIDAD 19 El final del cuento

Parte A: Los cuentos tradicionales suelen tener tres partes: principio, nudo y desenlace (el final). En el principio se presenta el problema del protagonista. En el nudo se complica la acción, y en el desenlace se soluciona el conflicto y se enseña una lección. En parejas, analicen y describan los siguientes aspectos del cuento.

1. ¿Quiénes son y cómo son los personajes?
2. ¿Qué pasa en el cuento? ¿Tiene un final sorpresivo o previsible?
3. ¿Dónde y cuándo ocurre la acción?

Parte B: En grupos de tres, comenten las siguientes preguntas.

1. ¿Cuál es la moraleja del cuento?
2. ¿Qué perspectiva o valores refleja y enseña?
3. ¿Están Uds. de acuerdo con la moraleja? ¿Por qué sí o no?
4. ¿Les gusta el cuento? ¿Por qué sí o no?

ACTIVIDAD 20 Una versión moderna del cuento

Skimming and predicting

Parte A: A Bernardo Atxaga no le gustó la visión fatalista de "El criado del rico mercader" y escribió otra versión. En parejas, miren el título y los dos dibujos, y después contesten las siguientes preguntas.

1. ¿Qué implicaciónes tiene el cambio en el título?
2. ¿Creen que esta versión termina con un final feliz o un final triste? ¿Por qué?

Active reading

Parte B: Ahora, lee la nueva versión de Atxaga y piensa en las siguientes preguntas. Después de leer, en parejas, discutan las preguntas.

1. ¿Tiene el criado el mismo problema que tiene en la primera versión?
2. ¿En qué línea empiezan a ser diferentes las acciones?
3. ¿Le da Atxaga un final sorpresivo o previsible?

Dayoub, el criado del rico mercader

Bernardo Atxaga

Érase una vez, en la ciudad de Bagdad, un criado que servía a un rico mercader. Un día, muy de mañana, el criado se dirigió al mercado para hacer la compra. Pero esa mañana no fue como todas las demás, porque esa mañana vio allí a la Muerte y porque la Muerte le hizo un gesto.

5 Aterrado, el criado volvió a la casa del mercader.

—Amo —le dijo—, déjame el caballo más veloz de la casa. Esta noche quiero estar muy lejos de Bagdad. Esta noche quiero estar en la remota ciudad de Ispahán.

—Pero ¿por qué quieres huir? —le preguntó el mercader.

10 —Porque he visto a la Muerte en el mercado y me ha hecho un gesto de amenaza.

El mercader se compadeció de él y le dejó el caballo, y el criado partió con la esperanza de estar esa noche en Ispahán.

El caballo era fuerte y rápido, y, como esperaba, el criado llegó a 15 Ispahán con las primeras estrellas. Comenzó a llamar de casa en casa, pidiendo amparo.

—Estoy escapando de la Muerte y os pido asilo —decía a los que le escuchaban.

Pero aquella gente se atemorizaba al oír mencionar a la Muerte y le 20 cerraban las puertas.

El criado recorrió durante tres, cuatro, cinco horas las calles de Ispahán, llamando a las puertas y fatigándose en vano. Poco antes del amanecer llegó a la casa de un hombre que se llamaba Kalbum Dahabin.

—La Muerte me ha hecho un gesto de amenaza esta mañana, en el 25 mercado de Bagdad, y vengo huyendo de allí. Te lo ruego, dame refugio.

—Si la Muerte te ha amenazado en Bagdad —le dijo Kalbum Dahabin—, no se habrá quedado allí. Te ha seguido a Ispahán, tenlo por seguro. Estará ya dentro de nuestras murallas, porque la noche toca a su fin.

Continúa en la página siguiente

30 —Entonces, ¡estoy perdido! —exclamó el criado.

—No desesperes todavía —contestó Kalbum—. Si puedes seguir vivo hasta que salga el sol, te habrás salvado. Si la Muerte ha decidido llevarte esta noche y no consigue su propósito, nunca más podrá arrebatarte. Ésa es la ley.

35 —Pero ¿qué debo hacer? —preguntó el criado.

—Vamos cuanto antes a la tienda que tengo en la plaza —le ordenó Kalbum cerrando tras de sí la puerta de la casa.

Mientras tanto, la Muerte se acercaba a las puertas de la muralla de Ispahán. El cielo de la ciudad comenzaba a clarear.

40 —La aurora llegará de un momento a otro —pensó—. Tengo que darme prisa. De lo contrario, perderé al criado.

Entró por fin a Ispahán, y husmeó entre los miles de olores de la ciudad buscando el del criado que había huido de Bagdad. Enseguida descubrió su escondite: se 45 hallaba en la tienda de Kalbum Dahabin. Un instante después, ya corría hacia el lugar. En el horizonte empezó a levantarse una débil neblina. El sol comenzaba a adueñarse del mundo.

La Muerte llegó a la tienda de Kalbum. Abrió la 50 puerta de golpe y... sus ojos se llenaron de desconcierto. Porque en aquella tienda no vio a un solo criado, sino a cinco, siete, diez criados iguales al que buscaba.

Miró de soslayo hacia la ventana. Los primeros rayos del sol brillaban ya en la cortina blanca. ¿Qué 55 sucedía allí? ¿Por qué había tantos criados en la tienda?

No le quedaba tiempo para averiguaciones. Agarró a uno de los criados que estaba en la sala y salió a la calle. La luz inundaba todo el cielo.

Aquel día, el vecino que vivía frente a la tienda 60 de la plaza anduvo furioso y maldiciendo.

—Esta mañana —decía— cuando me he levantado de la cama y he mirado por la ventana, he visto a un ladrón que huía con un espejo bajo el brazo. ¡Maldito sea mil veces! ¡Debía haber dejado en paz a 65 un hombre tan bueno como Kalbum Dahabin, el fabricante de espejos!

Guessing meaning from overall context

ACTIVIDAD 21 Detalles del cuento

Después de leer el cuento una vez, escoge el sinónimo de cada expresión indicada. Vuelve a mirar el contexto del cuento si es necesario.

1. (línea 16) Comenzó a llamar de casa en casa, pidiendo **amparo.**

   a. refugio b. comida c. dinero

2. (línea 19) Pero aquella gente **se atemorizaba** al oír mencionar a la Muerte y le cerraban las puertas.

   a. tenía miedo   b. se aburría   c. se enojaba

3. (línea 31) No **desesperes** todavía.

   a. te despiertes   b. te pierdas   c. pierdas la esperanza

4. (línea 33) Si la Muerte ha decidido llevarte esta noche y no consigue su propósito, nunca más podrá **arrebatarte.**

   a. perderte   b. llevarte   c. pegarte

5. (línea 48) El sol comenzaba a **adueñarse del mundo.**

   a. ponerse   b. desaparecer   c. salir

6. (línea 50) Abrió la puerta de golpe y... sus ojos se llenaron de **desconcierto.**

   a. confusión   b. música   c. lágrimas

7. (línea 56) No le quedaba tiempo **para averiguaciones.**

   a. para investigar la situación   b. para mirarse más   c. para buscar a otras víctimas

ACTIVIDAD 22 Primero, luego y después

Recognizing chronological organization

Parte A: Pon las siguientes oraciones en orden lógico para formar un resumen del cuento.

_____ *Al salir el sol se vio el reflejo del criado en todos los espejos.*
_____ *Se encontró con la Muerte, que le hizo un gesto de amenaza.*
_____ *Dayoub fue corriendo a su amo, el rico mercader, y le pidió el caballo más veloz que tenía para escaparse de la ciudad.*
_____ *El criado Dayoub fue al mercado de Bagdad para hacer la compra.*
_____ *Al llegar a Ispahán el criado buscó refugio, pero nadie quiso ayudarlo hasta que llegó a la casa de Kalbum Dahabin.*
_____ *La Muerte entró con mucha prisa, se equivocó y cogió un espejo en vez de coger al criado.*
_____ *Kalbum se dio cuenta de que la Muerte ya había llegado a Ispahán y llevó a Dayoub a su tienda de espejos, donde lo "escondió" en el centro de la tienda.*

Marking sequence with transition words

Parte B: Usen las oraciones de la Parte A para escribir un breve resumen del cuento de Dayoub. Usen expresiones y adverbios de tiempo como **un día, por la mañana/noche, luego, antes/después de, enseguida, inmediatamente, de repente, finalmente, tan pronto como, en cuanto,** etc.

ACTIVIDAD 23 Los dos cuentos

Identifying and interpreting main ideas

En parejas, comparen los dos cuentos respondiendo a las siguientes preguntas.

1. ¿En qué se parecen o diferencian los cuatro aspectos fundamentales de cada cuento: personajes, acción (principio, nudo, desenlace), lugar y tiempo? Hagan una lista de las diferencias más importantes.
2. ¿Qué cuento tiene un final más interesante? ¿Más pesimista?
3. ¿Qué valores refleja y enseña cada cuento?
4. ¿Qué relación tienen estos dos cuentos con la historia de España?

ACTIVIDAD 24 Una experiencia personal

Se dice que los mejores cuentos tienen un final sorpresivo. En parejas, piensen en una experiencia personal que terminó con una sorpresa y cuéntenle a su compañero/a lo que pasó. ¿Qué les asustó o sorprendió? ¿Qué hicieron Uds.? ¿Los/Las ayudó alguien?

Cuaderno personal 2-3

¿Qué cuento te gustó más? ¿Por qué? ¿Cuál de los dos cuentos refleja mejor tu propia perspectiva sobre la vida?

Redacción: Un cuento

The first important event of a traditional story is often marked with **un día.**

ESTRATEGIA DE LECTURA

Marking Sequence with Transition Words

When writing about events or activities that occurred in a particular sequence (as in a short story), transition words can help mark the chronological relationships between the actions. These include:

al principio	at first
primero	first
luego	then; next; later
entonces	then, at that (same) moment
enseguida/en seguida	immediately; immediately afterward
antes	before
antes de eso	before that
después/más tarde	afterward; later
después de eso	after that
por último	finally (*last in a series*)
por fin/finalmente	finally (finally!)
al final	in the end

Avoid overusing sequence words. Reserve them primarily for clarification. You can also mark sequence by using verb tenses and time references such as **por la mañana** and **por la tarde** if the time sequence is clear.

Activating background knowledge

ACTIVIDAD 25 Los cuentos y la moraleja

A continuación hay una lista de cuentos folclóricos muy populares. En parejas, adivinen el equivalente de cada título en inglés. Luego, escojan uno de los cuentos y preparen un resumen utilizando expresiones de transición. Después de completarlo, léanselo a la clase para que los demás digan la moraleja o lección moral.

Títulos	
Blancanieves y los siete enanitos	*Los tres cerditos*
Ricitos de oro y los tres osos	*El ratón de la ciudad y el ratón del campo*
La Cenicienta	*El patito feo*
El nuevo traje del emperador	*La bella durmiente*
Caperucita Roja	

ACTIVIDAD 26 La creación de un cuento original

Writing a story

Parte A: Vas a escribir un cuento original. Escoge una moraleja que te parezca importante para tu cuento. La moraleja puede ser tradicional o reflejar un tema moderno como el sexismo, el ecologismo o la alta tecnología.

Parte B: Los cuentos folclóricos suelen construirse a base de ciertos elementos tradicionales. Escoge varios de los siguientes para tu propio cuento.

un rey	*una reina*	*un encanto* (spell)
un reino	*un castillo*	*un tesoro*
un príncipe	*una princesa*	*un lobo*
una bruja (witch)	*un brujo/mago* (magician)	*un jorobado* (humpback)
la invisibilidad	*un pájaro que habla*	*una receta* (recipe)
una alfombra mágica	*un lago*	*un sapo* (toad)
una paloma (dove)	*una ventana*	*una serpiente*
un bosque	*una gota de sangre*	*un anillo*
un pez que habla	*un caballo que vuela*	*un dragón*
una llave	*un espejo mágico*	*una torre*
una lámpara mágica	*una espada mágica*	*un árbol con fruta mágica*
un hada madrina (fairy godmother)	*un pozo de los deseos* (wishing well)	

Once upon a time there was/were... = **Érase una vez.../Había una vez...**

...and they lived happily ever after. = **... y vivieron felices y comieron perdices.**

Hada es una palabra femenina que comienza con una **a** acentuada. Por tanto se dice **un hada madrina** o **el hada madrina**.

Parte C: Piensa en los acontecimientos de tu cuento y escribe la primera versión. Recuerda que el cuento necesita los siguientes elementos.

- título
- protagonista (el/la bueno/a)
- antagonista (el/la malo/a)
- descripción del contexto o del mundo de los personajes (el lugar, el tiempo)
- moraleja

Usa expresiones de transición cuando sea necesario.

CAPÍTULO 3

La América indígena: Ayer y hoy

See the *Fuentes* website for related links and activities: www.cengage.com/spanish/fuentes

Las ruinas de Uxmal (Yucatán, México), ciudad construida hacia el final de la época clásica de la civilización maya.

ACTIVIDAD 1 ¿Qué saben ustedes?

Activating background knowledge

En parejas, miren la foto de la página anterior e intenten contestar las siguientes preguntas.

1. ¿Qué se ve en la foto?
2. ¿Dónde está?
3. ¿Cuándo fue construido/a?
4. ¿Para qué servía?
5. ¿Quiénes lo/la construyeron?
6. ¿Existe esa cultura hoy día?

Lectura 1: Un artículo de revista

ESTRATEGIA DE LECTURA

Using Sentence Structure and Parts of Speech to Guess Meaning
When using context to guess the meaning of unfamiliar vocabulary, you usually focus on the meaning of surrounding words. However, at times it is also useful to focus on the basic sentence structure and its parts. The larger parts of a sentence (subject, verb, object, prepositional phrase) can often be broken down into individual words, which can then be identified with a particular function or part of speech (noun, adjective, verb, adverb).

The parts of speech (**las partes de la oración**) include the following:

- **el sustantivo:** A noun is a person, place, thing, or concept: **el jefe, el parque, la albóndiga, el impresionismo.**
- **el verbo:** A verb refers to an action or state: **subir, correr, estar.** Verbs can be transitive (they take a direct object—**Canto ópera.**) or intransitive (no direct object— **Estoy bien.**)
- **el adjetivo:** An adjective describes (**grande, impresionante, completo**) or limits (**algunos, este, doce**) a noun.
- **el adverbio:** An adverb describes the action of a verb (**despacio, rápidamente, temprano**) or describes the degree of an adjective (**muy, poco, increíblemente**).
- **el artículo:** An article marks the gender, number, and definite or indefinite nature of a noun: **el, la, los, las, un, una, unos, unas.**
- **la preposición:** A preposition identifies the links between other words: **a, con, contra, de, desde, en, entre, hacia, hasta, para, por, sin, sobre,** etc.
- **la conjunción:** A conjunction connects elements within a sentence: **y, o, pero, sino.**
- **el pronombre relativo:** A relative pronoun connects a subordinate verbal clause to another element in the sentence: **que, quien, donde, el cual,** etc.

Identifying parts of speech may give you just enough information to determine the basic relationships within a sentence. Try this sentence written in nonsense Spanish. What information can you safely determine about the words?

El manículo golupeó calamente a Paco en la cloba gara.

Start with the familiar: **El** and **la** mark the nouns **manículo** and **cloba. En** is a preposition and marks off at least **la cloba** as part of a prepositional phrase. **Paco** is a well-known proper noun or name, so the **a** could be a preposition (*to*) or **a** personal. Where's the verb? **Golupeó** looks likely since it follows the first noun (often the subject), ends in the preterit **-ó,** and is followed by an adverb ending in **-mente. Gara** is probably an adjective since it follows a noun and agrees with it in gender and number.

This sort of analysis can be useful in helping you understand difficult passages. Often, in order to get the gist of an idea, it is enough to pick out key verbs and nouns in order to know who is doing what. Then you can read on and clarify these basic ideas, since the natural redundancy of language will often lead to the same concept being repeated or referred to with different vocabulary farther on in the passage.

Determining parts of speech

ACTIVIDAD 2 Las partes de la oración

Determina las partes de las siguientes oraciones que aparecen en la lectura sobre los mayas.

1. Cinco siglos después, su civilización desapareció misteriosamente.
2. Un millón de los actuales habitantes de la región habla un dialecto.
3. Los investigadores acaban de descubrir cuatro nuevos sitios arqueológicos.
4. Los últimos hallazgos clarifican las razones que llevaron a los mayas a abandonar su imperio.

Using parts of speech to guess meaning

ACTIVIDAD 3 Palabras y oraciones

Parte A: Usa el glosario al final del libro para determinar el significado y la parte de la oración de cada una de las siguientes palabras.

esclavizar	*sequía*	*alimento*
guerrero	*sacerdote*	*hallazgo*
sangriento	*escasez*	*incendiado*

Parte B: En cada oración, decide la parte de la oración que se necesita para cada espacio en blanco. Después, elige una palabra de la Parte A para completar la oración, adaptando cada palabra al contexto.

1. Normalmente los mayas presentaban ____________________ como sacrificios a sus dioses, pero en ocasiones especiales ofrecían, en sacrificio, seres humanos.

2. En la religión maya, los ____________ eran las personas que hacían los sacrificios para los dioses.
3. Antes se creía que la civilización maya era muy pacífica, pero ahora se cree que era una cultura bastante ____________.
4. Algunos ____________ arqueológicos han revelado las causas de la desaparición de la civilización maya.
5. Los arqueólogos han encontrado evidencia de que las batallas y las guerras eran destructivas y ____________.
6. Los arqueólogos han encontrado edificios ____________, lo que demuestra que una táctica de la guerra era quemar los edificios de los adversarios.
7. Muchas veces las culturas indígenas mesoamericanas ____________ a los enemigos capturados en las guerras.
8. Los mayas temían las ____________ y, por lo tanto, construían muchos templos dedicados a Chac, dios de la lluvia.
9. Después de una sequía o un desastre natural, la gente suele sufrir ____________ de alimentos.

ACTIVIDAD 4 Hacia el significado

Guessing meaning from context

Las siguientes oraciones aparecen en el artículo que vas a leer. Determina el significado de las palabras en negrita según el contexto.

1. ... los arqueólogos abrieron la tierra para **desenterrar** los misterios de una de las civilizaciones más complejas y desafiantes hasta ahora analizadas.

   a. ocultar b. romper c. descubrir

2. Sus habitantes se internaron en **la selva** para volver a sus orígenes más primitivos...

   a. el bosque tropical b. el mar c. la ciudad

3. ... las guerras eran batallas bien **orquestadas,** con la finalidad de conquistar el poder y esclavizar nobles rivales.

   a. musicales b. organizadas c. originales

4. ... las guerras llevaron a la completa destrucción del pueblo, provocando **un quiebre** en la estructura social.

   a. un colapso b. un cambio c. una renovación

5. Hoy se sabe que ellas [las ciudades mayas] funcionaban exactamente como **una urbe** moderna... Las ciudades eran circundadas por ciudades satélites que albergaban a la población suburbana como artesanos y obreros.

   a. una civilización b. un estado c. una ciudad

6. ... las **escaramuzas** entre las decenas de ciudades-estado de la región evolucionaron hacia guerras sangrientas que transformaron poderosos centros urbanos en aldeas fantasmas.

   a. distancias b. comunicaciones c. pequeñas batallas

Activating background knowledge

ACTIVIDAD 5 La muerte de una civilización

Parte A: La lectura trata de una cultura de América que desapareció. En grupos de tres, contesten las siguientes preguntas.

1. ¿Conocen Uds. algunas culturas desaparecidas?
2. ¿Qué factores podían causar la destrucción de una civilización en el pasado?

superpoblación o sobrepoblación

la guerra (nuclear)
la conquista
la destrucción del medio ambiente
la pérdida de valores morales
el exceso de riqueza
la superpoblación
el hambre
las epidemias y enfermedades
un desastre natural

Active reading, Identifying main ideas

Parte B: Mientras lees este artículo de la revista chilena *Qué pasa*, escribe una lista de todas las causas que se mencionan sobre la desaparición de la gran civilización maya. Después, en grupos de tres, comparen sus apuntes para ver si están de acuerdo.

Autopsia de una civilización

Tras años de investigaciones, un grupo de arqueólogos descubre dos nuevos sitios arqueológicos [...] que ayudan a desentrañar el misterio de la desaparición de los mayas.

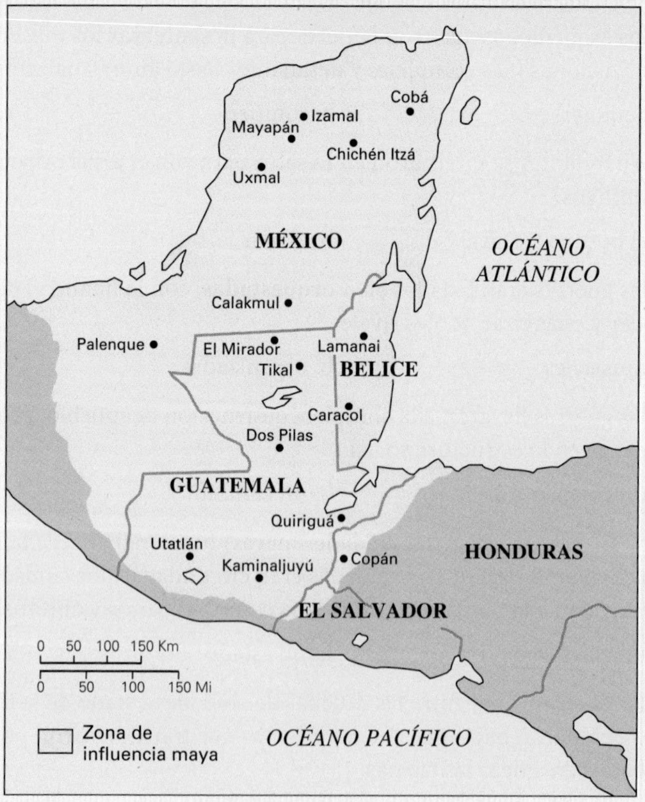

[...] Con sus monumentales ciudades en el medio de la selva y ejerciendo el dominio sobre la mayoría de los pueblos contemporáneos de la región, los mayas vivieron su época dorada a partir del año 250 de la era cristiana. Cinco siglos después, su civilización desapareció misteriosamente. Sus habitantes se internaron en la selva para volver a sus orígenes más primitivos y dejaron solo las pruebas de su cultura: los templos y pirámides. [...]

Aunque un millón de los actuales habitantes de la región habla un dialecto que se desarrolló directamente del lenguaje maya original, el misterio se ha mantenido por décadas.

Sin embargo, los últimos hallazgos clarifican las razones que llevaron a los mayas a abandonar su imperio e internarse en la selva en el siglo octavo.

Los investigadores acaban de descubrir cuatro nuevos sitios arqueológicos —dos de ellos intactos— en las montañas al sur de Belice. La lectura de los jeroglíficos hallados muestra que los mayas adoraban luchar. Sus gobernantes se esmeraban en el arte de torturar y matar a los enemigos. Inauguraciones, celebraciones esporádicas y ceremonias religiosas culminaban siempre con sacrificios rituales. Los estudios del arqueólogo de la Universidad de Vanderbilt, Arthur Demarest, [...] dividen la historia del Imperio en dos períodos: antes y después del año 761 d.C.

En la primera fase, las guerras eran batallas bien orquestadas, con la finalidad de conquistar el poder y esclavizar nobles rivales. "En la segunda etapa las guerras llevaron a la completa destrucción del pueblo, provocando un quiebre en la estructura social", dice Demarest [...] Lo que ocurrió fue una guerra civil, una insurrección tan violenta contra las clases dominantes de nobles y sacerdotes, que toda la cultura entró en crisis. Sumado a lo anterior, el frágil lazo que representaba la religión se debilitó aún más. Una combinación de desastres naturales contribuyeron a ello, principalmente sequías severas provocadas por la desforestación, y la superpoblación, que elevó las tensiones sociales a niveles explosivos. La tierra ya no producía granos en cantidad suficiente para satisfacer a los sacerdotes y sus ceremonias de abundancia, en las que se quemaban grandes cantidades de alimentos, mientras el pueblo tenía hambre. La organización maya era similar a la de la antigua Grecia. Formaban ciudades-estado, organizadas independientemente y unidas solo por la religión y la lengua, pero con enormes rivalidades. Las ciudades mayas no solo estaban formadas por templos religiosos y por los palacios de la élite. "Hoy se sabe que ellas funcionaban exactamente como una urbe moderna", explica el antropólogo Antonio Porro. "Las ciudades eran circundadas por ciudades satélites que albergaban a la población suburbana como artesanos y obreros." Después de la era clásica, situada alrededor del año 750, las escaramuzas entre las decenas de ciudades-estado de la región evolucionaron hacia guerras sangrientas que transformaron poderosos centros urbanos en aldeas fantasmas. Prueba de ello fueron edificaciones incendiadas, arsenales militares y el aumento de las imágenes guerreras en los monumentos, evidencia encontrada en las ruinas de la ciudad de Caracol, en Belice. Aunque existe consenso en que una de las principales causas de la decadencia de la civilización maya fue su descontrolado instinto guerrero, ninguno de los investigadores piensa que esa es la única respuesta. Otro factor decisivo para la decadencia fue la superexplotación de la flora tropical, fuente de alimento y protección. Al comienzo de este año, investigadores ingleses analizaron sedimentos depositados en el lago Pátzcuaro, en México, y descubrieron que las antiguas prácticas agrícolas de la zona provocaron altas tasas de erosión del suelo, que no fueron igualadas ni por los invasores españoles.

En las últimas décadas los investigadores han descifrado la escritura maya. En esta escena, Pájaro Jaguar IV, rey de la ciudad de Yaxchilán, se prepara para una batalla.

Al analizar el polen enterrado entre los escombros de Yucatán, arqueólogos norteamericanos concluyeron que no existía flora tropical cerca de las principales ciudades mayas. "El polen encontrado muestra claramente que casi no existían más bosques para explotar", afirma Patrick Culbert, arqueólogo de la Universidad de Arizona. Desertificación, erosión, destrucción de bosques y hasta acidificación del suelo —problemas, familiares para el hombre moderno— fueron responsables por la declinación de una de las sociedades más organizadas y avanzadas del pasado. Tal vez la guerra y un medio ambiente agotado impulsaron a los mayas a escapar de un mundo adverso que ya no tenía nada que entregar, y donde la única forma de renacer era volver al origen en la profunda selva tropical. ■

Recognizing chronological order, Describing past states

ACTIVIDAD 6 Dos épocas distintas

Según el arqueólogo Arthur Demarest, la vida maya era muy distinta antes y después del año 761. Decide si cada oración describe la situación **antes** (A) o **después** (D) de esta fecha clave.

1. ______ Un ritual importante de la vida eran las batallas bien orquestadas y controladas.
2. ______ Se creaban arsenales militares y se hacían cada vez más imágines guerreras en los templos.
3. ______ Destruían los bosques, dañaban su medio ambiente y sufrían escasez de comida.
4. ______ Las guerras tenían el objetivo limitado de capturar y esclavizar nobles rivales.
5. ______ Los mayas formaban ciudades-estado que coexistían en relativa estabilidad.
6. ______ Los sacerdotes pedían y quemaban grandes cantidades de alimentos, mientras el pueblo tenía hambre.
7. ______ Las ciudades eran circundadas por ciudades satélites donde vivían los artesanos y trabajadores.
8. ______ Las guerras se hacían con el objetivo de destruir completamente las ciudades rivales.

Summarizing

ACTIVIDAD 7 Las causas de la decadencia

El siguiente párrafo es un breve resumen de las ideas importantes de la lectura. Escoge y adapta una expresión de la lista para cada espacio en blanco.

búsqueda	*empezar a*	*octavo/a*	*sacrificio*
crecer	*erosión*	*pacífico/a*	*sangriento/a*
dejar de	*guerrero/a*	*ritual*	

Las investigaciones recientes parecen indicar que la civilización maya era bastante ________________ (1). En una primera etapa, sus guerras eran bien orquestadas, parte integral de una sociedad rígida y estable, y servían para obtener víctimas para los ________________ (2) rituales. Sin embargo, en el siglo ________________ (3), las escaramuzas empezaron a convertise en guerras ________________ (4). Después de cinco siglos de relativa estabilidad, la población ya ________________ (5) en exceso y la tierra se había cultivado cada vez más intensamente, llevando a la desforestación. Como resultado, la tierra había sufrido ________________ (6) y acidificación, y ________________ (7) producir suficientes alimentos, precisamente cuando la problación llegaba a su número más alto. Como no había suficiente comida para todos los habitantes, las guerras dejaron de ser un ________________ (8) religioso y se convirtieron en una manera de buscar recursos y alimentos. Esta ________________ (9) desesperada llevó a la destrucción de la civilización clásica de los mayas.

ACTIVIDAD 8 Los detalles y sus implicaciones

Scanning, Making inferences

Para entender bien una lectura, es necesario prestar atención a los detalles. En grupos de tres, terminen las siguientes oraciones, y justifiquen sus respuestas.

1. Durante el declive de la civilización clásica de los mayas, los españoles...
2. Durante los sacrificios rituales, los sacerdotes les ofrecían a los dioses...
3. El autor opina que los mayas clásicos eran...
4. El autor sugiere que los mayas posclásicos eran...

ACTIVIDAD 9 Un destino misterioso

Uds. son arqueólogos profesionales que han estudiado a los mayas y hablan sobre lo que posiblemente les pasó después de la destrucción de su civilización. En grupos de tres, túrnense para decir cuál creen que fue su destino. Especulen sobre los siguientes aspectos de la cultura maya: la religión, los trabajos, la comida, las ceremonias, las casas, la familia, el arte, la lengua, la arquitectura.

► — Es obvio que todos los mayas se enfermaron y se murieron.

► — No es verdad. Los mayas dejaron de construir grandes templos, pero...

Cuaderno personal 3-1

En tu opinión, ¿hay semejanzas entre el destino de la civilización maya y la nuestra? ¿Vamos por el mismo camino?

¿Qué semejanzas y diferencias existen entre el artículo y el video respecto a los motivos de la desaparición de la civilización maya clásica? ¿Qué manifestaciones de la cultura maya existen hoy día?

Lectura 2: Panorama cultural

Identifying parts of speech

ACTIVIDAD 10 Partes relacionadas

La lectura "La presencia indígena en Hispanoamérica" contiene palabras relacionadas con los siguientes verbos. Para cada verbo en infinitivo (por ejemplo, **leer**), busca en el glosario o en un diccionario un sustantivo como **lector** (*reader*) o **lectura** (*reading*), y un adjetivo como **legible** (*legible*) o **leído** (*read*).

Verbo	Sustantivo	Adjetivo
desaparecer		
aislar		
dominar		
establecer		
conservar		
despreciar		

Building vocabulary

ACTIVIDAD 11 Palabras útiles

Después de mirar la siguiente lista, completa las oraciones que siguen con las palabras apropiadas.

los antepasados	ancestors
el/la portavoz	spokesperson
el rasgo	trait, feature
la supervivencia	survival
el culto	worship, adoration
la prueba	proof, evidence
autóctono	native
el esfuerzo	effort

1. ____________________ del gobierno anunció que las negociaciones iban bien.
2. Una de las características de muchas religiones es el ____________________ a los antepasados.
3. Un ____________________ importante de la cultura norteamericana es la afición a la tecnología.

4. El científico Charles Darwin definió la teoría de la ____________________ del más fuerte.
5. Algunos de los ____________________ de Juan Ferreira eran españoles, pero otros eran portugueses.
6. El éxito que tiene en su trabajo es ____________________ de su talento.
7. La papa y el maíz no se conocían en Europa antes del siglo XVI porque son comidas ____________________ del continente americano.
8. A pesar de sus ____________________, el presidente no pudo resolver la crisis.

ACTIVIDAD 12 ¿Indígenas o indios?

Activating background knowledge

Últimamente, tanto en Norteamérica como en Centro y Suramérica, ha habido una revaloración del indio; incluso se prefiere usar el termino **indígena** en vez de **indio.** En parejas, antes de leer la lectura siguiente, contesten estas preguntas.

indígena americano = Native American

1. ¿Cuáles eran algunas de las características negativas que se asociaban con el término **indio** en la cultura norteamericana?
2. ¿Cuáles son algunos aspectos positivos de la cultura indígena que se aprecian hoy día?
3. Actualmente, ¿a qué problemas se enfrenta la población indígena de Norteamérica? ¿la de Hispanoamérica?

ACTIVIDAD 13 Las ideas principales

Active reading, Identifying main ideas

Mientras lees, escribe en el margen una oración que resuma la idea principal de cada párrafo. Después, en grupos de tres, comparen sus apuntes para ver si están de acuerdo.

Presencia indígena en Hispanoamérica

Cuando Cristóbal Colón llegó al Nuevo Mundo, encontró una tierra habitada por pueblos que llevaban allí más de 30.000 años. Pueblos pequeños alternaban con los grandes imperios azteca e inca. Muy pronto, la conquista española y las enfermedades europeas causaron la desaparición de numerosos pueblos indígenas, la destrucción de las grandes civilizaciones y el establecimiento de la lengua y la cultura españolas en gran parte de América. Sin embargo, no se borró la presencia indígena, la cual sobrevivió en el mestizaje y en la conservación de muchas de sus sociedades.

América mestiza

La unión entre españoles y mujeres naturales de América produjo una nueva población, la de los mestizos, personas que llevaban en las venas una mezcla de sangre europea y sangre indígena. De esta unión racial nacieron nuevas culturas, y el mestizaje llegó a sentirse en todos los aspectos de la cultura.

Continúa en la página siguiente

Vocablos del taíno (Caribe): **canoa, tabaco, maíz, ají, maní.** Vocablos del náhuatl (México): **chocolate, tomate, chile, cacahuate, aguacate.** Vocablos del quechua (los Andes): **papa, chino/a** (= chico/a), **alpaca**.

Un producto muy conocido del mestizaje es la combinación del chocolate con el azúcar.

En primer lugar, la lengua española adoptó vocablos de origen indígena, mientras que, a su vez, en la agricultura y la cocina, aparecieron productos y comidas propios del mestizaje. Asimismo, los productos lácteos y el arroz que trajeron los conquistadores se combinaron con maíz, papas, tomate y otras cosechas autóctonas para preparar nuevas y variadas comidas. Elementos igualmente inseparables se manifestaron en la expresión artística. Para dar un ejemplo, aún hoy en día, la música andina combina instrumentos indígenas, como la flauta, con otros españoles como la guitarra, en tanto que la literatura y las artes plásticas y artesanales de los diversos países muestran la riqueza de la fusión de las culturas.

La conocidísima imagen de la Virgen de Guadalupe (Villa de Guadalupe Hidalgo, México).

Pero si la lengua y las costumbres reflejan bien esta fusión, quizás sea la religión una de las pruebas más evidentes del mestizaje. La religión católica, impuesta por los españoles, fue aceptada por los indígenas como un vehículo de su expresión religiosa y las imágenes cristianas se interpretaron como representaciones de sus dioses. Así tenemos a la Virgen de Guadalupe, patrona de México, quien se apareció a un indígena en el lugar donde antes había existido un templo a Tonantzin, diosa madre de los aztecas. Tanto en México como en Guatemala, la celebración católica del Día de los Muertos tomó rasgos indígenas del culto de los antepasados, convirtiéndose hoy en una celebración de gran importancia. Por otro lado, en el Perú, la Virgen María fue asociada con Pachamama, diosa incaica de la tierra y, como tal, se la venera actualmente en muchas comunidades.

Una joven celebra el Día de los Muertos decorando la tumba de un pariente suyo en el cementerio San Gregorio Atlapulco de la ciudad de México.

Lo indígena frente a lo mestizo

Aunque en algunos países predomina una cultura mestiza, existen todavía comunidades indígenas que no se consideran parte del mundo mestizo hispanoamericano. Con frecuencia, las naciones de Hispanoamérica han celebrado el pasado indígena, ya que ese pasado ayuda a crear una identidad nacional distintiva. Sin embargo, las sociedades indígenas actuales no se han reconocido de la misma manera. Estas se han mantenido separadas, ya sea viviendo lejos de los centros urbanos o al margen de la sociedad dominante, y solo así han podido conservar lenguas y tradiciones propias. No obstante, el mismo aislamiento físico y cultural que ha permitido su supervivencia también ha impedido su participación en la vida política, económica e intelectual de sus países. A causa de su pobreza y falta de educación, se ha visto a los grupos indígenas como un obstáculo al progreso —el llamado "problema del indio"— y actualmente siguen siendo despreciados por la sociedad dominante.

Países con una importante población indígena son México, Guatemala, Ecuador, Perú, Bolivia y Paraguay. En estos mismos países el mestizaje suele celebrarse como un aspecto importante de la identidad nacional.

El escudo nacional de México, adoptado en 1821, representa una historia azteca, según la cual se profetizó la fundación de la capital azteca en el lugar donde vieran un águila devorando a una serpiente. Este uso de la historia indígena ayudó a definir una identidad nacional mexicana distinta de la de otras naciones.

Resistencia y creciente fuerza política de los indígenas

No es verdad, sin embargo, que los indígenas siempre hayan aceptado su marginación con docilidad y conformismo, y desde la época colonial ha existido una tradición de resistencia. Los indígenas andinos recuerdan la oposición del último inca Túpac Amaru al dominio español. Los de México recuerdan la legendaria lucha de Cuauhtémoc contra Cortés, además de la más reciente lucha de Emiliano Zapata por defender los derechos de los indígenas durante la Revolución mexicana de 1910. El espíritu de Zapata inspiró al Ejército Zapatista de Liberación Nacional (EZLN), que en 1994 inició en Chiapas una lucha contra el gobierno mexicano. Los rebeldes protestaron por el continuo deterioro de su situación económica y por la poca atención que en general les prestaba el gobierno central.

La Revolución mexicana empezó en 1910.

Chiapas, cerca de Guatemala, está habitado principalmente por grupos mayas.

Afortunadamente, en años recientes han aparecido iniciativas que buscan soluciones más pacíficas y duraderas. Una táctica ha sido ganar el apoyo de la comunidad internacional, y en esto nadie ha tenido tanto éxito como la mujer quiché Rigoberta Menchú. Menchú huyó de Guatemala en 1981, en

Los quichés son uno de más de 20 grupos mayas de Guatemala.

Continúa en la página siguiente

Menchú narró la historia de su vida y del pueblo quiché en su libro *Me llamo Rigoberta Menchú y así me nació la conciencia* (1983).

medio de la lucha violenta entre el gobierno y los indígenas. En el exilio contó la historia trágica de su pueblo y en 1992 ganó el Premio Nobel de la Paz por sus esfuerzos a favor de las comunidades indígenas, convirtiéndose así en portavoz importante de las comunidades indígenas del mundo.

100 Otra táctica para mejorar las condiciones de los indígenas ha sido la formación de federaciones de indígenas que defienden sus intereses por medio de una nueva participación activa en la política de sus países. En el Ecuador, caso ejemplar del fenómeno, los pueblos indígenas organizaron la Confederación de las Nacionalidades Indígenas del Ecuador (CONAIE)
105 para combatir la explotación del petróleo y la destrucción del hábitat natural. El éxito de los indígenas ecuatorianos ha servido de modelo para otros, y desde México hasta Chile nuevos movimientos indigenistas van ganando influencia. Cada vez hay más representantes indígenas en el gobierno de los diferentes países, y el indígena aimara, Evo Morales, llegó
110 a la presidencia de Bolivia en 2005, desde donde lanzó un programa político proindigenista. Gracias a todos estos cambios, muchos países han modificado su Constitución para dar mayor protección a los descendientes de sus pobladores originales.

Los aimaras representan más del 30% de la población boliviana.

El creciente contacto y cooperación entre grupos indígenas se revela en su uso de Internet para divulgar sus programas. (Ve a la página web de *Fuentes* para encontrar enlaces a sitios relacionados con el tema de los indígenas.)

Estos y otros acontecimientos anuncian un cambio importante en las
115 relaciones entre los diversos grupos que componen la población hispanoamericana. Durante siglos, los indígenas tuvieron que aceptar su absoluta subordinación; ahora están recobrando su voz y defendiendo sus culturas. Al mismo tiempo, se están convirtiendo en una fuerza
120 transformadora que tiene que tomarse en cuenta dentro y fuera de América "Latina" durante el siglo XXI. ■

Evo Morales, primer presidente indígena de Bolivia, baila con mujeres aimaras durante la celebración de un ritual andino delante del Palacio de Gobierno en La Paz.

Scanning

ACTIVIDAD 14 Detalles importantes

Después de leer, determina si las siguientes oraciones son ciertas (C) o falsas (F), de acuerdo con la información que aparece en la lectura. Corrige las oraciones que sean falsas.

1. _____ La conquista española no tuvo mucho impacto en los pueblos indígenas de América.

2. _____ Pocos hispanoamericanos llevan sangre indígena en sus venas.
3. _____ El mestizaje ha tenido efecto en muchos aspectos de la cultura.
4. _____ Las comunidades indígenas nunca aceptaron la religión católica.
5. _____ Todavía hoy existen comunidades indígenas separadas de la cultura hispana.
6. _____ Muchos indígenas son pobres y analfabetos.
7. _____ El EZLN atacó a los indígenas por protestar contra el gobierno.
8. _____ El líder político indígena más conocido es Evo Morales.
9. _____ En años recientes la respuesta principal de los indígenas a su marginación ha sido la lucha armada.

ACTIVIDAD 15 Implicaciones

Making inferences

Las siguientes oraciones representan deducciones o inferencias que se basan en la información del texto anterior. Busca la información que apoya cada inferencia.

1. La conquista española fue bastante violenta.
2. La mayoría de la población mexicana es católica.
3. En Cuba, Costa Rica y Argentina, ya no hay una presencia indígena importante.
4. Muchos mestizos hispanoamericanos tienen vergüenza de su sangre indígena.
5. Para los indígenas modernos, la globalización representa una amenaza y una ayuda.

ACTIVIDAD 16 Comparaciones

Trabajen en grupos de cuatro. Dos personas son indígenas de los Estados Unidos y dos indígenas de Hispanoamérica. Comparen cómo eran sus relaciones con los europeos, cómo es su vida actual y cuál será su futuro. Temas posibles de discusión: el *mestizaje* o la separación, la comida, la religión, la música, el activismo político. Usen las expresiones:

Me parece que...	It seems to me that . . .
Creo que...	I think that . . .
En mi opinión...	In my opinion . . .
Es decir...	That is . . .
O sea...	That is . . . / In other words . . .
Ud. me dice que...	You're telling me that . . .

Cuaderno personal 3-2

¿Crees que los indígenas pueden defender sus culturas sin integrarse a la cultura dominante? ¿Por qué sí o no?

Lectura 3: Literatura

ESTRATEGIA DE LECTURA

Using the Bilingual Dictionary

Reading exposes you to new ideas and new words. As a general rule, the most efficient strategy for dealing with unfamiliar words is to try to guess their meaning from the context, or to skip over them if they do not seem important. However, there will be cases when you either need to look up a word in order to understand the passage, or you are simply curious to know more. If you finally decide to use the dictionary, here are some guidelines to help you.

Remember that it is not generally a good idea to translate every word in a reading. If you do, you are likely to focus on isolated words rather than the meaning of the words in context. In other words, you may not be able to see the forest for the trees.

1. Determine the part of speech.
2. Consider the context and try to guess its meaning. This may help you when you look up the word and are presented with numerous possibilities.
3. Look up the word in the Spanish half of a good bilingual dictionary. Be sure to check and compare all the possibilities given. Use the dictionary abbreviations to help you:

   m. masculine noun
   f. feminine noun
   adj. adjective (often given in masculine form)
   adv. adverb
   v. tr. transitive verb
   v. int. intransitive verb
   v. r. (ref., pr. or **prn.)** reflexive verb

4. Scan the entry to see if the word you are looking up is actually part of an idiom. Idioms are included toward the end of an entry.

The **pr.** or **prn.** refers to the reflexive pronoun that accompanies reflexive verbs.

Using the dictionary

ACTIVIDAD 17 A buscar palabras

Las palabras en negrita en las siguientes oraciones aparecen en el cuento que vas a leer. Intenta adivinar el significado de cada palabra por el contexto, determina la parte de la oración, y después busca la palabra en el vocabulario que sigue o en un diccionario bilingüe. Escribe el mejor equivalente inglés al final de la oración.

1. Después del accidente, la sangre **chorreaba** de la pierna de la víctima.
2. Todos los parientes entraron en la casa para despedirse del hombre enfermo, quien estaba ya en su **lecho** de muerte.
3. El hombre se presentó muy **confiado** ante el tribunal, pero al final lo condenaron a muerte.
4. Cuando la mujer se despertó, se encontró **rodeada** de todos sus amigos.
5. El prisionero intentó **engañar** a los guardias, pero no logró escaparse.
6. Los habitantes del pueblo miraban **fijamente** al recién llegado sin decir nada.

cho•rre•ar intr. *(fluir)* to gush, spout; *(gotear)* to drip, trickle —tr. *(derramar)* to pour; FIG., COLL. *(dar poco a poco)* to give in dribs and drabs; CUBA to tell off; ECUAD. to soak; ARG., URUG. to steal —reflex. COL. to steal.

con•fia•do, -da I. past part. see **confiar II.** adj *(presumido)* confident, assured; *(crédulo)* gullible, unsuspecting; *(que se fia)* trusting.

con•fiar §30 intr. *(fiar)* to trust, feel confident <*confiamos en que el plan tendrá éxito* we feel confident that the plan will succeed>; *(contar con)* to count, rely <*confío en mis amigos* I count on my friends>; to commit <c. *a la memoria* to commit to memory>—tr. *(encargar)* to entrust <*confiaron la tarea a un amigo íntimo* they entrusted the task to a close friend>; to confide <*c. un secreto* to confide a secret> —reflex. to trust, have faith <*me confío en usted* I have faith in you>.

en•ga•ñar tr. *(burlar)* to deceive, trick; *(encornudar)* to cuckold, be unfaithful to; *(distraer)* to ward or stave off< *e. el hambre* to stave off hunger>; *(pasar)* to kill, while away <*e. las horas* to while away the hours> —intr. to be deceptive or misleading —reflex. *(cerrar los ojos)* to deceive oneself; *(equivocarse)* to be mistaken *or* wrong.

fi•ja•men•te adv. *(con seguridad)* firmly, assuredly; *(atentamente)* fixedly, steadfastly; *(intensamente)* intensely, attentively.

fi•jo, -ja I. past part. see **fijar II.** adj. *(firme)* fixed, steady <*la mesa está f.* the table is steady>; *(permanente)* permanent <*un empleado f.* a permanent employee>; *(inmóvil)* stationary, fixed (*una estrella f.* a fixed star>; *(invariable)* fixed, set <*un precio f.* a set price>; *(estable)* stable, steady <*una renta f.* a steady income>; *(de colores)* fast, indelible; CHEM. fixed, nonvolatile ◆ **de f.** certainly, surely **III.** m. fixed salary —f. see **fija IV.** adv. fixedly, pointedly; PERU certainly.

le•cho m. *(cama)* bed; *(fondo)* bed (of a river, lake); *(capa)* layer, coat; ARCHIT. base; GEOL. bed, layer ◆ **abandonar el l.** FIG. to get up, get out of bed • **l. de roca** GEOL. bedrock.

ro•de•ar intr. *(dar la vuelta)* to go around; *(ir por el camino más largo)* to go by a roundabout way; FIG. (*hablar con rodeos*) to beat around the bush —tr. *(acorralar)* to surround <*los guardias rodearon al ladrón* the guards surrounded the thief>; *(encerrar)* to enclose, surround <*una muralla rodea el jardín* a wall encloses the garden>; *(dar la vuelta)* to go around; AMER. to round up (cattle) ◆ **r. de** to surround with —reflex. *(revolverse)* to toss and turn (in one's sleep); *(volverse)* to turn around ◆ **rodearse de** to surround oneself with <*rodearse amigos* to surround oneself with friends>.

ACTIVIDAD 18 Con la ayuda del contexto

Guessing meaning from context

Lee bien las siguientes oraciones para determinar el significado de las palabras en negrita.

1. Los hombres buscaban al criminal y por fin lo **apresaron** y lo llevaron a la prisión.
   a. mataron b. capturaron c. perdieron
2. El profesor tenía un gran **conocimiento** de la filosofía precolombina.
   a. lo que sabe una persona b. el grupo de amigos de una persona c. la conciencia
3. Las plantas suelen **florecer** en la primavera.
   a. perder las hojas b. morir c. echar flores
4. Muchos frailes españoles adquirieron un **dominio** sorprendente de lenguas indígenas como el quechua, el náhuatl y las lenguas mayas.
   a. poder sobre alguien b. capacidad de usar c. superioridad
5. Los indígenas **se disponían** a empezar la ceremonia cuando llegó el fraile.
   a. se preparaban b. tomaban decisiones c. se disputaban
6. El **rostro** impasible de ese hombre molesta a la gente, ya que es imposible saber lo que piensa.
   a. la lista b. la nariz c. la cara

Activating background knowledge

ACTIVIDAD 19 La invención de una trama

Parte A: Las siguientes palabras aparecen en el cuento que van a leer. En grupos de tres, digan o adivinen qué significa cada palabra o a quién se refiere cada nombre.

fray Bartolomé	*perdido*	*el sol*	*el corazón*
la selva	*el eclipse*	*chorrear*	*Guatemala*
engañar	*el sacrificio*	*Aristóteles*	*oscurecerse*
el desdén	*Carlos V*	*salvar*	*prever*
España	*indígenas*	*el calendario*	*astrónomos*

Predicting

Parte B: En parejas, miren la imagen y la lista de vocabulario, y digan qué creen que pasa en el cuento.

Parte C: Trabajando individualmente, y antes de leer el cuento, escribe un párrafo contando brevemente lo que crees que va a pasar en el cuento. Usa de seis a ocho palabras de la lista y subráyalas.

Parte D: Después de terminar tu versión del cuento, lee el cuento original para ver cuántas de tus predicciones son correctas.

Representación de un sacerdote maya encontrada en Yucatán (México).

Augusto Monterroso *(1921–2003) fue el escritor guatemalteco más importante del siglo XX. Desde muy joven se dedicó a la actividad política, la búsqueda de la justicia y la literatura. En 1944 tuvo que marcharse de su país natal a causa de la difícil situación política, para luego pasar el resto de su vida en México. En el exilio, Monterroso se hizo famoso por su especial cultivo de los minicuentos y tiene fama de haber escrito el cuento más corto de la historia: "Cuando despertó, el dinosaurio todavía estaba allí." Comenzó a publicar sus textos a partir de 1959, cuando salió su colección* Obras completas (y otros cuentos), *en la que apareció "El eclipse", el más conocido de sus cuentos. En este cuento se pueden apreciar algunos rasgos fundamentales de su escritura: el humor negro, la paradoja y el interés en la justicia.*

El eclipse

Augusto Monterroso

Cuando fray Bartolomé Arrazola se sintió perdido aceptó que ya nada podría salvarlo. La selva poderosa de Guatemala lo había apresado, implacable y definitiva. Ante su ignorancia topográfica se sentó con tranquilidad a esperar la muerte. Quiso morir allí, sin ninguna esperanza, aislado, con el pensamiento fijo en la España distante, particularmente en el convento de los Abrojos, donde Carlos Quinto condescendiera una vez a bajar de su eminencia para decirle que confiaba en el celo religioso de su labor redentora.

Al despertar se encontró rodeado por un grupo de indígenas de rostro impasible que se disponían a sacrificarlo ante un altar, un altar que a Bartolomé le pareció como el lecho en que descansaría, al fin, de sus temores, de su destino, de sí mismo.

Tres años en el país le habían conferido un mediano dominio de las lenguas nativas. Intentó algo. Dijo algunas palabras que fueron comprendidas.

Entonces floreció en él una idea que tuvo por digna de su talento y de su cultura universal y de su arduo conocimiento de Aristóteles. Recordó que para ese día se esperaba un eclipse total de sol. Y dispuso, en lo más íntimo, valerse de aquel conocimiento para engañar a sus opresores y salvar la vida.

—Si me matáis —les dijo— puedo hacer que el sol se oscurezca en su altura.

Los indígenas lo miraron fijamente y Bartolomé sorprendió la incredulidad en sus ojos. Vio que se produjo un pequeño consejo, y esperó confiado, no sin cierto desdén.

Dos horas después el corazón de fray Bartolomé Arrazola chorreaba su sangre vehemente sobre la piedra de los sacrificios (brillante bajo la opaca luz de un sol eclipsado), mientras uno de los indígenas recitaba sin ninguna inflexión de voz, sin prisa, una por una, las infinitas fechas en que se producirían eclipses solares y lunares, que los astrónomos de la comunidad maya habían previsto y anotado en sus códices sin la valiosa ayuda de Aristóteles. ■

ACTIVIDAD 20 Personajes

Scanning

Termina las siguientes oraciones según la información que da el cuento.

Fray Bartolomé era...
Al principio del cuento, fray Bartolomé estaba...
Al final del cuento fray Bartolomé estaba...
Las personas que rodeaban a fray Bartolomé eran...
Los indígenas eran/estaban...

Recognizing chronological order

ACTIVIDAD 21 ¿Qué pasó?

Parte A: Pon las siguientes frases en orden cronológico para formar un resumen del cuento.

_____ *Se perdió fray Bartolomé en la selva de Guatemala.*
_____ *Los sacerdotes esperaron el momento exacto del eclipse, y entonces le sacaron el corazón a fray Bartolomé.*
_____ *Recordó su juventud en un convento de España y el momento en que había conocido al emperador Carlos V.*
_____ *El fraile se sentó a esperar la muerte.*
_____ *Se durmió en la selva.*
_____ *Como había estudiado la ciencia de Aristóteles, recordó que iba a ocurrir un eclipse solar.*
_____ *Los sacerdotes mayas reaccionaron tranquilamente porque ya habían previsto el eclipse y sabían cuándo iba a ocurrir.*
_____ *Cuando se despertó, estaba en un altar, rodeado de sacerdotes indígenas que preparaban el sacrificio.*
_____ *Decidió engañar a los sacerdotes mayas y les dijo que iba a causar un eclipse si no lo ponían en libertad.*

Parte B: Después de poner los acontecimientos en orden, usa expresiones de transición como **al principio, luego, después, en seguida, por fin** y **al final** para crear un resumen coherente.

Making inferences

ACTIVIDAD 22 Consideraciones y especulaciones

Los cuentos siempre comunican las perspectivas de sus autores, pero también tienen implicaciones no previstas por el autor, al mismo tiempo que nos hacen pensar en cuestiones relacionadas. En parejas, comenten las siguientes preguntas.

1. ¿Cuál es el mensaje que Monterroso nos quiere comunicar sobre los indígenas? ¿Es positiva o negativa su perspectiva de los indígenas?
2. ¿Qué —o a quiénes— representa el personaje de fray Bartolomé?¿La Iglesia Católica? ¿Los conquistadores? ¿Los españoles? ¿Aristóteles? ¿La cultura y la civilización europeas? ¿Cuál es la perspectiva de Monterroso sobre cada uno de estos grupos?
3. Muchos frailes católicos no tuvieron la mala suerte de fray Bartolomé. De hecho, las comunidades indígenas de Mesoamérica adoptaron la fe católica con gran rapidez. Se ha dicho que esto ocurrió porque el cristianismo y las religiones de los aztecas y mayas compartían una creencia fundamental en la importancia del sacrificio humano. ¿Están de acuerdo?

Cuaderno personal 3-3

¿Crees que es válido hablar de sociedades "primitivas" y sociedades "avanzadas"? ¿Por qué sí o no?

Redacción: Un mito

Listening, Note taking

la historia = the story; history

ACTIVIDAD 23 El origen del ser humano

La literatura empezó en muchas culturas para explicar los orígenes y enseñar los valores, y se transmitía de generación en generación por vía oral. En el *Popol Vuh*, el libro sagrado de los mayas quiché, se cuenta el mito de la creación de los hombres. Así como los mayas, todas las culturas tienen historias que explican el origen de la humanidad. En este país, la tradición judeocristiana es la que mejor se conoce.

Parte A: Ahora tu profesor/a va a contar la historia de la creación de los hombres según el *Popol Vuh*. Escucha y toma apuntes para poder volver a contar la historia después. Usa el siguiente esquema para tus apuntes.

- dos o tres características del mundo que crearon los dioses
- lo que decidieron hacer los dioses después de crear el mundo y por qué
- cómo resultó esta creación
- otra decisión de los dioses
- características de los tres tipos de Hombre y cómo resultó ser cada uno

Características	Resultados
1.	
2.	
3.	

Parte B: Ahora, usando tus apuntes, ayuda a recrear la leyenda con el resto de la clase.

ESTRATEGIA DE REDACCIÓN

Using the Bilingual Dictionary

When you write, try to express yourself as much as possible with vocabulary that is already known to you. This will make it easier for you to compose directly in Spanish. Nevertheless, there will be cases when you need to look up specific vocabulary in order to communicate your thoughts. Here are some guidelines to help you better use the dictionary when writing.

1. Determine the part of speech of the word you want. If you need to look up a phrase or idiom, look under the key word or words.
2. Look up the word in the English-Spanish section of the dictionary. Find the equivalents that match the same part of speech. If the word you are seeking is part of an English idiom, it may be listed later in the entry or under another key word. Remember that the Spanish equivalent may be quite different from the English, as in *to be 10 years old* and **tener 10 años.**

3. If you find more than one Spanish equivalent, you may need to cross-check each of these in the Spanish-English section of the dictionary.
4. When looking up a verb, determine whether you need to use it as transitive, intransitive, or reflexive, in which case the verb is used with a reflexive pronoun. Read the examples to determine if preposition(s) should be used with the verb. Make sure you do not try to translate English phrasal verbs (such as *to get up, to get off, to get over,* etc.) too literally. Many such verbs have a specific Spanish equivalent that may or may not be accompanied by a preposition.

Using the dictionary

ACTIVIDAD 24 Los equivalentes en español

light[1] (līt) **I.** s. *(lamp)* luz *f* <*turn the lights on* enciende las luces>; *(radiation)* luz <*ultraviolet l.* luz ultravioleta>; *(illumination)* luz, iluminación *f*; *(daylight)* luz <*the l. of the day* la luz del día>; *(streetlamp)* luz, farol *m*; *(traffic light)* luz, semáforo; *(window)* ventana; *(skylight)* claraboya; *(headlight)* luz, faro; *(lighthouse)* faro, fanal *m*; *(flame)* fuego <*have you got a l.?* ¿me puedes dar fuego?>; FIG. *(spiritual awareness)* luz, iluminación; *(viewpoint)* aspecto, punto de vista <*I never saw the matter in that light* nunca vi el asunto desde ese punto de vista>; *(luminary)* lumbrera, eminencia <*he is one of the leading lights of science* él es una de las destacadas lumbreras de la ciencia>; *(gleam)* brillo <*the l. in her eyes* el brillo en sus ojos>; PINT. luz <*l. and shade* luz y sombra> ♦ **at first l.** al rayar la luz del día • **in l. of** en vista de, considerando • **in the cold l. of day** FIG. fríamente, desapasionadamente • **lights** FIG. *(opinions)* luces, conocimientos • **to bring to l.** FIG. sacar a luz, revelar • **to shed** *o* **throw l. on** FIG. arrojar luz sobre, aclarar • **to come to l.** salir a la luz, ser revelado • **to give the green l.** FIG. aprobar la realización (de un proyecto) • **to see in a different l.** FIG. mirar con otros ojos, mirar desde otro punto de vista • **to see the l.** FIG., RELIG. iluminarse; *(to understand)* comprender, darse cuenta • **to see the l. of day** salir a luz, nacer **II.** tr. **light·ed** *o* **lit** (lĭt), **light·ing** *(to ignite)* encender; *(to turn on)* encender, prender <*who lit this lamp?* ¿quién encendió esta lámpara?>;

light[2] (līt) **I.** adj. **-er, -est** *(lightweight)* ligero, liviano; FIG. *(easily digested)* ligero, liviano; *(not forceful)* suave, leve; *(slight)* fino <*a l. rain* una lluvia fina>; *(faint)* débil; *(easy)* ligero, liviano <*l. work* trabajo liviano>; *(frivolous)* superficial, de poca importancia <*a l. chat* una charla de poca importancia>; *(blithe)* alegre, contento <*a l. heart* un corazón alegre>; *(low in alcohol)* de bajo contenido alcohólico ♦ **as l. as air** liviano como el aire • **l. in the head** mareado • **to be l. on one's feet** ser ligero de pies, moverse con agilidad • **to make l. of** no tomar en serio, restar importancia a **II.** adv. **-er, -est** ligeramente ♦ **to travel l.** viajar con poco equipaje

La palabra *light* tiene varios equivalentes en español. Usa la sección del diccionario que aparece al lado para buscar la traducción española de *light* según el contexto de cada oración.

1. Could you turn off the lights?
2. Have you got a light?
3. Then he saw things in a different light.
4. Priests often light candles during religious ceremonies.
5. They decided to paint the room light blue.
6. Experienced tourists prefer to travel light.

Using the dictionary

ACTIVIDAD 25 Tu propio mito

Ahora vas a escribir tu propio mito. Primero, piensa en el aspecto del mundo o de la vida que quieres explicar. Luego, haz un esquema de los puntos importantes que vas a desarrollar en la historia con una lista del vocabulario necesario. Usa el diccionario para encontrar nuevas palabras. Luego, escribe el mito, usando palabras de transición y el pretérito y el imperfecto.

África en América: el Caribe

See the *Fuentes* website for related links and activities: www.cengage.com/spanish/fuentes

Activating background knowledge

ACTIVIDAD 1 ¿Qué saben del Caribe?

Usando sus conocimientos y la información del mapa en la página anterior, en grupos de tres miren el mapa, lean las siguientes oraciones y determinen cuáles son ciertas y cuáles son falsas. Si no están seguros, adivinen.

1. _____ Haití y Jamaica son los únicos países del Caribe que tienen una fuerte influencia africana.
2. _____ La comida caribeña es muy similar a la comida mexicana.
3. _____ La salsa es muy popular en el Caribe.
4. _____ El español es el idioma oficial de todas las naciones caribeñas.
5. _____ Hay grandes comunidades indígenas en las islas caribeñas.
6. _____ En el pasado, había muchas plantaciones con esclavos en el Caribe.
7. _____ La música caribeña no conserva las tradiciones de la música española.
8. _____ En el Caribe, la influencia africana ha sido más importante que la influencia indígena.

Lectura 1: Una reseña biográfica

ESTRATEGIA DE LECTURA

Using Syntax and Word Order to Understand Meaning
In the previous chapter, you practiced analyzing sentences in terms of parts of speech. These small units are organized into larger units that are fundamental to the meaning of a sentence.

- **El verbo:** The verb describes an action or state; it may be simple, compound, or linked in a series to form a verb phrase (**frase verbal**) as in **El hijo de Carmen no *pudo ir*.** All sentences contain either a verb or verb phrase.
- **El sujeto:** Nearly every verb has a subject with which it agrees. A subject may be one word or several: ***El hijo de Carmen* no pudo ir.** Remember that the subject is often not explicitly expressed in Spanish. In this case, it is necessary to look at surrounding context to determine the subject. A few verbs have no subject: ***Hay* veinte personas aquí.**
- **El complemento directo:** The direct object receives the action of the verb. It can be one word or more as in **Yo vi *al hijo de Carmen*.** Notice that specific persons or person-like things are introduced by the **a personal.**
- **El complemento indirecto:** The indirect object is the recipient of the direct object or the beneficiary of the action of the verb: **Paco *le* dio un libro *al hijo de Carmen*.** Notice in the example that the indirect object is preceded by the preposition **a** and marked redundantly with the indirect-object pronoun **le.**

- **El complemento circunstancial:** This unit tells under what circumstances the action occurs (when, where, how, why) and often begins with a preposition such as **a, de, en, con, por, para. El hijo de Carmen llegó *a la fiesta* y se quedó *hasta las doce.***

If you have problems understanding a sentence, you may want to slow down, analyze the sentence, and figure out *when* or *where who* did *what* to *whom,* while remembering that the subject, verb, and objects are often groups of words. It helps to locate the verb first, determine its number, and look for a subject that corresponds. In Spanish, the subject may appear before the verb (as in English), after the verb, or at the end of the sentence. For example, these two sentences are both true of Celia Cruz and Tito Puente, yet they differ in meaning:

Conoció Celia a Tito Puente.
Conoció a Celia Tito Puente.

Can you explain this difference in meaning?

ACTIVIDAD 2 La estructura de las oraciones

Using syntax and word order to understand meaning

En parejas, analicen las siguientes oraciones que van a ver en la lectura sobre la cantante cubana Celia Cruz e identifiquen en cada una si hay sujeto (S), verbo (V), complemento directo (CD), complemento indirecto (CI) o complemento circunstancial (CC). Subráyenlos si aparecen.

1. Esta mujer tiene un significado trascendental en la historia de la música caribeña.
2. En esa época empezaban... el chachachá y el mambo.
3. La salsa empezó en 1967, en Nueva York.
4. Toda la música tiene su encanto.
5. Cuando todavía era estudiante, un familiar la inscribió en un concurso radial.
6. Desde hace años ha incluido en ese trabajo a algunos puertorriqueños.

ACTIVIDAD 3 ¡Adivina!

Guessing meaning from context

Lee estas oraciones basadas en el artículo sobre la cantante cubana Celia Cruz y escoge el sinónimo de las expresiones indicadas en negrita.

1. Su carrera profesional empezó cuando ganó el primer lugar en **un concurso** de radio.

   a. un canal   b. un curso   c. una competición

2. La salsa es **el conjunto** de todos los ritmos cubanos mezclados en uno solo.

   a. el grupo musical   b. la conjunción   c. la combinación

3. Los instrumentos de la salsa incluyen instrumentos de cuerda, como la guitarra y **el bajo.**

   a. un tipo especial de tambor   b. un tipo especial de guitarra   c. un tipo especial de flauta

4. Los arreglos de sus canciones son **realizados** por un músico cubano.
   a. hechos　　b. apreciados　　c. financiados
5. Esta música la **tildaban** de callejera, de música cualquiera, sin crédito.
   a. decoraban　　b. apreciaban　　c. caracterizaban

Building vocabulary

Celia Cruz murió en 2003, pero el artículo que vas a leer fue publicado antes de su muerte.

ACTIVIDAD 4 La palabra apropiada

Lee las siguientes oraciones sobre Celia Cruz y complétalas con una palabra de la lista.

salida	*bondad*	*grabación*	*encanto*
arreglos	*significado*	*cansada*	*incansable*

1. Le gusta mucho esta ____________ de la canción. Se oye muy bien.
2. Una canción puede tener muchos ____________ distintos, según los instrumentos que se usen.
3. Esa mujer nunca para. Es verdaderamente ____________.
4. Celia era honesta, paciente y generosa. Su gran ____________ era bien conocida por todos.
5. Después de su ____________ de Cuba, Celia se fue a vivir a los Estados Unidos.
6. Su música tiene un ____________ especial que sigue atrayendo a la gente.
7. Es difícil exagerar el ____________ que ha tenido Celia Cruz para la música afrocaribeña.

Skimming and scanning

ACTIVIDAD 5 Los nombres de Celia

Parte A: Mira el título, el primer párrafo y la foto del artículo. Luego, en parejas, hagan una lista de todos los nombres y títulos de Celia y digan qué temas se comentan en el artículo.

Active reading

Parte B: Mientras lees el artículo, decide cuántos de los siguientes temas se comentan en la lectura.

_____ *los orígenes de la salsa*
_____ *las características de la salsa*
_____ *los planes de Celia*
_____ *los orígenes de la música cubana o caribeña*
_____ *la historia de la carrera profesional de Celia*
_____ *lo que dicen los críticos de la música de Celia*

La Reina Rumba habla de la 'salsa'

Norma Niurka • Redactora de *El Miami Herald*

Celia, embajadora de la música salsa, durante un concierto en Hamburgo, Alemania.

Celia Cruz es algo más que una cantante de "salsa", término que era desconocido cuando empezó su carrera interpretando ritmos que se conocían como la rumba y la guaracha. Aún en vida, se ha convertido en leyenda: *la Reina Rumba, la Guarachera de Cuba, la Reina de la Salsa.*

Admirada por antillanos[1], suramericanos, europeos y estadounidenses, esta mujer tiene un significado trascendental en la historia de la música caribeña. El Olympia de París, el Madison Square Garden de Nueva York; el Palacio de la Salsa en México; han temblado ante esa figura incansable, llena de energía, gracia y bondad, que canta, baila a su aire y despliega una fascinante personalidad escénica.

Cuando Celia se iniciaba en el ambiente artístico, en la radio cubana, estaba familiarizada con la guaracha y la rumba; en esa época empezaban a ponerse de moda el chachachá y el mambo.

"Lo que ahora se llama salsa, en la época en que empecé a cantar era la rumba. La salsa, para mí, es el conjunto de todos los ritmos cubanos metidos en uno solo." Celia tiene sus teorías acerca del surgimiento de la palabra "salsa".

"La salsa empezó en 1967, en Nueva York, yo ya estaba en Estados Unidos. En ese año, estuve en Venezuela, en un programa de Fidias Danilo Escalona, que se llamaba *La hora de la salsa...* Para mí no hubo cambio, yo seguí cantando de la misma forma que he cantado siempre."

Celia cita tres cambios en el proceso de rumba a salsa: los instrumentos, los arreglos y una cierta influencia de Estados Unidos.

"Los arreglos te dan más oportunidad de desarrollar un número. Cuando grabé *La bemba colorá* duraba tres minutos, ahora dura diez. Los instrumentos para la salsa son electrónicos. Yo nunca con la Sonora toqué con bajo eléctrico. Antes los pianos eran grandísimos, el pianista necesitaba un camión para él solo. Ahora son electrónicos, pequeños, y se llevan como un violín."

Sus arreglos son realizados por el cubano Javier Vázquez (pianista de la Sonora Matancera), pero desde hace años ha incluido en ese trabajo a algunos puertorriqueños que se han formado en Estados Unidos. Estos, según Celia, han impregnado su música de otros sonidos.

"En estos pasajes de arreglos de salsa hay un poco de la esencia del jazz, por haber ellos estudiado aquí, aunque sea música del Caribe. La música cubana no pierde sus raíces, ahí están el bajo, la tumbadora, el bongó y, a veces, la maraca; pero yo a esta música le pondría jazz latino si no tuviera el nombre de salsa."

Sin embargo, aclara que no ha cantado jazz ni lo hará.

"En Cuba éramos muy adeptos a oír la música americana. Conocimos muy bien a Ella Fitzgerald y a Count Basie. Toda la música tiene su encanto, pero nunca me interesó cantar ese tipo de música. Si no lo haces en inglés, no sale igual. Si yo hago una guaracha en inglés no me va a salir lo mismo." Con su buen sentido del humor, comenta: "No es lo mismo que en vez de decir ¡Azúca!, diga ¡Sugar!"[2]

Continúa en la página siguiente

1 **antillano** = de las Antillas (las islas del Caribe)

2 Celia solía gritar **¡Azúca(r)!** cuando interpretaba una canción.

A pesar de aceptar que entre sus admiradores se encuentran muchos americanos, Celia no es optimista en cuanto al interés del país en la salsa. "Cuesta trabajo entrar un disco de salsa en español en el mercado americano. El idioma es la barrera."

De origen muy humilde, Celia se crió entre catorce primos y hermanos, en una casa que compartía su madre, con su hermana y su prima. Cuando todavía era estudiante, un familiar la inscribió en un concurso radial y ése fue el comienzo de una carrera brillante en el campo de la música popular.

Continuó interpretando ritmos afrocubanos y muy pronto se estableció su estilo en la guaracha. Su nombre siempre estuvo asociado a la orquesta La Sonora Matancera, con quien grabó hasta su salida de Cuba, continuando la unión más tarde, en el exilio.

"Si hoy tengo un par de aretes me lo he ganado cantando", dice. "He dado un ejemplo, no sólo con mi música, sino porque me he dado a respetar. Esta música la tildaban de callejera, de música cualquiera, sin crédito. Hoy es música de mucho valor, es folklore y es cultura, es una música que todo el mundo respeta. Y yo me he dado a respetar comportándome como una dama. En el escenario canto y bailo, pero cuando me bajo de ahí todos me tienen que respetar." ■

Scanning

ACTIVIDAD 6 Celia

Determina si las siguientes oraciones son ciertas o falsas. Corrige las oraciones falsas.

1. _____ Celia era de familia bastante rica.
2. _____ Celia empezó su carrera musical cantando guarachas y rumbas en los años 50.
3. _____ Celia se hizo famosa solo en Cuba, Miami y Nueva York.
4. _____ Celia nació y vivió en Cuba hasta que se fue a los Estados Unidos.
5. _____ Celia cantaba bien, pero tenía una personalidad difícil.
6. _____ A Celia no le gustaba cantar en inglés.

Scanning

ACTIVIDAD 7 La salsa según Celia

Celia explica la historia de la salsa, dando información y opiniones propias. Lee cada detalle y contesta la pregunta que le sigue.

1. Había cuatro ritmos cubanos que eran populares antes de la salsa. ¿Cuáles eran?
2. Hubo tres cambios que llevaron a la creación de la salsa. ¿Cuáles fueron?
3. Existía otro nombre posible para la salsa. ¿Cuál era?
4. La salsa y la música caribeña no entraban fácilmente en los EE.UU. ¿Por qué?
5. La música que cantaba era especial. ¿Por qué?
6. Hubo varios lugares y culturas que contribuyeron a la creación de la salsa. ¿Cuáles fueron?

ACTIVIDAD 8 Una canción de Celia

Discussing music

Parte A: Ahora vas a escuchar una canción de Celia Cruz, típica del Caribe. Primero, mira el cuadro de abajo y de la página siguiente.

¿Cómo describes esta canción?	
Título: ____________________	
Marca todas las palabras que reflejen tus reacciones a la canción	
_____ aburrida	_____ cómica
_____ dulce	_____ monótona
_____ religiosa	_____ sabrosa
_____ sosa	_____ triste
_____ apasionante	_____ desagradable
_____ inspiradora	_____ política
_____ repetitiva	_____ salvaje
_____ trágica	_____ con buen ritmo
_____ bailable	_____ divertida
_____ lenta	_____ rápida
_____ romántica	_____ sensual
_____ tranquila	_____ de mensaje social
Marca todas las frases que reflejen tus opiniones.	
_____ Es demasiado larga.	_____ Quiero escucharla otra vez.
_____ Tiene buen arreglo.	_____ Se la regalaría a un amigo.
_____ Tiene buena letra.	_____ Me gustaría asistir a un concierto.
_____ Tiene una letra tonta.	
Creo que la persona que canta:	
_____ es sincera	_____ está enojada
_____ es aburrida	_____ está enamorada
_____ está aburrida	_____ está divirtiéndose

Using additive connecting words

Parte B: Ahora, en parejas, comparen sus reacciones y digan por qué reaccionaron así. Para conectar sus ideas, usen las siguientes expresiones: **también, además (de)** (*in addition, besides*), **es más** (*what's more*).

ACTIVIDAD 9 Influencias en la música

En la lectura sobre Celia Cruz se dice que la salsa y la música caribeña, en general, muestran gran influencia africana. En grupos de tres, discutan si existe o no esta misma influencia y otras influencias en la música de su país. Den ejemplos concretos y expliquen cómo se manifiestan esas influencias. Piensen en el rock, el jazz, el reggae, etc.

Cuaderno personal 4-1 

Muchos músicos respetaban a Celia Cruz tanto por su talento como por su personalidad. ¿A qué músico o cantante respetas? ¿Por qué?

VIDEOFUENTES 

¿Qué aspectos del artículo se reflejan bien en el video? ¿Qué muestra el video que no muestra el artículo? ¿Por qué Celia es una figura tan importante para la gente hispana y latina?

Lectura 2: Panorama cultural

Guessing meaning from context

ACTIVIDAD 10 Del contexto al significado

Las palabras en negrita aparecen en la lectura "El sabor africano del Caribe". Adivina el significado de estas palabras según el contexto de la oración.

1. Después de llegar a América, los **esclavos** fueron obligados a vivir en las plantaciones, donde a menudo tuvieron que trabajar largas horas bajo condiciones muy duras.
   a. miembros de un grupo cultural y lingüístico que predomina en el este de Europa
   b. personas que tienen que trabajar para otras personas
   c. personas bajo el control de otra persona que las ha comprado
2. Un esclavo tenía que hacer todo lo que le ordenaba su **amo**.
   a. persona que está enamorada de otra persona
   b. persona que posee autoridad sobre otras personas, como los sirvientes
   c. un tipo de perro agresivo que se usaba para proteger los edificios
3. Los instrumentos son de variada **procedencia:** el güiro parece ser de origen indígena, pero la guitarra vino de España.
   a. origen b. forma c. manera de tocar
4. De África se adoptaron todos los instrumentos que marcan el ritmo, todo tipo de **tambores...**
   a. un tipo de instrumento de cuerda
   b. un tipo de instrumento de viento
   c. un tipo de instrumento de percusión
5. El ritmo es **primordial** en la música caribeña, mientras que la melodía ocupa un nivel secundario.
   a. de principal importancia b. de muy poca importancia c. de interés para el especialista

ACTIVIDAD 11 El verdadero significado

Guessing meaning from context, Using the dictionary

Busca las siguientes palabras en la lectura "El sabor africano del Caribe" y trata de deducir su significado según el contexto. Después, usa un diccionario bilingüe o el glosario para determinar si has deducido correctamente. Escribe el significado correspondiente en el espacio en blanco.

1. (línea 11) el sabor ____________________
2. (línea 17) provenir ____________________
3. (línea 20) la ascendencia ____________________
4. (línea 35) comestible ____________________
5. (línea 53) el culto ____________________
6. (línea 64) fundirse ____________________
7. (línea 123) orgullo ____________________

ESTRATEGIA DE LECTURA

Distinguishing Main Ideas and Supporting Details
Texts that seek to inform and explain (as opposed to narratives, which tell stories) are normally organized around a central topic and certain main ideas. The main idea is often the topic of a paragraph, though several paragraphs may also develop one main idea. The body of the paragraph is made up of supporting details. Correctly distinguishing main ideas from supporting details and ideas can greatly improve your overall comprehension of a text.

ACTIVIDAD 12 ¿Idea principal o detalle?

Distinguishing main ideas and supporting details, Skimming and scanning

Lee rápidamente cada párrafo de la lectura para ver cuál de las dos frases es la idea principal del párrafo y cuál es un detalle de apoyo. Luego lee todo el texto sin interrupción para ver la interrelación entre las ideas.

Párrafo 1
a. la llegada de inmigrantes europeos
b. la mezcla cultural del Caribe

Párrafo 2
a. orígenes de la presencia africana
b. orígenes y definición de "mulato"

Párrafo 3
a. la comida caribeña como manifestación de la mezcla cultural
b. el sancocho como ejemplo y símbolo de la mezcla cultural

Párrafo 4
a. el origen de los cabildos
b. fusión de diferentes tradiciones religiosas en la santería

Párrafo 5

a. los aspectos africanos e híbridos de la música caribeña
b. los instrumentos musicales de origen africano

Párrafo 6

a. la salsa, el reggaetón, el hip hop caribeño
b. la continuación de la tradición de contacto y mezcla cultural

Párrafo 7

a. lo distintivo de la cultura caribeña
b. el sancocho, la santería y el son cubano

El sabor africano del Caribe

La presencia africana no es única del Caribe. Una rica cultura afrohispana florece en las costas del Pacífico en Colombia, Ecuador y Perú, y en menor grado en la costa del Golfo en México. Los africanos también tuvieron una fuerte influencia sobre la cultura brasileña.

Al decir "el Caribe" acuden a la mente ideas de música, de playas y de sol. Pero el Caribe es mucho más que esto: es un mar y una región cultural de islas y costas, divididas entre muchas naciones y lenguas. No obstante esta diversidad, existe en el Caribe cierta unidad cultural, y en toda la región se 5 notan los efectos de la mezcla racial y cultural de los indígenas con los inmigrantes europeos y los africanos. Los primeros europeos fueron españoles, y aunque después llegaron portugueses, holandeses, ingleses y franceses, el idioma español y la cultura hispana todavía predominan en la región. Pero los europeos no llegaron solos al Caribe; llevaron con ellos 10 esclavos africanos y son estos los que le dieron su sabor especial a la región.

Una inmigración forzada

El tabaco es una planta autóctona de América. La caña de azúcar, de origen asiático, fue llevada a España por los árabes, y los españoles la llevaron al Caribe, donde se convirtió en el producto más importante de la región. El café, originalmente de Etiopía, fue llevado al Nuevo Mundo por los franceses, y en el siglo XVIII se empezó a cultivar en Cuba, Colombia y Brasil.

Solo hubo un breve período de mestizaje antes de la destrucción de los pueblos indígenas. Los indígenas taínos y caribes desaparecieron, pero dejaron contribuciones a la cultura regional: instrumentos musicales, varias comidas y el cultivo del tabaco.

El pueblo yoruba o lucumí era de una región que hoy forma parte de Nigeria y Benin.

Los colonizadores europeos de la región necesitaban trabajadores para sus plantaciones de caña de azúcar, café y tabaco. Inicialmente usaron a los indígenas caribeños, pero sus comunidades desaparecían a causa de las 15 enfermedades europeas y las duras condiciones de trabajo. Por esa razón, se llevaron esclavos africanos al Caribe, práctica que se mantuvo hasta bien entrado el siglo XIX. Los esclavos provenían mayormente de la cultura yoruba y de otras culturas de África Occidental. Con el tiempo, la población africana creció enormemente, empezó a mezclarse con 20 la europea y así nacieron los primeros mulatos, personas de ascendencia africana y europea. Esta mezcla racial se vio acompañada de la mezcla cultural en muchos aspectos de la vida, como la comida, la religión y la música.

Sancocho cultural

Los esclavos tuvieron que adaptarse a las culturas de los amos europeos. 25 En las colonias españolas, por ejemplo, todos aprendieron español. Sin embargo, lograron mantener algunas tradiciones africanas y con el tiempo, todos los habitantes del Caribe —europeos, mestizos, mulatos y africanos— fueron afectados por el contacto entre culturas. Se creó una nueva síntesis cultural, que se ve reflejada en la comida. Aunque la dieta

30 caribeña contiene productos autóctonos que consumían los indígenas, como la malanga y la guayaba, además de ingredientes y métodos de cocinar de los españoles, los africanos
35 introdujeron productos comestibles como el ñame, los gandules, el plátano y el banano, y aportaron sus costumbres culinarias como el uso de mucho aceite y la frecuente mezcla
40 de los frijoles con el arroz. Un plato que simboliza bien esta fusión es el sancocho de la República Dominicana y Puerto Rico, que lleva el nombre de ajiaco en Cuba y Colom-
45 bia. El sancocho es una especie de "supersopa" en la que se combinan productos españoles como carne de res y jamón, con otros americanos, como maíz y papas, y otros traídos
50 desde África, como ñame y plátano. En el sancocho, igual que la cultura caribeña, se disuelven completamente algunos ingredientes mientras que otros se mantienen intactos
55 y reconocibles, pero la totalidad es completamente original.

El sancocho, símbolo de la mezcla cultural caribeña, contiene ingredientes tan variados como carne de res, rabo de buey, pollo, jamón, cebolla, pimientos, tomates, tocino, papas, batatas, ñame, yautía, yuca, plátano y mazorcas de maíz.

Santos y orishas

La mezcla cultural también se manifiesta en la religión. La santería, culto
60 muy popular en Cuba, Puerto Rico y en comunidades cubanas y puertorriqueñas de los Estados Unidos, es un buen ejemplo. Cuando los africanos entraron en contacto con los
65 santos de la religión católica, notaron elementos comunes entre los santos y sus dioses yorubas, los orishas. En reuniones secretas llamadas cabildos, los esclavos mantuvieron
70 la adoración a los orishas fundiendo sus nombres y símbolos con los de los santos. Conservaron ritos africanos y los mezclaron con otros católicos e incluían música y baile,
75 altares con flores y comida, oraciones y magia. Los españoles llamaron santería a esa fusión de ritos y figuras religiosas. Y es tal esa fusión, que

Un altar casero de santería dedicado a Babalú Ayé, el orisha que causa y cura las enfermedades, y que se conoce también como San Lázaro, el patrón católico de los enfermos.

Continúa en la página siguiente

aun hoy día, San Lázaro, santo patrón de los enfermos, se funde con Babalú Ayé, el dios que causa y cura las enfermedades, y la Virgen de Regla, patrona de la Bahía de La Habana, es en santería Yemayá, diosa del
75 mar y fuente de la vida.

Percusión, ritmos y bailes

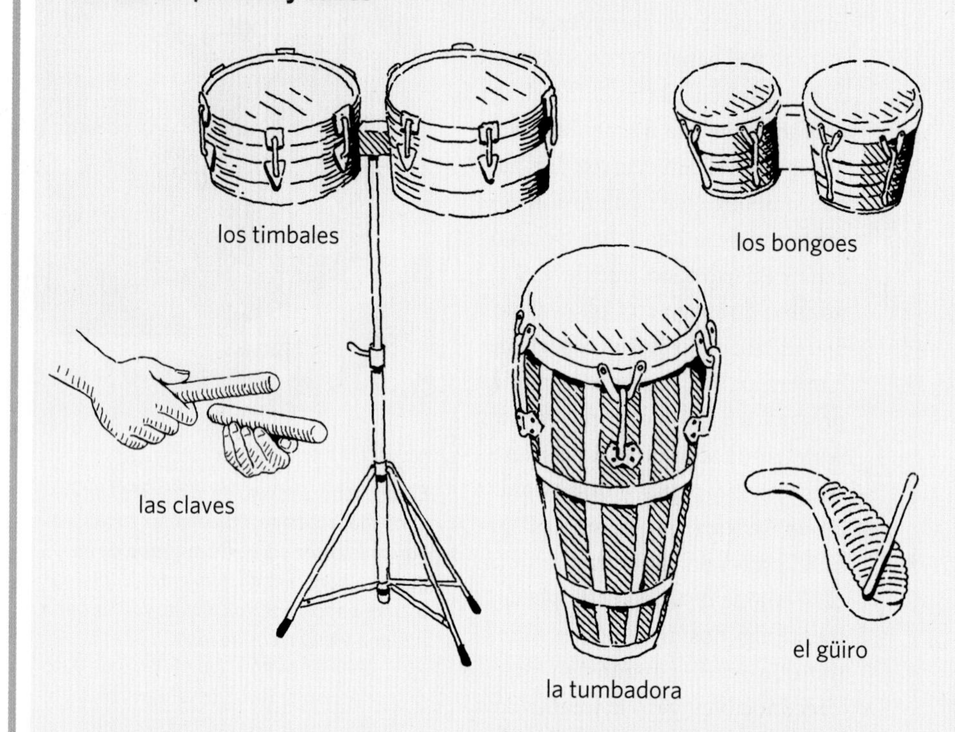

La música caribeña también refleja perfectamente la mezcla cultural del Caribe. Los instrumentos son de variada procedencia: el güiro y las maracas parecen ser de origen indígena, mientras que la guitarra proviene de España. De África se adoptaron los instrumentos de percusión, como la
80 clave y todo tipo de tambores, que luego se convirtieron en batá, bongoes, congas, timbales y tumbadoras. Los tambores establecen el ritmo, elemento primordial de la música caribeña, en tanto que la melodía tiene un papel secundario. Debido a su fuerte ritmo, la música del Caribe está íntimamente asociada con el baile y cada ritmo se asocia con un baile. Además,
85 las canciones caribeñas conservan tradiciones poéticas de España al mismo tiempo que la música juega con la improvisación, tradición que proviene principalmente de África pero que tiene también antecedentes en Europa y en el jazz estadounidense. Todos estos elementos se encuentran mezclados en ritmos y bailes como la rumba y el son cubanos, la cumbia colombiana-
90 panameña, la plena puertorriqueña y el merengue dominicano.

Aunque la cumbia se originó en Colombia y Panamá, se ha convertido, con adaptaciones, en uno de los ritmos y bailes más populares de los mexicanos y de muchos argentinos.

Nuevas fusiones y mezclas

Gracias a nuevos contactos culturales, y también a una revaloración positiva de la hibridez cultural, la tradición de mezcla cultural continúa hoy día, especialmente en la música. Por ejemplo, a finales de los años sesenta, artistas caribeños que habían inmigrado a Nueva York, como Celia Cruz, Willie Colón, Johnny Pacheco y Héctor Lavoe, comenzaron a desarrollar la salsa, producto de la fusión de muchos bailes y ritmos caribeños. De ahí se extendió la salsa por todo el Caribe y artistas como Rubén Blades y Juan Luis Guerra le dieron toques políticos y sociales, mientras otros como Lalo Rodríguez y Gilberto Santa Rosa le dieron toques más románticos. El hip hop estadounidense se ha regado por toda Latinoamérica, y agrupaciones como los Orishas, que son de Cuba, combinan el hip hop con la tradición musical afrocaribeña en lo que se puede llamar el hip hop caribeño. En el reggaetón, un género musical reciente, artistas como El General, Tego Calderón y Calle 13 toman ritmos del 'dancehall' jamaiquino y los combinan con otras tradiciones puertorriqueñas, dominicanas y panameñas, para crear una música "puramente" caribeña.

Los Orishas, un grupo cubano que mezcla los ritmos tradicionales caribeños con los del hip hop contemporáneo.

Entonces, ¿qué es el Caribe? Es una cultura y muchas culturas, que se formaron gracias a la mezcla entre indígenas, europeos y africanos, pero son los "ingredientes" africanos los que le dan su sabor singular. Los contactos del pasado se manifiestan en productos culturales como el sancocho, la santería y el son cubano, pero la tradición de mezcla cultural no ha desaparecido. Se siguen produciendo nuevas combinaciones y fusiones, como la música salsa, el hip hop caribeño y el reggaetón. Aun más importante, ha surgido un nuevo orgullo que celebra y fomenta el carácter híbrido de las culturas caribeñas. ■

ACTIVIDAD 13 ¡Datos incorrectos!

Skimming and scanning

Las siguientes oraciones son todas incorrectas. Corrígelas de acuerdo con la información de la lectura.

1. Todas las naciones del Caribe son de habla española.
2. La mayor parte de los esclavos africanos en el Caribe eran del norte de África.
3. Los mulatos son personas de origen indígena y europeo.
4. La comida caribeña es una combinación de contribuciones africanas, asiáticas e indígenas.
5. Los esclavos africanos adoptaron totalmente la religión cristiana.
6. La santería ya no se practica.
7. La melodía tiene especial importancia en la música africana.
8. La tradición de mezcla cultural ha desaparecido del mundo caribeño.

ACTIVIDAD 14 La cultura caribeña

Organizing information

Los términos de la siguiente lista representan detalles y ejemplos de la lectura. Para ver si has entendido bien, haz un mapa mental que refleje la organización de la lectura. Comienza con el siguiente esquema y relaciona cada elemento con la categoría correspondiente.

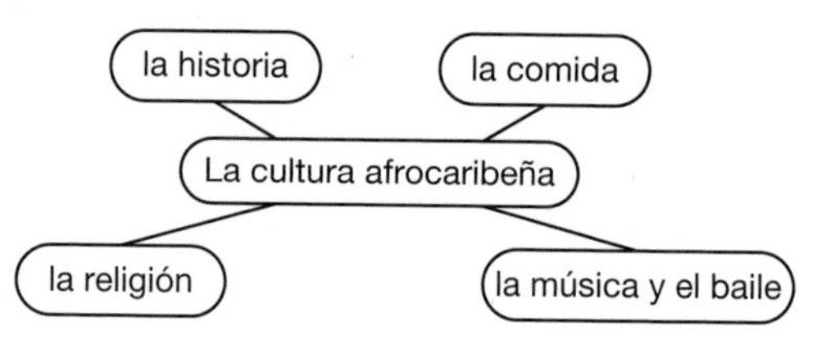

Elementos			
la rumba	*los cabildos*	*los mulatos*	*el ajiaco*
la malanga	*el sancocho*	*mucho aceite*	*Nueva York*
los esclavos	*la caña de azúcar*	*la improvisación*	*Yemayá*
el merengue	*bongoes*	*el plátano*	*San Lázaro*
el banano	*la salsa*	*Willie Colón*	*el café*
la plena	*el tabaco*	*el ritmo*	*el mambo*
el reggaetón	*Celia Cruz*	*timbales*	*Juan Luis Guerra*
los yorubas	*la Virgen de Regla*	*tumbadoras*	*Lalo Rodríguez*
las plantaciones	*Los Orishas*		

ACTIVIDAD 15 Tu propia herencia

En parejas, usen el esquema básico de la Actividad 14 para hablar de las tradiciones étnicas y culturales que han influido en sus propias familias. También pueden mencionar otros aspectos, como lenguas o costumbres típicas que se mantienen en su familia.

Cuaderno personal 4-2 

¿En qué aspectos refleja el sureste u otras regiones de los Estados Unidos la cultura del Caribe?

Lectura 3: Literatura

ACTIVIDAD 16 Frases conocidas

Identifying register and genre

El cuento "Habanasis" que vas a leer se basa en una historia muy conocida. Las siguientes frases aparecen en esa historia judeocristiana. Lee todas las frases e identifica el nombre de esa historia o el libro donde se incluye esa historia. Después, escribe una traducción inglesa de cada frase.

1. "En el principio creó Dios los cielos y la tierra."
2. "Que haya luz."
3. "Júntense en un solo lugar las aguas que están debajo del cielo, y descúbrase lo seco. Y así fue."
4. "Y vio Dios que era bueno."
5. "Fructificad y multiplicaos."
6. "Y Dios quedó complacido."

En España, las formas de **vosotros** se asocian con el trato informal, pero en Latinoamérica su uso se asocia más bien con el lenguaje bíblico o literario.

ACTIVIDAD 17 El orden de las palabras

Using syntax and word order to understand meaning

Para entender las oraciones y las historias, es importante poder determinar quién hizo qué. Determina los componentes de las siguientes oraciones: S, V, CD, CI y/o CC.

1. Dios... dijo: "Que haya música."
2. Dijo Dios: "Que haya luna y estrellas..."
3. Le daré buenos compañeros.
4. Dios formó un Taíno de un puñado de arcilla roja.
5. El séptimo día, Dios sonrió.

ACTIVIDAD 18 A leer

Guessing meaning from format

Parte A: En parejas, miren el título, las fotos y la primera línea del cuento, y decidan a qué se refiere el título.

Active reading, Identifying tone

Parte B: Mientras lees el cuento, piensa en el tono en que el autor lo ha escrito. ¿Tiene un tono serio, trágico, cómico, irónico, positivo, negativo...?

__Richard Blanco__ es un poeta cuya historia personal es todo un símbolo de la mezcla cultural. Según el autor mismo, él fue "creado en Cuba, ensamblado en España e importado a los Estados Unidos". Esto significa que su madre, embarazada de siete meses, y su familia se fueron de Cuba al exilio, primero a Madrid, donde nació el poeta en 1968, y después a Nueva York. Blanco también ha vivido en Miami y Washington, D.C. Ha trabajado como ingeniero y poeta, y también se divierte fabricando muebles, tocando el bongó y sacando fotos submarinas. Su primer libro de poemas y cuentos, City of a Hundred Fires *(1997), recibió muchos elogios, ganó un premio importante y lanzó su carrera como poeta. El cuento/poema de "Habanasis" es una celebración de Cuba, tierra de origen de su familia.*

Habanasis

Richard Blanco

En el principio, antes de que Dios creara Cuba, la tierra era un caos, vacía y sin forma, y sin música.
5 El espíritu de Dios despertó sobre las oscuras aguas tropicales, y dijo: "Que haya música". Y se oyó el ritmo suave de una conga, que
10 comenzó a marcar un uno-dos en lo más profundo del caos.

Entonces Dios convocó a Yemayá y dijo:
15 "Júntense todas las aguas bajo los cielos, y descúbrase la tierra". Y así fue. La fértil tierra roja Dios la llamó Cuba, y las aguas las llamó el Caribe. Y Dios quedó
20 complacido, marcando suavemente con los pies el ritmo de la conga.

Las hermosas palmeras de la isla de Cuba.

Después dijo Dios: "Que haya papaya, coco y la masa blanca del coco; malanga y mango en tonos de oro y ámbar; que haya tabaco y café, y azúcar para el café; que haya ron; que haya ondulantes plataneros y guayabos y todo lo tropical". Y Dios quedó complacido y entonces creó
25 las palmeras —su *pièce de résistance.*

Dijo Dios: "Que haya luna y estrellas para alumbrar las noches tropicales sobre Tropicana, y sol los 365 días del año". Y Dios quedó complacido. Y Dios nombró la noche vida nocturna, y el día lo llamó paraíso.

Luego Dios dijo: "Que haya peces y aves de todo tipo".
30 Y hubo enchilado de camarones, fricasé de pollo y frituritas de bacalao. Pero Dios quiso algo aun más sabroso y dijo: "Basta. Que haya

papaya, coco, mango, guayaba = frutas tropicales

malanga = una raíz similar a la papa o patata

ron = una bebida alcohólica hecha a base de caña de azúcar

pièce de résistance (francés) = lo mejor de todo

Tropicana = club de espectáculos de La Habana

bacalao = un tipo de pescado

carne de puerco". Y hubo masitas de puerco fritas, hubo asados, chicharrones y chorizos. Dios creó los chivos y usó sus pieles para
35 bongoes y batúes; hizo claves y maracas y todos los cueros habidos y por haber.

Entonces, de un puñado de arcilla roja, Dios formó un Taíno, y lo puso en una ciudad que llamó La Habana. Luego Dios
40 dijo: "No es bueno que Taíno esté solo. Le daré buenos compañeros". Y así Dios creó la mulata para bailar el guaguancó y el son con Taíno; el guajiro para cultivar su tierra y su folklore, la santera Cachita para mar-
45 car el compás de su música, y un poeta para elaborar los versos de su paraíso.

Dios les otorgó poder sobre todas las criaturas y todos los instrumentos musicales y les dijo: "Creced y multiplicaos,
50 comed carne de puerco, tomad ron, tocad música y bailad". El séptimo día, al contemplar los festejos y escuchar la música, Dios sonrió y descansó de sus labores. ■

Tradicionalmente se veía una rica variedad de frutas y comidas en los mercados callejeros de Cuba.

chivo = un animal cuya piel o cuero se usa para fabricar tambores

cuero = tambor

Taínos = el pueblo indígena más importante de Cuba

guaguancó y son = ritmos y bailes afrocubanos

guajiro = campesino cubano

Cachita = nombre coloquial de la Virgen de la Caridad del Cobre, patrona de Cuba, asociada en santería con Ochún, orisha del amor y la maternidad

ACTIVIDAD 19 Lo cubano

Organizing information, Making inferences

En "Habanasis" el autor representa lo cubano como una fusión de muchos elementos de origen variado. En grupos de tres, comenten las siguientes preguntas sobre el cuento.

1. ¿Por qué creen Uds. que el autor escogió el título "Habanasis"?
2. Según el cuento, ¿cuáles son los elementos esenciales de Cuba?
3. ¿Cuáles son tres cosas mencionadas en la lectura que se asocian con lo indígena? ¿Lo europeo? ¿Lo africano?
4. ¿El autor presenta las cosas y los elementos en el orden en que aparecieron en Cuba (primero lo indígena, después lo español, y luego lo africano), o los mezcla libremente? ¿Por qué?
5. ¿Hay algunos elementos que no tienen un solo origen? ¿Hay algunos que se crearon por primera vez en Cuba o el Caribe?

Making inferences

ACTIVIDAD 20 Más allá de lo bonito

El cuento de "Habanasis" es una gran celebración de lo cubano. En parejas, reflexionen sobre su significado al contestar las siguientes preguntas.

1. ¿Por qué o para qué creen que el autor escribió este cuento? ¿Creen que su historia personal influyó en el tono del cuento?
2. ¿Por qué decidió usar como base la historia judeocristiana de Génesis en vez de alguna leyenda de creación africana o indígena?
3. En el cuento el autor nos presenta una imagen de Cuba como un "paraíso". ¿Creen que esta presentación de Cuba está completa? ¿Por qué creen que se enfoca en los aspectos presentados y no en otros?

Cuaderno personal 4-3

¿Cuáles son los elementos o ingredientes fundamentales de la cultura de tu universidad, ciudad o país? ¿Crees que tu universidad, ciudad o país se puede presentar como un "paraíso"?

Redacción: Una biografía

Defining purpose

ACTIVIDAD 21 La biografía y sus elementos

Parte A: En parejas, contesten las siguientes preguntas.

1. ¿Por qué se escriben biografías?
2. ¿Qué tipos de personas se escogen para las biografías?
3. ¿En qué consiste una buena biografía?
4. ¿Qué elementos o tipo de información contiene una biografía? Hagan una lista de cinco elementos.

Organizing information

Parte B: Ahora, en parejas, comparen su lista de tipos de información con la lista de tipos y preguntas que aparece abajo. ¿Creen que hay que incluir más elementos?

1. **Nacimiento:** ¿Dónde nació? ¿Cuándo nació?
2. **Historia de su familia:** ¿Dóndo vivió su familia? ¿De dónde era su familia? ¿Qué efecto tuvo (o ha tenido) la historia familiar sobre su personalidad y perspectiva sobre la vida?
3. **Fechas claves:** ¿Cuándo empezó sus estudios? ¿Cuándo se casó/divorció/mudó? ¿Cuándo murió?
4. **Educación:** ¿Cómo influyeron sus estudios en su perspectiva sobre la vida?
5. **Experiencias importantes:** ¿Cómo influyeron sus experiencias en su perspectiva sobre su vida?

6. **Metas y objetivos:** Cuando era joven, ¿qué quería hacer? ¿A qué se dedicó?
7. **Personalidad:** ¿Qué tipo de persona era? ¿Cómo era?
8. **Creencias:** ¿En qué creía? ¿Qué era lo más importante de su vida?
9. **Éxitos:** ¿Qué pudo o quiso hacer en la vida? ¿Qué éxitos o logros tuvo?
10. **Remordimientos:** ¿Qué iba a hacer o quería hacer que nunca pudo hacer? ¿Qué hizo que lamentaba o se arrepintió de haber hecho?

ESTRATEGIA DE REDACCIÓN

Providing Smooth Transitions

Transition words provide the glue that holds a piece of writing together. Transition words often refer to sequence; however, there are others that can be used to express other types of relations and that can be important for describing and explaining actions in a biography.

así que...	so . . . (*result*)
como resultado	as a result
entonces	so (*logical result*)
por eso	that's why
por lo tanto	therefore
sin embargo/no obstante	however
a pesar de (eso)	despite, in spite of (that)

ACTIVIDAD 22 La inmigración y sus consecuencias

Providing smooth transitions

Parte A: La biografía de los inmigrantes y de sus descendientes suele ser muy marcada por su historia de inmigración. Por ejemplo, en la Lectura 1 leímos una reseña biográfica de Celia Cruz, para quien el tema de la inmigración tuvo gran importancia. Termina las siguientes oraciones con una expresión de transición apropiada.

1. Celia se opuso a Fidel Castro, ____________________ decidió abandonar su país y emigrar a los Estados Unidos.
2. Celia salió de Cuba en 1960. ____________________ ella nunca olvidó su país de origen y lo recordó en casi todos sus conciertos.
3. A diferencia de algunos inmigrantes, Celia no quería salir de su país de origen. ____________________ conservó una gran nostalgia por Cuba y todo lo cubano durante sus más de cuarenta años en los Estados Unidos.
4. Los antepasados y parientes de Celia eran de origen africano y eran santeros, ____________________ ella también era santera y cantaba música afrocubana.

Activating background knowledge

Parte B: En grupos de tres, completen las siguientes actividades sobre la biografía y la inmigración.

1. Hagan una lista de inmigrantes famosos (del pasado o del presente) cuya vida es muy interesante para Uds.
2. Escojan una de esas personas. ¿Qué efectos tuvo la inmigración sobre su vida? Den dos ejemplos.

Organizing information

ACTIVIDAD 23 La investigación y la escritura

Ahora escoge a un/a inmigrante y escribe una breve biografía. Puede ser un/a pariente o una persona famosa que hayan identificado en la actividad anterior. Presta atención a las siguientes sugerencias al preparar la biografía.

1. Usa Internet o enciclopedias para encontrar información sobre la persona. Si es un/a pariente, hazle una entrevista.
2. Decide qué efectos tuvo la inmigración sobre su historia familiar y personal.
3. Decide qué es lo más interesante o lo más importante de su vida.
4. Decide la relación entre sus logros y su experiencia como inmigrante. ¿Tuvo éxito o problemas a causa de ser inmigrante o a pesar de ser inmigrante?
5. Decide qué información hay que incluir en la biografía y qué información se puede excluir y escribe su biografía.

Latinos americanos

Revistas latinas que se venden en los Estados Unidos.

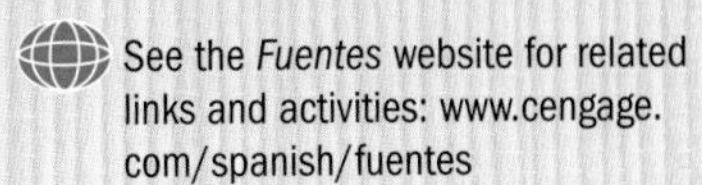
See the *Fuentes* website for related links and activities: www.cengage.com/spanish/fuentes

Activating background knowledge

ACTIVIDAD 1 Las caras hispanas de los Estados Unidos

En parejas, miren y comenten la foto de la página anterior. Contesten las siguientes preguntas.

1. ¿Qué tipos de publicaciones se ven en la foto del kiosco?
2. ¿Hacia qué público(s) van dirigidas? ¿Cómo se sabe?
3. ¿Qué lenguas se usan en las portadas? ¿Qué implica este uso?
4. ¿Qué intereses se reflejan en los titulares?
5. ¿Qué ideas o conceptos sobre los hispanos o latinos intentan comunicar las imágenes que aparecen en las portadas?
6. ¿En qué se asemejan o se diferencian estas revistas de otras revistas publicadas en los Estados Unidos?
7. ¿Ven Uds. portadas como estas en las tiendas de su ciudad o universidad?

Lectura 1: Una entrevista

Guessing meaning from context

ACTIVIDAD 2 Palabras y nombres

Busca la definición que corresponde a la palabra o expresión en negrita de las oraciones que siguen. Luego escribe la letra de la definición en el espacio correspondiente. Las palabras en negrita aparecen en la entrevista que vas a leer sobre el spanglish.

1. ______ En el mundo hispano, el diccionario de mayor prestigio es el publicado por la **RAE**.	a. dos autores del siglo de oro de España, famosísimos por su uso elegante del español
2. ______ El **lema** de la RAE es "limpia, fija y da esplendor".	b. la Real Academia (de la Lengua) Española, institución oficial fundada en Madrid en 1713 que publica diccionarios y gramáticas
3. ______ En el mundo hispano, las obras de **Góngora** y **Quevedo** se consideran ejemplos del buen uso del español.	c. un lenguaje muy coloquial y poco prestigioso que cambia rápidamente
4. ______ Los estudiantes universitarios tienen fama de usar mucho **argot,** como "uni", "biblio" y "facu".	d. desear algo que tiene otra persona
5. ______ El español se usa cada vez más para el envío de mensajes electrónicos en la **red.**	e. el sistema de computadoras conectadas por medio de la telecomunicación
6. ______ Muchas personas **envidian** a Bill Gates por su dinero y su poder.	f. un golpe en la cara
7. ______ En las películas tradicionales de Hollywood, las mujeres enojadas les daban **bofetadas** a los hombres "frescos".	g. palabra o frase que se identifica o se asocia con un grupo u organización

ESTRATEGIA DE LECTURA

Recognizing Symbols, Similes, and Metaphors
When reading, you must be careful not to take everything too literally. Many words and expressions are used for their symbolic potential. A symbol (**un símbolo**) signifies or represents something else, often more powerfully than a direct reference. For example, the skull and crossbones is a visual symbol used to warn of dangerous poisons. Similes and metaphors are comparisons between elements, which are often used with symbolic significance in writing. A simile (**un símil**) is explicit and uses the words *like* or *as* (**como**): *He's as cold as ice.* A metaphor (**una metáfora**) directly equates two elements without the use of *like* or *as*: *All the world's a stage.* Symbols, similes, and metaphors are used in all types of writing, though they are especially frequent in songs and poetry.

ACTIVIDAD 3 Más allá de lo literal

Activating background knowledge, Predicting

Parte A: En parejas, miren el título y la foto del artículo y comenten las siguientes preguntas.

1. ¿Qué simboliza el título?
2. ¿De qué va a tratar la lectura?
3. ¿Qué opinan del spanglish? ¿Quiénes lo hablan?
4. ¿Conocen algún ejemplo de spanglish?

Active reading, Identifying symbols, similes, and metaphors

Parte B: Mientras lees individualmente, subraya las palabras o expresiones que se usan como símbolos, símiles o metáforas.

"¿Cómo estás you el día de today?"

IMA SANCHÍS, ▪ *La Vanguardia*

Entrevista con Ilán Stavans

Nacido en Ciudad de México, Ilán Stavans es profesor en Amherst College, Massachusetts, donde tiene la primera cátedra de spanglish en Estados Unidos.

—*Buenas tardes, señor Stavans.*

—Hallo, gringa. ¿Cómo estás you el día de today?

—*Sin respuesta.*

—Verá, el spanglish no son sólo unas cuantas palabras en argot, es un mestizaje verbal entre el inglés y el español, un cruce de dos lenguas y dos civilizaciones. Es una revolución subversiva. ¿Y sabe qué es lo mejor?

—*Pues no.*

—Que el spanglish va más allá de la clase social, la raza, el grupo étnico y la edad. Lo hablan 40 millones de personas.

—*¿Y cuándo empezó a hablarse?*

—En 1848, en el momento en que México le vende por 15 millones de dólares a Estados Unidos dos terceras partes de su territorio con

Continúa en la página siguiente

Ilán Stavans

sus pobladores. Luego en 1898 la guerra hispano-americana arraiga todavía más la cohabitación verbal y cultural.

—*Pero otras lenguas han desaparecido de Estados Unidos.*

—Sí, el alemán, el francés, el polaco, el ruso, el italiano o el yiddish terminaron por desaparecer a partir de la segunda generación de inmigrantes. Sin embargo, el castellano tiene muchísima presencia, hay más emisoras de radio en California que en toda Centroamérica, dos cadenas nacionales de televisión y periódicos de amplia difusión.

—*¿Escriben y hablan en spanglish?*

—Sí, el otro día en un diario puertorriqueño leí: "Una de las actividades favoritas de la región es el jangueo en los malls..."

—*¿Y qué significa?*

—Janguear, que viene del verbo inglés "to hang out", significa pasar el rato, divertirse, perder el tiempo. En su mayoría esas expresiones son adaptaciones literales del inglés, como "llamar pa'tras", que viene de "to call you back"; o "vacunar la carpeta", que significa pasar el aspirador por la alfombra.

—*La RAE no debe estar muy contenta.*

—No, pero es absurdo. ¿Cuál es el español puro y legítimo, el de Góngora y Quevedo? ¿Y quién lo habla en la actualidad? Que el lema de la RAE sea todavía el de "limpia, fija y da esplendor" me parece ofensivo.

—*¿Y cómo lo llevan los americanos?*

—En algunos estados se ha llegado a promulgar la ley English Only, pero EE.UU. es un país bilingüe... La realidad está en la calle y también tiene mucho que ver con los webones.

—*¿?*

—Los que se pasan todo el día conectados a la red... Pero todos somos webones, la cultura se ha webatizado en los últimos diez años.

—*¿Ciber-spanglish?*

—Sí, un lenguaje que se disemina por todo el mundo. Incluso ustedes hablan de "chatear" en lugar de charlar, del "maus" en lugar del ratón y "printean" en vez de imprimir.

—*¿Y los anglosajones hablan spanglish?*

—En los últimos años muchos lo hablan porque es muy cool.

—*¿Se ha puesto de moda?*

—Muchísimo. Veo que esa palabra la conoce. ¿Conoce coolísimo?

—*Ésa ya no.*

—Es un mexicanismo. Y los cubanos llaman al traidor "kenedito". El spanglish tiene muchas tipologías según el territorio en el que se desenvuelve; está el dominicanish, el spanglish cubano, el chicano.

—*¿Y hay literatura?*

—Hay novelas escritas en spanglish que tiran 3.000 ejemplares y los poetas nuyorriqueños están empezando a destacar.

—*¿Se convertirá en un idioma?*

—Yo creo que tiene futuro. Hay mucho que escribir y que soñar, y cuando se sueña en spanglish el sabor de los sueños es distinto, es más divertido porque es un idioma muy imaginativo, muy creativo, muy espontáneo, muy libre, se parece al jazz.

—*¿Y usted? ¿Se ha lanzado a hablar en spanglish?*

—Antes de que me entrara esta pasión por el spanglish tenía la sensación de vivir encerrado en dos prisiones, la del idioma español y la del idioma inglés.

—Así que estudiaba el spanglish, pero no lo hablaba.

—Sí, y envidiaba a la generación de mis sobrinas y a mis estudiantes porque hablaban spanglish, pero yo como profesor y como intelectual tenía que mostrar la corbata, el buen corte de pelo, el afeitado...

—¿Se atrevió?

—Sí, de repente me lancé y decidí utilizarlo incluso en mis clases, y en ese momento una libertad interior me invadió... Le parecerá una estupidez, pero soy más feliz.

—¿Difícil atraparlo en un diccionario?

—Sí, se reinventa continuamente. Yo sé que en el momento en que se publique mi diccionario, el idioma se habrá transformado nuevamente.

—Pues dígame: a día de hoy, ¿qué se le dice a una mujer para conquistarla?

—"Oye, yo te lovyu muchísimo", y si no te da una bofetada es que la has conquistado. ■

We la gente de los Unaited Esteits, pa'formar una unión más perfecta, establisheamos la justicia, aseguramos tranquilidá doméstica, provideamos pa'la defensa común, promovemos el welfér, y aseguramos el blessin de la libertad de nosotros mismos y nuestra posterity, ordenando y establisheando esta Constitución de los Unaited Esteits de América.

¿Se debe usar el spanglish en documentos importantes?

ACTIVIDAD 4 ¿En qué consiste el spanglish?

Analyzing

Parte A: Los expertos dicen que el spanglish consiste en dos tipos de mezcla:

- **los préstamos:** palabras o expresiones tomadas de un idioma y usadas en otro, típicamente con cambios de pronunciación y forma. Por ejemplo, el inglés usa varios préstamos del español: *burrito, taco, tapa, patio, plaza, ranch.* Las traducciones literales también son préstamos.
- **el cambio de código:** la alternancia entre un idioma y otro, entre oraciones, dentro de una oración o con una sola palabra; cada palabra, expresión u oración mantiene su pronunciación y gramática original: "María llegó tarde. *I was really angry.* Siempre está *promising* cosas, pero *then she doesn't follow through.*"

préstamo = borrowing or loanword

cambio de código = code-switching

En grupos de tres, decidan qué tipo de mezcla se usa en cada ejemplo tomado de la entrevista con Ilán Stavans.

1. ¿Cómo estás *you* el día de *today*?
2. el jangueo en los malls
3. vacunar la carpeta
4. chatear, maus, printear
5. llamar pa'trás

pa'trás = **para atrás** = back, backwards

Parte B: En grupos de tres, contesten las siguientes preguntas sobre el cambio de código.

1. ¿Por qué no aparecen muchos ejemplos del cambio de código en la entrevista?
2. ¿Qué requiere el cambio de código que no requiere el uso de los préstamos?
3. Muchos dicen que se usa el spanglish porque sus hablantes no saben usar ni inglés ni español. ¿Creen que esto es verdad?

Skimming and scanning, Summarizing

ACTIVIDAD 5 Siete ideas populares

Las siguientes oraciones representan creencias populares sobre el spanglish. Después de leer la entrevista, imagina que eres Ilán Stavans y responde a cada idea.

1. El spanglish no es más que un argot.
2. El spanglish solo lo usan los pobres y los ignorantes.
3. El spanglish es un fenómeno muy reciente.
4. El spanglish se habla igual en todas partes.
5. El español y el spanglish van a desaparecer pronto en los Estados Unidos.
6. El spanglish se habla pero no se escribe.
7. El español siente la influencia del inglés solo en los Estados Unidos.

Distinguishing fact from opinion

ACTIVIDAD 6 Diferencias de opinión

Parte A: El spanglish es un tema que inspira reacciones muy fuertes en diferentes personas y grupos. En parejas, comenten las siguientes preguntas.

1. ¿Qué opina la RAE del spanglish? ¿Por qué?
2. ¿Qué opina Ilán Stavans? ¿Cómo se sentía antes de usar el spanglish en sus clases? ¿Cómo se siente ahora? ¿Por qué?
3. ¿Qué opinaban Uds. del spanglish antes de leer la entrevista? ¿Qué opinan ahora? ¿Por qué?
4. ¿Qué opina su profesor/a del spanglish? ¿Por qué?
5. En su opinión, ¿por qué surgió el spanglish? ¿Por qué se sigue usando?
6. ¿El spanglish va a sobrevivir en este país? ¿Por qué?

Recommending

Parte B: En parejas, completen las siguientes oraciones según la información dada en la entrevista y la información que ha salido durante la discusión en clase.

1. La Real Academia Española les exige a los hispanohablantes que...
2. Ilán Stavans les recomienda a los hablantes que...
3. Nosotros les aconsejamos a los otros estudiantes de la clase que...
4. Nuestro/a profesor/a nos pide que...

Cuaderno personal 5-1

¿Tiene más sentido llamar esta mezcla lingüística spanglish, espanglish o espanglés? ¿Por qué? ¿Hay otras posibilidades?

Lectura 2: Panorama cultural

ACTIVIDAD 7 La palabra adecuada

Building vocabulary

Estudia la siguiente lista de palabras y expresiones de la lectura "El sabor latino de los Estados Unidos", y luego termina las oraciones que siguen.

el crisol	melting pot
desafiar	to challenge
el desempleo	unemployment
el elenco	cast (of film or TV program)
fomentar	to encourage, to promote
la forja	forge, forging
humilde	humble, modest, lowly
el nivel de vida	standard of living

1. Las series de televisión suelen tener un ________________ compuesto de actores que viven cerca del estudio, o por lo menos en la misma región.
2. Aunque ________________ ha afectado a gran parte del país desde 2008, es un problema que ha afligido a muchas ciudades del noreste desde los años 70.
3. ________________ de una identidad positiva es un objetivo importante de todos los grupos inmigrantes.
4. En los Estados Unidos la imagen o metáfora dominante para describir o comprender los procesos de asimilación y americanización es ________________.
5. El ________________ de un individuo, un grupo o un país depende en gran parte de la cantidad de riqueza o dinero que posee.
6. En las comunidades hispanas de los Estados Unidos existen organizaciones para ________________ la cooperación y la ayuda mutua.
7. Con frecuencia, los inmigrantes son personas ________________, sin mucho dinero ni otras ventajas como estudios avanzados.
8. Los inmigrantes muchas veces ________________ las normas culturales de los países adonde llegan.

Activating background knowledge

ACTIVIDAD 8 ¿De quiénes estamos hablando?

Se usan muchos de los siguientes términos en la lectura "El sabor latino de los Estados Unidos." En parejas, definan cada término y digan los idiomas principales que se hablan en cada grupo.

hispanos	*hispanoamericanos*
latinos	*latinoamericanos*
mexicanos	*mexicoamericanos*
chicanos	*centroamericanos*
norteamericanos	*suramericanos*
cubanos	*cubanoamericanos*
puertorriqueños	*neorriqueños*
dominicanos	*caribeños*
guatemaltecos	*americanos*
españoles	*ecuatorianos*

Activating background knowledge, Active reading

ACTIVIDAD 9 ¿Qué saben Uds. de los hispanos?

En grupos de tres, contesten y comenten las siguientes preguntas. Luego, lean la siguiente lectura para ver si contestaron correctamente las preguntas 2, 3 y 4. ¿Hay información que les llame la atención?

1. ¿Conocen a algunos hispanos? ¿De dónde son? ¿Qué idioma hablan?
2. ¿En qué partes de los Estados Unidos viven los hispanos?
3. ¿De dónde son los hispanos que viven en los Estados Unidos?
4. ¿Cuándo llegaron los primeros hispanos a los Estados Unidos?

El sabor latino de los Estados Unidos

Desde Nueva York, Miami, Chicago, San Antonio y Los Ángeles, hasta Savannah, Burlington, Sioux City y Boise, se nota la presencia hispana en los Estados Unidos. En realidad, es una presencia evidente en todo el país, que se 5 nota en la comida, en la música y el arte; se nota en el comercio, la política y el lenguaje. Pero, ¿de dónde viene? Es una presencia que existe desde años atrás, mas en su forma actual, ha llegado con 10 los millones de hispanos o latinos que se han establecido y viven en los Estados Unidos. La mayor parte de ellos han

El Palacio de los Gobernadores de Santa Fe es el edificio público más antiguo de los Estados Unidos. Fue construido en 1610, doce años después de la llegada de los primeros colonos españoles a Nuevo México. Sus descendientes viven todavía en la región.

Los cuatro primeros países hispanohablantes: México, España, Colombia y Argentina.

La creciente población hispana de EE.UU.: 22.000.000 (1990), 35.000.000 (2000), 49.000.000 (2010), 66.000.000 (2020). La población hispana de Canadá: casi 1.000.000 de los 30.000.000 de canadienses (2000).

Población hispana de EE.UU. por condado
2007

● Condados con las poblaciones hispanas más grandes
○ Condados con las poblaciones hispanas de crecimiento más rápido

50.000 o más
10.000 a 49.999
1.000 a 9.999
0 a 999

Source: Pew Hispanic Center analysis of U.S. Census Bureau county population estimates

venido de Latinoamérica y el Caribe, y de estos, la gran mayoría habla español. Su presencia ha hecho de los Estados Unidos el quinto país de habla española del mundo, y su llegada en masa ha convertido a los hispanos en el grupo étnico más grande del país, con más de 45 millones de personas de origen hispano. No obstante, es erróneo verlos a todos como miembros de un solo bloque monolítico, ya que no comparten necesariamente ni el mismo origen, ni la misma lengua, ni la misma raza ni la misma identidad.

Orígenes de la población hispana

Los primeros hispanos "americanos" fueron mexicanos, descendientes de los primeros colonos españoles, que vivían en los territorios que perdió México durante la guerra de 1846. A principios del siglo XX, empezaron a llegar inmigrantes mexicanos que cruzaban la frontera para trabajar en la industria agrícola de California y en la construcción de ferrocarriles. Desde entonces, la inmigración mexicana ha continuado, aunque a partir de los años 60 empezó a dirigirse hacia los grandes centros urbanos que ofrecían más oportunidades de trabajo, salud y educación. Como con otros grupos inmigrantes, muchos de los descendientes de los primeros inmigrantes mexicanos forman ahora parte de la clase media, pero también es verdad que han tenido que luchar contra el racismo y la marginación. Entre tanto,

Continúa en la página siguiente

la guerra de 1846 = the Mexican American War. La guerra terminó con el Tratado de Guadalupe Hidalgo y les cedió a los EE.UU. los territorios de Texas, Nuevo México, Arizona, California, Nevada, Utah y parte de Colorado.

Muchos mexicoamericanos nacidos en EE.UU. prefieren llamarse chicanos. Este término también se asocia con una tradición de protesta política.

la continua inmigración de grandes números de mexicanos ha convertido a los mexicoamericanos en el grupo hispano más importante de los Estados Unidos.

35 A diferencia de los mexicanos, los puertorriqueños han llegado a los Estados Unidos siendo ya ciudadanos estadounidenses, puesto que la isla de Puerto Rico fue convertida en territorio estadounidense después de la guerra de 1898 y sus habitantes fueron declarados ciudadanos estadounidenses en 1917. Entre 1945 y 1974, ocurrió una migración masiva de puertorriqueños 40 a las ciudades del norte, especialmente a Nueva York, donde se necesitaban trabajadores industriales. Desde entonces, gran parte de las familias inmigrantes puertorriqueñas han llegado a formar parte de la clase media, dispersándose por otras partes de los Estados Unidos, al mismo tiempo que gran número de profesionales puertorriqueños también se han extendido 45 por el país. Por otro lado, muchos pobres sin formación profesional se quedaron atrapados en los barrios pobres de Nueva York y otras ciudades después del declive del sector industrial en los años 70. Estos han tenido que luchar contra problemas de pobreza y desempleo, pero a pesar de eso, los "nuyoricans", por ejemplo, mantienen una fuerte presencia en la ciudad.

la guerra de 1898 = the Spanish American War (between Spain and U.S.)

Desde 1948 Puerto Rico es Estado Libre Asociado. Sus residentes eligen a sus líderes locales y participan en las fuerzas armadas de los EE.UU., pero no votan para elegir presidente de los EE.UU. ni pagan impuestos federales.

La palabra **barrio** significa vecindario, pero en los EE.UU. tiene, a veces, la connotación negativa de *ghetto*.

50 Los cubanos forman el tercero de los tres grandes grupos hispanos. Los primeros inmigrantes cubanos salieron de Cuba después de que Fidel Castro tomó el gobierno en 1959, llegando a Miami y Nueva York como refugiados políticos. Estos eran en su mayoría miembros de la élite socioeconómica de Cuba, y sus conocimientos y experiencia comercial y profesional les ayu- 55 daron a prosperar en los Estados Unidos y a convertir a la ciudad de Miami en la principal capital financiera de Latinoamérica. Después, han llegado otros inmigrantes cubanos que en general han sido de origen más humilde. A pesar de eso, los cubanoamericanos siguen constituyendo hoy día el único grupo hispano de los Estados Unidos que, por lo general, disfruta de un 60 nivel de vida parecido al de otros americanos de la clase media.

Además de estas tres grandes comunidades, han llegado en las últimas décadas varios millones de inmigrantes de diversos países latinoamericanos. Actualmente no es nada raro encontrarse con dominicanos, colombianos, ecuatorianos, guatemaltecos, hondureños, nicaragüenses 65 y venezolanos. Sus razones de emigrar a los Estados Unidos varían según el país de origen. Los disturbios políticos causaron el éxodo de muchos centroamericanos en los años 80 y 90, pero, por lo general, la oportunidad económica ha atraído a los demás.

La forja de la cultura latina

70 De la vivencia de esos grupos en los Estados Unidos ha surgido una nueva identidad latina que se ve expresada en su variada producción cultural. La salsa, música creada entre los países caribeños y Nueva York, combina ritmos y arreglos de muchos países sin ser de ninguno de ellos. En la literatura, autores como Sandra Cisneros (chicana de Chicago), Achy Obejas 75 (cubana), Tato Laviera (puertorriqueño) y Junot Díaz (dominicano de Nueva Jersey) publican libros que tratan de las experiencias de los latinos

En la actualidad, más del 60% de los hispanos de EE.UU. han nacido en el país.

en los Estados Unidos. El arte mural que durante mucho tiempo se asoció solo con México, ahora se ha convertido en medio de expresión no solo de la comunidad chicana sino de otras comunidades hispanas.

Es cierto que la mayoría de los hijos de los inmigrantes aprenden a usar el inglés junto con el español, y que los nietos ya tienen el inglés como primer, y a veces, único idioma (de hecho, los autores latinos más importantes escriben mayormente en inglés). Pero, a diferencia de otras comunidades inmigrantes, los latinos han mantenido muchos elementos de sus culturas latinoamericanas, especialmente el uso del español en muchas de sus comunidades. Esto ha ocurrido por razones diversas: la inmigración de los hispanos es superior a la de cualquier grupo anterior; el número de hispanohablantes y la constante llegada de nuevos inmigrantes fomentan el uso continuo del español; y el avión, el teléfono, la televisión e Internet hacen posible mantener fácilmente el contacto con la tierra natal, cosa que no ocurría con los inmigrantes anteriores. Además, el concepto del multiculturalismo, que surgió en los años 60, también ha promovido una nueva actitud hacia la diferencia cultural al ver en ella un motivo de orgullo. Todos estos factores han contribuido a mantener vivo el uso del español y una identidad distinta.

El arte mural empezó como forma de expresión de la comunidad mexicoamericana, pero se ha extendido a otros grupos latinos. Este mural celebra la vida e identidad puertorriqueñas en el barrio de Humboldt Park, Chicago.

La exportación de la identidad latina

La cultura latina estadounidense no está realmente separada de las latinoamericanas. En ella se continúan muchas tradiciones, como la celebración mexicana del Día de los Muertos o las fiestas de las quinceañeras celebradas por varios grupos latinos. Pero al mismo tiempo, la cultura latina representa una innovación cultural, ya que tiende a combinar y sustituir a las culturas estrictamente nacionales. Por ejemplo, en las universidades norteamericanas, estudiantes de origen nacional muy variado tienden a pertenecer a la Organización de Estudiantes Latinos, y hay cada vez más políticos que se declaran representantes de las comunidades latinas en vez de especificar un grupo en particular.

Continúa en la página siguiente

El chileno Mario Kreutzberger es conocido como "Don Francisco" y es el anfitrión de "Sábado Gigante", el programa de televisión más duradero de la historia. Se emite todos los sábados desde Miami.

Además, aunque sea difícil de creer, existe el fenómeno de la 'exportación' de la cultura latina estadounidense a Latinoamérica. Esto ocurre, por ejemplo, por medio de la televisión: hoy en día televidentes en Argentina, Colombia, Nicaragua y otros países ven en sus casas programas producidos en Miami, como el show de "Cristina", "Sábado Gigante" y telenovelas hechas en español. Algunas de estas telenovelas, como "Tierra de pasiones", se centran en los problemas de los inmigrantes latinos en los Estados Unidos e incluyen un elenco internacional en el que podemos escuchar mezclas de acentos mexicanos, puertorriqueños, colombianos y cubanos. Un efecto de estas series televisivas es que cada vez más latinoamericanos aprenden a identificarse como 'latinos', una identidad que se inventó en los Estados Unidos.

Estados Unidos: tierra de cambios

La importancia de la población hispana en los Estados Unidos es innegable. Ahora que los norteamericanos consumen más salsa mexicana que ketchup, se puede decir que los latinos literalmente han cambiado el sabor de la cultura norteamericana. Los hispanos, como tantos grupos anteriores, contribuyen a la cultura de los Estados Unidos, cambiándola al mismo tiempo que se asimilan a ella. Pero también han continuado su larga tradición de mezcla cultural; esos contactos dentro y fuera de los Estados Unidos han creado una nueva identidad latina que parece desafiar la imagen tradicional del crisol americano. ■

Scanning

ACTIVIDAD 10 Los tres grupos originales

Parte A: Asocia cada uno de los siguientes rasgos o hechos con los mexicanos o mexicoamericanos (M), los cubanos o cubanoamericanos (C) o los puertorriqueños (P).

1. ______ antepasados que estuvieron antes de la expansión de los Estados Unidos
2. ______ la revolución de 1959, refugiados políticos
3. ______ ciudadanos de los Estados Unidos antes de llegar

4. _____ la guerra de 1846
5. _____ la guerra de 1898
6. _____ Miami, una comunidad comercial de gran éxito
7. _____ Nueva York y ciudades norteñas, dispersión de la clase media por los EE.UU.
8. _____ la industria agrícola y los ferrocarriles del suroeste, urbanización posterior

Summarizing

Parte B: En parejas, reconstruyan la historia de los hispanos en los Estados Unidos, usando como base la lista de detalles de la Parte A, además de otra información de la lectura.

ACTIVIDAD 11 Una nueva identidad

Reacting to reading

En grupos de tres, contesten las siguientes preguntas.

1. ¿En qué sentido es nueva la identidad latina?
2. ¿A qué se debe esta nueva identidad?
3. ¿Cuáles son algunas manifestaciones de la cultura latina?
4. ¿Creen que va a sobrevivir la cultura latina o representa solo un paso hacia la asimilación total?
5. En su opinión, ¿presenta la cultura latina un desafío para la identidad nacional estadounidense? ¿Un desafío para las identidades nacionales de Latinoamérica?

ACTIVIDAD 12 ¿Americanización?

Making inferences, Analyzing

Parte A: En la historia de los Estados Unidos, la mayoría de los inmigrantes se ha asimilado a la cultura dominante. En parejas, digan cuáles de los aspectos siguientes u otros son los más importantes para mostrar que se es plenamente norteamericano. Si es posible, usen expresiones como **Se habla..., Se viste..., Se come..., Se maneja...**

la comida (las bebidas)
la ropa
manejar un carro
otras costumbres (¿cuáles?)
el número de años que lleva en los Estados Unidos
tener pasaporte
tener ciudadanía legal
tener hijos nacidos en los Estados Unidos
estar casado/a con un/a norteamericano/a
tener padres norteamericanos
hablar inglés
no hablar otro idioma

Parte B: En parejas, comenten las siguientes preguntas.

1. ¿Es posible ser latino (o chino, coreano, ruso, etc.) y norteamericano al mismo tiempo? ¿Por qué sí o no?
2. ¿Qué significa ser "plenamente (norte)americano"?
3. ¿Es posible definir una identidad latina —diferente de la "angloamericana"— con base en lo que se habla, se come o se viste?

ACTIVIDAD 13 ¿Cómo debe ser?

En parejas, contesten las siguientes preguntas, imaginándose que son de El Salvador y que llegaron a los Estados Unidos a la edad de 13 años.

1. ¿Hablan mejor español o inglés?
2. ¿Se identifican como salvadoreños, hispanos, latinos u otra cosa?
3. ¿Se sienten "americanos"?
4. ¿Qué opinan de la cultura y las personas norteamericanas?
5. ¿Qué opinan de su cultura salvadoreña?

Cuaderno personal 5-2

¿Cómo ves a la sociedad norteamericana, como un crisol, un mosaico o una ensalada? ¿Crees que a largo plazo los latinos van a mantener una identidad distinta o van a asimilarse completamente a la cultura general?

VIDEOFUENTES

¿Cómo refleja la experiencia personal de John Leguizamo la historia de los grupos hispanos en los Estados Unidos? ¿Las opiniones de Leguizamo sobre los hispanos reflejan o contrastan con las perspectivas presentadas en la lectura "El sabor latino de los Estados Unidos"? ¿Cómo?

Lectura 3: Literatura

ESTRATEGIA DE LECTURA

Approaching Poetry
Poetry is often written to express deep feelings. Relative to prose writing, it is marked by its careful, limited use of vocabulary and powerful use of symbols. Fewer words and more metaphors can make interpretation more challenging and more interesting. Some familiarity with the topic and with basic poetic devices (**recursos poéticos**) can aid comprehension. Many poems are characterized by:

- a rhythmic use of language (**el ritmo**)
- the grouping of words into lines (**versos**), stanzas (**estrofas**), and refrains or repeated lines (**estribillos**)

- the repetition (**la repetición**) of sounds, words, phrases, or structures to emphasize important aspects
- rhyme (**la rima**)
- frequent use of metaphors (**metáforas**) and symbols (**símbolos**)

This poem, actually the lyrics of a song by Willie Colón and Héctor Lavoe, contains examples of some poetic devices.

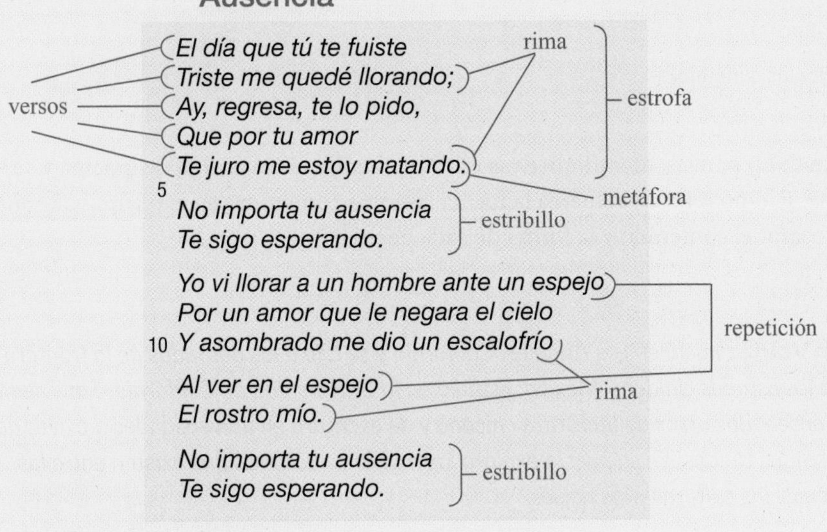

ACTIVIDAD 14 Dos poemas bilingües

Activating background knowledge

Los dos poemas que Uds. van a leer fueron escritos por hispanos de los Estados Unidos y hablan de sus experiencias bilingües y biculturales. Teniendo en cuenta esta información, en parejas, hagan una lista de temas, ideas o elementos que piensan que van a aparecer en estos poemas.

ACTIVIDAD 15 Contenido y forma

Approaching poetry

Parte A: Lee los dos poemas "Where you from?" y "Bilingual Blues". Después, en parejas, decidan las semejanzas y las diferencias entre los dos poemas, enfocándose en los siguientes aspectos.

- el origen del/de la poeta: ¿De dónde es?
- su mensaje: temas y sentimientos
- el uso de inglés y español: ¿Por qué se usan los dos? ¿Cuándo se usa cada uno? ¿Cuál domina?
- el tono: enojado, amargado, triste, cómico, juguetón, serio, irónico, nostálgico

Parte B: En parejas, identifiquen los recursos poéticos que emplea cada poema. Busquen por lo menos un ejemplo de cada uno de los siguientes recursos.

	"Where you from?"	"Bilingual Blues"
el estribillo		
la repetición de palabras o expresiones		
la rima o la repetición de sonidos		
el ritmo		
símbolos o metáforas		

Parte C: En parejas, identifiquen las relaciones entre el contenido del poema y su forma. ¿Cómo refleja y refuerza la forma las ideas contenidas en el poema? ¿Es posible separar el contenido y la forma de cada poema?

Gina Valdés *nació en Los Ángeles, California y se crio a los dos lados de la frontera entre los Estados Unidos y México. Estudió en la Universidad de California-San Diego y ha enseñado cursos de literatura chicana y de escritura en universidades a través de los Estados Unidos. En su poesía explora las múltiples barreras que existen entre las personas, las culturas y los países.*

Where you from?

Gina Valdés

Soy de aquí
y soy de allá
from here
and from there
5 born in L.A.
del otro lado
y de éste
crecí en L.A.
y en Ensenada
10 my mouth
still tastes
of naranjas
con chile
soy del sur
15 y del norte
crecí zurda
y norteada
cruzando fron
teras crossing
20 San Andreas
tartamuda
y mareada
where you from?
soy de aquí
25 y soy de allá
I didn't build
this border
that halts me
the word fron
30 tera splits
on my tongue. ■

norteada = affected by the cold north wind

tartamuda = stuttering

mareada = dizzy

zurda = left-handed ("wrong, clumsy")

Barrera cerca de Tijuana y San Diego que marca la frontera entre México y los Estados Unidos.

***Gustavo Pérez Firmat** nació en La Habana pero se crio en Miami. Tiene doctorado en literatura comparada de la Universidad de Michigan y enseñó durante muchos años en la Universidad de Duke en Carolina del Norte. Ahora es profesor de la Universidad de Columbia en Nueva York. Además de escribir obras de crítica literaria, se ha dedicado a explorar la vida cubanoamericana a través de la poesía.*

Bilingual Blues

Gustavo Pérez Firmat

Soy un ajiaco de contradicciones
I have mixed feelings about everything.
Name your tema, I'll hedge;
name your cerca, I'll straddle it
5 like a cubano.
I have mixed feelings about everything.
Soy un ajiaco de contradicciones.
Vexed, hexed, complexed,
hyphenated, oxygenated, illegally alienated,
10 psycho soy, cantando voy:
You say tomato,
I say tu madre;
You say potato,
I say Pototo.
15 Let's call the hole
un hueco, the thing
a cosa, and if the cosa goes into the hueco,
consider yourself en casa,
consider yourself part of the family.
20 Soy un ajiaco de contradicciones,
un puré de impurezas:
a little square from Rubik's Cuba
que nadie nunca acoplará.
(Cha-cha-chá) ■

¡CHA-CHA-CHÁ!

ajiaco = sopa caribeña de muchos ingredientes

cerca = fence

Pototo = personaje cómico del teatro cubano

acoplará = fit together

Making inferences

ACTIVIDAD 16 Reacciones personales

En parejas, comenten las siguientes preguntas.

1. ¿Creen que las fotos que acompañan cada poema representan bien sus ideas? ¿Qué otras imágenes visuales se pueden usar para representar cada poema? ¿En qué línea(s) se basa su selección?
2. Imaginen que alguien quiere usar uno de los poemas como la letra de una canción. ¿Con qué tipos de música se puede combinar cada poema? ¿Cuál les parece mejor a Uds.?
3. Imaginen que Uds. tienen la oportunidad de conocer a uno de los dos poetas. ¿Cuál les parece más interesante como persona? ¿Qué preguntas sobre el poema tienen para ella o él?

Analyzing

ACTIVIDAD 17 Voces dramáticas

Cada poema incluye una variedad de voces: una voz en español, otra en inglés, una voz hispana, otra anglosajona. En grupos de cuatro, hagan una representación dramática de uno de los poemas.

1. Decidan qué voz o voces dice(n) cada línea o palabra, y con qué tono se debe leer cada línea o palabra (con alegría, con tristeza, irónicamente, etc.).
2. Asignen cada verso o palabra a una persona o combinación de personas, y practiquen, enfatizando la pronunciación y la expresión.
3. Decidan si los movimientos físicos pueden ayudar a comunicar el significado del poema.

ACTIVIDAD 18 Una identidad desdoblada

Parte A: En cada poema se revela una personalidad desdoblada (*split*) entre diferentes fuerzas culturales. En parejas, compartan sus reacciones a las siguientes preguntas.

¿Se pueden sentir igualmente divididas las personas que no son inmigrantes? ¿Cómo? ¿Cuándo?
¿Te has sentido alguna vez "desdoblado" entre diferentes culturas o fuerzas culturales?

Parte B: Individualmente, escribe un breve poema bilingüe en el que expreses tus sentimientos de desdoblamiento o tus diferentes sentimientos respecto a algún aspecto de la vida. Para hacerlo debes:

- decidir el tema y la idea más importante: se puede expresar en una frase repetida o un estribillo
- escoger una metáfora central para expresar la idea principal y la idea de mezcla: se puede usar una imagen basada en una comida y sus ingredientes
- decidir cómo puedes usar la combinación de inglés y español para expresar diferentes perspectivas y sentimientos

Cuaderno personal 5-3

¿Qué símbolo o metáfora representa mejor tus sentimientos sobre tu identidad? ¿Por qué?

Redacción: Una entrevista

ESTRATEGIA DE REDACCIÓN

Interviewing

Interviews are the most effective means of finding out what individuals think about a specific topic. A successful interview begins with planning *before* the interview.

1. Decide the main topic(s) of the interview. The topic guides all other decisions. For example, for the interview you will conduct, the main topics are Hispanic cultural identity and Spanish language.
2. Find an appropriate Spanish speaker to interview. Explain to your candidate that the interview is for a Spanish class and what it is about, and politely ask if he or she can participate. Tell him/her that you would like to conduct the interview in Spanish but that some English is acceptable. Arrange a mutually convenient time and place for the interview.
3. Develop a list of questions to guide the interview. Decide if you will use both Spanish and English during the interview. Use open-ended questions whenever possible (yes-no questions lead to short, uninteresting answers).
4. Decide how long the interview should last.
5. Decide if you will take notes, record, or videotape the interview.

During the interview you should keep in mind the following tips.

1. Greet and thank your interviewee politely.
2. Ask one clear question at a time.
3. Listen carefully to your interviewee and be flexible. Ask a few questions that are not on your list in order to get more details, or simply respond appropriately to what is being said.
4. Avoid inappropriate and offensive questions. For example, in the interview you will conduct, do not assume that a person of Hispanic background is an immigrant, and do not ask directly about a person's immigration or residency status.
5. Don't talk about yourself: the interview is about what the other person thinks.

Continúa en la página siguiente

After the interview, prepare a written version, keeping in mind the following points.

1. Write up the interview (or at least your notes) as soon after the interview as possible.
2. Decide who your audience is and consider how this should affect your presentation.
3. Think of an interesting title.
4. Decide what parts of the interview are relevant to the topic. Discard those parts which are not.
5. Edit your content. Exclude filler words and sounds such as **este, aahhh, pues..., well, um,** etc. Eliminate unnecessary words or comments, but try not to alter the meaning of what the person said. You may need to change the order of actual questions and answers in order to keep the written version short and interesting.

Planning the interview

ACTIVIDAD 19 Quién, dónde, cómo, cuándo

Uds. van a hacer entrevistas con personas hispanas que viven en los Estados Unidos. Las entrevistas deben enfocarse en cuestiones de identidad y lengua. Aunque hay muchas personas hispanas en los Estados Unidos que no hablan español, para esta entrevista deben buscar una persona que hable español. En parejas, respondan a las siguientes preguntas para prepararse.

1. ¿Dónde y cómo se pueden poner en contacto con personas que hablan español?
2. ¿Es necesario grabar la entrevista o es suficiente tomar apuntes?
3. ¿Cuánto tiempo debe durar la entrevista? ¿Cuándo se puede hacer?
4. ¿Se puede usar algo de inglés durante la entrevista?

Preparing interview questions

ACTIVIDAD 20 Preguntas apropiadas... e inapropiadas

Es necesario llegar a la entrevista con una lista de preguntas preparadas. En parejas, decidan cuáles de las siguientes preguntas son apropiadas y cuáles no, y expliquen por qué. Una pregunta puede ser inapropiada por ser irrelevante, de poca importancia o por ser (posiblemente) ofensiva.

1. ¿Cómo se llama Ud.?
2. ¿Cuántos años tiene?
3. ¿Tiene familia? ¿Cómo es?
4. ¿De dónde es Ud.? ¿Dónde nació? ¿Cuánto tiempo lleva en los Estados Unidos?
5. ¿Cómo se identifica Ud.? (como hispano, latino, American, americano, mexicoamericano, guatemalteco) ¿Se asocia mucho con otras personas de origen _____?
6. ¿Qué tradiciones culturales conserva de [su país de origen]?

7. Generalmente, ¿habla español o inglés?
8. Cuando Ud. era niño/a, ¿qué lenguas se hablaban en su casa?
9. ¿Prefiere Ud. hablar español o inglés? ¿En qué situaciones habla español? ¿e inglés?
10. ¿Ha tenido Ud. problemas o experiencias positivas por hablar español?
11. ¿Ud. mira la televisión o escucha la radio en español? ¿en inglés?
12. ¿Quiere que sus hijos aprendan a hablar español? (¿Es probable que lo hagan?)
13. ¿Qué opina Ud. del spanglish?
14. ¿Qué aspectos de la vida de este país le gustan más? ¿menos?
15. ¿Prefiere la vida en los Estados Unidos o en su país de origen?
16. ¿Quisiera hacer un comentario final?

ACTIVIDAD 21 De lo oral a lo escrito

Writing the interview

Después de la entrevista, prepara una versión escrita de la entrevista. Imagina que escribes una entrevista para estudiantes de español. Para hacerlo, piensa en los siguientes aspectos.

1. Decide si tienes mejor información sobre el tema de la identidad o el tema de la lengua. Puedes enfatizar uno de los dos temas.
2. Escribe un título interesante que refleje las opiniones de la persona entrevistada. El título puede ser una cita directa.
3. Decide qué comentarios son más importantes e interesantes. La entrevista escrita no necesita incluir todo lo que se ha dicho en la entrevista oral. Además, es probable que tengas que cambiar el orden de algunas preguntas y respuestas para ayudar a los lectores de tu entrevista escrita.

Dictadura y democracia

See the *Fuentes* website for related links and activities: www.cengage.com/spanish/fuentes

Una manifestación de las Madres de Plaza de Mayo, Buenos Aires, Argentina.

ACTIVIDAD 1 Las responsabilidades de un gobierno

Activating background knowledge

Parte A: En grupos de tres, numeren las responsabilidades de un buen gobierno según su importancia (1 = la más importante; 11 = la menos importante). Después, decidan qué tipo de gobierno —dictadura o democracia— cumple mejor esas responsabilidades.

a. _____ la distribución justa de los recursos de la sociedad
b. _____ el mantenimiento de una economía estable
c. _____ el control del crimen
d. _____ la protección de los derechos humanos
e. _____ el mantenimiento de los valores dominantes de la sociedad
f. _____ la protección de los derechos civiles
g. _____ la conservación del medio ambiente
h. _____ la adquisición de nuevos recursos o territorios
i. _____ el mantenimiento de relaciones de paz con otros países
j. _____ la protección de la salud de los ciudadanos
k. _____ la defensa de las libertades (de palabra, de religión, etc.)

Parte B: La foto de la página anterior es de las Madres de Plaza de Mayo de Argentina. Los hijos de estas mujeres eran, en su mayoría, intelectuales y estudiantes que desaparecieron misteriosamente por protestar contra la junta militar de 1976–1983. Hubo unos treinta mil desaparecidos, la mayoría de los cuales murieron después de ser torturados. Las manifestaciones de las madres, que tuvieron lugar los jueves en Plaza de Mayo, ayudaron a poner fin a la dictadura y a restaurar la democracia. ¿Qué responsabilidades de la Parte A no cumplió el gobierno de la junta militar argentina?

Aunque las madres y abuelas dejaron de hacer manifestaciones (los jueves en Plaza de Mayo) en 2006, hoy en dia siguen protestando contra la injusticia y mantienen un sitio web: **www.madres.org**

Lectura 1: Editorial y reseña de cine

ESTRATEGIA DE LECTURA

Dealing with False Cognates
English and Spanish have many cognates or words that have a similar form and meaning: **posible** = *possible*, **generosidad** = *generosity*. As you've studied, recognizing cognates can make reading much easier. However, some words, though of similar form, have slightly or completely different meanings (**cognados falsos**): **asistir a** = *to attend*, **atender** = *to wait on/pay attention*, **embarazada** = *pregnant*. If you encounter an apparent cognate that does not seem to make sense in a particular context, it is likely to be a false cognate. The context may be sufficient to guess the meaning, but, if not, you will need to look up the word in the dictionary.

Dealing with false cognates, Using the dictionary

ACTIVIDAD 2 Amigos falsos

Las siguientes oraciones contienen cognados falsos que aparecen en el artículo "Silencio y obediencia". Piensa en el contexto de la oración para adivinar el significado de cada palabra en negrita. Luego, busca la palabra en un diccionario bilingüe o en el glosario para ver si adivinaste correctamente.

1. Algunos dicen que el estilo de vida **actual** es insostenible y que vamos a tener que hacer grandes cambios en el futuro.
2. Al iniciar terapia sicológica, muchas personas tienen que **afrontar** memorias desagradables.
3. En ese pueblo todos viven muy bien, pero no **sucede** nada interesante.
4. El presidente de Venezuela recibió a los representantes de la República **Popular** de China.
5. No quiero **molestar** ni ofender a nadie, pero voy a decir lo que creo necesario.

Guessing meaning from context

ACTIVIDAD 3 Del contexto al significado

Antes de leer la reseña, escribe la traducción de las palabras en negrita, usando el contexto como guía.

1. ____________________ Un **golpe de estado** es la toma del máximo poder político de un modo violento por parte de un grupo poderoso.
2. ____________________ Dicen que hay que **escudriñar** en el pasado para no repetir la historia.
3. ____________________ Muchas personas tratan de **suprimir** los recuerdos traumáticos y acordarse solo de los buenos.
4. ____________________ El presidente dijo: "Tengo que **lidiar** con muchos problemas, sobre todo la crisis económica."
5. ____________________ En las clases de historia de los EE.UU., se estudian los grandes **acontecimientos** de su pasado, como la declaración de independencia, las guerras y la depresión económica que empezó en 1929.
6. ____________________ En 1973, los generales chilenos **derrocaron** al presidente y establecieron una dictadura militar.
7. ____________________ Muchos ciudadanos son **reacios** a participar en las elecciones y no se deciden a votar ya que no están satisfechos con los partidos y candidatos políticos.
8. ____________________ En cualquier investigación, es importante determinar los **hechos**, o sea, la información sobre lo ocurrido, y después explicarlos.
9. ____________________ Un **arzobispo** es un miembro de la Iglesia católica con un rango superior al de obispo e inferior al del Papa.

ACTIVIDAD 4 Los filmes políticos

Activating background knowledge

Parte A: El siguiente artículo es un comentario sobre un documental chileno de contenido político. Las películas políticas suelen personalizar la política, es decir, mostrar los resultados de las acciones o pensamientos de uno o varios individuos en ciertas situaciones causadas por la política del país. Al mismo tiempo suelen enseñar una lección. En parejas, escojan una película de contenido político, decidan si es documental o drama, y describan la(s) historia(s) que narra y cómo afecta la política a los personajes. ¿Cuál es la "moraleja" de la película? Posibilidades:

Syriana	*W.*	*Una verdad incómoda*	*La vida de los otros*
Fahrenheit 9/11	*Milk*	*Frost/Nixon*	*Sicko*

Parte B: El comentario/reseña que Uds. van a leer discute la importancia de un documental sobre la historia de la política chilena: *La memoria obstinada*. En grupos de tres, discutan las siguientes preguntas: ¿Por qué algunos directores de cine prefieren hacer documentales? ¿Son objetivos los documentales? ¿Cuál es la función del documental? ¿Prefieren Uds. ver una película documental o una ficticia? ¿Por qué?

ACTIVIDAD 5 Dos títulos y dos párrafos

Active reading

Parte A: En 1998 salió el documental chileno *La memoria obstinada* dirigido por el cineasta Patricio Guzmán. Ese mismo año, Carlos Ramos, redactor del periódico *La Opinión* de Los Ángeles, escribió "Silencio y obediencia", un editorial y reseña de la película. En parejas, comenten el posible significado de estos dos títulos.

Parte B: Después, lean los dos primeros párrafos y contesten las siguientes preguntas antes de continuar con la lectura y determinar por qué Ramos y Guzmán seleccionaron estos títulos.

¿De qué se sorprende Carlos Ramos?
¿Cómo explica Ramos ese hecho?
¿Qué opina el cineasta Patricio Guzmán?

Silencio y obediencia

CARLOS RAMOS • Redactor de La Opinión

En este septiembre se han cumplido 25 años del golpe de estado que derrocó en Chile al presidente constitucional Salvador Allende, y sorprende que se hable poco del hecho. Quizá sea porque un cuarto de siglo es bastante tiempo. O porque la vida actual va tan acelerada que casi nunca hay espacio - o ganas - para visitar esa esquina oculta allá en el fondo de nuestra memoria. Peor cuando esa memoria tiene que lidiar con acontecimientos nada agradables que aun ahora son objeto de intensa polémica.

Según el director de cine chileno Patricio Guzmán, no hay otra alternativa que afrontar esa memoria, no obstante lo dolorosa o dramática que pueda ser.

Continúa en la página siguiente

El cineasta ha hecho un documental - *Chile, la memoria obstinada* - que trata precisamente sobre lo que los chilenos ahora saben, piensan o recuerdan del golpe de estado de septiembre del 73. Lo que se concluye del documental de Guzmán es que las nuevas generaciones de chilenos saben muy poco de lo que sucedió en los tres años de gobierno socialista en los inicios de la década de los años 70.

Y mucho menos sobre la represión que vino después una vez que se derrocó al presidente Allende y se instaló la junta militar. Hay varias secuencias del documental en las que no sabe uno si llorar o reírse.

Se ve a chilenos adolescentes argumentando con toda sinceridad sobre "la necesidad" del golpe militar y de cómo los uniformados "salvaron" al país. De lo "injusto" que era que el gobierno de Allende tratara de quitarles tierras o fábricas a la gente rica y del caos en que vivía Chile en ese septiembre del 73. Estos jóvenes por supuesto sólo han tenido como fuente de información la versión oficial, que es enseñada en las escuelas. En general sus padres no hablan sobre el tema y la sociedad mucho menos está interesada en escarbar sobre el asunto.

Ha existido en Chile algo así como una conspiración del silencio para hablar lo menos posible sobre Allende, el golpe de estado, los uniformados o los desaparecidos. Aun la misma gente que tuvo algunas simpatías con el proyecto de la Unidad Popular - así se llamó al gobierno de Allende - parecen reacios a escudriñar en su propia memoria.

Guzmán entrevista a una mujer que aparece en un filme de la época de Allende desfilando en una marcha en favor del gobierno socialista. Casi con pena la mujer acepta que es ella. Quizá sea yo, es lo más que llega a decir. Luego una pausa y la mujer revela que "desaparecieron" a cinco miembros de su familia. Pero ¿qué es esto? se pregunta uno. Una cosa es que esos jóvenes que eran unos niños cuando el golpe de Pinochet no puedan escudriñar en su memoria histórica. Por fin, ¿cómo lo podrían hacer? si los hechos nunca entraron en su memoria o nunca les fueron revelados en toda su extensión.

Otra cosa es que la gente misma que fue golpeada por la represión opte por suprimir de su memoria momentos fundamentales en su vida. Que no son agradables, cierto. Pero que sucedieron, no hay duda. Tan reales, que en el caso de esa mujer, a los cinco desaparecidos nunca se les vio de nuevo.

Dos imágenes del Palacio de la Moneda, sede del presidente de Chile, en Santiago de Chile. La primera muestra el bombardeo del 11 de septiembre de 1973, cuando las fuerzas militares chilenas mataron al presidente Allende. La segunda muestra el palacio treinta años después.

Por limitaciones de espacio hay que escoger un solo país más de Latinoamérica con situaciones similares a las de Chile. Vayamos a El Salvador, que vivió a finales de la década de los años 70 y principios de los 80 un periodo de represión tal que lo de Pinochet y compañía se queda pequeño.

¿Qué información tendrán los jóvenes salvadoreños sobre esa época? ¿Hablarán acaso como los adolescentes chilenos? ¿Sabrán que en el año 80, incluso se mató a un arzobispo dando misa? ¿Estarán enterados de que el 20% de la población del país tuvo que emigrar debido a la guerra civil? Y qué decir de los que vivieron en carne propia esos años de terror. ¿Les contarán por ejemplo a sus hijos cómo en muchos casos, familiares, amigos, compañeros de estudio o vecinos simplemente desaparecieron?

Quién sabe, quizá sea mejor no acordarse de esos momentos. No molestar la memoria haciéndola revisar imágenes que hace mucho se optó por suprimir. Al final del documental de Guzmán se muestra a un grupo de jóvenes universitarios a quienes se les ha exhibido otra película que Guzmán hizo en los años 70 sobre el golpe de estado chileno.

Todos terminan llorando, abrazándose, gritando como locos. No pueden creer que eso que han visto sea cierto. Que haya sucedido en su Chile querido. Los fantasmas del pasado, diría alguien, han penetrado en la memoria de estos jóvenes. Ojalá sea para siempre. ■

ACTIVIDAD 6 Hechos y deducciones

Scanning, Making inferences

En el artículo el autor afirma que ciertos hechos son verdad. Lee cada una de las siguientes oraciones y decide si es cierta o falsa según el autor del artículo. Corrige las falsas y justifica todas con información sacada del artículo.

1. _____ En 1973, ocurrió un golpe de estado que derrocó a la junta militar.
2. _____ Los seguidores de Allende "desaparecieron" a los chilenos en los años 70.
3. _____ En los años 70 el cineasta Patricio Guzmán hizo un documental sobre el golpe de estado chileno.
4. _____ En 1998 Guzmán hizo otro documental, *La memoria obstinada*, sobre las memorias que tienen los chilenos mayores y jóvenes del golpe de estado.
5. _____ En el documental, hay evidencia de que algunas personas mayores no quieren reconocer su participación en el partido de Allende.
6. _____ En el documental casi todos los jóvenes chilenos critican el golpe de estado como un gran error innecesario.
7. _____ Cuando los jóvenes entrevistados por Guzmán vieron el primer documental sobre el golpe de estado, no se sorprendieron de lo que habían visto.
8. _____ Otros países como El Salvador sufrieron dictaduras violentas en los años 70 y 80, pero eran menos violentas que la de Chile.

ACTIVIDAD 7 Interpretaciones y opiniones

Making inferences, Reacting to reading

En el artículo se expresan muchas interpretaciones y opiniones de Patricio Guzmán y Carlos Ramos. En parejas, busquen en el artículo la información que permita terminar cada una de las siguientes oraciones. Después compartan sus oraciones con el resto de la clase y decidan si reflejan bien las opiniones de Guzmán y Ramos.

1. Para Ramos, es sorprendente que...
2. Para Guzmán, es necesario (que)...
3. Para Guzmán, es triste que...
4. Para Guzmán y Ramos, es bueno (que)...

Reacting to reading

ACTIVIDAD 8 Las reacciones propias

Los estudiantes chilenos se sorprenden y se emocionan al ver el primer documental de Guzmán sobre el golpe de estado. Ahora que Uds. también han descubierto lo que ocurrió en Chile en 1973 y en los años de la dictadura de Pinochet, ¿qué reacciones tienen? En parejas, expresen tres opiniones propias sobre lo que han leído en el artículo, utilizando expresiones como las siguientes.

¡Qué pena/lástima que...!	Nos molesta que...	Nos sorprende que...
Lamentamos que...	Tememos que...	Nos alegra que...
Sentimos que...	Estamos tristes de que...	Esperamos que...

ACTIVIDAD 9 Mi película

Individualmente, piensa en una película que hace un comentario político; puede ser drama o documental. Luego, busca una pareja y cuéntale brevemente el tema y/o la trama de la película. Explícale el comentario político que hace la película y después dile tu opinión de la actuación, del guion y del mensaje, y por qué piensas así. Después, escucha los comentarios que hace tu compañero/a sobre su película.

Cuaderno personal 6-1

Patricio Guzmán cree que se debe hablar de los aspectos positivos y negativos de la historia nacional. ¿Qué crees tú? ¿Es importante estudiar la historia nacional? ¿Para qué sirve enseñar el lado "feo" de la historia? ¿Cómo podemos decidir qué aspectos son "positivos" o "negativos"?

VIDEOFUENTES

Argentina sufrió una dictadura violenta entre 1976 y 1983 durante la cual desaparecieron unas 30.000 personas. ¿Qué secreto descubre Horacio en el breve documental? ¿Por qué fue tan importante para Horacio descubrir la verdad? ¿Estás de acuerdo con sus decisiones? ¿Qué harías tú en una situación semejante?

Lectura 2: Panorama cultural

ESTRATEGIA DE LECTURA

Recognizing Word Families
Many words with similar spelling and meaning share a common stem (**la raíz**) which is found in a base word. The base word is usually a shorter form, often a noun or verb but sometimes an adjective. For example: **enfermar, enfermo/a, un enfermo, enfermedad, enfermero** form a word family. **Enfermar(se)** (*to get sick*) is a verb and **enfermo/a** (*sick*) is an adjective. Either can be considered the base form for others in this group. **Un enfermo** (*a sick person*) is a noun, as are **una enfermedad** (*an illness*) and **un enfermero** (*a nurse*). Though each form has a precise meaning, they are all related to the concept of sickness. By combining your knowledge of base forms with information from the context, you can often guess the exact meaning of related words.

ACTIVIDAD 10 Familias de palabras

Recognizing word families

Adjectives such as **rico** and **desaparecido** can be turned into nouns: **el rico, los desaparecidos.**

Parte A: Mira esta lista de palabras emparentadas y decide el significado de cada una. Algunas de sus formas aparecen en la lectura "Política latinoamericana: pasos hacia la democracia". Si sabes el significado de cada palabra base (la que está en negrita), debes poder adivinar el significado de las otras formas, pero también puedes consultar el glosario o un diccionario.

Sustantivo	Verbo	Adjetivo
el asesinato / el **asesino**	*asesinar*	*asesinado/a*
la desaparición	**desaparecer**	*desaparecido/a*
el desarrollo	**desarrollar**	*desarrollado/a*
la elección	**elegir**	*elegido/a*
la (in)estabilidad	*(des)estabilizar*	*(in)***estable**
el gobierno / el gobernador	**gobernar**	*gobernado/a*
la (des)igualdad	*igualar*	*(des)***igual**
la riqueza	*enriquecer(se)*	**rico/a**

Parte B: Completa las siguientes oraciones con una forma apropiada de las familias de palabras que aparecen en la Parte A.

1. La ____________________ económica es una de las causas de la inestabilidad política.
2. Los ____________________ militares de los años 70 y 80 encarcelaron y torturaron a muchas personas.

3. Se suele decir que el ____________________ de una tradición democrática requiere tiempo y cierta igualdad social y económica.
4. Decimos que existe un problema de corrupción cuando las miembros de un gobierno usan su posición para ____________________.
5. El ____________________ de John F. Kennedy ocurrió en 1963.
6. Entre 1976 y 1983, ____________________ muchas personas que habían protestado contra la dictadura de Argentina.
7. En el momento actual, casi todos los países latinoamericanos tienen un presidente ____________________.

Building vocabulary

ACTIVIDAD 11 La política

Después de estudiar esta lista de palabras que aparecen en la lectura sobre la política latinoamericana, escoge la palabra adecuada para completar cada una de las oraciones.

el caudillo	political or military boss/leader
derechista (de derecha)	rightist
exigir	to demand
la guerrilla	guerrillas
izquierdista (de izquierda)	leftist
la jerarquización	hierarchization
la junta	board, council, "junta"
la medida	measure, step
el soborno	bribery, bribe

1. En los parlamentos franceses, los conservadores se sentaban hacia la derecha y por lo tanto se llamaban ____________________.
2. En el siglo XX los socialistas y los comunistas se consideraban ____________________.
3. Para evitar la corrupción, es necesario que los ciudadanos ____________________ una conducta ética por parte de sus representantes políticos.
4. La ____________________ lucha contra un gobierno establecido por medio de pequeños ataques militares contra las instalaciones del gobierno.
5. El ____________________ ocurre cuando uno tiene que pagar por servicios o autorizaciones que normalmente no se pagan.
6. Una ____________________ militar es un grupo de generales u oficiales militares que gobiernan un país.
7. La ____________________ consiste en una división de la sociedad en varias clases desiguales, con una élite que controla la riqueza y el poder.
8. El aumento de los impuestos y otras ____________________ implementadas por el gobierno provocaron la ira de los ciudadanos.
9. Los ____________________ solían ser líderes carismáticos que lograron el poder presentándose como defensores del pueblo o de ciertos grupos del pueblo.

ACTIVIDAD 12 Formas de gobierno

Activating background knowledge

En grupos de tres, contesten y comenten las siguientes preguntas antes de leer el texto.

1. ¿En qué se diferencian estos tipos de gobierno: la monarquía, la democracia, la dictadura?
2. ¿Cuál de estas formas de gobierno es más difícil de establecer? ¿Por qué?
3. ¿Cuál de estas formas de gobierno asocian Uds. con Latinoamérica? ¿Por qué?

ACTIVIDAD 13 Las ideas principales

Active reading, Identifying main ideas

La siguiente lectura contiene diez párrafos. Para cada párrafo, subraya la oración que resume la idea general o escribe al lado una oración original que resuma la idea general del párrafo.

Política latinoamericana: Pasos hacia la democracia

Golpes de estado, dictaduras, revoluciones, violencia e inestabilidad: estas son las nociones que se han asociado con la política latinoamericana durante los dos últimos siglos. Sin embargo, en el siglo XXI, casi todas las naciones de Latinoamérica gozan de presi-
5 dentes elegidos y de gobiernos democráticos, y se puede afirmar que la extensión general de la democracia representa la nueva tendencia "revolucionaria" de la política latinoamericana.

El porqué de las dictaduras

Aunque la democracia ha sido el ideal de casi todas las repúblicas latinoamericanas desde su nacimiento a principios del siglo XIX, es un ideal que
10 ha tardado mucho en hacerse realidad. Es difícil generalizar sobre todos los países, pero se pueden señalar varios factores que han contribuido a su historia turbulenta. En primer lugar, trescientos años de dominio imperial español impidieron el desarrollo de tradiciones e instituciones democráticas, dejando en cambio una fuerte tradición de control autoritario y
15 patriarcal. La tradición autoritaria se ha manifestado en la figura del caudillo político o líder de un ejército que mantenía la paz social por medio de la fuerza. Otro factor que ha impedido el desarrollo de una tradición estable ha sido la enorme división entre pobres y ricos, complicada por el problema racial en algunos países, y la acumulación de riqueza y poder
20 político en manos de pequeñas élites. En tercer lugar, la inseguridad económica ha contribuido a la inestabilidad política, ya que es difícil para un gobierno elegido mantener el orden en momentos de crisis económica.

Estas generalizaciones, sin embargo, solo son más o menos válidas según el país del que se hable. En el siglo XIX, surgieron fuertes democra-
25 cias en algunos países, como Costa Rica, Chile y Uruguay. En otros, como

La mayoría de los países hispanoamericanos se independizaron entre 1810 y 1828, aunque Cuba no logró su independencia hasta 1898, y Puerto Rico forma parte de los Estados Unidos desde ese año.

Continúa en la página siguiente

A excepción de Costa Rica, Centroamérica se llegó a conocer por numerosas y largas dictaduras tradicionales, como la de la familia Somoza en Nicaragua (1933–1979).

México no encaja bien en estas generalizaciones. Aunque hubo elecciones, durante la mayor parte del siglo XX, el país estuvo bajo el control de un solo partido político, el Partido Revolucionario Institucional (PRI). Esto acabó en el año 2000 con la victoria del Partido de Acción Nacional.

Paraguay, Bolivia y algunos países de Centroamérica, diversos tipos de dictadura se establecieron como norma desde el momento de su fundación como naciones independientes. En la mayoría de los países latinoamericanos, sin embargo, generalmente ha existido una alternancia entre
30 gobiernos elegidos y gobiernos autocráticos bajo un caudillo o dictador.

La intervención directa de los militares

Un elemento común ha caracterizado a casi todos estos gobiernos: la necesidad del apoyo de las fuerzas militares. El ejército siempre ha tenido gran importancia en los países de la región y su función ha sido no tanto defender al país de enemigos externos como mantener el orden interno.
35 Tradicionalmente, el ejército solo intervenía directamente en la política nacional durante breves períodos para restablecer el orden, pero a partir de 1960, el ejército de varios países suramericanos empezó a tomar el poder y a establecer juntas militares para gobernar de forma relativamente permanente. Esto ocurrió en Brasil, Argentina, Perú, Ecuador, Uruguay y Chile.

40 De estas dictaduras, fueron especialmente sorprendentes las de Uruguay y Chile, países que se reconocían como tradicionalmente democráticos. En Uruguay, los militares tomaron el poder en 1973 para combatir a grupos revolucionarios que buscaban el cambio social radical. En el mismo año, el ejército de Chile, bajo el mando del general Augusto
45 Pinochet, asesinó al presidente legalmente elegido, Salvador Allende, durante un período de disturbios sociales, económicos y políticos. La dictadura de Pinochet, que duró dieciséis años, se conoció por su abuso de los derechos humanos, la tortura y la desaparición de más de tres mil personas.

Aun más notorio fue el régimen militar que se estableció en Argentina
50 en 1976. Una junta militar se apoderó del gobierno durante una crisis política y económica, agravada por ataques de la guerrilla izquierdista. Durante la campaña de represión y terror del gobierno contra los disidentes, desaparecieron unas treinta mil personas, muchas de ellas jóvenes estudiantes. Finalmente, en 1983, las protestas de las familias de los desaparecidos, la
55 pérdida de la guerra de las Malvinas contra Gran Bretaña y una economía en estado de caos llevaron a la caída de la junta militar.

Las protestas más eficaces contra la dictadura argentina fueron las de las Madres y Abuelas de Plaza de Mayo.

la guerra de las Malvinas = The Falkland Islands War (1982)

Las nuevas democracias y sus desafíos

Los años 80 y 90 vieron el retorno de gobiernos constitucionales. Hubo elecciones en casi todos los países que habían vivido bajo la dictadura y, en gran parte, los militares se alejaron del campo político. Casi la última dictadura en

Muchos artistas y cantantes latinoamericanos, entre ellos la conocida cantante argentina Mercedes Sosa, lucharon contra los abusos de los derechos humanos de los años 70 y 80. sus apasionadas interpretaciones de canciones de resistencia como "Solo le pido a dios" animaron la lucha por la justicia.

60 caer fue la de Chile, donde en 1988 se realizó un histórico plebiscito, por medio del cual los ciudadanos rechazaron el gobierno de Pinochet. El regreso a la democracia se debe a las protestas contra la violación de los derechos humanos, a la incapacidad de los militares para administrar la economía y también a la conclusión de la guerra fría entre los Estados Unidos y la Unión 65 Soviética. Al terminar ese conflicto en 1989, los Estados Unidos, que habían temido los movimientos revolucionarios izquierdistas, no vieron la necesidad de apoyar a gobiernos represivos de la extrema derecha.

Aunque los países recibieron a la democracia con aclamación casi total, 70 los gobiernos han tenido que enfrentarse a problemas que amenazan la estabilidad. Desde los años 80, se ha observado un aumento constante en la desigualdad entre pobres y ricos, un fac- 75 tor que siempre ha sido causa de inestabilidad; y, en las dos últimas décadas, la adopción de medidas económicas para establecer un mercado competitivo ha empeorado aun más la situación de 80 los pobres. Entonces, si se presentan disturbios sociales que el gobierno civil no pueda controlar, es posible que los ejércitos, que todavía tienen poder, estén dispuestos a imponer el orden, o 85 que aparezcan políticos "populistas" que sepan aprovechar la frustración popular para llegar al poder y acabar con la democracia.

El presidente venezolano Hugo Chávez ha sido una figura polémica. Muchos venezolanos lo ven como un líder que puede acabar con los privilegios de la élite tradicional y ayudar a los pobres. Otros lo ven como un político autoritario y populista que pretende acabar con la democracia.

Ha habido intentos de castigar a los militares por sus abusos contra los derechos humanos. Algunos han sido juzgados y encarcelados, como el General Videla que fue jefe de la junta militar en Argentina. En algunos casos han sido castigados por naciones cuyos ciudadanos también fueron víctimas, como fue el caso de España. Pero en general los culpables no han sido castigados.

De la corrupción a la transparencia

Otro gran desafío al que se enfrenta Latinoamérica es la eliminación de la 90 corrupción. En toda la región, existe una larga historia de favoritismo y soborno causada por la jerarquización social, en que los caudillos y una élite de grandes familias controlaban los recursos y el poder, y quien tenía un cargo político lo usaba para enriquecerse y ayudar a sus familiares. Para tener éxito, tradicionalmente ha sido más importante tener buenos contac- 95 tos que estar bien capacitado y preparado. De esta manera, no se desarrolló el sentido de responsabilidad cívica necesaria en toda democracia. Sin embargo, en años recientes, se han creado grupos cívicos que exigen una conducta más responsable de parte de sus representantes elegidos y en los últimos años se han formado nuevos grupos internacionales, como Trans- 100 parencia Internacional (TI), y otros nacionales, como Fundación Poder Ciudadano (FPC) en Argentina, que luchan por eliminar la corrupción. La formación de grupos como estos representa un gran cambio cultural, ya que por primera vez los ciudadanos están exigiendo una conducta responsable por parte de sus representantes.

El favoritismo se ve reflejado en el frecuente uso de las expresiones **tener palanca** y **tener enchufe,** que significan *to have connections*.

Continúa en la página siguiente

La renovación política de Latinoamérica se pudo constatar en la quinta Cumbre de las Américas de 2009, donde todos los líderes presentes habían sido elegidos democráticamente. Sin embargo, el golpe de estado que ocurrió poco después en Honduras recordó la relativa fragilidad de la democracia en algunos países.

Un momento de optimismo e incertidumbre

105 El siglo XXI representa un momento de optimismo e incertidumbre para Latinoamérica. Por primera vez en su historia, casi todas las naciones gozan de un presidente legítimamente elegido, aunque hay que reconocer que algunos de ellos disfrutan de un poder tal vez excesivo y que la corrupción sigue presentando un gran desafío. Sin embargo, si se logra la estabilidad
110 económica y un mejor nivel de vida para todos, quizá la democracia se establezca como la nueva norma política de Latinoamérica. ■

ACTIVIDAD 14 Datos y detalles

Scanning

Es verdad = es cierto

Decide si cada oración es correcta o incorrecta según la lectura y las anotaciones, y evalúa cada oración usando las expresiones **Es verdad que...** o **No es verdad que...** Después corrige todas las oraciones incorrectas con información de la lectura.

▶ La guerra de las Malvinas ocurrió en 1999.

No es verdad que la guerra de las Malvinas haya ocurrido en 1999. Ocurrió en 1982.

1. La vuelta a la democracia empezó en la década de los años 70.
2. La desigualdad entre ricos y pobres ha sido la única causa del lento desarrollo de la democracia en Latinoamérica.
3. Los caudillos eran figuras autoritarias tradicionales.
4. Durante la mayor parte de su historia, Chile, Uruguay y Costa Rica han funcionado como democracias.

5. Los grupos TI y FPC organizaron una campaña de terror y la desaparición de unas treinta mil personas en Argentina entre 1976 y 1983.
6. En 1988, los ciudadanos de Chile rechazaron el régimen de Pinochet en un plebiscito histórico.
7. La vuelta a la democracia durante los años 80 y 90 se puede explicar como el resultado de un solo factor: el fin de la Guerra Fría.
8. En la actualidad pocas personas o grupos se preocupan por el problema de la corrupción.

ESTRATEGIA DE LECTURA

Distinguishing Fact from Opinion
When reading informational texts, it is easy to assume that all the information is factual or true. However, nearly all texts contain opinions of the author. These are not necessarily flaws, since even in deciding what information to include and what to leave out, the writer expresses an opinion. As a reader you must be alert to this distinction so that you can make decisions about the validity of what is being said. For example, it is a fact that there have been numerous dictatorships in Latin America. However, whether these dictatorships were necessary, good, bad, or counterproductive is a matter of opinion. In this sense, histories are often interpretations that attempt to make sense of sets of observable facts.

ACTIVIDAD 15 Hechos u opiniones

Distinguishing fact from opinion

Parte A: En parejas, miren las oraciones de la Actividad 14 ya corregidas y decidan qué ideas describen hechos y cuáles dan opiniones.

Parte B: Ahora, miren las siguientes oraciones y decidan si describen hechos, opiniones o una mezcla de los dos. Luego, si son opiniones, decidan si están de acuerdo o no.

1. En 1973, el ejército de Chile, bajo el mando del general Augusto Pinochet, asesinó al presidente legalmente elegido, Salvador Allende, durante un período de disturbios sociales, económicos y políticos.
2. A partir de los años 80 hubo elecciones en casi todos los países que habían vivido bajo una dictadura.
3. En 1983, las protestas de las familias de los desaparecidos, la pérdida de la guerra de las Malvinas contra Gran Bretaña y una economía en estado de caos llevaron a la caída de la junta militar de Argentina.
4. En su lucha contra los comunistas e izquierdistas durante la Guerra Fría, los Estados Unidos tuvieron que apoyar muchas dictaduras latinoamericanas.
5. La corrupción es uno de los mayores problemas de los gobiernos latinoamericanos.
6. El nepotismo es una clara señal de corrupción.
7. La libertad de prensa es fundamental para combatir la corrupción.
8. Es evidente que los países latinoamericanos necesitan un poder político central y un líder fuerte.

ACTIVIDAD 16 Desde otra perspectiva

Parte A: En grupos de tres, definan qué son los derechos humanos y decidan si el gobierno tiene la obligación de defenderlos. ¿Qué debe hacer un gobierno para defender los derechos humanos a nivel internacional?

Parte B: Aunque algunos dicen que las relaciones entre los Estados Unidos y los países latinoamericanos están mejor que nunca, no todos están de acuerdo. Hay muchos latinoamericanos que desconfían de la política exterior de los Estados Unidos. Lean la tira cómica y comenten la opinión del artista hacia los Estados Unidos. Según el artista, ¿qué es lo que quieren los Estados Unidos? ¿A Uds. les parece justa o injusta la opinión del artista?

Chenchito **Joaquín Velasco**

A VER, CHENCHITO... ¿QUE SON LOS DERECHOS HUMANOS?

EZCUELA

LO QUE JUSTAMENTE QUIERE E.U. QUE SE APLIQUE EN TODO EL MUNDO

MENOS EN...

VIETNAM, GRANADA, DOMINICANA, PANAMA E IRAQ...

Reacting to reading

ACTIVIDAD 17 ¿Qué opinan ustedes?

Parte A: En grupos de tres, hagan una lista de tres hechos históricos o políticos comentados en la lectura y expresen sus opiniones.

- ▶ Nos sorprende que no hayan castigado a todos los dictadores como Pinochet.
- ▶ Esperamos que duren las democracias latinoamericanas.

Parte B: En grupos de tres, piensen en algunos hechos históricos o políticos mundiales y expresen sus opiniones. Por ejemplo, el comunismo, el Holocausto, los conflictos de los Balcanes, el 11 de septiembre de 2001, la invasión de Iraq, los ataques de piratas somalíes, etc.

- ▶ Dudamos que el comunismo tenga importancia en el futuro.
- ▶ Esperamos que jamás vuelvan a ocurrir incidentes terroristas como el del 11 de septiembre.

Cuaderno personal 6-2 

¿Es posible que un dictador tome el poder en los EE.UU.? ¿Por qué sí o no?

Lectura 3: Literatura

ACTIVIDAD 18 Palabras fundamentales

Building vocabulary

Las siguientes palabras aparecen en el cuento que van a leer. Usa las palabras para terminar las oraciones.

el baldío	empty land, wasteland
jactarse de algo	to brag about something
la mancha de sangre	blood stain
el matorral	thicket, bushes, scrubland
el mendigo	beggar
la picana eléctrica	electric (cattle) prod
el puesto de canje	stall or booth for small trades or exchanges
el orificio de bala	bullet hole

1. Los ____________________ suelen pedir dinero a la gente que pasa por la calle.
2. Los habitantes de Buenos Aires adoran a su ciudad y suelen ____________________ sus glorias.
3. Muchas personas abandonan cosas inútiles y basura en los ____________________ de las afueras de la ciudad.
4. El policía, quien había estado en una pelea violenta, tiró su camisa a la basura, ya que tenía varias ____________________.
5. Aunque uno puede comprar todo tipo de ropa en los grandes almacenes, las personas más humildes tienen que comprar ropa usada en pequeños ____________________.
6. El vaquero usaba una ____________________ para obligar a las vacas a moverse.

ACTIVIDAD 19 Familias de palabras

Identifying word families

Remember that adjective forms can be turned into nouns by adding articles such as **el** or **la.**

Busca el significado de la palabra base de estas familias de palabras, y después termina las oraciones con formas apropiadas de cada familia de palabras.

Sustantivo	Verbo	Adjetivo
el calzado	**calzar**	*calzado/a*
el consuelo	**consolar**	*consolado/a*
_____	**enterar**	*enterado/a*
el entierro	**enterrar**	*enterrado/a*
el **fin**	*finar*	*finado/a*
la quemadura	**quemar**	*quemado/a*

1. ____________________ de la desaparición de su hijo, los padres de Jaime Coretti llamaron inmediatamente a la policía para denunciar el caso.
2. Los padres describieron el físico de su hijo, y declararon que había salido de casa muy bien vestido, con un traje elegante, y bien ____________________, con unos zapatos de cuero negro.
3. Pocos días después, unos pobres descubrieron un cadáver sin ____________________ abandonado en un baldío.
4. La autopsia reveló que el ____________________ era el estudiante universitario Jaime Coretti.
5. Al examinar el cadáver, los médicos descubrieron muchas ____________________, aparentemente causadas por una picana eléctrica.
6. Los padres de Jaime lloraron mucho, pero a diferencia de muchos padres de "desaparecidos", tuvieron el triste ____________________ de haber recuperado el cuerpo de su hijo.

Predicting, Skimming and scanning

ACTIVIDAD 20 Aproximación al texto

Parte A: En grupos de tres, comenten las siguientes preguntas antes de leer "Los mejor calzados".

1. El cuento trata de acontecimientos que ocurrieron durante la dictadura militar de Argentina entre 1976 y 1983. ¿A qué se puede referir el título "Los mejor calzados"? ¿Cómo se traduce "Los mejor calzados"?
2. Miren el texto por encima. ¿Parece ser un monólogo o un diálogo?
3. Lean las tres primeras oraciones. ¿Por qué todos los mendigos tienen zapatos? ¿De dónde provienen?

Focused reading, Identifying tone

Parte B: Ahora, lee el texto de "Los mejor calzados". Al leer, trata de contestar las siguientes preguntas sobre el contenido y el tono. ¿De qué trata el cuento? ¿Parece un cuento tradicional? ¿Por qué sí o no? ¿Es cómico, serio, triste, melancólico, irónico, alegre o amargo? ¿Quién es el narrador?

Luisa Valenzuela *nació en Buenos Aires en 1938. Desde muy joven, trabajó de periodista, colaborando con el famoso diario argentino* La Nación. *Pasó temporadas fuera de Argentina: en Francia escribió su primera novela a los 21 años y en los Estados Unidos, adonde se escapó durante la dictadura militar en Argentina, dictó clases en la Universidad de Columbia y la Universidad de Nueva York entre 1979 y 1989. Luego volvió a Argentina. Los escritos de Valenzuela tratan los temas de la libertad, la censura y la opresión, y critican los aspectos de la sociedad que apoyan esa opresión. Es conocida por su uso de la ironía, juegos de palabras, metáforas, y su preferencia por narrativas que evitan las estructuras claras y el orden impuesto del cuento tradicional.*

Los mejor calzados

Luisa Valenzuela

Invasión de mendigos pero queda un consuelo: a ninguno le faltan zapatos, zapatos sobran. Eso sí, en ciertas oportunidades hay que quitárselo a alguna pierna descuartizada que se encuentra entre los matorrales y sólo sirve para calzar a un rengo. Pero esto no ocurre a menudo, en general se encuentra el cadáver completito con los dos zapatos intactos. En cambio las ropas sí están inutilizadas. Suelen presentar orificios de bala y manchas de sangre, o han sido desgarradas a latigazos, o la picana eléctrica les ha dejado unas quemaduras muy feas y difíciles de ocultar. Por eso no contamos con la ropa, pero los zapatos vienen chiche. Y en general se trata de buenos zapatos que han sufrido poco uso porque a sus propietarios no se les deja llegar demasiado lejos en la vida. Apenas asoman la cabeza, apenas piensan (y el pensar no deteriora los zapatos) ya está todo cantado y les basta con dar unos pocos pasos para que ellos les tronchen la carrera.

Es decir que zapatos encontramos, y como no siempre son del número que se necesita, hemos instalado en un baldío del Bajo un puestito de canje. Cobramos muy contados pesos por el servicio: a un mendigo no se le puede pedir mucho pero sí que contribuya a pagar la yerba mate y algún bizcochito de grasa. Sólo ganamos dinero de verdad cuando por fin se logra alguna venta. A veces los familiares de los muertos, enterados vaya uno a saber cómo de nuestra existencia, se llegan hasta nosotros para rogarnos que les vendamos los zapatos del finado si es que los tenemos. Los zapatos son lo único que pueden enterrar, los pobres, porque claro, jamás les permitirán llevarse el cuerpo. Es realmente lamentable que un buen par de zapatos salga de circulación, pero de algo tenemos que vivir también nosotros y además no podemos negarnos a una obra de bien. El nuestro es un verdadero apostolado y así lo entiende la policía que nunca nos molesta mientras merodeamos por baldíos, zanjones, descampados, bosquecitos y demás rincones donde se puede ocultar algún cadáver. Bien sabe la policía que es gracias a nosotros que esta ciudad puede jactarse de ser la de los mendigos mejor calzados del mundo. ■

ACTIVIDAD 21 Las palabras del narrador

Guessing meaning from context

Parte A: En el texto el narrador usa otras palabras para expresar todas las ideas que aparecen abajo. Identifica la oración del texto donde el narrador expresa cada idea.

1. Hay muchos zapatos para todos los mendigos y pobres.
2. La ropa no se puede usar, pero los zapatos sí son útiles.
3. Ganan poco dinero vendiendo zapatos a los mendigos y los pobres.
4. Ganan bastante dinero vendiendo zapatos a las familias de los muertos.
5. Buscar y vender los zapatos de los muertos son actos de caridad.

Scanning

Parte B: Contesta cada pregunta desde la perspectiva del narrador del cuento.

1. ¿Por qué los mendigos buscan los zapatos y dejan la ropa?
2. ¿Quiénes son y cómo son los dueños del puesto de canje?
3. ¿Quiénes compran los zapatos? ¿Por qué?
4. ¿Por qué la policía no molesta a los dueños del puesto de canje?
5. ¿Dónde encuentran los cuerpos de los muertos?
6. ¿Quiénes son los muertos?

Making inferences

ACTIVIDAD 22 ¿El narrador o la autora?

Parte A: En parejas, decidan si cada oración expresa una opinión del narrador o de la autora del cuento. Justifiquen sus respuestas.

1. Es bueno que todos los mendigos tengan zapatos.
2. Es trágico que los mendigos lleven zapatos que antes pertenecían a víctimas de la dictadura.
3. Es bueno que se encuentren los cadáveres completos con los dos zapatos intactos.
4. Es horrible que abandonen los cadáveres en los baldíos y matorrales de las afueras de la ciudad.
5. Es una lástima que las ropas tengan manchas de sangre, orificios de balas y quemaduras dejadas por la picana eléctrica.
6. Es bueno que el pensar no deteriore los zapatos.
7. Es bueno que los zapatos no salgan de circulación.
8. Es lamentable que Buenos Aires se pueda jactar de tener los mendigos mejor calzados del mundo.

Parte B: En parejas, comenten las siguientes preguntas.

1. ¿En qué consiste la ironía? ¿Qué oraciones del cuento revelan opiniones que la autora ha expresado irónicamente?
2. ¿Por qué Valenzuela optó por expresar sus ideas irónicamente? ¿Por qué escribió este cuento?

Reacting to reading

ACTIVIDAD 23 Las reacciones de los lectores

En parejas, comenten los siguientes temas.

1. ¿Cuál es su reacción personal a la realidad revelada en el cuento?
2. ¿Cuál es su reacción personal al cuento como obra literaria? ¿Les gustó o no? ¿Por qué?
3. ¿En qué aspectos del cuento se basa su título? ¿Cuál es otro título posible para este cuento?

Cuaderno personal 6-3

Reflexiona un poco sobre la ironía. ¿La usas tú? ¿Cuándo? ¿Por qué? ¿Asocias su uso con algunas personas o grupos? ¿Por qué crees que a Luisa Valenzuela le gusta usar la ironía?

Redacción: Una reseña de cine

ESTRATEGIA DE REDACCIÓN

Reacting to a Film

When critics review films, they may simply describe the plot and characters, as well as give information about the actors. More frequently, a review centers on the critic's opinion of the film and the actors' performances, or its larger importance in relation to society, culture and politics. In this case, details of the plot are included only to support the declared opinion of the critic. The following words and expressions are useful when discussing films.

la trama	plot	**rodar una película**	to shoot a film
el personaje	character	**el montaje**	editing
tener lugar en	to take place in	**el doblaje (doblar)**	dubbing (to dub)
tratar de	to be about	**la banda sonora**	soundtrack
la escena	scene	**el reparto**	cast
el guion	script	**el decorado**	the set (decorations and props)

ACTIVIDAD 24 Análisis de una reseña

Using model texts

Parte A: La lectura siguiente es una reseña que apareció en la revista española *Cambio 16*. Reseña una película clásica del cine argentino, *La historia oficial.* Léela rápidamente (no es necesario entender todas las palabras) y decide cuáles de los siguientes componentes contiene: indicación del género, nombre del director, nombres de guionistas, lugar de producción, actores y papeles, premios recibidos, opinión o evaluaciones del/de la redactor/a, evidencia o justificación de las opiniones.

Parte B: Después, en parejas, contesten las preguntas.

1. ¿Se enfoca esta reseña más en la trama de la película o en la evaluación?
2. ¿Qué críticas positivas y negativas hace el autor? ¿Cómo las justifica el autor?
3. ¿Cómo se puede mejorar esta reseña?

POLÍTICA A RITMO DE TANGO

«La historia oficial», de Luis Puenzo, con Norma Aleandro, Héctor Alterio, Hugo Arana, Guillermo Battaglia, Chela Ruiz. Color. 111 minutos.

Prácticamente desconocida entre nosotros, como el resto de las cinematografías latinoamericanas, la argentina, que a finales del pasado octubre presentó en Madrid una selección de sus últimos títulos, salta ahora a las pantallas comerciales con el que, en aquella semana, alcanzó mayor éxito. Se trata de *«La historia oficial»*, un hermoso melodrama político, que nos coloca ante el tremendo drama de los desaparecidos durante los años de dictadura, sobre los que, incansablemente, pedían —exigían — información las ya célebres Abuelas de la Plaza de Mayo.

Luis Puenzo, que en colaboración con Aida Bortnik es autor del guion, ha desarrollado con inteligencia y mesura — sin temer a la desmesura cuando la ocasión la requería — la bien urdida trama, basando su puesta en escena, fundamentalmente, en la dirección de actores y, sobre todo, en el trabajo de esa soberbia actriz que es Norma Aleandro, galardonada en el último Festival de Cannes. Y, sin ser extraordinaria — hay ciertas lagunas, determinados baches de credibilidad, algún ingenuismo — ha conseguido una obra sólida y en más de una ocasión realmente emocionante.

– César Santos Fontenla

Reacting to films

ACTIVIDAD 25 Las películas del momento

Parte A: En grupos de tres, hagan una lista de las tres o cuatro películas más populares del momento, sobre todo películas con relevancia política.

Parte B: En grupos de tres, escojan una de las películas que Uds. ya han visto. Luego, contesten las siguientes preguntas para explicar de qué trata la película.

1. ¿Quiénes son los personajes principales y cómo son?
2. ¿Qué sucede en la película?
3. ¿Cuál es el tema principal? ¿Hay otros temas? ¿Tiene relevancia política?
4. ¿Cuál es la escena más importante para Uds.?
5. ¿Qué es lo más impresionante de la película?
6. ¿Quiénes son los actores? ¿Cómo son sus actuaciones?
7. ¿Les recomiendan esta película a otras personas? ¿Por qué?

ESTRATEGIA DE REDACCIÓN

Using Transitions of Concession

Often when discussing or giving opinions, certain transition words and expressions are particularly useful for acknowledging the validity of another person's points or ideas, while at the same time challenging them.

a pesar de (que)	despite, in spite of
aunque	although, even though
con todo/aún así	still, even so, nevertheless
no obstante	nevertheless
sin embargo	however

A pesar de que la trama es excelente, hay, **sin embargo,** ciertas lagunas que afectan la credibilidad.

ACTIVIDAD 26 A escribir

Writing a film review

Ahora, escribe una reseña de cine. Primero piensa en un título interesante que refleje tu reacción a la película. Después, escribe la reseña, empezando con el siguiente formato:

I. Introducción [director, año, tema(s), tu opinión general]

II. Breve resumen de la trama

III. Discusión de detalles que apoyan tu opinión

IV. Conclusión con recomendación

CAPÍTULO 7

La crisis ecológica

See the *Fuentes* website for related links and activities: www.cengage.com/spanish/fuentes

Cada año, los agricultores pobres queman grandes extensiones de la selva amazónica.

ACTIVIDAD 1 Problemas ecológicos

Activating background knowledge

En grupos de tres, miren la foto de la página anterior y decidan con cuáles de los siguientes problemas se relaciona el tema de la foto.

la deforestación	*la contaminación del agua*
la contaminación del aire	*la contaminación del mar*
la acumulación de basura	*la urbanización excesiva*
la pérdida de la biodiversidad	*la explosión demográfica*
el calentamiento global	

deforestación o desforestación

Lectura 1: Artículo de una página web

ESTRATEGIA DE LECTURA

Using Suffixes to Distinguish Meaning

Suffixes can help you determine the function and meaning of a word. Certain suffixes are associated with certain parts of speech; for instance, **-ar** is often a marker of a verb infinitive. The following suffixes often mark conceptual nouns (nouns that express a concept), as opposed to a concrete object or an agent.

-miento, -mento	el mantenimiento, el compartimento
-ancia, -encia	la importancia, la influencia
-dad, -tud	la sociedad, la magnitud
-io, -ía, -ia	el desperdicio, la presencia
-(c)ión	la contaminación, la deforestación
-ado/a, -ido/a	el cuidado, la pérdida
-aje	el reciclaje, el porcentaje
-ez	la validez, la honradez

Certain suffixes are generally masculine (**-miento, -aje**) or feminine (**-dad, -tud, -ción**). You can predict the gender of many words if you remember the usual gender of these suffixes.

Some conceptual nouns are the same as the **yo** or **él/ella** form of the related verb.

el comienzo (comenzar)	la mejora (mejorar)

Adjectives may be marked with suffixes such as the following.

-ante, -(i)ente	interesante, creciente
-ado/a, -ido/a	habitado/a, reconocido/a
-dor/a	hablador/a, conservador/a
-ero/a	casero/a, fiestero/a

Some adjectives borrowed from Latin end in **-ico/a** and normally carry the accent on the first syllable preceding the suffix, as in **orgánico/a** and **hermético/a**.

Some of these adjective suffixes can also serve as noun suffixes to indicate a noun agent (person or thing as doer of an action).

-ero/a	el/la cocinero/a, el/la ranchero/a
-dor/a	el/la operador/a, el contestador (automático)
-ante, -(i)ente	el/la cantante, el/la dependiente

Two well-known noun suffixes mark movements and their followers.

-ismo	el surrealismo, el ecoturismo
-ista	el/la surrealista, el/la capitalista

Adverbs are often marked with **-mente: rápidamente, precisamente.**

Adverbs ending in **-mente** have an accent when the adjective they derive from has an accent: **rápido —> rápidamente.**

Some high-frequency adverbs do not end in **-mente: bien, temprano, mucho, despacio.**

Using suffixes to determine meaning

ACTIVIDAD 2 Palabras con sufijos

Parte A: Usa el glosario o un diccionario para identificar la parte de la oración (sustantivo, adjetivo, etc.) y los significados de cada una de las siguientes palabras que aparecen en la lectura a continuación. Identifica la palabra base si la palabra se construye sobre otra.

especialmente	*contaminante*	*afinado*	*asado*
pegamento	*limpieza*	*rotulado*	*ejercicio*
funcionamiento	*soplador*	*emisión*	*calidad*

Parte B: Ahora, completa las siguientes oraciones con la forma apropiada de una palabra de la lista de la Parte A.

1. El ____________ es muy útil en la construcción de muebles y otros artefactos.
2. Es ____________ importante evitar el uso de productos no reciclables.
3. En muchos países se están controlando cada vez más las ____________ de los automóviles.
4. Para mantener el automóvil ____________, hay que cambiarle el aceite y los filtros de aire.
5. Muchos agentes de ____________ contienen sustancias químicas peligrosas.
6. Los gases ____________ se escapan de los productos químicos que a menudo se usan en las casas y los lugares de trabajo.
7. Con creciente frecuencia los productos "verdes" vienen claramente ____________ como tales.
8. Es mejor hacer un ____________ en una parrilla a gas o una parrilla eléctrica.
9. Una preocupación importante del movimiento ecologista es la protección de la ____________ de vida.

10. Se recomienda no hacer ______________ los días en que hay un nivel elevado de ozono en el aire.
11. Hay que revisar los sistemas de calefacción y aire acondicionado para asegurar su ______________ eficiente.
12. Los ______________ de hojas quitan las hojas rápidamente pero también levantan mucho polvo y ensucian el aire.

ACTIVIDAD 3 Del contexto al significado

Guessing meaning from context

El artículo siguiente de una página web de CONAMA, la Comisión Nacional del Medio Ambiente de Chile, tiene cuarenta sugerencias para la conservación del aire limpio. Busca en los apartados (*sections*) indicados el equivalente español de cada expresión de la lista. Usa tus conocimientos, el contexto, los cognados y los sufijos para escoger la palabra correcta.

Apartado	Expresión (inglés)	Apartado	Expresión (inglés)
6	cruising speed	21	heating
8	errands	22	insulate
10	tires	23	fan
11	report or denounce	24	microwave
14	choose	25	hot water heater
16	paintbrush	26	showerhead
17	store	28	packages
18	grill	31	print
19	room	32	wood stove

ACTIVIDAD 4 La lectura

Activating background knowledge

Parte A: Antes de leer el artículo sobre las maneras de mantener el aire limpio, contesta las siguientes preguntas y después comenta tus respuestas con un/a compañero/a de clase.

1. ¿Es muy importante para ti la conservación del medio ambiente o entorno? ¿Por qué sí o no?
2. ¿Haces algo para evitar la contaminación del aire? Da un ejemplo.
3. ¿Por qué crees que es tan importante este tema para una ciudad como Santiago de Chile?

Active reading

Parte B: Ahora, lee todo el artículo. Mientras lo haces, apunta tu reacción a cada sugerencia usando la siguiente escala. Guarda tus apuntes para la Actividad 6.

a = Ya lo hago.
b = No lo hago, pero me parece buena idea.
c = No lo hago y no me parece útil.
d = No entiendo la idea.

Cuarenta formas de contribuir a un aire más limpio

Gobierno de Chile, Comisión Nacional del Medio Ambiente (CONAMA)

Le presentamos algunos datos prácticos con los cuales usted podrá ayudarse a ahorrar y al mismo tiempo colaborar en la mejora de su entorno y en la limpieza del medio ambiente.

Maneje menos y mejor

Más de la mitad de la contaminación de la Región Metropolitana de Santiago viene del sector transporte, ya sea buses, camiones o autos particulares. Dos efectivas formas de reducir la contaminación son conducir menos y conducir mejor. Mientras menos viajes realice estará emitiendo menos contaminantes, y la forma en que maneje también puede ayudar a contaminar menos.

1. Comparta el auto.
2. Camine o ande en bicicleta.
3. Compre por teléfono, por catálogo o por *internet*.
4. Trasládese en transporte público.
5. Acelere gradualmente.
6. Use la velocidad crucero cuando esté en una autopista.
7. Obedezca los límites de velocidad.
8. Agrupe todos sus trámites de modo que necesite hacer un solo viaje.
9. Mantenga su vehículo afinado y con las revisiones de gases al día.
10. Mantenga sus llantas bien infladas.
11. Denuncie a los vehículos que contaminan.
12. Cuando vaya a comprarse un auto nuevo, busque el que tenga certificadas las menores emisiones.
13. Prefiera un vehículo nuevo y de tecnología avanzada, generalmente mientras más viejos contaminan más.

Elija productos amigables con el entorno

Muchos productos que usa generalmente en la casa, en el patio, en su oficina y en otros sitios contienen productos que, una vez liberados, ayudan a generar contaminación.

14. Elija productos que estén hechos a base de agua o tengan bajas concentraciones de Compuestos Orgánicos Volátiles (COVs).
15. Use pinturas a base de agua (busque las que están rotuladas cero-COV).
16. Al pintar use una brocha, no un spray.
17. Almacene los solventes (bencina blanca, parafina, alcohol de quemar, amoniaco, aceite de máquina, etc.) en contenedores herméticos.
18. Cuando haga asados, use (en lo posible) una parrilla eléctrica o a gas.

Ahorre energía

Al ahorrar energía se reduce la contaminación del aire. Esto ocurre porque al quemar un combustible fósil (aquellos derivados del petróleo, la leña y el carbón) estamos emitiendo partículas y gases contaminantes al aire.

19. Apague las luces cuando no esté en una pieza.
20. Reemplace las luces incandescentes por las fluorescentes, que iluminan más y consumen menos.
21. Instale un termostato programable que apague el aire acondicionado o la calefacción cuando no sean necesarios.
22. Aísle bien su casa, de este modo requerirá menos calefacción.
23. Use ventilador en vez de aire acondicionado; consumen menos energía.
24. Use el microondas para calentar la comida.
25. Aísle y chequee su califont.
26. Instale chayas de ducha de bajo flujo.

No gaste de más

Los productos que usamos y vendemos requieren de energía para ser creados.

27. Elija productos reciclados.
28. Elija productos con envases reciclables.
29. Reutilice las bolsas de papel y plástico.
30. Recicle papeles, plásticos, vidrios y metales.
31. Imprima y saque fotocopias por ambos lados del papel.

Preocúpese de lo que no puede ver

Cada vez que respira, partículas muy pequeñas de polvo, hollín y ácidos pueden entrar hacia sus pulmones, sobrepasando a sus defensas naturales.

32. No use estufas a leña.
33. Evite usar sopladores de hojas y equipos similares que levanten polvo.
34. Maneje despacio en caminos o calles sin pavimentar.
35. Evite hacer ejercicio o actividad física intensa en días con mala calidad del aire.

Preocúpese de lo que pasa adentro

La contaminación del aire no ocurre sólo en la calle, también es un problema de interiores.

36. No fume, especialmente si hay niños, ancianos o enfermos en la casa.

37. Muchos agentes de limpieza, pegamentos y otros productos similares contienen químicos peligrosos. Preocúpese de usarlos fuera de la casa o bien en ambientes bastante ventilados.
38. Use productos más seguros como bicarbonato, en vez de limpiadores más abrasivos y fuertes.
39. No use la cocina a gas para calefaccionar su casa.
40. Preocúpese de revisar y chequear el correcto funcionamiento de sus equipos a gas y estufas.

¡¡¡Exija un aire limpio!!!

Ahora que sabe qué cosas hacer para mejorar su calidad de vida y la de los demás, preocúpese de difundirlo y de conocer sus derechos como ciudadano. Su derecho a un medio ambiente libre de contaminación está consagrado en la Constitución y en muchas leyes y decretos. ■

La Comisión Nacional del Medio Ambiente (CONAMA) ha lanzado varios programas para combatir la contaminación del aire en Santiago de Chile.

ACTIVIDAD 5 ¿Para qué sirven?

Making inferences

Parte A: Después de leer, piensa en cinco de las recomendaciones y explica cómo o por qué cada una ayuda a evitar la contaminación del aire.

Classifying

Parte B: Muchas de las recomendaciones sirven no solo para evitar la contaminación del aire sino también para proteger el medio ambiente en general. Usa las ideas de la siguiente lista, y escribe los números de las recomendaciones relevantes a la derecha de cada función.

- ahorrar energía: ____________
- evitar la contaminación del agua: ____________
- evitar el desperdicio del agua: ____________
- combatir la acumulación de basura: ____________
- conservar los bosques: ____________
- proteger la salud: ____________
- cambiar la cultura y las actitudes hacia el medio ambiente: ____________

ACTIVIDAD 6 Un sondeo

Reacting to reading

Parte A: En grupos de cuatro, pregunten si los miembros del grupo hacen las siguientes actividades mencionadas en la lectura. Indiquen cuántas personas dicen que sí y cuántas dicen que no.

1. ¿Usas productos más seguros como bicarbonato en vez de limpiadores más abrasivos y fuertes?
2. ¿Imprimes y sacas fotocopias por ambos lados del papel?
3. ¿Reutilizas las bolsas de papel y plástico?

4. ¿Tienes instaladas chayas de ducha de bajo flujo?
5. ¿Usas ventilador en vez de aire acondicionado en el verano?
6. ¿Apagas las luces cuando no estás en una pieza?
7. ¿Almacenas los solventes en contenedores herméticos?
8. ¿Compartes el auto siempre que puedes?
9. Cuando manejas, ¿aceleras gradualmente?
10. ¿Te trasladas en transporte público?

Parte B: En el mismo grupo de cuatro, contesten las siguientes preguntas. Deben entrevistarse y usar los apuntes que tomaron para la Actividad 4.

1. ¿Hay alguna actividad mencionada en la lectura que hagan todos los miembros del grupo?
2. ¿Hay alguna actividad que no haga ninguno de Uds. nunca?
3. ¿Hay alguna actividad mencionada en la lectura que les parezca a Uds. especialmente buena o útil?
4. ¿Hay alguna actividad que les parezca especialmente tonta o inútil?
5. ¿Hay otras ideas que se puedan incluir en esta lista? Inventen tres.

Reacting to reading

ACTIVIDAD 7 ¿Tonterías?

En parejas, decidan cuál es la peor sugerencia de la lectura. Después, entre todos, hagan una lista de esas ideas en la pizarra. Cada pareja debe presentar y criticar su selección; los demás deben decir si están de acuerdo o no y por qué.

Comparing and contrasting

ACTIVIDAD 8 En nuestra comunidad

En grupos de tres, comenten las actividades y programas ecologistas de su comunidad (universidad, vecindario o ciudad). Hagan las dos listas indicadas, busquen contrastes y después, compartan sus ideas con el resto de la clase.

a. actividades que se hacen ya
b. actividades que se deben implementar

▶ —Ya reciclamos los periódicos, pero no hacemos nada con otros tipos de papel.

—Es verdad. Se necesita algún programa que...

Cuaderno personal 7-1

¿Haces algo para conservar el medio ambiente y para reducir tu huella ecológica *(ecological footprint)*? ¿Por qué sí o no? ¿Crees que debes hacer más? ¿Por qué? ¿Cuáles son dos o tres cosas que podrías hacer fácilmente?

Lectura 2: Panorama cultural

ESTRATEGIA DE LECTURA

Using Prefixes to Determine Meaning

Prefixes in Spanish and English have the same function: they modify the basic meaning of a word. However, unlike suffixes, they cannot change a word's part of speech, or sentence function. Many prefixes in English and Spanish share similar or the same forms since they are largely derived from Greek and Latin roots. The following list includes the most common Spanish prefixes and their typical meanings.

Prefix	Meaning	Example
a-, an-	not	anormal, analfabeto
ante-	before	anteayer, anteojos
anti-/contra-	against, counter	antisocial, contraataque
auto-	self	autodefensa, autorretrato
bi-	two	bicicleta, bilingüe
co(m)-	with	copresidente, compadre
de(s)-	not, un-	desaparición, de(s)forestar
eco-	eco-	ecoproducto, ecosistema
extra-	beyond	extraterrestre, extraordinario
i-, in-, im-, ir-	not	ilegal, inaccesible, impenetrable, irreal
mal-	bad, mis-	malintencionado, maltrato
pre-	before	preservación, prever
re-	again; completely	reaparecer; rellenar
sobre-, super-	over, super-	sobrepoblar, superpoblación
sub-	under	subdesarrollo, subrayar

Prefixes can co-occur with suffixes to mark derived forms: **grupo —> agrupar, consejo —> aconsejar.** The prefixes in some words indicate an altered meaning which is not predictable from the prefix. For example:

coger to take —> **recoger** to gather or collect
echar to throw (out) —> **desechar** to discard, to throw away
perder to lose —> **desperdiciar** to waste
conocer to know, be familiar with —> **reconocer** to recognize

ACTIVIDAD 9 Palabras con prefijos y sufijos

Using prefixes and suffixes to determine meaning

Si no conoces algunas de las palabras base, puedes consultar el glosario o un diccionario.

Usa tus conocimientos de los prefijos y los sufijos para determinar el significado de las siguientes palabras de la lectura. Primero, determina la palabra base de cada palabra y escríbela entre los paréntesis. Por ejemplo, la palabra base de **malintencionado** es **intención.** Después, escribe la letra de la definición que corresponde a cada palabra derivada.

1. ______ sobrevivir (________________)	a. sin posibilidad de remisión o perdón
2. ______ el/la ecoguarda (________________)	b. sin control ni límites
3. ______ incontrolado (________________)	c. persona que tiene a su cargo el cuidado del medio ambiente
4. ______ deshielo (________________)	d. la sustitución de una cosa o persona por otra
5. ______ el reemplazo (________________)	e. con necesidad urgente o absoluta, sin otras posibilidades
6. ______ irremisiblemente (________________)	f. la conversión en líquido de algo congelado
7. ______ desesperadamente (________________)	g. continuar vivo después de algún momento, evento o desafío

Building vocabulary

ACTIVIDAD 10 Hablando del medio ambiente...

Después de estudiar la siguiente lista de vocabulario sacado de la lectura, escoge la mejor expresión para completar cada oración.

las aguas negras	untreated sewage
el campesino	peasant (poor subsistence farmer)
la cantidad	quantity
demandar	to sue
fomentar	to promote, encourage
invertir	to invest
el nivel de vida	standard of living

1. Los habitantes de un país viven mejor cuando tienen un ________________ más alto.
2. Las ciudades que no tienen buenas instalaciones para el tratamiento de las ________________ pueden llegar a tener serios problemas de contaminación.
3. Una persona o grupo que sufre daño a causa de las acciones de otro puede ________________ a este último.
4. El gobierno quiere ________________ la reforma del sistema energético y de los sistemas de transporte.
5. Muchos organismos ambientales recomiendan ________________ en nuevas tecnologías de energía renovable.
6. En años recientes muchos ________________ han abandonado la vida rural para trasladarse a las grandes ciudades.
7. La capa de ozono ha sido dañada por el aumento de la ________________ de CFC (clorofluorocarbonos) en la atmósfera.

ACTIVIDAD 11 Los problemas ecológicos

Predicting, Active reading

Parte A: En grupos de tres, hagan una lista de los principales problemas ecológicos que afectan a este país. Luego, pónganlos en orden del más grave al menos grave y justifiquen el orden.

Parte B: Lee individualmente el texto para ver cuáles de estos problemas se mencionan para Latinoamérica. Si encuentras información que te sorprenda, escribe tu reacción en el margen: por ejemplo, **¡Qué horror! ¡Parece mentira! No estoy de acuerdo. ¡Qué bien!** (etc.)

Latinoamérica y el medio ambiente: ¿entre la espada y la pared?

Desde hace siglos se ha reconocido la enorme riqueza natural de Latinoamérica: tierra para la agricultura y la ganadería, bosques y madera para la construcción, minerales y petróleo para la industria. Desde el siglo XIX, los líderes latinoamericanos, enfrentados con problemas económicos, una población creciente y grandes números de pobres, han venido afirmando que el futuro de la región está en la industrialización, el desarrollo de las vastas tierras y la explotación de sus recursos naturales. De hecho, la explotación de estas riquezas ha constituido, y sigue constituyendo, la principal esperanza de una vida mejor para los habitantes de Latinoamérica.

Sin embargo, hasta el siglo XX, la geografía casi impenetrable de ríos, selvas y montañas dificultó el aprovechamiento de estas riquezas, convirtiéndolas en una especie de "El Dorado" inaccesible. Pero, en los últimos setenta años, se han invertido enormes cantidades de dinero en proyectos de desarrollo e industrialización, y se han utilizado nuevas tecnologías para llegar a nuevas tierras y explotar sus recursos. Estos esfuerzos han tenido mucho éxito, pero el desarrollo de los recursos ha traído consigo la destrucción del medio ambiente, sobre todo en las selvas y en las ciudades.

El mito de **El** (**hombre**) **Dorado** se refería originalmente a un príncipe indígena que se cubría de oro, después a una ciudad de oro y, finalmente, a todo un país de fabulosa riqueza, escondida en la selva. Los conquistadores del siglo XVI buscaron El Dorado sin éxito.

Destrucción de las selvas tropicales

Las selvas tropicales constituyen los ecosistemas más extensos de Latinoamérica y su papel en la evaporación del agua y la producción de lluvias es de importancia global. Las selvas cubren un 30% de la región y contienen casi el 40% de todas las especies de vida animal y vegetal del planeta. Más del 50% de los productos farmacéuticos modernos tienen ingredientes derivados de estas especies. Sin embargo, no se detiene la destrucción sistemática de las selvas. Cada año se queman unos cinco mil millones de hectáreas, creando grandes cantidades de gases que contaminan la atmósfera y contribuyen al calentamiento global, el deshielo polar y la subida en el nivel del mar.

Aunque las selvas sí producen mucho oxígeno, las algas marinas producen el 90% del oxígeno de la atmósfera.

cinco mil millones = 5.000.000.000

una hectárea = 2,47 acres

La destrucción de la selva amazónica es la más alarmante. La Amazonia cubría originalmente un territorio enorme que se extendía por partes de Brasil, las Guayanas, Venezuela, Colombia, Ecuador, Perú y Bolivia, pero

Continúa en la página siguiente

que cada día se encuentra más reducido a causa de la devastación. Las industrias maderera, hidroeléctrica y minera causan gran parte de la deforestación y contaminación de ríos, pero los campesinos pobres también queman los árboles para cultivar la tierra y los rancheros lo hacen para criar
35 el ganado. Después de algunos años, este uso ineficiente deja la tierra tan árida que no se puede usar ni para la agricultura ni para la ganadería.

La extracción de oro y otros recursos en el Amazonas acelera la deforestación.

Además, los campesinos dependen de la leña para cocinar, calentarse y sobrevivir, lo cual
40 contribuye también a la destrucción de la selva. Se calcula que se ha perdido más de una séptima parte de la selva amazónica y que, si la destrucción continúa, no
45 quedará nada dentro de cincuenta o cien años.

Contaminación de las ciudades

Las ciudades grandes de Latinoamérica también sufren de graves problemas ambientales, debido
50 en gran parte a la rápida urbanización de la población. Desde 1950, decenas de millones de campesinos se han trasladado a las ciudades en busca de una vida
55 mejor. La ola de migración ha seguido sin pausa, aunque los emigrantes acaban viviendo en barrios pobres sin electricidad ni otros servicios. La rápida concentración demográfica en las áreas urbanas ha creado problemas incontrolados de basura, escasez de agua potable, aguas negras y contaminación del aire.

60 México, caso ejemplar de este fenómeno, es la segunda zona metropolitana más poblada del mundo y una de las más contaminadas. En 1950, tenía unos 3 millones de habitantes, aire limpio y cielos azules. Hoy tiene entre 20 y 30 millones de habitantes y se enfrenta con graves problemas ecológicos. Además, el gobierno ha triunfado en su campaña de industrialización: hoy
65 existen unas 35.000 fábricas en el valle, de las cuales varios miles se consideran extremadamente peligrosas para el medio ambiente. Hay más de tres millones de automóviles que echan gases a la atmósfera además de docenas de miles de taxis y autobuses viejos e ineficientes. Para colmo, la ubicación de la ciudad de México en un valle rodeado de montañas atrapa el aire
70 contaminado y perjudica la salud de los habitantes, quienes sufren con frecuencia de infecciones respiratorias, hemorragias nasales o enfisema.

Mexico City = (**ciudad de**) **México, "la capital"** o **el Distrito Federal** (**D.F.**)

Reacción de los ecologistas

En años recientes, la destrucción ha provocado una fuerte reacción por parte de los ecologistas de Latinoamérica y del mundo entero. Estos arguyen que

no tiene sentido sacrificar el medio ambiente para mejorar el nivel de vida
75 material, ya que un medio ambiente limpio debe considerarse parte íntegra de un buen nivel de vida. Las críticas ecologistas y la presión de organismos internacionales han llevado a algunos gobiernos a limitar la destrucción y crear innovadores programas ecológicos . Quizás el más conocido es la industria del ecoturismo, que se desarrolló primero en Costa Rica y ahora se
80 ha extendido a otros países de Latinoamérica y del mundo. El ecoturismo permite que la conservación de la naturaleza se base en principios económicos: la compra de tierra para parques y su mantenimiento se financia con el dinero de turistas "verdes", quienes pagan por visitar un lugar natural protegido y contribuyen a su protección. El ecoturismo intenta minimizar
85 el impacto del turismo sobre el medio ambiente, y también fomenta la educación sobre las maneras de salvar el medio ambiente.

Los indígenas: aliados contra la destrucción

Los ecologistas también han encontrado unos aliados inesperados: los habitantes indígenas de las selvas tropicales, quienes sufren directamente de la destrucción y el cambio climático. Con la ayuda de organis-
90 mos internacionales, los pueblos indígenas se han unido para protegerse. Por ejemplo, en los años 90, varios grupos indígenas del norte del Ecuador demandaron a la petrolera americana Texaco por daños ecológicos, y su éxito sirvió para animar a otros pueblos indígenas a defender la selva amazónica contra la explotación descontrolada. Los
95 indígenas también han empezado a enseñar cómo han vivido y viven ellos en la actualidad con la naturaleza sin destruirla. No sin razón, algunos han llamado a los indígenas los ecologistas más activos de Latinoamérica.

Se estima que la selva amazónica del Ecuador contiene algunos de los depósitos más grandes de petróleo de Latinoamérica y del mundo. Están casi sin explotar.

La capital de México y su lucha contra la contaminación

Las ciudades latinoamerica-
100 nas han sido objeto de esfuerzos por mejorar las condiciones ambientales. Por ejemplo, en 1992 México fue declarada la ciudad
105 más contaminada del mundo, y este triste hecho obligó al gobierno de la capital mexicana a tomar medidas radicales. En un caso
110 que hizo historia, el presidente mexicano cerró una refinería de petróleo que producía el 7% de la

Desde 1956 los taxis "vochos" han adornado las calles de México, pero para 2012 todos se habrán sustituido por autos menos contaminantes y más seguros.

Continúa en la página siguiente

contaminación de la ciudad, a pesar de que la acción costó 500 millones de dólares y cinco mil empleos en una sociedad que desesperadamente necesitaba el trabajo. Se eliminó también el uso de la gasolina con plomo, se ordenó el uso del convertidor catalítico y se estableció el programa de "Hoy no circula", que prohíbe el uso de cada automóvil un día a la semana. Se ha organizado también una policía de "ecoguardas" para sancionar a los que violan las nuevas normas. En el último Plan Verde, iniciado recientemente, se promueven nuevas líneas de metro, nuevos carriles para bicicletas y autobuses, el reemplazo de todos los taxis y autobuses con modelos menos contaminantes y la construcción de azoteas y fachadas verdes, que son jardines que reducen las gastos en aire acondicionado y conservan el agua en los edificios. También incluye programas educativos que buscan cambiar la conducta y la cultura de los habitantes de México.

En el año 2000, la población total de Latinoamérica superó los 500 millones y en el 2025 llegará a los 758 millones de habitantes.

Estos carteles anuncian una campaña para promocionar el reciclaje de plásticos, otra iniciativa de México para reducir la contaminación del medio ambiente.

En busca de soluciones

Estos logros son positivos, pero todos los expertos afirman que la situación ecológica de Latinoamérica y el mundo entero es cada día peor. La población sigue creciendo y con ella el número de pobres. Como otras regiones del mundo, Latinoamérica parece estar atrapada entre la espada, o la necesidad de proteger el medio ambiente, y la pared, o el deseo de darles trabajo a los pobres y mejorar así el nivel de vida de todos. Tanto los ecologistas como los economistas sugieren que la única solución es buscar un equilibrio entre estas dos necesidades en el llamado "desarrollo sostenible", el cual permitiría la extracción y el uso de recursos naturales sin la destrucción del ecosistema mundial. Nadie sabe si tal sistema puede funcionar, pero pocos dudan que el sistema actual nos está llevando irremisiblemente al desastre. ■

ACTIVIDAD 12 Falsedades

Scanning

Las siguientes oraciones son todas falsas. Corrígelas de acuerdo con la información de la lectura.

1. Desde el siglo XIX la protección del medio ambiente ha sido una gran prioridad para los gobiernos latinoamericanos.
2. Los esfuerzos por explotar los recursos naturales han tenido poco éxito.
3. La destrucción de las selvas tropicales no es un problema particularmente grave, por lo menos en Latinoamérica.
4. Las industrias maderera, hidroeléctrica y minera causan casi toda la deforestación de la Amazonia.
5. Durante los últimos 150 años, millones de personas han abandonado las ciudades para buscar una vida mejor en el campo.
6. Actualmente, la zona metropolitana de México tiene unos 3 millones de habitantes, aire limpio y cielos azules.
7. Las costas mexicanas son los centros más conocidos del ecoturismo.
8. En su lucha por conservar la selva, los indígenas de la Amazonia han recibido mucha ayuda de las compañías petroleras.
9. Entre 1992 y 2000 se resolvieron la mayor parte de los problemas ecológicos de la ciudad de México.
10. Es seguro que Latinoamérica va a poder limitar la destrucción del medio ambiente en el futuro.

ACTIVIDAD 13 En busca de soluciones

Making inferences

En grupos de tres, escojan uno de los siguientes dilemas. Imaginen que tienen responsabilidades oficiales y decidan cómo se puede resolver el dilema.

un/a concejal/a = alderperson, town council member

1. Uds. son concejales de la ciudad de México. La mayoría de las personas creen que las fábricas producen la mayor parte de la contaminación. En realidad, los automóviles producen el 75% de la contaminación. ¿Qué pueden hacer Uds. para animar a los ciudadanos a manejar menos?
2. Uds. son concejales de la ciudad de México. Las personas de clase media y alta creen que el metro es para los pobres. ¿Qué pueden hacer Uds. para animar a más personas a viajar en el metro?
3. Uds. son concejales de la ciudad de México. Hay decenas de miles de taxistas que conducen autos ineficientes que contaminan el aire. Los taxistas no tienen mucho dinero y no lo quieren gastar en automóviles caros. ¿Qué pueden hacer Uds. para mejorar esta situación?
4. Uds. son asesores del presidente del Ecuador. El país necesita mejorar urgentemente su economía para crear más trabajo y ayudar a los pobres. En el este del país existen grandes depósitos de petróleo sin explotar. Sin embargo, los indígenas reclaman estos territorios y no quieren que se exploten los depósitos. ¿Qué pueden hacer Uds. para responder a las necesidades de todos?

asesor = advisor

Comparing and contrasting

ACTIVIDAD 14 Diferencias y semejanzas

En parejas, comparen los problemas y soluciones ecológicos de Latinoamérica con los problemas y soluciones de Canadá y Estados Unidos. Traten de identificar una diferencia importante y una semejanza importante. Piensen en los siguientes temas: tipos de ecosistema, ideas de los ecologistas, impacto de la industria y el desarrollo en el medio ambiente, prioridades sociales y económicas, el desarrollo sostenible.

Reacting to reading

ACTIVIDAD 15 ¿Cuándo, cuándo?

En parejas, terminen las siguientes oraciones, y otras originales, de forma lógica, según la información del texto o basándose en otra información que sepan Uds.

1. La destrucción de las selvas no va a terminar hasta que...
2. Las industrias minera, maderera, hidroeléctrica, ganadera y petrolera van a preocuparse más por el medio ambiente tan pronto como (en cuanto)...
3. Las ciudades latinoamericanas van a ser más habitables cuando (después de que)...
4. No se va a definir un buen modelo de desarrollo sostenible mientras...
5. Los problemas ecológicos no van a desaparecer mientras (hasta que)...

Cuaderno personal 7-2

¿Cómo te afectan a ti los problemas ecológicos de Latinoamérica? ¿Cómo contribuyes tú a resolver o a incrementar los problemas ecológicos de Latinoamérica?

VIDEOFUENTES

¿Qué aspectos de la vida tradicional asturiana se conservan gracias al turismo rural? ¿El turismo rural se puede considerar un tipo de ecoturismo? ¿Por qué sí o no?

Lectura 3: Literatura

Building vocabulary

ACTIVIDAD 16 Agricultura y espiritualidad

Estudia estas expresiones que aparecen en la próxima lectura de Rigoberta Menchú. Luego, lee las oraciones y complétalas con la forma adecuada de las expresiones apropiadas.

agradecer	to thank	**juntar**	to join or bring together
la cosecha	harvest	**la milpa**	cornfield
dañar	to damage	**rezar**	to pray
dar de comer	to feed	**sagrado/a**	sacred
herir	to wound	**sembrar**	to sow, plant seed

1. Hay que mostrar gran respeto a las cosas ______________.
2. En el hemisferio norte, la primavera es la estación principal para ______________.
3. El otoño es la estación de ______________.
4. Todas las mañanas, el chico se levantaba para ______________ a los animales hambrientos.
5. Los vegetarianos suelen creer que es malo ______________ a un animal.
6. En muchas familias religiosas, todos ______________ antes de cenar para ______________ a Dios sus bendiciones.
7. Demasiada lluvia puede ______________ la cosecha.
8. Todos los habitantes ______________ sus recursos económicos para comprar la lotería.
9. Se siembra maíz en una ______________.

ACTIVIDAD 17 El concepto de lo sagrado

Activating background knowledge, Predicting

Parte A: En toda cultura se aprecian algunas cosas más y otras cosas menos. En parejas, piensen en la cultura dominante de Norteamérica y hagan una lista de cuatro cosas "sagradas" de esta cultura. Expliquen por qué son importantes. Después, miren el título y subtítulo de la lectura para ver qué cosas se consideran sagradas en la cultura indígena quiché según Rigoberta Menchú. ¿Qué implicaciones tienen las diferencias culturales en lo que se considera sagrado?

Active reading

Parte B: Lee el texto para determinar por qué los quiché consideran sagrados a la tierra, el sol, el copal, el fuego y el agua.

Rigoberta Menchú *nació en Guatemala en 1959. En 1992 ganó el Premio Nobel de la Paz por sus esfuerzos a favor de las comunidades indígenas de su país y del mundo. Menchú huyó de Guatemala en 1981, en medio de la lucha violenta entre el gobierno y los indígenas. En el exilio, tuvo que perfeccionar el español —idioma extranjero ya que su lengua materna era el quiché— para poder contar la historia trágica de su pueblo. Elizabeth Burgos transcribió el testimonio oral de Menchú y lo publicó en 1983 bajo el título* Me llamo Rigoberta Menchú y así me nació la conciencia. *Hoy día, Menchú sigue defendiendo los derechos de los indígenas de Guatemala, de Latinoamérica y del mundo entero. Su lucha incluye la defensa del medio ambiente, y la siguiente lectura es una sección de su libro que revela la perspectiva quiché de la relación entre el ser humano y la naturaleza.*

ladinos (*Guatemala*) = personas que rechazan los valores indígenas y se orientan hacia la cultura occidental europea

Me llamo Rigoberta Menchú y así me nació la conciencia

La Naturaleza. La tierra madre del hombre.

El sol, el copal, el fuego, el agua.

Entonces también desde niños recibimos una educación diferente de la que tienen los blancos, los ladinos. Nosotros, los indígenas, tenemos más contacto con la naturaleza. Por eso nos dicen politeístas. Pero, sin embargo, no somos politeístas... o, si lo somos, sería bueno, porque es nuestra cultura, nuestras costumbres. De que nosotros adoramos, no es que adoremos, sino que respetamos una serie de cosas de la naturaleza. Las cosas más importantes para nosotros. Por ejemplo, el agua es algo sagrado. La explicación que nos dan nuestros padres desde niños es que no hay que desperdiciar el agua, aunque haya. El agua es algo puro, es algo limpio y es algo que da vida al hombre. Sin el agua no se puede vivir, tampoco hubieran podido vivir nuestros antepasados. Entonces, el agua la tenemos como algo sagrado y eso está en la mente desde niños y nunca se le quita a uno de pensar que el agua es algo puro. Tenemos la tierra. Nuestros padres nos dicen "Hijos, la tierra es la madre del hombre porque es la que da de comer al hombre". Y más, nosotros que nos basamos en el cultivo, porque nosotros los indígenas comemos maíz, fríjol y yerbas del campo y no sabemos comer, por ejemplo, jamón o queso, cosas compuestas con aparatos, con máquinas. Entonces, se considera que la tierra es la madre del hombre. Y de hecho nuestros padres nos enseñan a respetar esa tierra. Sólo se puede herir la tierra cuando hay necesidad. Esa concepción hace que antes de sembrar nuestra milpa, tenemos que pedirle permiso a la tierra. Existe el pom, el copal, es el elemento sagrado para el indígena, para expresar el sentimiento ante la tierra, para que la tierra se pueda cultivar.

El copal es una goma que da un árbol y esa goma tiene un olor como incienso. Entonces se quema y da un olor bastante fuerte. Un humo con un olor muy sabroso, muy rico. Cuando se pide permiso a la tierra, antes de cultivarla, se hace una ceremonia. Nosotros nos basamos mucho en la candela, el agua, la cal. En primer lugar se le pone una candela al representante de la tierra, del agua, del maíz, que es la comida del hombre. Se considera, según los

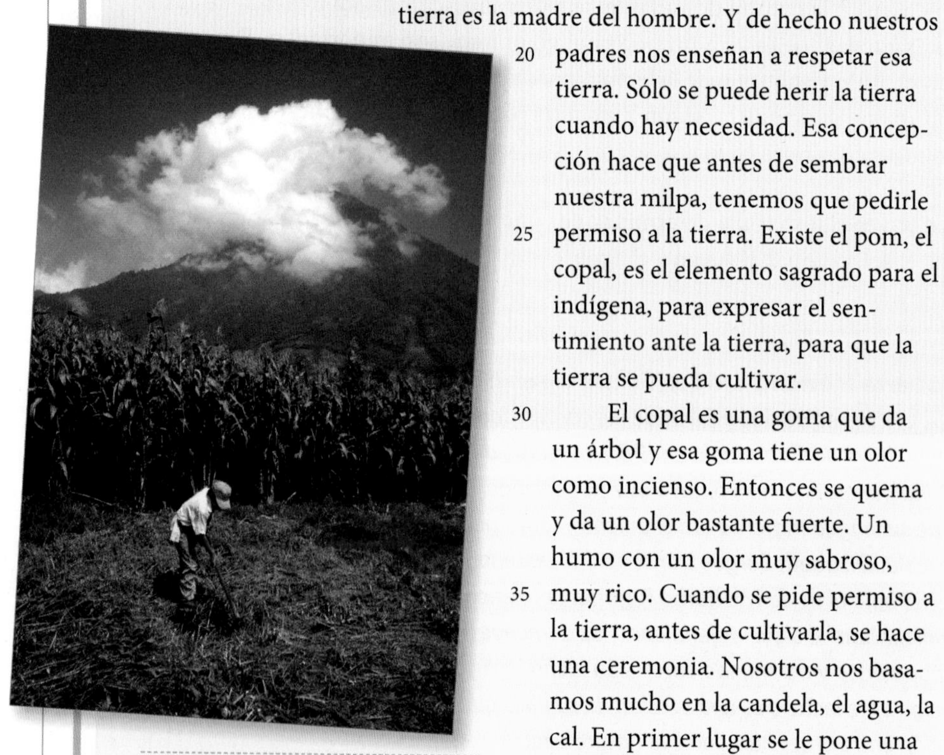

Una milpa o campo de maíz en el pueblo de Santiago Atitlán, Guatemala.

antepasados, que nosotros los indígenas estamos hechos de maíz. Estamos hechos del maíz blanco y del maíz amarillo, según nuestros antepasados. 45 Entonces, se ponen esas candelas y se unen todos los miembros de la familia a rezar. Más que todo pidiéndole permiso a la tierra, que dé una buena cosecha.

Se menciona en primer lugar, el representante de los animales, se habla de nombres de perros. Se habla de nombres de la tierra, el Dios de 50 la tierra. Se habla del Dios del agua. Y luego, el corazón del cielo, que es el sol... y luego se hace una petición concreta a la tierra, donde se le pide "Madre tierra, que nos tienes que dar de comer, que somos tus hijos y que de ti dependemos y que de ese producto que nos das pueda generar y puedan crecer nuestros hijos y nuestros animales..." y toda una serie 55 de peticiones. Es una ceremonia de comunidades, ya que la cosecha se empieza a hacer cuando todo el mundo empieza a trabajar, a sembrar.

Luego para el sol, se dice "Corazón del cielo, tú como padre, nos tienes que dar calor, tu luz, sobre nuestros animales, sobre nuestro maíz, nuestro fríjol, sobre nuestras yerbas, para que crezcan para que podamos comer tus 60 hijos". Luego, se promete a respetar la vida del único ser que es el hombre. Y es importantísimo. Y decimos "Nosotros no somos capaces de dañar la vida de uno de tus hijos, que somos nosotros. No somos capaces de matar a uno de tus seres, o sea ninguno de los árboles, de los animales". Es un mundo diferente. Y así se hace toda esa promesa, y al mismo tiempo, 65 cuando está la cosecha tenemos que agradecer con toda nuestra potencia, con todo nuestro ser, más que todo con las oraciones... Entonces, la comunidad junta sus animalitos para comer después en la ceremonia. ■

ACTIVIDAD 18 Los elementos sagrados de la vida maya

Scanning

En parejas, expliquen por qué son sagrados para los quiché los siguientes elementos.

el agua
el maíz
la tierra
el copal (el pom)
el sol
el hombre, los árboles y los animales

ACTIVIDAD 19 Los quiché y los ladinos

Making inferences

Parte A: Rigoberta Menchú habla de las creencias y la educación de su pueblo, que son diferentes de las creencias y la educación de los "ladinos". En parejas, indiquen cómo cada una de las siguientes observaciones contrasta con los valores y el estilo de vida de las culturas modernas occidentales.

1. Nosotros, los indígenas, tenemos más contacto con la naturaleza.
2. ... somos politeístas... respetamos una serie de cosas de la naturaleza.
3. ... el agua es algo sagrado... no hay que desperdiciar el agua.

4. ... no sabemos comer... jamón o queso, cosas compuestas con aparatos, con máquinas.
5. Sólo se puede herir la tierra cuando hay necesidad... tenemos que pedirle permiso a la tierra.
6. Cuando se pide permiso a la tierra, antes de cultivarla, se hace una ceremonia.
7. No somos capaces de matar a uno de tus seres, o sea ninguno de los árboles, de los animales.

Parte B: En parejas, contesten y comenten las siguientes preguntas sobre la lectura.

1. En su opinión, ¿cuál es el origen de la visión indígena de la naturaleza y el ser humano? ¿Por qué difiere tanto de la perspectiva dominante en las culturas modernas occidentales?
2. ¿Qué podemos aprender nosotros de los indígenas?
3. ¿Creen que los contrastes son tan radicales como implica Menchú? ¿Es posible que ella haya idealizado las diferencias? ¿Por qué?

ACTIVIDAD 20 Un poema de protesta

En el poema que sigue, el autor Eduardo Galeano expresa sus reacciones a los cambios que han ocurrido en el mundo actual. En parejas, hagan una lista de tres cambios problemáticos del mundo actual. Después, lean el poema individualmente para ver si sus ideas aparecen en el poema.

Activistas de Greenpeace protestan contra el peligroso transporte de desechos nucleares por el territorio de Chile.

Eduardo Galeano *nació en Uruguay en 1940. Ha sido director de varias revistas y periódicos y sigue trabajando como periodista y autor. Sus libros han sido traducidos a más de veinte lenguas. Es conocido por sus elocuentes y feroces protestas contra la represión y la injusticia, pero él mismo jura que su principal interés siempre ha sido el pasado, el presente y el futuro de Latinoamérica.*

Fin de siglo

Eduardo Galeano

Está envenenada la tierra que nos entierra o destierra.
Ya no hay aire, sino desaire.
Ya no hay lluvia, sino lluvia ácida.
Ya no hay parques, sino *parkings*.
5 Empresas en lugar de naciones.
Consumidores en lugar de ciudadanos.
Aglomeraciones en lugar de ciudades.
Competencias mercantiles en lugar de relaciones humanas.
No hay pueblos, sino mercados.
10 No hay personas, sino públicos.
No hay realidades, sino publicidades.
No hay visiones, sino televisiones.
Para elogiar una flor, se dice: "Parece de plástico".

envenenada = poisoned
entierra = buries
destierra = exiles
desaire = gracelessness, rudeness

Empresas = Companies
ciudadanos = citizens

públicos = audiences

ACTIVIDAD 21 Contrastes con el pasado

Approaching poetry

Parte A: Galeano establece una serie de contrastes entre el pasado y el presente. En parejas, hagan una lista de todos los símbolos de la vida del pasado y otra lista de los símbolos de la vida actual que menciona el autor. Expliquen qué respresenta o a qué se refiere cada símbolo, e identifiquen los juegos de palabras o repeticiones que Galeano usa para subrayar los contrastes.

Reacting to reading

Parte B: En parejas, contesten y comenten las siguientes preguntas.

1. ¿Se ven reflejados en este poema los valores de Rigoberta Menchú?
2. ¿Creen que el pesimismo de Galeano es justificado?
3. ¿Creen que escribir poemas como este puede cambiar la cultura y mejorar la situación?

Cuaderno personal 7-3

Muchos ecologistas afirman que la sociedad moderna necesita un cambio de valores. ¿Estás de acuerdo? ¿Por qué sí o no? ¿Qué valores debemos cambiar?

Redacción: Un reportaje

ESTRATEGIA DE REDACCIÓN

Writing a News Report

News reports attempt to summarize the most important facts about an event, person, problem, crisis, or discovery. All news articles include:

- **title:** mentions the most significant information of the article
- **dateline:** place of origin of the report
- **introduction:** answers the questions *what?, who?, when?, where?, why?, how?* The summarization of these points at the beginning of the article allows readers to quickly skim to see if it interests them. The introduction begins by answering the most important or relevant of these questions. Some very short articles amount to little more than this introduction.
- **body:** allows for the development of details in a longer article. The details chosen will depend on the most interesting points in the introduction. Sources of information (**fuentes**) and quotes (**citas**) by experts or involved persons may also be included.
- **conclusion:** recapitulates the main points, emphasizes the overall significance of the issue, and/or includes opinions of the author. Many news articles, however, do not contain a conclusion.

Using a model

ACTIVIDAD 22 El reportaje

Lee el artículo que sigue y busca las respuestas a las preguntas: ¿qué? ¿quién? ¿cuándo? ¿dónde? ¿por qué? y ¿cómo? Identifica si hay introducción, cuerpo y conclusión, y el tipo de información que contiene cada parte.

Indígenas ecuatorianos sientan precedente ecológico mundial

QUITO, ECUADOR. Cuatro tribus indígenas de Ecuador sentaron un precedente ecológico a nivel mundial al demandar a la petrolera estadounidense Texaco por unos 1.500 millones de dólares como indemnización por daños y contaminación de grandes áreas del Amazonas ecuatoriano. La demanda, que causó revuelo en la opinión pública mundial, fue presentada el 3 de noviembre en una corte federal estadounidense y se espera que antes de seis meses haya un pronunciamiento judicial.

Pero a pesar de que se acusa a la cuarta compañía petrolera de los Estados Unidos de causar deterioros considerables en la ecología ecuatoriana, Texaco se defiende señalando que no es posible determinar si la "supuesta" contaminación presente en el área se ha generado en una fecha reciente o años atrás.

"Si se descubre ahora que hay gran contaminación en la zona, no se sabe si fue hecha hace un año o ahora", dijo a Reuters Rodrigo Pérez Pallares, representante legal de Texaco en Ecuador.

Indígenas de las tribus Quichua, Secoya y Cofan, habitantes de la Amazonia ecuatoriana, fueron en representación de las etnias afectadas a Nueva York a presentar dos demandas, con las que pretenden demostrar que Texaco vertió desechos tóxicos en los ríos de la región.

"Se vertieron a los ríos de la región oriental del Ecuador alrededor de 4,3 millones de galones (unos 16 millones de litros) diarios de sustancias extraídas de los pozos petroleros, durante 20 años", afirmó Cristóbal Bonifaz, abogado defensor de los indígenas. Todo esto ha provocado, según el mismo representante, que los pobladores de la región no puedan utilizar las fuentes de agua, porque se corre el riesgo de contraer cáncer, o padecer de enfermedades gastrointestinales y respiratorias.

ACTIVIDAD 23 A investigar y escribir

Writing a news report

Imagínate que trabajas para un periódico local en español y el jefe de redacción ha pedido más noticias sobre temas ecológicos.

Parte A: Busca información en Internet o en revistas y periódicos en la biblioteca sobre los temas ambientales más importantes del momento. Selecciona un tema que te interese y sobre el cual haya bastante información.

Parte B: Basándote en la información que tienes, contesta las siguientes preguntas antes de escribir el reportaje.

- ¿Qué? ¿Quién? ¿Cuándo? ¿Dónde? ¿Por qué?
- ¿Cuál de estos puntos es más importante? O sea, ¿por qué es importante esta noticia?
- ¿Para qué puntos hay que elaborar detalles?
- ¿Hay otras preguntas que se deben considerar? (¿cuántos? ¿cómo?)

Después, escribe un artículo breve, con título, introducción y cuerpo.

En busca de seguridad económica

See the *Fuentes* website for related links and activities: www.cengage.com/spanish/fuentes

El siglo XXI: Época de mercado libre, competencia y ¿crisis social?

El presidente de Bolivia nacionaliza reservas de gas; ataca el neoliberalismo

TRABAJADORES PERUANOS RECLAMAN MEJORES SUELDOS

Puertas abiertas a la competencia extranjera

UNASUR: Hacia la creación de un mercado unido en Suramérica

Padre sin trabajo roba para dar de comer a su familia

El mercado libre: ¿los ricos más ricos y los pobres más pobres?

CHILE: MODELO DE NEOLIBERALISMO MODERADO

Empresas españolas aumentan sus inversiones en Latinoamérica

Vuelven a subir desempleo, desigualdad y pobreza con la crisis económica

ACTIVIDAD 1 Noticias económicas de Latinoamérica

Activating background knowledge

En grupos de tres, lean los titulares y consulten el glosario para buscar los términos que no conozcan. Después, identifiquen:

- dos o tres tendencias reflejadas en los titulares
- dos o tres problemas con que se enfrentan las economías latinoamericanas
- dos o tres datos que les sorprendan a Uds.

Lectura 1: Un artículo

ACTIVIDAD 2 Palabras del empresario

Guessing meaning from context

Las palabras en negrita en las siguientes oraciones aparecen en el artículo que vas a leer sobre Carlos Slim. Lee cada oración y escribe a su lado la letra de la definición apropiada para la palabra indicada.

a. compañía o negocio

b. propiedad que no se puede trasladar de un lugar a otro, como solares, casas y edificios

c. contrato por el cual una compañía se obliga a pagar las pérdidas o daños que ocurran a determinadas personas

d. una institución o mercado en que se realizan transacciones de compra y venta de partes de compañías privadas

e. persona que tiene un negocio o trabaja en él

f. partes en que está dividido el capital de una empresa o corporación y que se compran y se venden

g. números o cantidades

h. empleo o gasto del capital en aplicaciones que pueden aportar dinero, como las compañías privadas

1. ______ Algunos dicen que Telmex, la **empresa** telefónica más importante de México, prácticamente constituye un monopolio.

2. ______ Muchas personas invierten en la **bolsa** con la esperanza de obtener grandes beneficios monetarios.

3. ______ Hoy día es importante tener todo tipo de **seguros**; por ejemplo, los seguros de carro, los seguros de casa, los seguros de vida y los seguros médicos.

4. ______ Han aumentado las **cifras** de la deuda nacional desde que empezó la crisis económica.

5. ______ Muchos **comerciantes** de la zona han podido mantener sus tiendas abiertas gracias a la reducción de los impuestos.

6. ______ Los Estados Unidos y España son los dos países con mayores **inversiones** en las economías latinoamericanas.

7. ______ Las personas que quieren comprar casa tienen que mirar los anuncios de **bienes raíces** en los periódicos o en Internet.

8. ______ En septiembre de 2008 Carlos Slim pagó 250 millones de dólares por 9,1 millones de **acciones** de la compañía New York Times.

Building vocabulary

ACTIVIDAD 3 La expresión exacta

Un equivalente de cada una de las siguientes expresiones inglesas aparece en las oraciones que las siguen. Escribe el equivalente español al lado de cada término en inglés.

fever: ____________________
in trouble: ____________________
proof: ____________________
sign or sample: ____________________
to surround: ____________________
to commit oneself to: ____________________

1. Carlos Slim compró muchas compañías cuando estaban en apuros, las reorganizó y después las volvió a vender, ganando así enormes cantidades de dinero.
2. En Latinoamérica los años 80 y especialmente los 90 vieron una fiebre de privatización de industrias nacionales y liberalización de los mercados.
3. Muchas historias, mitos y rumores rodean a los hombres ultrarricos como Bill Gates y Carlos Slim.
4. Algunos dicen que el semimonopolio telefónico que estableció Carlos Slim en México es una muestra de la corrupción, mientras otros lo ven como señal de inteligencia comercial.
5. No se han encontrado pruebas de que ocurrieron actividades ilegales durante la venta de las compañías paraestatales o públicas, que pertenecían al estado mexicano.
6. Después de vender las compañías paraestatales, el gobierno mexicano se comprometió a proteger a los inversionistas de la competencia extranjera por un periodo de seis años.

Activating background knowledge

ACTIVIDAD 4 Un hombre verdaderamente rico

Parte A: En grupos de tres, hagan una lista de tres a cinco personas ultrarricas del planeta y contesten las siguientes preguntas sobre cada persona.

1. ¿De dónde es?
2. ¿Cuánto dinero o riqueza tiene y en qué se basa?
3. ¿Cómo consiguió tanta riqueza?
4. ¿Cómo creen que sea la vida diaria de esta persona? ¿Cuáles serán sus intereses?

Active reading

Parte B: Ahora, lee el artículo de la cadena noticiera internacional BBC Mundo para ver cuáles de estas características se ven reflejadas en la vida de Carlos Slim.

¿Quién es Carlos Slim?

MIGUEL MOLINA ▪ BBC Mundo

Carlos Slim es una de las personas más ricas del mundo. Aquí, recibe el premio "Hombre del año" del Consejo Mundial del Boxeo, organismo patrocinado por la Fundación Telmex, que pertenece a Slim.

Su fortuna toca restaurantes, bancos, hoteles, bienes raíces y constructoras de carreteras. Pero también incluye plantas de tratamiento de aguas y plataformas petroleras marinas, minas, metalurgia, museos, computadoras, organizaciones de beneficencia, cigarreras y teléfonos. Sobre todo teléfonos.

Escape

Yusef Salim Haddad era hijo de un cristiano maronita libanés que a principios del siglo XX decidió escapar de la persecución del régimen militar de los turcos otomanos. Yusef y su familia llegaron a México. Era 1902.

En 1911 Yusef se llamaba Julián y era dueño de La Estrella del Oriente, un almacén que le permitió comprar propiedades en el centro de la ciudad de México y casarse con Linda Helú, hija de otro próspero comerciante libanés.

Su hijo Carlos (que nació en 1940) invirtió dinero por primera vez cuando tenía 12 años y compró 44 acciones del Banco Nacional de México.

"Mi padre me enseñó que no importa cuán grave sea una crisis, México no va a desaparecer, y si tenemos confianza en el país cualquier inversión sólida dará frutos eventualmente", diría tiempo después.

Turbulencia y fortuna

Ese fue el caso de Carlos Slim, quien a los 26 años ya era ingeniero graduado en la Universidad Nacional Autónoma de México, había estudiado en Europa, en Estados Unidos y en Chile, y tenía US$400.000 y una embotelladora de refrescos.

El siguiente paso fue casarse en 1959 y crear el Grupo Carso (acrónimo de su nombre y el de su esposa Soumaya).

La década de los 70 le permitió extenderse a la bolsa, la banca, los seguros y la administración de fondos de pensiones, y lo vio dar sus primeros pasos en las telecomunicaciones.

Pero todavía era un desconocido para la mayoría de los mexicanos. La turbulencia que vivió México a principios de la década de los 80 le ofreció a Carlos Slim nuevas ocasiones para crecer.

Slim aprovechó lo que se le presentaba y compró baratas empresas en apuros, las hizo ganar dinero y las vendió caras o las conserva.

Compras

Y Slim compró. Phillip Morris México, Bimex, Hoteles Calinda, Reynolds Aluminio, Sanborn´s, Minera Frisco, General Tire e Inmuebles Cantabria.

Tal vez fue en esos años cuando le preguntaron a Slim cuántas empresas tenía: "No lo sé, no me dedico a contar empresas".

Una década después, México vivió una fiebre de privatizaciones que le ofrecieron la oportunidad de su vida. Entre las paraestatales que el gobierno mexicano puso a la venta estaba Teléfonos de México (Telmex).

Continúa en la página siguiente

El Grupo Carso se asoció con France Telecom y Southwestern Bell Corporation de Estados Unidos y compró Telmex.

Al final, Carso, es decir Carlos Slim, se quedó con el control de la empresa porque la ley mexicana prohibía que la propiedad mayoritaria quedara en manos de extranjeros.

Dudas

Pero según los términos de la operación, el gobierno se comprometía a dar a Slim y sus socios un periodo de gracia de seis años antes de abrir el sector de telecomunicaciones a la competencia.

Muchos sostienen que ese gesto generoso en la venta de Telmex fue muestra de la corrupción que parece haber rodeado los procesos de privatizaciones en México, aunque nadie ha ofrecido pruebas concretas de operaciones ilegales.

De México, Slim extendió su influencia en las telecomunicaciones al resto de América Latina. Su empresa América Móvil tiene una importante presencia en prácticamente todos los países de Sudamérica (con excepción de Venezuela y Bolivia), casi toda Centroamérica, algunos países del Caribe y parte de Estados Unidos.

Filantropía

Pero en las últimas décadas Slim ha concentrado su atención en la filantropía.

En 1996 creó la Fundación Telmex, que apoya proyectos educativos, de salud, de ayuda en caso de desastres, y de asesoría jurídica.

En 1999 fundó el museo Soumaya. Dos años después destinó US$100 millones al rescate del Centro Histórico de la capital mexicana.

En 2008, Slim donó US$100 millones a la Fundación Clinton y el presupuesto de la Fundación Carso maneja US$2.500 millones.

Carlos Slim es rico. Es el hombre más rico del mundo, pero al parecer no tiene jet privado ni residencia de vacaciones.

La leyenda que rodea a personajes como él cuenta que no tiene chofer y su oficina es austera. Le gusta el béisbol, viajar, ver (y sobre todo poseer) obras de arte, los vinos franceses, los puros cubanos.

Rico entre pobres

Para la revista BusinessWeek, la vena filantrópica de Slim se explica por la publicidad que ha provocado la fortuna del empresario, "que no se ve bien en un país como México, donde 45% de la población vive debajo del nivel de pobreza y el producto interno bruto es de poco más de US$8.000 per capita".

Y como las cifras elevadas escapan a la comprensión del común de los mortales, hay que explicar que si Slim gastara un millón de dólares cada día, sin contar los intereses, se tardaría 185 años en acabarse lo que tiene. Aunque lo que tiene ya no se acaba.

Scanning, Making inferences

El nombre libanés de Slim era Salim.

ACTIVIDAD 5 Datos fundamentales

El artículo da mucha información sobre la figura de Carlos Slim. Prepara una lista de cinco datos importantes de su vida y explica brevemente por qué cada dato te parece importante. Después, en parejas, discutan y justifiquen sus listas.

Summarizing, Making inferences

ACTIVIDAD 6 La línea del tiempo

En grupos de tres, preparen una línea del tiempo con los acontecimientos más importantes de la vida de Carlos Slim, puestos en orden cronológico. Prepárense para justificar la importancia de cada acontecimiento.

ACTIVIDAD 7 Rico entre pobres

Analyzing and evaluating

En parejas, contesten y comenten las siguientes preguntas.

1. ¿Cómo es posible que Carlos Slim haya acumulado tanta riqueza?
2. ¿Es justo que Carlos Slim en particular sea tan rico? ¿Se aplica igualmente su respuesta a personas como Bill Gates y Warren Buffett? ¿Por qué sí o no?
3. ¿Es justo que cualquier persona en cualquier sociedad tenga tanto dinero cuando otros sufren de pobreza? ¿Cuáles son las ventajas o desventajas de permitir una enorme desigualdad entre los ricos y los pobres de un país?

ACTIVIDAD 8 En años venideros

Making inferences

Después de leer y comentar el artículo, completa las siguientes oraciones sobre el futuro de Carlos Slim y su riqueza. Luego, en parejas, comenten sus ideas.

1. Carlos Slim va a seguir enriqueciéndose siempre y cuando.../con tal de que...
2. El "imperio Slim" va a extenderse a muchos otros países y regiones sin que.../porque...
3. Slim va a continuar sus actividades filantrópicas para que...
4. No va a haber reacción en contra de Slim y su enorme riqueza a menos que...

Cuaderno personal 8-1

En tu opinión, ¿Carlos Slim es un modelo para emular o es mejor evitar que tanta riqueza quede en manos de una sola persona? ¿Por qué?

Lectura 2: Panorama cultural

ESTRATEGIA DE LECTURA

Determining Reference
Written texts attempt to link ideas together in the clearest manner possible. In order to refer to a previously mentioned idea or fact, writers use pronouns and connecting words. These include:

subject pronouns (**yo, tú, él, ella, Ud.,** etc.)
direct-object pronouns (**me, te, lo, la,** etc.)
indirect-object pronouns (**me, te, le,** etc.)
reflexive pronouns (**me, te, se,** etc.)

Continúa en la página siguiente

demonstrative adjectives and pronouns (**este/a, estos/as, esto; ese/a,** etc.; **aquel/aquella,** etc.)

relative pronouns (**que, quien, lo que, el/la que, lo cual,** etc.)

possessive adjectives and pronouns (**mi, mío, tu, tuyo,** etc.)

These words are the glue that holds together a cohesive text. Understanding what they refer to will increase your comprehension of the text.

Determining reference

ACTIVIDAD 9 ¿A qué se refiere?

Lee las siguientes oraciones de la lectura sobre las economías latinoamericanas. Luego, identifica a qué se refiere cada palabra en negrita.

1. Los gobiernos latinoamericanos pidieron préstamos al Banco Mundial para pagar el petróleo y continuar sus programas de desarrollo, **lo cual** llevó en los años 80 a una seria crisis de la deuda, la inflación y el desempleo.
2. Aunque los programas neoliberales de Pinochet tuvieron gran éxito económico, solo **lo** pudieron lograr a costa de las libertades civiles y humanas.
3. Con el retorno a la democracia en 1989, el gobierno chileno **les** subió los impuestos a los negocios y a los ricos.
4. Y a diferencia de otros países latinoamericanos, en Chile se ha observado una nueva y duradera aproximación entre pobres y ricos, de **la que** puede depender la estabilidad del gobierno democrático.
5. ¿Es posible reproducir "el milagro chileno" en otros países? ¿Cuál es la mejor manera de hacer**lo**?

Guessing meaning from context

ACTIVIDAD 10 Del contexto al significado

Lee cada oración y da un sinónimo en español, una definición en español o un equivalente en inglés para cada una de las palabras en negrita. Estas palabras aparecen en la lectura sobre las economías latinoamericanas. En caso de duda, usa el glosario o un diccionario para confirmar tus respuestas.

1. Ayer los presidentes firmaron un **acuerdo** económico.
2. Los Estados Unidos y Canadá son dos países que **se asemejan** mucho en cultura, lengua dominante y economía.
3. Con el nuevo programa, el gobierno **logró** una gran mejora en el nivel de vida de los ciudadanos.
4. La empresa **pertenecía** a la familia González, pero los nuevos dueños son unos inversionistas japoneses.
5. Todos se quejan de que no hay suficientes casas, pero el gobierno no hace nada para remediar la escasez de **vivienda.**
6. Los países **desarrollados** suelen tener altos niveles de tecnología y grandes recursos financieros.

7. El sistema capitalista depende de la **inversión** de dinero en empresas privadas.
8. Una industria nacionalizada es una industria que pertenece al **estado.**
9. Cuando hay graves problemas de inflación, muchos gobiernos deciden **congelar** los precios.
10. Para evitar la acumulación de **deudas,** hay que reducir los **gastos.**

ACTIVIDAD 11 El mercado libre

Activating background knowledge

Parte A: En la siguiente lectura se discute el desarrollo de las economías latinoamericanas y la importancia del mercado libre para estas economías. En grupos de tres, decidan cuáles de los siguientes términos se asocian con el concepto del mercado libre y expliquen de qué manera. Expliquen también por qué excluyeron algunos términos.

la nacionalización	*la privatización*
las importaciones	*las exportaciones*
la protección del empleo	*la competencia*
la eficiencia	*la protección del salario mínimo*
la mano de obra barata	*las tarifas altas sobre las importaciones*

Parte B: Ahora, lee el artículo. Mientras lees, escribe en el margen tus reacciones a la información: dudas, sorpresas, reacciones contrarias.

Active reading

Corrientes cambiantes de las economías latinoamericanas

Desde los años 80, el mundo comercial y laboral latinoamericano se asemeja cada vez más al de los Estados Unidos, Europa y Japón. Se han privilegiado la competencia, el mercado libre y la eficiencia productiva, y se han adoptado técnicas y métodos de administración eficientes. Estos cambios han generado nuevas esperanzas de prosperidad y también nuevas tensiones sociales, pero para comprender los cambios y sus consecuencias, hay que echar un vistazo al pasado económico de la región.

Dependencia económica poscolonial

El sistema económico poscolonial dependía de la exportación de recursos minerales y productos agrícolas a los países europeos y a los Estados Unidos. Con el dinero obtenido de las exportaciones, los países latinoamericanos importaban de los países más desarrollados productos manufacturados. Este sistema creció entre 1850 y 1930, con grandes inversiones de dinero de Gran Bretaña y los Estados Unidos que permitieron el desarrollo de ferrocarriles, sistemas eléctricos y telecomunicaciones.

En los años 20, Argentina se convirtió en uno de los diez países más ricos del mundo.

Continúa en la página siguiente

Trabajadores en un depósito de café, Costa Rica. Desde la época de la colonia, el café ha sido una exportación importante para varias regiones de Latinoamérica.

Búsqueda de la independencia económica

La Gran Depresión de 1929 llevó a la destrucción de las fuentes tradicionales de ingresos: bajaron las exportaciones y desaparecieron las inversiones de capital extranjero. Para remediar esta situación, muchos gobiernos nacionales intentaron independizar sus economías nacionalizando indus-
20 trias que habían pertenecido a empresas extranjeras y creando mercados domésticos para sus propias industrias y trabajadores. Para proteger las nuevas industrias de la competencia extranjera se impusieron altas tarifas sobre las importaciones.

En 1938 México nacionalizó la industria petrolera para obtener mejor control de su economía. Hoy, esta industria sigue sin privatizar por la importancia simbólica que tiene para muchos mexicanos.

Estas políticas, aunque promovieron la variedad industrial, crearon
25 nuevos problemas. Las altas tarifas impidieron el comercio internacional, y el control directo por parte del estado resultó ser ineficiente y produjo enormes pérdidas. No obstante, los grandes problemas no se hicieron visibles hasta los años 70 cuando el precio del petróleo subió dramáticamente. Los gobiernos latinoamericanos pidieron préstamos al Banco
30 Mundial para pagar el petróleo y continuar sus programas de desarrollo, lo cual llevó en los años 80 a una seria crisis de la deuda, la inflación y el desempleo. Los bancos internacionales y los gobiernos latinoamericanos renegociaron el pago de la deuda, pero los bancos también insistieron en que se hicieran cambios radicales en el sistema económico de los países
35 afectados, cambios que ya se habían implementado en Chile.

En los años 70 y 80 los gastos excesivos de los gobiernos causaron que las tasas de inflación llegaran hasta el 7.000% (Perú) y el 14.000% (Nicaragua).

Neoliberalismo y el milagro chileno

Después de 1973, la dictadura militar de Pinochet respondió a la crisis económica aplicando una serie de medidas neoliberales drásticas. Se congelaron los salarios y se descongelaron los precios y, como resultado, hubo primero inflación y después recesión. Se privatizaron bancos, fábricas y
40 empresas que habían pertenecido al gobierno; se eliminaron las tarifas sobre

El neoliberalismo, que favorece un mercado sin restricciones de ningún tipo, se basa en ideas de Milton Friedman y otros economistas de la Universidad de Chicago. Sus estudiantes implementaron las ideas neoliberales en Chile en los años 70.

las importaciones y el mercado se inundó de productos extranjeros baratos; las empresas locales tuverion que adaptarse al nuevo mercado competitivo o declararse en bancarrota. Un tercio de los trabajadores quedó sin trabajo y, como consecuencia, hubo disturbios sociales; frente a esta situación, la dictadura usó la represión política y la violencia para controlar a la población.

Sin embargo, después de varios años difíciles, Chile empezó a experimentar un crecimiento económico extraordinario del 6 ó 7% anual. Se expandió tanto la diversidad como la cantidad de las exportaciones, se aumentaron las inversiones extranjeras y la inflación fue reducida a un nivel mínimo. Este éxito, descrito como "el milagro chileno", fue visto por otros países con graves problemas económicos como el camino de su propia salvación.

La mina chilena de Chuquicamata, la mina de cobre más grande del mundo. La economía chilena ha desarrollado muchas industrias, pero la extracción y la exportación del cobre siguen siendo fundamentales para la economía nacional.

Mercado libre e integración económica

A partir de los años 90, los líderes latinoamericanos abandonaron sus antiguas ideas sobre la independencia económica a favor de una mayor integración en el mercado mundial. Por ejemplo, al igual que Chile, México bajó las tarifas de importación, redujo los gastos gubernamentales, vendió muchas industrias estatales a inversionistas privados y fomentó la integración económica con otros países. En 1993 México formó un nuevo mercado con Canadá y los Estados Unidos al firmar el Tratado de Libre Comercio de América del Norte (TLC). Otros países como Chile (2004) y Perú (2006) también han establecido acuerdos similares con los Estados Unidos, y en 2008 los doce países de Suramérica crearon UNASUR, la Unión de Naciones Suramericanas, que tiene como objetivo principal la creación de un solo mercado libre para toda Suramérica.

Sin embargo, los logros económicos de estos años llegaron acompañados de la implementación generalizada de "programas de austeridad", los cuales redujeron drásticamente los gastos en programas sociales y llevaron en muchos países a un aumento de la desigualdad entre ricos y pobres y el deterioro de los sistemas de educación, salud y transporte.

TLC = NAFTA (North American Free Trade Agreement)

Otras organizaciones regionales de libre comercio incluyen MERCOSUR, el Mercado Común del Sur, que es el mayor productor agrícola del mundo, la Comunidad Andina de Naciones, el Mercado Común Centroamericano y la Comunidad del Caribe.

La pobreza se limita en parte gracias al dinero que los inmigrantes hispanos en EE.UU. y Europa mandan a sus familiares en sus países de origen. Estas **remesas** suman todos los años miles de millones de dólares y son importantes para las economías de los países adonde llegan.

¿Una vía media?

Los problemas de injusticia social han llevado a muchos observadores a rechazar las ideas neoliberales, como por ejemplo, los presidentes Hugo

Continúa en la página siguiente

Chávez de Venezuela y Evo Morales de Bolivia, quienes han vuelto a nacio-
85 nalizar algunas industrias nacionales. Otros, sin embargo, han argumentado que existe una "vía media" entre la eficiencia del mercado libre que tiende a aumentar la desigualdad entre ricos y pobres, y una política social progresista que tiende a reducir las diferencias. De nuevo, Chile ha sido el país que sirve de modelo a los demás. Aunque los programas neoliberales de
90 Pinochet tuvieron gran éxito económico, solo lo pudieron lograr a costa de las libertades civiles y humanas, y pagando un alto precio social al crear desempleo y pobreza. Con el retorno a la democracia en 1989, el gobierno chileno les subió los impuestos a los negocios y a los ricos y utilizó el dinero en viviendas, salud y educación. Aumentó también el salario mínimo de los
95 trabajadores y promovió el establecimiento de negocios pequeños. En los primeros tres años, estos programas sacaron a un millón de personas de la pobreza. Lo sorprendente fue que los chilenos también pudieran mantener la salud económica de su sociedad: inflación mínima, presupuesto equilibrado, crecimiento fuerte, alto nivel
100 de inversión extranjera y tasa de desempleo baja. Y a diferencia de otros países latinoamericanos, en Chile se ha observado una nueva y duradera aproxi-
105 mación entre pobres y ricos, de la que puede depender la estabilidad del gobierno democrático.

Un trabajador supervisa la carga de un barco en el puerto de Buenos Aires, Argentina. La exportación de productos agrícolas ha sido fundamental para la economía argentina, pero con la globalización también ha crecido la exportación de productos industriales.

Nuevos desafíos

En la actualidad los líderes lati-
110 noamericanos se enfrentan a una serie de grandes desafíos. La demidécada de 2003 a 2008 fueron años de gran crecimiento y prosperidad, pero los logros
115 están en peligro desde que comenzó la crisis económica global en 2008. Todavía existe apoyo por el mercado libre, como indica la creación de
120 UNASUR, pero también hay voces que se levantan contra el neoliberalismo, como ha sucedido en Bolivia, Ecuador, Nicaragua y Venezuela, donde gran parte de la población no se benefició de la política neoliberal. Vale preguntarse: ¿es posible mantener el crecimiento? ¿Es posible reproducir "el milagro chileno" en otros
125 países? ¿Cuál es la mejor manera de hacerlo? Y, por último, ¿es la "vía media" la mejor solución para todos? Actualmente, estas son las cuestiones que se debaten y que requieren una pronta respuesta para que todos los latinoamericanos puedan progresar compitiendo en el mercado global del siglo XXI y alcanzar una vida digna y próspera. ■

ACTIVIDAD 12 Detalles y fechas

Scanning

Indica qué significa cada término y con qué aspecto de la economía se asocia cada fecha, y di por qué es importante en la lectura.

TLC	*Años 70*	*1989*
UNASUR	*1973*	*2008*

ACTIVIDAD 13 Tres etapas de desarrollo económico

Summarizing and analyzing

En parejas, busquen una característica, un objetivo y un problema del sistema económico dominante de una de las tres épocas económicas.

1. la época poscolonial
2. la época de independencia económica
3. la época del neoliberalismo

ACTIVIDAD 14 El ejemplo de Chile

Summarizing, Making inferences

Con frecuencia se nombra a Chile como modelo del éxito del neoliberalismo. En parejas, comenten las siguientes preguntas que tratan de Chile y la creación de la "vía media".

1. ¿Es Chile un ejemplo perfecto del neoliberalismo?
2. ¿En qué consiste la "vía media"?
3. ¿Es posible que la "vía media" cree todavía más problemas?
4. ¿Este concepto es importante también para este país?

ACTIVIDAD 15 ¿Cómo votan?

Making inferences

En muchos países hispanos, los votantes optan por "votar en blanco". Así, ejercen su derecho al voto, protestando las opciones, pero no votan por ningún partido o candidato en particular. El "voto en blanco" es una forma de indicar que están descontentos con sus opciones políticas.

Hay dos candidatos principales en las elecciones presidenciales. Pérez defiende la postura neoliberal y los "programas de austeridad" que limitan los gastos del estado. López dice que hay que adoptar "la vía media" de Chile, proteger más a los trabajadores y estimular la economía. En grupos de tres, decidan por quién vota cada una de las siguientes personas. También es posible que una persona no vote por ninguno de estos dos candidatos.

1. Felipe trabajaba en una fábrica que pertenecía al estado, pero privatizaron la fábrica y los nuevos dueños decidieron eliminar muchos trabajos en nombre de la eficiencia. Como se estaban abriendo nuevos negocios y nuevas fábricas cuando perdió su trabajo, empezó con optimismo. Pero ahora hay crisis económica, lleva dos años desempleado y no sabe qué hacer.
2. Consuelo gana un buen sueldo y paga sus impuestos, pero el 40% de todo lo que paga sirve para pagar las deudas del estado y los intereses de esas deudas. Además, todo ese dinero acaba en los Estados Unidos, Canadá, Europa, Japón y, cada vez más, China. Consuelo cree que esto es injusto para su país.

3. Carlos trabaja como cajero en un banco. Su vida no ha cambiado mucho desde la implementación de las medidas neoliberales, pero ahora no hay mucha inflación y él puede ahorrar dinero sin miedo de que este pierda su valor.

Cuaderno personal 8-2 

¿Crees que el gobierno tiene la obligación de ofrecer servicios de salud, educación y asistencia pública a los pobres? ¿Crees que el mercado libre es capaz de ofrecer y garantizar todos estos servicios?

Lectura 3: Literatura

Guessing meaning from context

ACTIVIDAD 16 Según el contexto

Las palabras en negrita aparecen en el cuento, "La carta", que vas a leer. Lee las oraciones y después asocia las palabras indicadas con su significado.

a. estampilla que indica que se ha pagado el envío de una carta
b. pintura, dibujo o fotografía de una persona
c. casi sentarse de manera que las nalgas estén cerca del suelo
d. una prenda de vestir que cubre la cabeza y la frente para protegerlas del sol
e. poner juntas dos partes de un papel
f. papel en el cual se envía una carta
g. escribir el nombre en un documento
h. parte inferior de una puerta o entrada
i. que ha perdido el uso de una mano

1. ______ Pablo terminó de escribir la carta y la **firmó.**
2. ______ Luego, **dobló** la carta y la metió en el **sobre.**
3. ______ Antes de cerrar el sobre, metió dentro un pequeño **retrato** suyo —una foto que le habían sacado varios años antes.
4. ______ Al final, buscó un **sello** y lo puso en el sobre, y salió para la estación de correos.
5. ______ Pablo no quería que nadie lo reconociera, así que bajó la **gorra** sobre la frente y miró hacia abajo.
6. ______ Cuando Pablo se acercó a la entrada, vio un hombre sentado en el **umbral.**
7. ______ **Se acuclilló** para hablar con el hombre, y este le explicó que era **manco** y necesitaba que alguien le ayudara a escribir una carta.

ACTIVIDAD 17 ¿A quién se refiere?

Determining reference

El cuento que vas a leer contiene una carta. El escritor de la carta se dirige a su destinatario y también habla de otras personas. Antes de leer, determina a qué o a quién se refiere cada pronombre en negrita de las siguientes oraciones.

1. Querida mamá: Como yo **le** decía antes de venirme...
2. Me pagan ocho pesos la semana y con **eso** vivo como don Pepe el administrador.
3. La ropa aquella que quedé de mandar**le,** no **la** he podido comprar.
4. Díga**le** a Petra que cuando vaya por casa **le** voy a llevar un regalito al nene de ella.
5. Voy a ver si **me** saco un retrato un día.
6. ... Su hijo que **la** quiere y **le** pide la bendición, Juan.

ACTIVIDAD 18 En busca de trabajo

Activating background knowledge

Parte A: En parejas, respondan a una de las siguientes preguntas.

1. ¿Has buscado trabajo alguna vez? Describe tu peor experiencia o la de otra persona que no haya tenido éxito con la búsqueda de trabajo.
2. ¿Qué debe o puede hacer una persona que no encuentra el trabajo deseado? ¿Debe aceptar cualquier puesto?
3. ¿Las personas buscan trabajo solo para ganar dinero o el trabajo es importante por otras razones?

Active reading

Parte B: Ahora lee la primera parte del cuento —"La carta"— para ver quién escribe la carta y qué dice.

José Luis González *(1926-1996) nació en la República Dominicana de padre puertorriqueño y madre dominicana. Se crió en Puerto Rico, y siempre se consideró puertorriqueño aunque pasó la mayor parte de su vida adulta trabajando en México. Fue conocido como ensayista, periodista, novelista, y sobre todo, cuentista. Sus escritos se caracterizan por una gran preocupación por los problemas sociales de su época.*

La carta

José Luis González

San Juan, puerto Rico
8 de marso de 1947
Qerida bieja:

Como yo le desia antes de venirme, aqui las cosas me van vién.
5 Desde que llegé enseguida incontré trabajo. Me pagan 8 pesos la semana y con eso bivo como don Pepe el alministradol de la central allá.

La ropa aqella que quedé de mandale, no la he podido compral pues quiero buscarla en una de las tiendas mejores. Digale a Petra que cuando valla por casa le boy a llevar un regalito al nene de ella.

10 Boy a ver si me saco un retrato un dia de estos para mandálselo a uste. El otro dia vi a Felo el ijo de la comai María. El está travajando pero gana menos que yo. Bueno recueldese de escrivirme y contarme todo lo que pasa por alla.

Su ijo que la qiere y le pide la bendision.
15 Juan

Después de firmar, dobló cuidadosamente el papel ajado y lleno de borrones y se lo guardó en el bolsillo de la camisa. Caminó hasta la estación de correos más próxima, y al llegar se echó la gorra raída sobre la frente y se acuclilló en el umbral de una de las puertas. Dobló la mano 20 izquierda, fingiéndose manco, y extendió la derecha con la palma hacia arriba.

Cuando reunió los cuatro centavos necesarios, compró el sobre y el sello y despachó la carta. ■

ACTIVIDAD 19 Hablar y escribir en puertorriqueño popular

Dealing with different registers

Parte A: La carta está escrita con muchos errores ortográficos. Algunos de los errores revelan el dialecto hablado de Juan, un hombre pobre que escribió la carta pero que nunca aprendió a escribir correctamente. Estos rasgos incluyen:

- la confusión de la **-r** y la **-l** al final de sílaba, y la pérdida de la **-r** al final de palabra
- la pérdida de la **-d** al final de palabra y de la **-d-** entre dos vocales
- la sustitución de la **e** por la **i** (**e** ⟶ **i**) en sílabas no acentuadas
- la aspiración y la pérdida de la **-s** al final de sílaba: o sea, se pronuncia como **h** en inglés y a veces se pierde completamente
- **para ⟶ pa'**

Busca en la carta de Juan un error que refleje cada rasgo dialectal. ¿Hay algún rasgo que no se vea reflejado en la carta? ¿Hay errores no asociados con estos rasgos dialectales?

Focusing on surface form

Parte B: Corrige todos los errores ortográficos de la carta. Después, compara tus correcciones con las de un/a compañero/a de clase.

ESTRATEGIA DE LECTURA

Making Inferences

When reading, it is often necessary to read between the lines, that is, to extract information and conclusions that are not explicitly stated. This may include information or beliefs that the author takes for granted, or additional conclusions that may be drawn from the information presented. For example, it is safe to conclude from the preceding reading that the author of the letter has little formal schooling.

ACTIVIDAD 20 La carta de Juan

Making inferences

La carta incluye mucha más información de la que aparece literalmente en el texto. Después de leer, contesta las siguientes preguntas y justifica cada respuesta con información de "la carta". Después, compara tus respuestas con las de otra persona.

1. ¿Quién es Juan? ¿Cómo es? ¿Ha tenido estudios?
2. ¿De dónde es Juan? ¿Dónde vive? ¿Qué tipo de trabajo tiene? ¿Por qué se mudó?
3. ¿Quién es su "vieja"? ¿Dónde vive su "vieja"?

Recognizing chronological order

ACTIVIDAD 21 Las acciones de Juan

Los párrafos finales del cuento "La carta" describen cuidadosamente las acciones y los movimientos de Juan. Pon las siguientes acciones en orden cronológico. Después, compara tus respuestas con las de un/a compañero/a de clase, y comenten la importancia de estas acciones para nuestra interpretación de la carta misma.

_____ *Extendió la mano derecha con la palma hacia arriba.*
_____ *Se puso la gorra sobre la frente.*
_____ *Compró el sobre y el sello y mandó la carta.*
_____ *Dobló el papel y lo guardó en el bolsillo de la camisa.*
_____ *Caminó hasta la estación de correos.*
_____ *Dobló la mano izquierda contra su pecho.*
_____ *Recibió cuatro centavos.*
_____ *Firmó la carta.*
_____ *Se acuclilló en el umbral de una puerta.*

Considering implications

ACTIVIDAD 22 La experiencia de Juan

La experiencia de Juan refleja la de muchos campesinos pobres que empezaron a mudarse a las ciudades latinoamericanas después de la Segunda Guerra Mundial (1939–1945). En grupos de tres, comenten las siguientes preguntas.

1. ¿Qué buscaba Juan en la ciudad?
2. ¿Qué encontró?
3. ¿Qué problemas pueden surgir cuando hay millones de personas en la situación de Juan?

Cuaderno personal 8-3

El trabajo y los estudios pueden ser muy importantes para la dignidad personal. ¿Has mentido alguna vez para proteger tu reputación pública y/o tu autoestima? ¿Cuándo? ¿Por qué?

VIDEOFUENTES

A veces las personas no pueden conseguir trabajo porque existen estereotipos sobre qué clases de personas pueden hacer ciertos tipos de trabajo. En la película de Almodóvar, ¿qué personajes tienen trabajos sorprendentes? ¿Qué problemas han tenido estos personajes a causa de sus trabajos? En tu opinión, ¿por qué el director insiste en presentar a algunos personajes en puestos atípicos?

Redacción: El curriculum vitae y la carta de solicitud

ESTRATEGIA DE REDACCIÓN

Using Models
One way to improve your writing is to use examples of texts as models and to imitate their style and/or format. This is frequently done when preparing documents with fixed formats such as formal letters.

ACTIVIDAD 23 Un curriculum

Using a model

Parte A: Aunque el curriculum vitae tradicionalmente no fue muy importante en Latinoamérica, con el aumento de la influencia comercial norteamericana en la región, se ha extendido el uso del curriculum al estilo norteamericano. En grupos de tres, traten de contestar las siguientes preguntas.

- ¿Por qué el curriculum vitae es y ha sido tan importante en la cultura comercial y profesional de Norteamérica?
- ¿Por qué creen que el curriculum vitae no tuvo tradicionalmente mucha importancia en la cultura comercial y profesional de los países latinoamericanos?

Parte B: Al preparar el curriculum propio, generalmente se usa el de otra persona como base y modelo. En parejas, miren el siguiente curriculum y observen el vocabulario que se usa y cómo está organizado. ¿Hay otras maneras de organizar un curriculum?

Rosa Cunningham-González
67 Chula Vista Road
Los Ángeles, California 50215
(213) 789-2389

Fecha de nacimiento
15 de agosto de 1986

Objetivo profesional
Gerente de ventas y mercadeo

Preparación académica

2008–2010 Universidad de California, Los Ángeles, CA, Maestría
Especialización: Administración de empresas

2004–2008 Universidad de Georgia, Athens, Georgia
Licenciatura *magna cum laude*
Especialización: español e inglés

2000–2004 Las Palmas High School, Los Ángeles, CA, Bachiller

maestría o **master** = master's degree

licenciatura = un título un poco más avanzado que *bachelor's degree*

bachiller = *high school graduate*

Experiencia profesional	
2009 (verano)	Ventamundo, S.A., México, D.F.
	Asistente ejecutiva
2006–2008	Toyland, Inc., Atlanta, GA
(veranos)	Vendedora regional
Experiencia adicional	
2008–2010	Club de Estudiantes de Negocios, tesorera
2007–2008	Asociación de Estudiantes Latinos, presidenta
Preparación adicional	
	Mecanografía y procesamiento de datos
	Dominio de inglés, español y portugués
	Conocimiento elemental de chino
Becas y premios	
2009	Beca Salinas (mejor estudiante del programa)
2008	Phi Beta Kappa (por excelencia académica)
Intereses	
	Baile popular, música caribeña, navegación

Using a model

Parte C: Individualmente, preparen el borrador de un curriculum propio similar al del modelo. Usen el diccionario o hablen con su profesor/a si necesitan vocabulario específico.

Using a model

ACTIVIDAD 24 Una carta de solicitud

Las cartas en español generalmente tienen un formato diferente al de las cartas en inglés y emplean un lenguaje muy formal y formulaico. Mira la carta modelo en la página 163, que es una solicitud escrita para acompañar el curriculum vitae anterior, y haz lo siguiente.

1. Identifica los siguientes elementos:
   a. el encabezamiento
   b. el destinatario
   c. el saludo
   d. el cuerpo
   e. la despedida
   f. la firma y la dirección del/de la remitente
2. Identifica las diferencias entre el formato de esta carta y el de una carta en inglés.
3. Identifica el párrafo en el cual aparece la siguiente información.
   a. el puesto deseado y cómo se informó del puesto el/la solicitante
   b. la información más importante del curriculum vitae
   c. otros datos no incluidos en el curriculum vitae
   d. razón de su interés en el puesto
   e. esperanzas en cuanto al trabajo
   f. las gracias
4. Busca dos ejemplos de lenguaje muy formal o de fórmulas que se usan.

Los Angeles, 14 de julio de 2010

Sra. María Elena Pérez Pereira
Directora de personal
Juguetes Xochimilco, S. A.
Sagredo 263
Colonia Guadalupe Inn
010020 México, D. F.

Estimada señora:

Atentamente me dirijo a Ud. para comunicarle mi interés en el puesto de director de desarrollo de productos en su empresa y para enviarle copia de mi curriculum vitae de acuerdo con el anuncio que apareció en la lista de empleos de www.turuco.com (*Turuco México D.F.*) el 1° de julio de 2010.

El reciente mayo pasado me gradué de la Universidad de California en Los Angeles con maestría en administración de empresas. Tengo gran interés en mercadeo, asignatura que estudié intensamente durante la carrera universitaria.

En cuanto a mi competencia lingüística, domino tanto el español como el inglés puesto que crecí en una familia bicultural y viajé con frecuencia a México durante mi juventud. Domino también el portugués y tengo un conocimiento limitado de chino. Creo que tanto mi experiencia profesional, adquirida en una empresa americana conocida, como mis conocimientos lingüísticos y culturales hacen de mí una buena candidata para el puesto solicitado. Me interesa este puesto ya que su empresa tiene mucho prestigio en este campo y goza de gran éxito en el mercado norteamericano. Creo también que mis capacidades parecen corresponder a sus necesidades.

Le agradecería que me diera la oportunidad de conocerla en persona y de visitar sus instalaciones. Me gustaría hablar con usted tanto de los requisitos del puesto como de las contribuciones que yo podría ofrecer a su empresa.

Agradeciéndole anticipadamente su atención, quedo en espera de su pronta respuesta.

Muy atentamente,

Rosa Cunningham-González

Rosa Cunningham-González
67 Chula Vista Road
Los Angeles, CA 50215

En español, la dirección del/de la remitente aparece tradicionalmente al final de la carta, debajo de la firma.

In formal letters, it is common not to use the addressee's last name in the greeting.

ESTRATEGIA DE REDACCIÓN

Focusing on Surface Form

Writing involves several stages: generating ideas, focusing on specific ideas, organizing, composing, and, for more formal texts, polishing surface form. Surface form includes physical layout, punctuation, spelling, and use of capital letters. Since it is the first thing the reader notices, it can be very important in determining the reader's initial reaction to a text, its content, and/or the writer. Here are some suggestions for polishing what you write.

1. Make sure that margins are set and maintained..
2. Check punctuation. Though similar in formal Spanish and English, remember: inverted question and exclamation marks must be used in Spanish; commas are not used before **y** or **o** in a series (**rojo, blanco y azul**); use of commas and periods in numbers differs in English and Spanish (*GPA: 3.67* = **Promedio de notas: 3, 67** and *2,000 dollars* = **2.000 dólares**).
3. Watch your spelling, including accents. Do not let English influence your spelling of cognates (*professional*/**profesional**) and remember that the use of accents can differ between singular and plural forms (**recomendación/ recomendaciones**). Most native speakers do not use written accents on capital letters.
4. The use of capital letters (**mayúsculas**) is more restricted in Spanish. Use capital letters for the first word of a sentence or title (**Cien años de soledad**); for names of people, clubs, organizations, or businesses; and for abbreviated titles (**Ud., Sr.**). Do not use capital letters for days of the week (**lunes**), months (**enero**), seasons (**primavera**), languages or nationalities (**inglés**), religions (**catolicismo**), compass points (**norte**), or adjectives (**católico**).

Writing an application letter

ACTIVIDAD 25 Redacción de la carta

Imagina que quieres pasar algún tiempo trabajando en Hispanoamérica para perfeccionar tu español y decides solicitar un puesto de trabajo en el campo de mercadeo.

Parte A: Haz una lista de los datos de tu curriculum que quieres enfatizar en la carta de solicitud. Incluye información que te hará un candidato interesante.

Parte B: Escribe la carta. Incluye información semejante a la de la carta modelo. Decide qué partes de la carta modelo puedes copiar y qué partes tienes que adaptar para personalizar tu carta.

Focusing on surface form

Parte C: Después de redactar el primer borrador, corrígelo pensando en su presentación: el formato, la puntuación y el uso de letras mayúsculas.

Arte, identidad y realidad

Autorretrato en la frontera entre México y los Estados Unidos, 1932, Frida Kahlo (México).

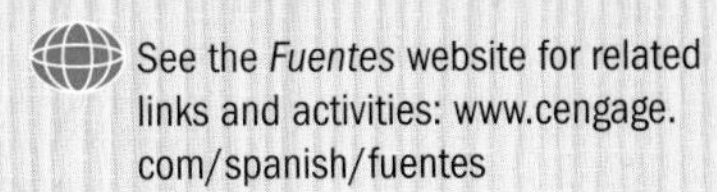

See the *Fuentes* website for related links and activities: www.cengage.com/spanish/fuentes

Activating background knowledge, Anticipating

ACTIVIDAD 1 Interpretación del arte

Parte A: En grupos de tres, miren y comenten los cuadros que aparecen en este capítulo, usando las siguientes preguntas.

1. ¿Qué tipo de arte son? (pinturas, dibujos, esculturas, etc.)
2. Expliquen el tema o el mensaje de dos o tres de las obras.
3. ¿Cuáles son las dos que les gustan más? Comparen su contenido o su tema.

Parte B: Muchos artistas usan el arte para explorar su mundo y su propia identidad. El cuadro que aparece en la página anterior fue pintado por la artista mexicana Frida Kahlo durante una visita a Detroit, Michigan. En grupos de tres, miren la pintura y hagan la siguiente actividad usando el vocabulario que aparece a continuación.

Frida Kahlo estaba casada con el artista Diego Rivera cuando pintó este autorretrato; Carmen Rivera era su nombre de casada.

la ambigüedad	*la explotación*	*la metáfora*
lo arcaico	*lo femenino*	*lo moderno*
la bandera	*la fertilidad*	*el pasado*
Carmen Rivera	*el futuro*	*el pedestal*
el cigarrillo	*lo indígena*	*la tecnología*
lo colonial	*la inhumanidad*	*la yuxtaposición*
el crecimiento	*lo masculino*	

1. Comparen el lado izquierdo con el lado derecho.
2. Expliquen por qué la artista se representa en el centro.
3. Traten de descifrar lo que quiere expresar la artista.
4. Busquen un tema que aparezca en este cuadro y que aparezca también en otro cuadro del capítulo.

Lectura 1: Reseña de un libro

ESTRATEGIA DE LECTURA

Recognizing Clauses and Phrases
A characteristic of Spanish writing is the frequent use of long sentences. Understanding the structure of these sentences can help you understand their meaning. Some are simple sentences with a single main conjugated verb; others are compound sentences, which link two shorter sentences, or two independent clauses, with a conjunction such as **y** or **pero: Él pinta muchos cuadros, pero nunca logra venderlos.** Complex sentences are composed of a main clause and one or more dependent clauses. The dependent clause contains a conjugated verb and is introduced by the word **que**

for noun clauses, by relative pronouns (**que, quien, el/la cual,** etc.) for adjective clauses, or by adverbial conjunctions (**aunque, porque, para que, como, cuando, ya que, si,** etc.) for adverbial clauses.

A good way to analyze complex sentences is to break them down into smaller sentences.

> Los cuadros **que había pintado Elena Climent** se vendieron rápidamente. =
>
> (1) Los cuadros se vendieron rápidamente
>
> + (2) Elena Climent había pintado los cuadros

The adjective clause in the preceding example is a restrictive clause; it limits the paintings to those painted by Elena Climent. The information in this restrictive clause is important for determining the grammatical subject. On the other hand, a nonrestrictive clause, set off with commas, adds extra, non-essential information.

> Las naturalezas muertas, **las cuales Climent había pintado el año anterior,** se vendieron rápidamente.

Another important element of Spanish sentences is the **complemento circunstancial,** which allows the inclusion of extra information describing where, when, how, with whom, etc.

> Los cuadros que ella había pintado se exhibieron **en una galería de arte.**
>
> Los cuadros que había pintado se vendieron **el año pasado.**
>
> Los cuadros que había paintado se vendieron **por medio millón de dólares** el año pasado.

The **complemento circunstancial** is often equivalent to a prepositional phrase.

ACTIVIDAD 2 Análisis de oraciones

Recognizing clauses and phrases

Mira la lectura sobre Frida Kahlo y su arte y busca un ejemplo de cada tipo de oración.

- una oración simple
- una oración compuesta (dos cláusulas independientes)
- una oración compleja (cláusula principal + cláusula dependiente)
- una oración con complemento circunstancial

ACTIVIDAD 3 Preparación léxica

Building vocabulary

Después de mirar las siguientes palabras sacadas de la lectura sobre Frida Kahlo, escoge una palabra adecuada para completar cada una de las siguientes oraciones.

En algunos países, **el sostén** = *bra*.

atávico/a	*atavistic (related to ancestors' traits, primitive and/or visceral)*
atónito/a	*astonished, amazed*
capacitado/a	*qualified*
el sostén	*support*
la varilla	*rod, rail*

1. Ella sintió un temor ________________ al ver las serpientes en el zoológico.
2. La tuvieron que llevar al hospital porque una ________________ metálica le había penetrado en el cuerpo.
3. La empresa no me contrató para el trabajo porque no me consideraba ________________ para el puesto.
4. Él se quedó ________________ al ver la conducta de su amigo borracho.
5. Ella tuvo que trabajar y contribuir al ________________ de su familia.

Guessing meaning from context

ACTIVIDAD 4 Contextos significativos

Las palabras indicadas en cada oración aparecen en la lectura sobre Frida Kahlo. Lee las oraciones y después asocia las expresiones de la segunda columna con las de la primera.

1. La mujer iba muy **ataviada:** llevaba un vestido negro elegante y collar de perlas.
2. El público se quedó atónito por la **indumentaria** del poeta: llevaba zapatos y ¡nada más!
3. Frida Kahlo dijo que pintaba **autorretratos** porque así llegaba a conocerse mejor.
4. Picasso pintó cientos de **telas** durante su vida.
5. El artista **padeció** una enfermedad grave durante muchos años y murió joven.
6. El nuevo estudiante no se llevaba bien con sus **condiscípulos,** pero se llevaba divinamente con los profesores.
7. La **convivencia** puede resultar difícil si una de las personas no contribuye lo suficiente al bienestar común de la pareja.
8. En mi familia no sabemos nada de leyes y por eso **acudimos** a un abogado.
9. El cocinero se había cortado el dedo y le **manaba** mucha sangre de la herida, pero él siguió su trabajo como si tal cosa.

1. ______ ataviado	a. una pintura de un/a artista hecha por él/ella mismo/a
2. ______ la indumentaria	b. el/la compañero/a de clase
3. ______ el autorretrato	c. el vivir juntos
4. ______ la tela	d. ir al sitio adonde uno debe ir
5. ______ padecer	e. sufrir
6. ______ el/la condiscípulo/a	f. vestido con elegancia

7. ______ la convivencia	g. fluir
8. ______ acudir	h. la pintura, el cuadro
9. ______ manar	i. la ropa

ACTIVIDAD 5 Reacciones e ideas importantes

Annotating and reacting

La siguiente reseña de un libro sobre Frida Kahlo apareció en la revista *Américas*. Mientras lees, apunta en el margen tus reacciones (**¡qué fascinante!, ¡qué raro!, ¡qué horror!, ¡qué locura!, estoy de acuerdo, basura, no comprendo,** etc.). Apunta o subraya también las ideas más importantes.

Frida Kahlo: El pincel de la angustia

Martha Zamora

Frida Kahlo, una de las figuras más celebradas de la pintura mexicana y la artista latinoamericana más conocida entre las de su generación, fue la esposa del gran muralista Diego Rivera. *Frida Kahlo: El pincel de la angustia* es una elogiable adición a la creciente lista de publicaciones sobre Kahlo.

La nueva biografía de Martha Zamora, que apareció primero en una edición privada bajo el título *El pincel de la angustia,* contiene más de un centenar de ilustraciones magníficas, incluyendo reproducciones de pinturas de Kahlo, fotografías de la pintora y recuerdos suyos.

Enferma de poliomielitis a los seis años, Frida padeció enfermedades durante toda su vida. Conoció a Diego mientras éste pintaba un mural en la Escuela Preparatoria Nacional donde ella estudiaba, pero en esa época Frida estaba enamorada de un condiscípulo y, aunque importunó a Rivera y dejó atónitos a sus compañeros de clase proclamando que adoraría tener un hijo del pintor, en realidad no llegó a conocerlo bien sino varios años más tarde.

A los dieciocho años, Frida sufrió un serio accidente de tránsito en el cual la varilla metálica de un pasamanos penetró en su cuerpo dañándole el útero. Comenzó a pintar durante su convalecencia y, tras recuperarse, debió comenzar a trabajar para ayudar al sostén de su familia. Fue entonces que acudió a Rivera para solicitarle su opinión acerca de su pintura, pues necesitaba saber si estaba o no capacitada para ganarse la vida como artista. Se enamoraron y en 1929, cuando ella tenía 19 años y Rivera 43, se casaron.

Al principio Frida subordinó su trabajo al de Diego. Cuidó de la casa para él y participó en sus actividades políticas, afiliándose al partido comunista y concurriendo a manifestaciones. Durante períodos prolongados pintó escasamente, pero a cierta altura comenzó a dedicar más tiempo a su trabajo y en algún momento se convirtió en una artista importante por derecho propio. Aunque Rivera apoyó su carrera e hizo mucho para que lograra el reconocimiento que merecía, era un hombre con el cual la convivencia resultaba difícil. Además de habérselas con sus enfermedades, Frida tenía que lidiar con el temperamento, las mentiras y los constantes amoríos de su marido. En 1939 Frida y Diego se divorciaron, pero al año siguiente volvieron a casarse.

Las pinturas de Frida, en su mayoría autorretratos, muestran a una mujer angustiada, a menudo con lágrimas en los ojos. Su autorretrato de 1948 la presenta ataviada con un hermoso vestido tehuano: tanto ella como Diego adoraban las artesanías mexicanas tradicionales y Frida vestía casi siempre trajes regionales. En su *Autorretrato dedicado al doctor Eloesser*

Continúa en la página siguiente

Autorretrato con collar de espinas y colibrí, 1940.

***Frida Kahlo: El pincel de la angustia,* Martha Zamora.** Traducción al inglés de Marilyn Sode Smith con el título *Frida Kahlo: The Brush of Anguish* (San Francisco, Chronicle Books)

aparece con un collar de espinas que lacera su piel. Asimismo en su *Autorretrato con collar de espinas y colibrí,* la sangre gotea de las heridas de su cuello.

Las dos Fridas, pintado el año de su divorcio de Diego, consiste en un doble autorretrato que sugiere la dualidad de la artista y su soledad: Frida es la única compañía de Frida. La de la izquierda aparece ataviada con el tipo de indumentaria tehuana preferido por Diego, con el vestido abierto y dejando a la vista su corazón herido. Representa a la Frida que Diego había amado una vez. De un extremo de una vena abierta manan gotas de sangre que caen sobre la falda, y el otro extremo se halla conectado al corazón de una Frida totalmente vestida. Una vena se envuelve en torno al brazo de esta segunda Frida y termina en un retrato minúsculo de Diego niño, el Diego que alguna vez fue, símbolo del amor perdido.

En su introducción, Martha Zamora explica cómo su concepto sobre Frida se vio alterado por la investigación que requirió la biografía. "Comencé mi trabajo totalmente fascinada por la perfecta heroína romántica, la que sufrió enormemente, murió joven y habló directamente, con su arte, a nuestros temores atávicos frente a la esterilidad y la muerte". Bajo la influencia de las pinturas y los escritos de Frida, en los cuales ésta proyectó la imagen de una artista atormentada, vio al principio a su personaje como una artista maravillosa aunque bastante improductiva, una esposa fiel y resignada, y una semiinválida que había llevado una vida triste y recluida. Sin embargo, sus investigaciones sacaron a luz una rebelde amante de las diversiones y dada a la

Las dos Fridas, 1940.

bebida, que tuvo incontables aventuras amorosas, con hombres y con mujeres. Frida viajó intensamente y llevó una vida activa, aparte de la de su marido. Además, pintó muchas más telas que las supuestas originalmente por Zamora.

Aunque la biógrafa insiste en la amplitud de su investigación, el texto contiene escasa información que no aparezca en otras biografías, como la de Hayden Herrera titulada *Frida: Una biografía de Frida Kahlo.* Zamora disipa el viejo mito de la obsesión de Frida con su maternidad frustrada, perpetuado por Bertram Wolfe, biógrafo de Rivera, y por otros. Zamora señala que Frida se sometió a varios abortos, no todos por razones terapéuticas.

Sin embargo, lo mejor del libro de Zamora no es, realmente, el texto, sino las ilustraciones. Escogidas con inteligencia y bellamente reproducidas, las pinturas de Frida cobran vida en estas páginas, y las fotografías de la artista, muchas de ellas tomadas por fotógrafos famosos, revelan en mayor grado que la prosa de Zamora, la pasión y la complejidad de Frida. Aunque Martha Zamora brinda algunas advertencias importantes, en definitiva las imágenes tienen mayor resonancia que las palabras. ■

ACTIVIDAD 6 Las partes de una reseña

Summarizing

Una reseña de libro es un resumen parcial y un comentario del mismo. Una buena reseña tiene la información indicada en el siguiente cuadro. Complétalo según la reseña que acabas de leer.

Título del libro:
Autor(a):
Tipo de texto (novela, historia, biografía, etc.):
Tema:
Personajes:
Lugar y época:
Acontecimientos principales:
Conceptos/aspectos importantes:
Comparación con otros textos:
Evaluación final:

ACTIVIDAD 7 La vida y el arte

Recognizing chronological order

Parte A: Coloca en orden cronológico los siguientes sucesos de la vida de la artista mexicana Frida Kahlo, refiriéndote al texto cuando sea necesario.

_____ Frida acompaña a Diego en sus actividades políticas.

_____ Frida declara que quiere tener un hijo de Diego Rivera.

_____ Frida sufre de poliomielitis.

_____ Comienza a estudiar en la Escuela Preparatoria Nacional.

_____ Frida Kahlo vuelve a casarse con Diego Rivera.

_____ Solicita la opinión de Diego Rivera sobre su arte.

_____ Frida sufre un serio accidente automovilístico.

_____ Frida y Diego se casan por primera vez.

Reacting to reading

Parte B: En parejas, reaccionen a los sucesos de la vida de Kahlo, incluyendo algunos de la Parte A además de otros que se comentan en la lectura. Usen oraciones como las siguientes.

- Fue trágico que ella tuviera un accidente automovilístico.
- Me sorprende que se casara dos veces con Diego Rivera.

Making inferences

ACTIVIDAD 8 Detalles e interpretaciones

En parejas, miren los dos autorretratos que aparecen en la lectura y el que está al principio del capítulo. Expliquen lo que creen que representan algunos detalles de cada retrato.

- Ella tiene un cigarrillo en la mano. Eso muestra su asociación con la vida moderna.
- Es probable que haya pintado dos Fridas para mostrar que...

Analyzing and evaluating

ACTIVIDAD 9 Una compra importante

En grupos de tres, imagínense que Uds. son los directores de un museo de arte y han decidido adquirir una obra de la artista mexicana Frida Kahlo. Están en venta tres autorretratos de Frida Kahlo: *Autorretrato en la frontera, Las dos Fridas* y *Autorretrato con collar de espinas y colibrí.* Decidan cuál es el cuadro que quieren comprar y después preparen un breve informe para justificar su decisión ante la junta general del museo.

Cuaderno personal 9-1

¿Crees que un/a artista tiene que sufrir mucho para crear grandes obras de arte? Cuando tú sufres, ¿cómo expresas tus sentimientos?

Lectura 2: Panorama cultural

ESTRATEGIA DE LECTURA

Dealing with Different Registers
A register is the type of language used in a particular situation. Formal and informal speech are examples of registers: *Good morning, sir.* versus *Hey!*, or **¿Cómo está Ud.?** versus **¿Qué tal?** In the same way that different registers are used in speech, there are different registers in writing. Some expressions and grammatical structures are only appropriate for informal uses, while other expressions and constructions, such as *be that as it may* or *thus,* may

sound unusual in informal situations, but appropriate in formal writing and formal speech. Similarly, formal letters in Spanish may begin with **Estimado/a señor/a** and close with **Atentamente,** while a letter to a friend may begin with **Querido/a...** and end with **Besos.** Authors generally use the register expected in the kind of text they are writing. For example, legal writing uses many legal terms, and academic writing is characterized by formal language. On the other hand, a creative writer of literature can break such conventions for rhetorical or artistic effect.

Register is also marked by grammatical differences. For instance, in the following reading, the title and several subtitles do not appear with initial articles, although their use is normal in other contexts. The removal of the article marks those bits of text as titles, and also marks a more formal style. Longer, more complex sentences are also typical of formal registers of written language.

ACTIVIDAD 10 El registro académico y artístico

Dealing with formal registers

Las siguientes expresiones formales aparecen en la lectura "Realidad y arte en Latinoamérica". Decide cuál es el sinónimo de cada expresión y escribe la letra en el espacio correspondiente. Usa el diccionario solo para confirmar tus decisiones.

1. ______ a la par con	a. con vigor
2. ______ el advenimiento	b. propio o natural de un lugar
3. ______ adinerado/a	c. acción de poner una cosa junto a otra
4. ______ de antaño	d. juntamente, al mismo tiempo
5. ______ autóctono/a	e. rasgo característico que se repite en una obra
6. ______ didáctico/a	f. lo que precede o va delante
7. ______ empero	g. fundamental
8. ______ el motivo (arte)	h. la llegada
9. ______ occidental	i. que enseña
10. ______ primordial	j. rico
11. ______ pujante	k. del pasado
12. ______ sea como fuere	l. del oeste
13. ______ la vanguardia	m. no importa cómo sea
14. ______ la yuxtaposición	n. sin embargo

Sea como fuere = *be that as it may*; **fuere** = futuro del subjuntivo de **ser.** Actualmente, solo se usa en ciertas expresiones hechas.

Activating background knowledge

ACTIVIDAD 11 ¿Por qué el arte?

Parte A: En grupos de tres, antes de leer, comenten las siguientes preguntas.

¿Cuáles son los temas y motivos más frecuentes del arte?
¿Por qué o para qué se crea el arte?

Annotating and reacting

Parte B: Mientras lees, escribe en un margen tus reacciones personales (por ejemplo, **interesante, imposible, ¡¿qué?!, ¿por qué?, confuso**), y escribe en el otro margen (o subraya) las ideas y los detalles más importantes. Estos apuntes te pueden ayudar a discutir la lectura en clase y a preparar un buen bosquejo.

Realidad y arte en Latinoamérica

La expresión artística latinoamericana se reconoce actualmente como una fuerza pujante y vital a nivel mundial. A pesar de los problemas y las contradicciones políticas y económicas de la región, las manifestaciones artísticas de Latinoamérica han sido ricas y diversas, y se han desarrol-
5 lado siempre en íntima relación con las historias, las sociedades y las culturas regionales. Especialmente desde el siglo XX, las artes latino-americanas han creado voces y tradiciones que se han difundido contra-stando con las de Europa y los Estados Unidos, a la vez que participan en un diálogo artístico y cultural con esas sociedades, diálogo que es cada
10 vez más fructífero gracias al avance de los medios de comunicación y a la globalización.

Fuerzas culturales del arte latinoamericano

¿Cómo se caracteriza el arte latinoamericano? Es una pregunta difícil de contestar, pero se pueden señalar diversas fuerzas culturales, íntimamente ligadas, que durante siglos han tenido una influencia particularmente
15 marcada sobre el arte y la cultura latinoamericanos: la Iglesia católica, la conquista y colonización españolas, las monarquías española y portuguesa, las culturas indígenas y africanas, la civilización occidental, el aislamiento geográfico y psicológico de la región y la visión fantástica del mundo. Y es importante señalar que el arte no solo responde a estas fuerzas, a menudo
20 criticándolas, sino que también contribuye a crear y definirlas, como en el caso de la Iglesia católica.

Iglesia católica

La Iglesia católica ha sido un factor primordial en el desarrollo histórico y cultural latinoamericano. Por un lado, muchos consideran que ha provisto unidad, estabilidad social y una visión coherente del mundo, mientras que
25 otros ven su función como un medio de opresión, que refuerza los roles sociales tradicionales y limita la libertad individual. Sea como fuere, el papel predominante de la Iglesia se refleja de una manera u otra en el arte de toda la región, el cual abarca desde los temas netamente religiosos,

como en las obras didácticas y
30 espirituales que adornan las iglesias, hasta la sátira y la crítica religiosa.

Conquista y colonización

A semejanza de la Iglesia, la conquista y la colonia han dejado una huella indeleble en la conciencia latinoamer-
35 icana y en su arte. En países como México, donde se mezclaron las razas y predomina la población mestiza, el arte ha representado la explotación de los indígenas y de los pobres por parte
40 de los conquistadores de antaño y de la clase adinerada y los grandes terratenientes de hoy. El tema de esta subyugación, de la lucha por la propia identidad política y social y del
45 orgullo de la tradición indígena ha encontrado su expresión artística en el muralismo, arte mexicano por excelencia. Las obras de los tres grandes muralistas de principios del
50 siglo XX, Diego Rivera, José Clemente Orozco y David Alfaro Siqueiros, y las de otros artistas contemporáneos, no solo reflejan la realidad de la vida mexicana sino que constituyen una
55 declaración pictórica social, económica y política accesible a un pueblo que era en gran parte analfabeto.

Monarquías y autoritarismo

A la par con las clases dominantes y la
60 jerarquía tradicional de la Iglesia, las monarquías española y portuguesa dejaron un legado de autoritarismo y paternalismo en Latinoamérica. Y, aunque el artista latinoamericano, por
65 lo general, se ha abstenido de atacar directamente a un líder específico, a menudo ridiculiza al ejército, a las opresivas dictaduras militares y a los jefes y caciques políticos con una sátira aguda y letal.

Collage de Bolívar, 1979, Juan Camilo Uribe (Colombia).

Hay que soñar en azul, 1986, Arnaldo Roche Rabell (Puerto Rico).

Continúa en la página siguiente

La familia presidencial, 1967, Fernando Botero (Colombia).

Culturas indígenas y africanas

La herencia de las culturas indígenas y africanas también ha desempeñado un papel de suma importancia en la evolución del arte latinoamericano. El arte autóctono que antes se despreciaba, empezó a admirarse desde que floreció el movimiento de "vanguardia" de principios del siglo XX. Poco a poco, la belleza y autenticidad de las artes indígenas y africanas fue penetrando e influyendo en la obra de artistas contemporáneos. Especialmente en países con numerosa población indígena como Guatemala, México y los países de la región andina, el orgullo de la herencia precolombina es una reafirmación de la identidad cultural tanto del artista como de su pueblo. Los motivos humanos y animales, las representaciones tomadas de los ritos religiosos y las expresiones

Sueño de una tarde dominical en la Alameda, 1947–48, Diego Rivera (México).

de la naturaleza, unen al artista a sus raíces indígenas o, en el Caribe, africanas.

Relación con la civilización occidental

Empero, es importante reconocer que, a pesar de la influencia de estas tradiciones, el artista latinoamericano se ha formado dentro del contexto 95 de la civilización occidental. Ser latinoamericano es ser el producto de herencias indígenas, africanas y europeas que forman identidades distintas a las tradicionales de Europa. El artista latinoamericano conoce sus tradiciones y funciona dentro de ellas, pero a la vez, y hoy más que nunca, también funciona dentro de las exigencias del mundo contemporáneo y es 100 parte activa de la comunidad artística internacional.

Como resultado, sus obras reflejan esas variadas influencias. A menudo, la religión, el indigenismo y las tradiciones van mano a mano con el materialismo, la tecnología, la sociedad de consumo y la globalización que dominan el mundo moderno. No obstante, el peso de las 105 culturas y economías europeas y norteamericana ha llevado a los artistas latinoamericanos a reaccionar contra ellas y a intentar definir una identidad propia y separada de esas culturas extranjeras. Algunos han echado mano de las artesanías del pueblo, incorporando elementos indígenas en pinturas o murales, sobre todo en países como México, mientras que 110 en países como Chile y Argentina, donde la población indígena es muy pequeña, usan telas, muñecas o vasijas de fabricación tradicional y motivos autóctonos en las obras de arte.

Continúa en la página siguiente

Aislamiento

A pesar de su íntima relación con la civilización occidental, el arte latinoamericano a menudo refleja y refuerza cierta sensación de aislamiento, tanto geográfico como psicológico. La abrupta geografía de grandes montañas, ríos caudalosos y selvas impenetrables mantuvo a muchas partes de Latinoamérica extremadamente aisladas hasta el advenimiento de la aviación a principios del siglo XX. Por otra parte, las guerras fronterizas entre países vecinos han alimentado cierta sensación de separación. Pero en el mundo contemporáneo, caracterizado por las comunicaciones instantáneas, este aislamiento va más allá del que demarcan los límites geográficos: es el aislamiento íntimo del individuo que habita el mundo moderno, un mundo que algunos ven como deshumanizado por la mecanización y la tecnología.

Colombia, 1976, Antonio Caro (Colombia).

El norte es el sur, 1943, Joaquín Torres-García (Uruguay).

Visión fantástica de la realidad

Todo artista se enfrenta con una realidad y responde a ella en su creación artística. Los artistas latinoamericanos, a su vez, tratan en sus obras aquellos temas sociales, políticos y culturales que han forjado sus realidades y sus identidades. Sus países de origen son países ricos en recursos, pero un gran sector de la población vive en la pobreza. Son países donde la inestabilidad política ha sido un fenómeno de la vida diaria; donde la relación de opresor-oprimido continúa entre descendientes de conquistadores y conquistados o esclavos. Esta realidad, a veces percibida como absurda y fantástica, ha sido la fuente de inspiración para artistas que utilizan a menudo imágenes fantásticas para representarla.

Ojo de luz, 1987, Oswaldo Viteri (Ecuador).

Bien se sabe que el uso de imágenes fantásticas en el arte no es nada nuevo ni exclusivo de Latinoamérica. La fantasía ha sido, por ejemplo, un elemento esencial del surrealismo europeo, pero sigue las normas de una corriente articulada y metódica. Lo fantástico latinoamericano, en cambio, surge espontánea e intuitivamente de la imaginación y la realidad; nace de culturas, religiones, historias y geografías ricas y contradictorias, y del choque de la perspectiva práctica y racional occidental con la realidad compleja, conflictiva y a veces absurda de Latinoamérica. Lo fantástico, que ha llegado a ser casi sinónimo del arte y la literatura latinoamericanos, se manifiesta en la distorsión, la inserción de elementos absurdos en escenas "normales" y la yuxtaposición inesperada de elementos muy diferentes.

Aportes singulares

Entonces, ¿en qué consiste el arte latinoamericano? Es, sin duda, el conjunto de creaciones artísticas singulares que aportan los artistas latinoamericanos a sus naciones, al continente y al mundo entero. Sus obras surgen del diálogo con muchas fuerzas culturales y reflejan la vivacidad y originalidad de sus propias culturas e identidades. Sin embargo, especialmente desde el siglo XX, los artistas latinoamericanos se han esforzado por cuestionar y criticar los valores y las perspectivas tradicionales abriéndose al mundo y a nuevas experiencias. De esta manera su obra artística no solo es el reflejo de la realidad y cultura establecidas, sino que ayuda a crear nuevas perspectivas y a transformar realidades. ■

Scanning and summarizing

ACTIVIDAD 12 Conceptos y corrientes

Parte A: En grupos de tres, asocien los términos de la segunda columna con una o más de las fuerzas culturales de la primera columna. Justifiquen sus respuestas, e indiquen si la asociación se hace de forma explícita o implícita en la lectura.

Fuerzas culturales	Términos y conceptos
la Iglesia católica	*cosas de fabricación tradicional*
la conquista y colonización españolas	*imágenes tomadas de ritos religiosos*
las monarquías española y portuguesa	*el muralismo*
las culturas indígenas y africanas	*la tecnología y la sociedad de consumo*
la civilización occidental	*la opresión y la subyugación*
el aislamiento geográfico y psicológico	*la unidad y estabilidad social*
la visión fantástica	*la yuxtaposición de elementos inesperados*

Parte B: En grupos de tres, expliquen por qué ha sido importante cada una de esas fuerzas culturales. Vuelvan a mirar la lectura si es necesario.

Making inferences

ACTIVIDAD 13 Crítica de arte

Parte A: En parejas, miren las reproducciones que acompañan la lectura y el cuadro de Frida Kahlo que aparece al principio del capítulo. Identifiquen rápidamente el tema/los temas de la lectura que se ven reflejados en cada obra y justifiquen su identificación con detalles de las obras.

▶ El cuadro *Ojo de luz* refleja la conquista, la colonización y la formación de una jerarquía que excluyó a las masas...

Parte B: En parejas, escojan uno de los cuadros y preparen una breve presentación oral. Su presentación debe incluir una descripción de los elementos principales del cuadro y una interpretación detallada del mismo. Usen la voz pasiva para presentar el cuadro.

▶ El cuadro *La familia presidencial* fue pintado por el colombiano Fernando Botero en 1967. Creemos que este cuadro muestra...

Analyzing and evaluating

ACTIVIDAD 14 La obra maestra

En grupos de tres, imagínense que han sido seleccionados para juzgar las obras de una exposición de arte: "Arte latinoamericano: Entre la realidad y la fantasía". Uds. los jueces tienen que escoger la obra maestra de entre las diez mejores (las diez que aparecen en este capítulo). También tienen que justificar su selección, considerando aspectos como la calidad artística, la importancia del tema, la reacción del público y la originalidad. Elijan a un/a portavoz para informar al público (la clase) sobre su selección.

Cuaderno personal 9-2 

El arte (música, literatura) muchas veces refleja una reacción a la sociedad y a los valores dominantes. ¿Crees que el arte pueda afectar o cambiar la sociedad? Explica por qué.

VIDEOFUENTES 

¿Se menciona o se ve el impacto de algunas de las fuerzas culturales mencionadas en la lectura en las obras de la artista mexicana Elena Climent? ¿Se mencionan o se ven elementos fantásticos en sus obras?

Lectura 3: Literatura

ACTIVIDAD 15 Hablando de novelas

Activating background knowledge

El cuento que vas a leer, "Continuidad de los parques", trata de un hombre que lee una novela. En parejas, háganse y contesten las siguientes preguntas sobre las novelas.

1. ¿Qué tipos de novelas te gustan más: históricas, policíacas, de amor, de fantasía, de ciencia ficción?
2. ¿Cuál es una novela que has leído últimamente?
3. ¿Cuál es la trama (*plot*) de la novela?
4. ¿Quiénes son los protagonistas o los personajes (*characters*) principales?
5. ¿El autor supo describir o "dibujar" bien a los personajes? ¿Eran verosímiles?
6. ¿Fue más interesante la lectura del primer capítulo o del último capítulo? ¿Por qué?
7. ¿Dónde y cuándo leíste la novela? ¿Por qué la leíste?
8. ¿Te gustó la novela? ¿Se la recomendaste a alguien?

ACTIVIDAD 16 El principio del cuento

Building vocabulary, Predicting

Parte A: En el cuento que van a leer, un hombre está terminando la lectura de una novela. Para comprender el cuento, es importante visualizar al personaje principal y su situación al principio del cuento. En parejas, miren el siguiente vocabulario y contesten las preguntas que aparecen a continuación.

desgajar	to pull away from, separate from
de espaldas a la puerta	with his/her back to the door
el estudio	study, library
la finca	farm; estate
el mayordomo	butler
el parque de los robles	oak grove
el respaldo del sillón	the back of the armchair
retener	to retain; to hold back
rodear	to surround
el sillón de terciopelo verde	green velvet armchair
los ventanales	large windows

1. ¿Qué imagen se forman Uds. al mirar la lista?
2. ¿Cómo es el hombre que lee la novela: rico, pobre, elegante, culto, joven, viejo?
3. ¿Dónde está el hombre?
4. ¿Qué relación pueden tener palabras como **rodear, desgajar** y **retener** con la lectura de una novela?

Skimming and scanning

Parte B: Ahora lee la primera parte del cuento hasta la línea 18. Después, en parejas, respondan a las siguientes preguntas.

1. ¿Qué hace el hombre antes de entrar en su estudio?
2. ¿Qué acciones, objetos y elementos del cuento están representados en el dibujo que aparece al principio del cuento?

Building vocabulary, Predicting

ACTIVIDAD 17 ¿La trama de la novela?

Parte A: La segunda parte del cuento —que empieza en la línea 18 revela la trama y los personajes de la novela que está leyendo el hombre. En parejas, miren la siguiente lista y escriban tres oraciones que describan posibles eventos de la novela.

la alameda	tree-lined lane
el/la amante	lover
anochecer; al anochecer	to get dark; at nightfall (**noche**)
atardecer; al atardecer	to grow dim; at dusk, evening (**tarde**)
la cabaña	cabin
la caricia; acariciar	caress; to caress
la coartada	alibi
entibiar	to grow warm, tepid (**tibio**)
la escalera	stairway
ladrar	to bark
lastimado/a	hurt, injured
latir	to beat (*heart*)

el peldaño	step (*of a porch or stairs*)
el puñal	dagger
receloso/a	suspicious, apprehensive
rechazar	to reject

Parte B: Ahora, lee individualmente la segunda parte del cuento para ver si algunas de las hipótesis son correctas. Intenta leer sin preocuparte por palabras desconocidas y sin buscar más palabras.

Skimming and scanning

Julio Cortázar *(1914–1984) fue uno de los autores más conocidos del "boom" de la literatura latinoamericana del siglo XX. Nació y pasó la primera parte de su vida en Argentina, especialmente Buenos Aires, y a partir de 1951 vivió en París. Toda la vida y toda la obra de Cortázar se caracterizaron por el rechazo de la realidad cotidiana, de las cosas normalmente aceptadas, de la injusticia social. Hoy día se reconoce como uno de los maestros del cuento fantástico latinoamericano. "Continuidad de los parques" salió en 1956 en su colección de cuentos* Final de juego.

Continuidad de los parques
Julio Cortázar

Había empezado a leer la novela unos días antes. La abandonó por negocios urgentes, volvió a abrirla cuando regresaba en tren a la finca; se dejaba interesar lentamente por la trama, por el dibujo de los personajes. Esa tarde, después de escribir una carta a su apoderado y discutir con el
5 mayordomo una cuestión de aparcerías volvió al libro en la tranquilidad del estudio que miraba hacia el parque de los robles.

Continúa en la página siguiente

Arrellanado en su sillón favorito de espaldas a la puerta que lo hubiera molestado como una irritante posibilidad de intrusiones, dejó que su mano izquierda acariciara una y otra vez el terciopelo verde y se puso a leer los
10 últimos capítulos. Su memoria retenía sin esfuerzo los nombres y las imágenes de los protagonistas; la ilusión novelesca lo ganó casi en seguida. Gozaba del placer casi perverso de irse desgajando línea a línea de lo que lo rodeaba, y sentir a la vez que su cabeza descansaba cómodamente en el terciopelo del alto respaldo, que los cigarrillos seguían al alcance de la mano, que más allá de los
15 ventanales danzaba el aire del atardecer bajo los robles. Palabra a palabra, absorbido por la sórdida disyuntiva de los héroes, dejándose ir hacia las imágenes que se concertaban y adquirían color y movimiento, fue testigo del último encuentro en la cabaña del monte. Primero entraba la mujer, recelosa; ahora llegaba el amante, lastimada la cara por el chicotazo de
20 una rama. Admirablemente restañaba ella la sangre con sus besos, pero él rechazaba las caricias, no había venido para repetir las ceremonias de una pasión secreta, protegida por un mundo de hojas secas y senderos furtivos. El puñal se entibiaba contra su pecho, y debajo latía la libertad agazapada. Un diálogo anhelante corría por las páginas como un
25 arroyo de serpientes, y se sentía que todo estaba decidido desde siempre. Hasta esas caricias que enredaban el cuerpo del amante como queriendo retenerlo y disuadirlo, dibujaban abominablemente la figura de otro cuerpo que era necesario destruir. Nada había sido olvidado: coartadas, azares, posibles errores. A partir de esa hora cada instante
30 tenía su empleo minuciosamente atribuido. El doble repaso despiadado se interrumpía apenas para que una mano acariciara una mejilla. Empezaba a anochecer.

Sin mirarse ya, atados rígidamente a la tarea que los esperaba, se separaron en la puerta de la cabaña. Ella debía seguir por la senda que iba
35 al norte. Desde la senda opuesta él se volvió un instante para verla correr con el pelo suelto. Corrió a su vez, parapetándose en los árboles y los setos, hasta distinguir en la bruma malva del crepúsculo la alameda que llevaba a la casa. Los perros no debían ladrar, y no ladraron. El mayordomo no estaría a esa hora, y no estaba. Subió los tres peldaños del porche y entró.
40 Desde la sangre galopando en sus oídos le llegaban las palabras de la mujer: primero una sala azul, después una galería, una escalera alfombrada. En lo alto, dos puertas. Nadie en la primera habitación, nadie en la segunda. La puerta del salón, y entonces el puñal en la mano, la luz de los ventanales, el alto respaldo de un sillón de terciopelo verde, la cabeza del
45 hombre en el sillón leyendo una novela. ■

Dealing with different registers

ACTIVIDAD 18 El estilo literario

Parte A: Cortázar emplea un registro normal al principio y al final del cuento, pero emplea un registro muy literario en las secciones centrales del cuento. Vuelve a leer el cuento e indica cuáles de las descripciones en lengua cotidiana del segundo grupo (a–g) corresponden a las citas literarias del primer grupo (1–7). Indica también la línea del cuento donde aparece cada expresión citada del primer grupo.

1. ______ ...dejándose ir hacia las imágenes que se concertaban y adquirían color y movimiento...

2. ______ ...en la bruma malva del crepúsculo...

3. ______ El puñal se entibiaba contra su pecho, y debajo latía la libertad agazapada.

4. ______ ...más allá de los ventanales danzaba el aire del atardecer bajo los robles...

5. ______ Un diálogo anhelante corría por las páginas como un arroyo de serpientes...

6. ______ Admirablemente restañaba ella la sangre con sus besos...

7. ______ ...atados rígidamente a la tarea que los esperaba...

a. se veía por las grandes ventanas que el aire se movía entre los árboles

b. pensando cada vez más en los personajes y las escenas bien descritos de la novela

c. detenía la sangre con sus besos

d. tenía el cuchillo en su chaqueta y pensaba en la libertad que les traería a él y a su amante la muerte del marido

e. los amantes hablaban rápida y ansiosamente del asesinato que habían planeado en secreto

f. pensando solo en lo que tenían que hacer

g. en la niebla que al atardecer parecía de color violeta pálido

Parte B: En parejas, digan cuáles son las características del estilo literario que emplea el autor.

ACTIVIDAD 19 Las imágenes del cuento

Recognizing chronological order

Parte A: Después de leer la segunda parte del cuento, que empieza en la línea 18, pon las siguientes imágenes en orden. Escribe un número (1–7) debajo de cada dibujo, indica las líneas exactas a las que corresponde cada imagen, y apunta dos o tres palabras que demuestran la relación.

______

______

______

Continúa en la página siguiente

Parte B: En parejas, decidan cuál es la última escena del cuento y cuál es la última escena de la novela. ¿Qué importancia tiene esta escena?

ACTIVIDAD 20 ¿Ficción o realidad?

En parejas, contesten las siguientes preguntas sobre el significado del cuento.

1. ¿Qué significa el título? ¿Pueden pensar en otro título para el cuento?
2. ¿En qué momento del cuento se dan cuenta Uds. de que pasa algo raro?
3. ¿Conocen Uds. otros cuentos, novelas o películas en los que se mezclen la realidad y la ficción?
4. ¿Qué quería Cortázar que pensáramos después de leer este cuento?
5. ¿En qué sentido es este cuento un ejemplo de literatura "latinoamericana"?

Cuaderno personal 9-3 

¿En tu vida hay o ha habido momentos en los que la realidad parece ficción, o la ficción parece realidad? ¿Cuándo?

Redacción: Ensayo

ESTRATEGIA DE REDACCIÓN

Writing an Essay

In this and following chapters, you will have the opportunity to practice writing different types of essays. An essay usually consists of three or more paragraphs, in which you present, develop, and defend your ideas on a particular topic. The essay is normally structured into three main parts: an introduction, in which you present the topic, explain its importance, and give a thesis—a clear and concise explanation of the main idea; the body, in which you develop the thesis and provide specific evidence to support it; and a conclusion, in which you summarize main points and consider possible further implications.

Several strategies are often employed by effective writers to develop the body of their essay. Examples and definitions of unfamiliar terms can help your reader follow your ideas. Descriptions of people, places, or particular elements may also be appropriate, and sometimes the narration of a short anecdote or event can help to support your thesis. You may also choose to break down certain ideas into their component parts, compare and contrast elements or ideas, look for causes and effects, or argue for a particular course of action. Any of these strategies can also serve as the organizational backbone of an essay. For example, in describing a work of art you may briefly describe and analyze its different elements, or you may compare and contrast similar but different works of art.

Points to consider while composing your essay:

- Keep your audience in mind when writing, whether your instructor, classmates, or some other group. How will they react to what you are saying? Is your style appropriate to them? What objections will they present to what you say?
- Keep your thesis in mind. Is discussion in the body pertinent to the thesis?
- Make up a title. It can be either informative or imaginative, but it must reflect the main idea of the essay. In any case, it should pique the reader's curiosity.
- Keep in mind a working title. It will help keep you on track, but change it if your ideas change.

ESTRATEGIA DE REDACCIÓN

Analyzing

Analysis is a way of thinking and organizing that requires the division of something into its component parts or aspects. The study of the parts may allow better understanding of a complex whole.

Nearly anything can be analyzed: the structure of an atom, a human being, a work of art, or a short story. First you must decide the parts, elements, or aspects to which the object of analysis can be reduced. Then you must describe the parts and look for relationships between them, allowing your own insights and other information to guide you. For example, key elements of a short story would include the protagonist, the narrator, the setting, etc. Analysis often leads to classification, or the grouping of specific parts or aspects into new categories. For example, **Lectura 2** includes a breakdown of certain cultural influences or forces on the development of visual art in Latin America.

You can use the results of your analysis as the basis of organization of an essay. In a short essay you will have to isolate the most important elements and limit discussion to how they lead to a clearer understanding of the object under study.

Analyzing a work of art

ACTIVIDAD 21 El análisis de una obra de arte

Para poder escribir un ensayo sobre una obra de arte, es necesario analizarla para llegar a una comprensión profunda de la obra. En parejas, miren el cuadro de Frida Kahlo que aparece al principio del capítulo y consideren los siguientes aspectos. Traten de describir cada uno.

1. FORMA: ¿Qué tipo de obra es: pintura, dibujo, mural, collage, fotografía, escultura?
2. ESTILO: ¿La obra se parece a otras obras que conoces o es completamente diferente? ¿La obra pertenece a un estilo histórico como el surrealismo o rechaza cualquier estilo convencional? ¿Cuáles son los rasgos clave de ese estilo?
3. CONTEXTO HISTÓRICO: ¿Cuándo y dónde fue creada la obra? ¿Qué relación puede existir entre la obra y el contexto geográfico, histórico, político, social y/o cultural de su producción?
4. ARTISTA: ¿Quién es el/la artista? ¿Conoces otras obras de este/a artista? ¿Qué sabes o puedes descubrir sobre él/ella? Busca una biografía. ¿Cómo influye la biografía del/de la artista en tu interpretación de la obra?
5. ELEMENTOS Y COMPOSICIÓN: ¿Cuáles son los elementos importantes? ¿Cómo son y qué importancia tienen las formas, los colores, la luz, el espacio? ¿Hay variedad, contrastes o unidad de diseño? ¿Hay equilibrio y simetría o una distribución asimétrica? ¿Qué implicaciones tienen estas características para la interpretación de la obra?
6. CONTENIDO: ¿Qué símbolos hay? ¿Qué quería comunicar el/la artista por medio de estos símbolos y este cuadro?
7. EVALUACIÓN PERSONAL: ¿Cómo te sientes al contemplar esta obra? ¿Qué reacciones o recuerdos personales evoca en ti la obra? ¿Te identificas con el/la artista? ¿Te gustaría tener esta obra en tu casa para poder verla todos los días? ¿Aprecias la obra más o menos después de haberla estudiado?

Focusing on a topic, Gathering information

ACTIVIDAD 22 Una obra de arte

Vas a escribir un ensayo analítico sobre una obra de arte. Antes de escribir, debes escoger una obra específica y hacer investigación.

Parte A: Con toda la clase, haz una lista de artistas hispanos cuyas obras se pueden estudiar en un ensayo.

Parte B: Fuera de clase, haz una investigación en Internet para encontrar una obra de uno de estos artistas. Decide qué obra quieres estudiar.

Parte C: Busca información detallada sobre la obra de arte en enciclopedias, revistas, libros o en Internet. Toma apuntes de la información artística o biográfica que te pueda ayudar en la interpretación de la obra.

Parte D: Determina qué aspectos de la obra y su historia son más importantes para su interpretación, y decide también qué aspectos no hay que comentar. Formula una interpretación general de la obra basada en tu análisis de los detalles de la obra y su historia.

ACTIVIDAD 23 A escribir

Writing an analytical essay

Parte A: Escribe el primer borrador del ensayo, basándote en tus decisiones de la Actividad 22. Incluye expresiones de transición y asegúrate de incluir lo siguiente:

- un título interesante que presente o se refiera al tema del ensayo y despierte la curiosidad en los lectores
- una introducción que identifique la obra y que declare tu tesis o interpretación general de la obra
- una discusión de los detalles y símbolos que justifiquen tu interpretación
- una conclusión que resuma tu perspectiva de la relación entre los detalles y tu interpretación general de la obra

Parte B: Ahora, en parejas, intercambien los ensayos. Dense consejos sobre el contenido e interés del título, la introducción, el cuerpo y la conclusión.

Parte C: Individualmente, escriban la segunda versión pulida, incorporando los cambios recomendados en la Parte B y revisando para asegurarse de que haya:

- organización clara
- transiciones buenas y claras
- gramática y ortografía correctas
- vocabulario apropiado

Lo femenino y lo masculino

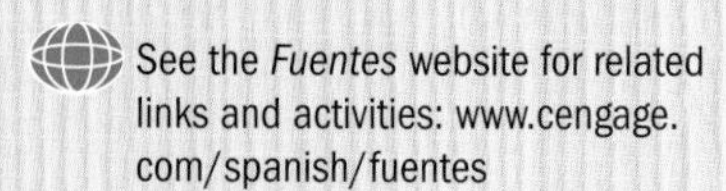

See the *Fuentes* website for related links and activities: www.cengage.com/spanish/fuentes

Una reunión de trabajo, Bogotá, Colombia. A través del mundo hispano, las mujeres cobran cada vez mayor protagonismo en los negocios, la política y otros aspectos de la vida pública.

ACTIVIDAD 1 ¿Lo femenino y lo masculino?

Activating background knowledge

En grupos de tres, respondan a las siguientes preguntas que tratan de las categorías "femenino" y "masculino".

- ¿Son diferentes los hombres y las mujeres? ¿En qué sentido?
- ¿Existen las mismas diferencias entre los sexos en todas las culturas? Den ejemplos.
- ¿A qué factores o causas se deben las diferencias?

Lectura 1: Un ensayo

ACTIVIDAD 2 ¿Cuál es la palabra?

Guessing meaning from context

Las palabras en negrita aparecen en la lectura "El lenguaje es sexista" que vas a leer. Después de estudiarlas, úsalas en las oraciones que les siguen.

la carga; cargado/a	load; loaded
consagrar	to consecrate, establish
cotidiano/a	everyday, daily
el disparate	foolish remark, nonsense
estar en entredicho	to be questionable or in doubt
fijar la norma	to fix/set the correct norm or standard
el/la filólogo/a	specialist in study of linguistics and/or literature (filología)
el género	grammatical or sexual gender
grato/a	pleasant, welcome
el prejuicio	prejudice
sea/n...	be it . . . /be they . . .
suprimir; la supresión	to suppress, eliminate; suppression, elimination
tal o cual	such and such

1. En general, las instituciones que publican los diccionarios y las gramáticas deciden qué formas son correctas, o sea, ____________________ de la lengua.
2. Los ____________________ en contra de una perspectiva se pueden revelar por medio de las acciones y de las palabras.
3. En los países hispanos, los ____________________ son estudiosos que se dedican a entender el uso de la lengua hablada y escrita.
4. Después del ____________________ que dijo el ministro, toda la política de su partido ____________________.
5. Todas las personas —____________________ hombres o mujeres, ricos o pobres— deben tener igualdad ante la ley.

6. A muchas mujeres les es muy ____________________ que existan organizaciones que se preocupan por el uso de un lenguaje menos sexista.
7. En años recientes, cada vez más sociedades intentan ____________________ el uso de palabras racistas, sexistas y homófobas en el discurso público.
8. Algunas personas creen que es simplemente cortés que los hombres abran las puertas para las mujeres, mientras que otros ven este acto como ____________________ de sexismo.
9. Hoy día se hace con frecuencia una distinción entre el sexo biológico y el ____________________, o sea, el sexo visto como un fenómeno cultural.
10. ¿Qué factores llevan a los estudiosos a aceptar o no ____________________ palabra de la lengua hablada y coloquial en la lengua escrita?
11. En España, la Real Academia Española es la institución que ____________________ el uso de nuevas palabras en el discurso público, sea en la prensa, la radio, la televisión o Internet.
12. En la vida ____________________ la gente no suele preocuparse mucho por el uso correcto de las palabras.

Activating background knowledge

ACTIVIDAD 3 La fijación de la norma

El artículo que vas a leer comenta el tema del sexismo lingüístico en el español y también la reacción a este tema de varios miembros de la Real Academia Española (RAE). La RAE fue fundada por el rey de España en 1713–1714 para fijar la norma lingüística del español, o sea, para determinar qué formas son correctas y cuáles son incorrectas. Ahora todos los países hispanohablantes, incluso los Estados Unidos, tienen su propia academia de la lengua española, y todas colaboran con la RAE en la producción de diccionarios y gramáticas. Ahora bien, en el mundo anglohablante, no existe ninguna academia de la lengua inglesa. Pensando en esta información, comenten las siguientes preguntas en grupos de tres.

1. En el mundo anglohablante, ¿quiénes deciden las formas correctas e incorrectas del inglés?
2. ¿Es importante fijar una norma, o sea, saber qué formas son correctas y cuáles son incorrectas? ¿Por qué?
3. ¿Cómo se decide si una forma es correcta o incorrecta? Por ejemplo, ¿es correcta la palabra *bling* en el inglés escrito? ¿Se puede escribir la palabra *separate* como *seperate*? ¿Por qué sí o no?

Activating background knowledge

ACTIVIDAD 4 El sexismo en el lenguaje

La cuestión del sexismo en el lenguaje se ha discutido tanto en el mundo hispanohablante como en el mundo anglohablante. En parejas, respondan a las siguientes preguntas.

- ¿Cuáles son algunos de los cambios que se han aceptado en inglés? Den ejemplos de lenguaje no sexista.
- ¿Creen que estos cambios han mejorado la situación de las mujeres norteamericanas? ¿Por qué?
- En su opinión, ¿existen problemas parecidos en español? Den ejemplos.

ESTRATEGIA DE LECTURA

Identifying Tone
The tone of a text reveals the writer's attitude toward the topic, and it is also used to influence a reader's reaction to a text. Tone is expressed through word choice and content, and can reveal feelings or judgments such as sincerity, joy, praise, hope, anger, shame, regret, bitterness, criticism, humor, and irony. Some texts strive to maintain an objective tone as a means of persuading readers to accept the ideas presented. Identifying the tone or tones of a text allows you to interpret it more fully.

ACTIVIDAD 5 Ideas y tonos

Active reading, Identifying tone

Ahora Uds. van a leer individualmente el artículo "El lenguaje es sexista". El artículo fue escrito por la periodista Tereixa Constenla para el periódico español *El País*, pero también incluye citas de varios expertos conocidos. Lee el texto para comprender las ideas básicas y decide cuáles son los problemas fundamentales que menciona. Mientras lees, decide también:

- si la autora escribe con tono enojado, sincero, mesurado, irónico, crítico y/u otro
- si el tono afecta tu reacción a las ideas del artículo

Ten cuidado de no confundir el tono de las opiniones de los expertos citados (como Javier Marías) con el tono de la autora.

El lenguaje es sexista. ¿Hay que forzar el cambio?

TEREIXA CONSTENLA

La palabra "miembra" es una incorrección. No figura en el diccionario de la Real Academia Española, que fija la norma. Proferirla es una "estupidez", según Javier Marías. Pocas veces un error gramatical —con o sin intención— desató tales diatribas contra una miembro del Gobierno como le ha ocurrido a Bibiana Aído, la primera ministra de Igualdad de la historia de España.

El feminismo y la gramática española no se llevan bien. Viene de antiguo. "El lenguaje está creado por el hombre, para el hombre y tiene como objeto el lenguaje del hombre", sostiene la filóloga Pilar Careaga. Las mujeres se quejan de que no existen si no son nombradas, o que sólo figuran de forma peyorativa en un sistema lingüístico creado en sucesivas etapas de la historia en las que lo femenino no pintaba nada. La igualdad es tan reciente como que las españolas lograron el derecho a votar en 1931, mientras que los varones lo obtuvieron por vez primera en 1890. Los guardianes de la lingüística lo encuentran absurdo. "No tiene sentido pensar que la gramática está contra los hablantes... en las lenguas romances el masculino es el término no marcado", tercia el académico Ignacio Bosque.

¿Se puede decir "miembra"? Ya quedó dicho que no, que la RAE considera al sustantivo "miembro" como un nombre común en género,

Continúa en la página siguiente

La ministra de Igualdad de España, Bibiana Aído, causó revuelo cuando se refirió en un discurso ante el Congreso a "los miembros y miembras" de la Comisión de Igualdad.

esto es, un término ambidiestro, que sirve para unas y otros (las miembros, los miembros). Un transformista que se feminiza o masculiniza según el contexto. Claro que no siempre fue así. Hasta 2005, la palabra "miembro" era considerada por la Academia un epiceno, un nombre asexuado, sin femenino ni masculino, como "víctima", "bebé" o "criatura". Conclusión: las cosas cambian.

Hay filólogas, con años de experiencia en el estudio del sexismo en el lenguaje, que sí defienden el uso de la palabra "miembras". "¿Era incorrecto decir abogada antes de que la palabra estuviese en el diccionario de la RAE?", interpela retóricamente Eulalia Lledó. "No", contesta, "la corrección en la lengua no es un valor absoluto. Y no veo nada en contra de la corrección de la palabra miembra".

El Instituto de la Mujer, en su proyecto nombra.en.red, una base de datos para promover la escritura en femenino y en masculino, acepta la clasificación del diccionario de la RAE. Pero no exclusivamente: "No podemos ignorar que son cada vez más las hablantes a las que les gusta denominarse miembras, en contra del criterio de la Academia. Entre las alternativas que sugerimos, se cuentan también aquellas que consideran la posibilidad de que la palabra miembro pase a ser de doble género, femenino y masculino".

Sin embargo, lo de miembras disgusta hasta a las miembros. "Me parece increíble que una ministra tenga tan poco rigor, lo encuentro ridículo y negativo. La Academia no inventa, es un notario", sostiene Ana María Matute, la única escritora que pertenece a la institución, donde el 93% son hombres.

"No cambiaría con más mujeres en la RAE. ... Lo importante es dar igualdad de oportunidades y que los puestos se hagan en condiciones de igualdad", asevera el académico Ignacio Bosque.

Distinta es la opinión de Pilar Careaga: "Cambiaría con el 50% de académicas. ¿Es que Almudena Grandes y Maruja Torres son peores que Javier Marías o Arturo Pérez-Reverte?".[1] Para la filóloga, el crédito de la institución está en entredicho por decisiones actuales y por exclusiones históricas.

La última persona en ingresar en la RAE ha sido el escritor Javier Marías. Días antes, publicó un artículo en este periódico que tituló: "No esperen por las mujeras". Y decía así: "Es absurdo, además de dictatorial, que diferentes grupos —sean feministas, regionales o étnicos— pretendan, o incluso exijan, que la RAE incorpore tal o cual palabra de su gusto, suprima del diccionario aquella otra de su desagrado, o 'consagre' el uso de cualquier disparate o burrada que les sean gratos a dichos grupos".

Ante palabras cargadas de prejuicios, Eulalia Lledó no propone la supresión, sino la incorporación de una nota pragmática aclaratoria. El diccionario recoge las palabras que la sociedad crea, pero también consagra los usos lingüísticos correctos. "La RAE debería haberse puesto a la cabeza y no ir detrás del proceso de cambio que vivimos. Las palabras tienen que estar al servicio de las personas y no al revés", considera Antonio García, fundador de la Asociación de Hombres por la Igualdad de Género.

El sexismo del lenguaje comenzó a combatirse a nivel internacional a partir de la primera Conferencia Mundial sobre la Mujer, celebrada en México en 1975. No es exclusivo de las lenguas latinas. "Hay parámetros sexistas y androcéntricos universales, pero en cada lengua se manifiestan de distinta manera", indica Lledó.

Incluso el inglés, citado a menudo como un ejemplo libre de carga sexista, ha recibido la presión de movimientos sociales en los setenta

1 Grandes, Torres, Marías y Pérez-Reverte son escritores españoles contemporáneos.

y los ochenta para eliminar prejuicios. Deborah Cameron, profesora de Lengua y Comunicación en la Universidad de Oxford, pone el ejemplo de la palabra *fireman* (bombero), gestada a partir de la palabra *man* (hombre), que ha sido reemplazada con el término *firefighter*. Cameron advierte de que los vocablos sexistas perviven en distinto grado en el lenguaje cotidiano y en los periódicos. Y concluye: "Las instituciones pueden legislar sobre el lenguaje, pero las reformas sólo funcionan si la mayoría de los hablantes las aceptan. La gente nunca consulta a las autoridades antes de abrir la boca". ■

ACTIVIDAD 6 Afirmaciones de la periodista

Scanning

La periodista Tereixa Constenla proporciona información básica sobre el sexismo en el lenguaje. Las siguientes oraciones se refieren a ideas expresadas por la periodista. Sin embargo, cada oración contiene información equivocada. Para cada una, identifica el problema y corrígelo.

1. La palabra "miembra" aparece en el Diccionario de la RAE desde 2005.
2. En España las mujeres ganaron el derecho a votar en 1890.
3. Las mujeres se quejan del uso tradicional del género femenino para referirse a las mujeres.
4. La RAE no permite que se diga "las miembros".
5. Hoy la palabra "miembro" se considera un epiceno (sin femenino ni masculino), como "la persona", "la víctima" o "la criatura", que se refieren tanto a hombres como a mujeres.
6. El sexismo del lenguaje solo ha empezado a combatirse en la última década.
7. El inglés es una lengua libre de carga sexista.

ACTIVIDAD 7 ¿Qué dicen los expertos?

Scanning and summarizing

Parte A: En el artículo se cita a varios expertos sobre el lenguaje. Estos expertos son:

- Javier Marías, autor y miembro de la Real Academia Española (RAE)
- Pilar Careaga, filóloga y especialista en el lenguaje no sexista
- Ignacio Bosque, filólogo, especialista en gramática española, miembro de la RAE
- Eulalia Lledó, filóloga, experta en el sexismo en el lenguaje
- Ana María Matute, escritora y miembro de la RAE
- Antonio García, fundador de la Asociación de Hombres por la Igualdad de Género
- Deborah Cameron, filóloga inglesa y profesora de la Universidad de Oxford

Repasa la lectura y da un breve resumen de lo que afirma cada experto o experta respecto al sexismo en el lenguaje y también cómo cada uno/a justifica su postura. Presta atención a citas directas (entre comillas) e indirectas o resumidas.

comillas = " "

Reacting to reading

Parte B: En parejas, decidan qué expertos están de acuerdo con las siguientes ideas.

- el uso de las innovaciones como "miembra"
- el activismo de la RAE en la eliminación del lenguaje sexista

Después, decidan con qué expertos o expertas están más de acuerdo Uds. y justifiquen sus reacciones.

Making inferences

ACTIVIDAD 8 ¿Sexismo en el lenguaje?

En parejas, discutan su opinión de los siguientes casos lingüísticos. ¿Pueden afectar negativamente la actitud o forma de pensar de una persona? ¿Se debería cambiar alguno para actualizarlo y evitar el sexismo? ¿De qué manera lo cambiarían?

1. Si hay 79,999 mujeres en un estadio y solo un hombre, uno se refiere al conjunto con el pronombre "ellos".
2. La expresión "el hombre" se usa para referirse a la humanidad, que incluye tanto varones como mujeres, mientras que "la mujer" se refiere solamente a las mujeres.
3. A los hombres de cualquier edad se les trata de "señor" mientras que las mujeres pasan de "señorita" a "señora" al casarse (o al envejecerse).
4. Una mujer suele referirse a su esposo como "mi marido" y un hombre a su esposa como "mi mujer".
5. En algunos países, entre ellos España, la mujer que se casa no cambia de apellido y sigue usando como primer apellido el de su padre y como segundo el de su madre.

ACTIVIDAD 9 El idioma y las ideas

Los argumentos de muchas feministas a favor de un lenguage menos sexista se basan en la idea de que el idioma puede influir en nuestra manera de pensar. Sin embargo, la manera de cambiar cada lengua es distinta. En grupos de tres, comenten las siguientes preguntas y justifiquen sus reacciones.

El uso de "miembra" ya se ha aceptado entre algunas feministas latinoamericanas.

1. En inglés existe una fuerte tendencia por evitar toda referencia al género/sexo (como en *chair, firefighter, business person*), mientras que en español existe una fuerte tendencia hacia la clara indicación del género/sexo (como en **abogado/a, presidente/a y miembro/a**). ¿Cuál de estas maneras de cambiar la lengua será mejor para evitar el sexismo en el lenguaje?
2. ¿Creen que los hispanohablantes seguirán el camino del inglés y empezarán a evitar la referencia al género/sexo? ¿Por qué sí o no?
3. ¿Creen que la gente de habla española aceptará estos cambios si se implementan?

Cuaderno personal 10-1

¿Desaparecerá el lenguaje sexista en el futuro? ¿Por qué sí o no? ¿Importa?

Lectura 2: Panorama cultural

ACTIVIDAD 10 Términos necesarios

Building vocabulary

Estudia la siguiente lista de vocabulario de la lectura "Hombre y mujer en el mundo hispano contemporáneo" y luego completa las oraciones con las palabras y expresiones adecuadas. Adapta las formas al contexto de cada oración.

abnegado/a	self-sacrificing
alejar	to distance, to keep away from
el cargo	post, administrative position
cuidar (de)	to take care of, to look after
desafiar	to challenge; to defy
luchar	to struggle, to fight
negar	to deny
la reclusión	seclusion
sumiso/a	submissive
superar	to overcome; to outnumber

1. El padre de José Luis era un hombre ______________: estaba dispuesto a hacer cualquier cosa para que sus hijos fueran felices.
2. Paco y Eugenia nunca han tenido mucho éxito profesional, a lo mejor porque son demasiado ______________ y por eso nadie les hace caso.
3. El matrimonio Ramos era muy tradicional: el Sr. Ramos trabajaba y mantenía a la familia, mientras que la Sra. Ramos ______________ la casa y de sus hijos.
4. Mercedes siempre ______________ las normas tradicionales de conducta femenina: no usa maquillaje, nunca lleva falda y se niega a cocinar.
5. Las dos trabajan en el mismo lugar, pero Carmen es recepcionista mientras que Gloria ocupa un alto ______________ en la empresa.
6. El padre trabajaba mucho ya que ______________ por ganar cada vez más dinero, pero su ausencia lo ______________ de su mujer y de sus hijos.
7. La mayoría de los países democráticos le ______________ el voto a la mujer hasta el siglo XX.
8. La familia Estrada es rarísima; no hablan con nadie y viven en una ______________ casi total.
9. En el mundo político y comercial, el número de hombres que ocupan altos cargos suele ______________ al número de mujeres.

Activating background knowledge

ACTIVIDAD 11 Machismo y feminismo

La siguiente lectura discute el machismo y otras ideas relacionadas con las sociedades hispanas.

Parte A: En grupos de tres, respondan a las siguientes preguntas.

1. En las culturas tradicionales ha habido siempre una diferencia entre las responsabilidades del hombre y las de la mujer. ¿Cuáles son algunas de esas diferencias? ¿Por qué han existido?
2. ¿Qué es el machismo? ¿Hay ejemplos de machismo en la sociedad de su país? ¿Qué implicaciones tiene el machismo para las mujeres?
3. ¿Qué es el feminismo? ¿Uds. se consideran feministas? ¿Por qué sí o no?

Active reading

Parte B: Mientras lees, subraya o apunta la idea general de cada párrafo.

Hombre y mujer en el mundo hispano contemporáneo

¿Es posible la verdadera igualdad entre las mujeres y los hombres? Este es un tema particularmente candente en el mundo hispano, donde la tradición ha enfatizado las diferencias entre hombre y mujer. En toda sociedad tradicional se tiende a asociar a la mujer con la casa y la vida 5 privada, mientras que se asocia al hombre con la vida pública y los aspectos políticos, económicos y militares. Sin embargo, las culturas hispanas se han diferenciado de otras culturas, especialmente las del norte de Europa, por cierta polarización del papel ideal del hombre y el de la mujer.

Ideales diferentes: Marianismo y machismo

10 Las raíces de las diferencias en el papel del hombre y el de la mujer se pueden encontrar en la historia de España y sus dos grandes religiones, el islam y el cristianismo católico. El islam fue la religión de los moros, quienes estuvieron en España durante casi ocho siglos. Como seguidores del islam, los moros llevaron a España costumbres que requerían la segregación de los 15 sexos y la reclusión de la mujer. Ciertos aspectos de estas tradiciones sobrevivieron en la España cristiana, y más que en otros países europeos, las mujeres debían permanecer detrás de las rejas y paredes del hogar.

La herencia árabe poco a poco se fue mezclando con el marianismo, el culto cristiano a la Virgen María como imagen de la mujer perfecta, y se 20 fue formando así un nuevo conjunto de ideales de conducta femenina. La mujer que emulaba a la Virgen creía que su meta en la vida era aceptar su situación y su destino. Como buena mujer, tenía que proteger su virginidad y los valores morales de la sociedad; como buena esposa, tenía que cuidar de la casa y las necesidades del marido y aceptar sus decisiones; 25 como buena madre, tenía que cuidar a sus hijos y sacrificarse por ellos. En suma, ser "buena" significaba ser pura, sumisa, paciente y abnegada.

Un escaparate de abanicos. Además de su evidente función práctica, en la cultura española los abanicos también tenían funciones sociales: las mujeres los usaban para taparse el rostro y, por medio de un código especial, para comunicar mensajes a los hombres.

Las normas de conducta femenina tenían su complemento masculino en lo que se llama actualmente "machismo". El hombre debía ser fuerte, dominante, independiente y, a menudo, rebelde. Tenía la responsabilidad de mantener y proteger a la familia por medio de sus actividades en la vida pública. Asimismo, debía proteger su honor y el de su familia contra las ofensas de los demás.

Ventajas y desventajas del marianismo y del machismo

Los dos modelos de conducta tuvieron un gran impacto en la vida de los habitantes de España e Hispanoamérica. Los dos se complementaban y proporcionaban ciertos beneficios tanto para los hombres como para las mujeres. Al hombre le daban mayor autoridad y libertad, a la vez que lo obligaban a ser responsable y cortés y a tratar a las mujeres con respeto. A la mujer le daban un sentido de superioridad y autoridad moral dentro de la familia. De hecho, son muchos los ejemplos de mujeres matriarcas en las grandes familias hispanas.

A su vez, la polarización entre lo masculino y lo femenino presentaba desventajas. Aunque el machismo, por su parte, tendía a alejar emocionalmente al padre de sus hijos, las grandes desventajas de este doble sistema afectaban mayormente a las mujeres, quienes no tenían control sobre su vida: legalmente, se consideraban menores de edad, dependientes del padre o el marido; hasta el siglo XX, se les negaba la educación y el voto; y solo podían salir de casa si iban acompañadas. La rigidez con la que la sociedad juzgaba a la mujer hacía cualquier transgresión muy peligrosa: la mujer o era pura y buena o pasaba a ser una "perdida". Por consiguiente, los hombres solo estaban obligados a proteger a las mujeres de su propia familia mientras que a las demás las veían a menudo como meros objetos sexuales.

Presencia actual de ideales tradicionales

En la actualidad, estas ideas polarizadas no han desaparecido totalmente. Sus manifestaciones son numerosas, dejando mucha libertad para el hombre y una vida más restringida para la mujer. Por lo general, se sigue apreciando al hombre fuerte, independiente y protector, alabando su

Continúa en la página siguiente

hombría = *manliness.* El término suele tener una connotación positiva.

hombría, aunque se usa el término "machista" con connotación negativa para criticar al hombre que abusa de sus privilegios. Igualmente, todavía se sigue viendo el cuidado del hogar y la familia como la responsabilidad de la mujer, incluso cuando trabaja fuera de casa. Sin embargo, también es verdad que hoy en día se va perdiendo la aceptación de estas limitaciones y se va abriendo paso a cambios radicales.

Un cartel del Instituto de la Mujer del Distrito Federal (México), que anuncia una campaña por la igualdad de los sexos dentro de la familia.

En la España actual, económica y culturalmente integrada a la Unión Europea, las mujeres ocupan una posición semejante a la de las mujeres del resto de Europa y los Estados Unidos. España ha servido como un modelo para muchas feministas latinoamericanas.

Llegada del feminismo

La ruptura del sistema de valores tradicionales se debe a varias causas. En primer lugar, han llegado las ideas feministas de Europa y los Estados Unidos, sobre todo desde los años 70 y 80, cuando las feministas lucharon por sus derechos y se unieron en contra de las dictaduras de la época y a favor de la democracia. En Hispanoamérica, la influencia de las ideas feministas ha sido mayor entre las mujeres de las clases media y alta: estas pueden estudiar y adoptar ideas progresistas y suelen disfrutar de más tiempo para desarrollarse profesionalmente. De hecho, las mujeres latinoamericanas alcanzan casi los mismos niveles de educación que los hombres, y en algunos países, como Colombia, Venezuela, Argentina y Costa Rica, los superan. Por tanto, no es raro encontrar mujeres que ocupen altos cargos en los negocios y el gobierno.

En Latinoamérica, las mujeres de clase media y alta disfrutan de más tiempo porque suelen tener empleadas domésticas de clase obrera que limpian la casa y cuidan a los hijos.

Situación de las mujeres pobres

Las mujeres pobres y las de clase obrera no han adoptado necesariamente el feminismo de la clase media, pero todas han tenido que luchar con una difícil situación económica. Muchas de ellas salen a trabajar por necesidad, puesto que o no tienen marido o este no gana lo suficiente para mantener solo a la familia. Las mujeres pobres tienden a aceptar el cuidado de la familia como su mayor responsabilidad; pero para cumplir con este deber, tienen que desafiar los límites tradicionales trabajando fuera de casa. Muchas mujeres pobres han podido abrir sus propios negocios gracias a la intervención de organismos internacionales, como Acción International en Colombia, u organismos estatales, como Banmujer en Venezuela, que ofrecen programas de educación y ayuda para la obtención de préstamos para pequeños negocios. Según dirigentes de Acción International, no son

Las mujeres ocupan ahora más del 40% de los puestos de trabajo en Latinoamérica.

los hombres sino las mujeres, encargadas del bienestar de sus familias, quienes más asisten a las clases, aprenden a llevar un negocio y reciben los 105 préstamos.

En otro plano, la preocupación tradicional de las mujeres hispanas por el bienestar de su familia las ha llevado a la protesta política. Por ejemplo, las Madres y Abuelas de Plaza de Mayo, quienes protestaron contra la dictadura militar de Argentina, tuvieron éxito gracias a la autoridad moral 110 que tenían como madres.

Cambios legales y políticos

A través del panorama social latinoamericano actual, la presión combinada de mujeres y un número creciente de hombres está llevando al cambio de las normas sociales y legales. Desde 1990 se han aprobado nuevas leyes castigando la violencia contra las mujeres y desde 2004 el divorcio es legal en 115 todos los países hispanoamericanos. Además, se han establecido oficinas y ministerios gubernamentales "de la mujer", que sirven para facilitar la cooperación entre grupos feministas, organizar programas de ayuda para mujeres pobres y fomentar cambios sociales y políticos que favorecen la igualdad de los sexos. Uno de los cambios políticos más importantes ha sido 120 el establecimiento de cuotas de mujeres en los partidos políticos; los sistemas de cuotas han tenido un éxito espectacular en algunos países, como Argentina (donde un 40% de los congresistas son mujeres), Costa Rica (37%), Perú (27%) y Ecuador (26%). Además, varias mujeres, como Michelle Bachelet en Chile o Cristina Fernández de Kirchner en Argentina, ocupan o han ocu- 125 pado el cargo de presidenta de sus respectivas naciones.

El aborto se ha legalizado solo en Cuba, Puerto Rico y el Distrito Federal de México, pero se sigue debatiendo en toda Latinoamérica, donde ocurren más de cuatro millones de abortos ilegales cada año.

Algunos de estos nuevos organismos incluyen el Servicio Nacional de la Mujer (Chile), el Instituto Nacional de las Mujeres (México), el Instituto Nacional de la Mujer (Costa Rica; Venezuela).

Nuevas oportunidades

Es difícil generalizar sobre el papel actual de los sexos en las culturas hispanas ya que en gran parte depende del país, de la clase social y de las propias creencias del individuo. Lo que sí se puede afirmar es que la mujer de hoy tiene oportunidades que su madre 130 nunca tuvo. La familia y los papeles tradicionales de mujer y hombre siguen teniendo una resonancia fuerte, pero parece seguro que en los años venideros será cada vez más normal ver a las mujeres partici- 135 pando plenamente en la vida pública de sus países y a los hombres en el cuidado de la familia y de la casa. ■

Michelle Bachelet fue elegida presidenta de Chile en 2005. Su elección representa un avance importante para las mujeres chilenas y latinoamericanas.

Scanning and summarizing

ACTIVIDAD 12 Una historia de polarización

Vuelve a mirar las dos primeras partes de la lectura que tratan del marianismo y el machismo, y termina las siguientes oraciones.

1. El ideal tradicional de conducta femenina tenía sus orígenes en...
2. Ese ideal de conducta femenina obligaba a la mujer a...
3. Asimismo, el ideal de conducta masculina obligaba al hombre a...
4. Este sistema presentaba ciertas ventajas y desventajas para el hombre, ya que...
5. El sistema tenía algunas ventajas para la mujer, puesto que...
6. Sin embargo, las desventajas para la mujer eran predominantes, ya que...
7. Se ve que las ideas tradicionales todavía influyen en la gente porque...

Scanning, Making inferences

ACTIVIDAD 13 Un mundo de cambio

En parejas, comenten las siguientes preguntas sobre la segunda parte de la lectura.

1. ¿Entre qué grupos han tenido más éxito las ideas feministas? ¿Por qué?
2. Se ha dicho que algunas mujeres son "feministas accidentales", o sea, mantienen valores tradicionales pero en realidad sus acciones promueven el feminismo. ¿Hay ejemplos de "feministas accidentales" en la lectura? ¿Cuáles son?
3. Se ha mejorado mucho la posición de la mujer hispana en los últimos años. Den tres ejemplos de mejoras en la educación, el trabajo, las leyes y/o la política.
4. ¿Qué generalización se puede formular sobre la posición de la mujer en el mundo hispano contemporáneo?

ACTIVIDAD 14 El show de Cristina

Cristina Saralegui es la conocida presentadora del *talkshow* de Univisión *El Show de Cristina*, y se ha convertido en la Oprah Winfrey de las comunidades hispanas de los Estados Unidos.

En dos grupos grandes, hagan los papeles de tradicionalistas y no tradicionalistas en un programa de televisión. Uds. deben discutir cuestiones relacionadas con el papel de los hombres y el de las mujeres. Elijan a un/a animador/a (Cristina o Cristóbal), quien debe usar las siguientes preguntas para empezar la discusión.

1. ¿Vivían mejor los hombres antes del feminismo?
2. ¿Por qué algunas mujeres se niegan a llamarse feministas?
3. ¿Una mujer puede tener una carrera profesional sin ser feminista?
4. ¿Es posible ser feminista y también ser femenina?
5. Si somos iguales, ¿por qué los hombres no llevan falda y maquillaje?
6. Si somos iguales, ¿por qué las mujeres todavía tienden a cuidar de la casa, incluso cuando trabajan?
7. ¿Dejarías de trabajar si tu esposa/o te mantuviera? (*a hombres y mujeres*)

Cuaderno personal 10-2 

¿Cómo cambiaría tu vida si fueras una persona del sexo opuesto?

VIDEOFUENTES 

¿Qué ideas o expectativas tradicionales de los papeles del hombre y de la mujer se ven en el cortometraje *En la esquina*? ¿Cómo y cuándo se rompen estas expectativas? ¿Qué comentarios hace la película sobre las relaciones entre los sexos?

Lectura 3: Literatura

ESTRATEGIA DE LECTURA

Watching Out for Idioms

An idiom (**modismo**) is an expression, often based on an earlier metaphor, whose meaning is different from that of the individual words that compose it. Idioms are very frequent in conversation and literature. Like false cognates, they often will appear to make no sense in a given context if interpreted literally. For example, **tomarle el pelo a alguien** means *to pull someone's leg.* If you encounter what appears to be an idiom, you should first try to guess the meaning from context. If this fails and the expression seems important, decide which word is most important in the expression and look it up in the dictionary. Remember that idioms are usually included at the end of most dictionary entries.

Note that **idioma** (*language*) and *idiom* (**modismo**) are false cognates.

ACTIVIDAD 15 Modismos

Watching out for idioms

Las siguientes expresiones en negrita aparecen en la crónica "El difícil arte de ser macho" que vas a leer. Lee cada oración y adivina un equivalente en español o inglés para cada una. Si tienes dudas, busca la expresión en el diccionario o el glosario.

1. Se ha debatido mucho la relación entre el pensamiento y el lenguaje sexista, pero todavía no se **ha dicho la última palabra.**
2. El jefe de esa compañía es muy exigente: siempre quiere más, más, más. Los pobres empleados **no reciben tregua.**
3. Si quieres tener éxito en un trabajo y subir de rango, tienes que **ser el uno.**
4. **¡Válgame Dios**! ¡Si vuelvo a oír una pregunta más voy a explotar!

valga = presente del subjuntivo de **valer**

Identifying word families

ACTIVIDAD 16 Familias de palabras

Busca el significado de cada verbo en el glosario o en un diccionario. Después, termina cada oración con un verbo o un sustantivo o adjetivo relacionado.

Sustantivo	Verbo	Adjetivo
la comprobación	comprobar	comprobado/a
el reventón	reventar	reventado/a
el arreglo	arreglar	arreglado/a
el desgaste	desgastar(se)	desgastado/a
la (auto)exigencia	exigir	exigido/a
la duración	durar	duradero/a

1. En las sociedades modernas, muchas personas se ____________ demasiado a sí mismas, y como resultado su salud se deteriora.
2. Los científicos suelen ____________ sus ideas experimentalmente.
3. El pobre hombre estaba tan frustrado y cansado que murió con el corazón ____________.
4. Tuvieron problemas con las luces de la casa, así que llamaron a un electricista para hacer unos ____________.
5. Una larga enfermedad puede provocar el ____________ del cuerpo.
6. No hay mal ni bien que cien años ____________.

Building vocabulary

ACTIVIDAD 17 Palabras justas

Las palabras y expresiones en negrita de las siguientes oraciones aparecen en la lectura "El difícil arte de ser macho". Lee cada oración y escoge el equivalente en inglés de cada expresión en negrita.

a. to do, to make real, to achieve
b. to intend, to aim to
c. to cause, to bring
d. to give oneself the luxury of
e. to run the risk
f. lazy, slack
g. widow
h. proud
i. exploits, feats

1. ______ El exceso de trabajo puede **acarrear** muchos problemas de salud.
2. ______ Las personas que fuman mucho **corren el riesgo** de contraer cáncer.
3. ______ A mí me toca trabajar todo el tiempo, pero quisiera **darme el lujo de** hacer un viaje largo por el Caribe.
4. ______ Muchos jóvenes **pretenden** llegar a ser médicos.

a mí me toca = it's my turn to . . ., I have to . . .

5. ______ A mi modo de ver, una persona siempre debe sentirse **orgullosa** después de hacer un buen trabajo.

6. ______ Muchos jóvenes sueñan con hacerse jugadores profesionales de fútbol o béisbol, pero pocos **realizan** sus sueños.

7. ______ Al abuelo le encantaba contar las grandes **proezas** que realizó cuando era joven.

8. ______ El jefe le dijo al empleado que trabajara más, pero aclaró que no quería insinuar de ningún modo que el empleado fuera **vago.**

9. ______ Muchas **viudas** se quedan completamente solas y no tienen quien las ayude a mantener la casa ni a hacer los arreglos.

a mi modo de ver = in my view, the way I see it

de ningún modo = (in) no way

ACTIVIDAD 18 La vida del macho moderno

Activating background knowledge, Anticipating

Parte A: La siguiente lectura habla de la situación de los hombres en la sociedad moderna. El texto es una *crónica*—un tipo de artículo de periódico que combina el periodismo y la literatura y en el que el autor o narrador comenta la vida actual. En parejas, comenten las siguientes preguntas antes de leer.

En el mundo actual, ¿es más difícil ser hombre o ser mujer? ¿Por qué? ¿Qué factores afectan la respuesta?

Identifying the audience

Parte B: Ahora, en parejas, miren el título y los dos primeros párrafos y contesten las siguientes preguntas.

1. ¿Parece serio o irónico el título? ¿Por qué?
2. ¿Cuál es el público de esta crónica? ¿Cómo lo saben Uds.?
3. ¿A qué se refiere el autor cuando dice que no quiere "abandonar la fiesta"?

Identifying tone

Parte C: Ahora, lee toda la crónica, y trata de determinar si el autor/narrador es machista o no. Piensa también en el tono del texto. ¿Tiene un tono sincero, triste, irónico o...?

Pedro Juan Gutiérrez *nació en Cuba en 1950. Desde entonces, se ha dedicado a explorar la vida, trabajando en diferentes ocasiones como vendedor de helados, cortador de caña, contrabandista, soldado, pintor, escultor y periodista. También es autor—un autor a quien le gusta asomarse por la ventana y observar todo lo que le rodea, para recrearlo y comentarlo en sus libros, cuentos y crónicas. Su obra más conocida es* Trilogía sucia de La Habana. *La siguiente crónica es un buen ejemplo de su estilo aparentemente directo y sencillo.*

El difícil arte de ser macho

Pedro Juan Gutiérrez

Está comprobado estadísticamente que los hombres morimos antes que las mujeres. Mire a su alrededor y lo comprobará. En los viejos matrimonios usualmente el hombre muere y la mujer lo sobrevive, en ocasiones hasta veinte años.

5 Siempre me ha inquietado eso por la sencilla pero contundente razón de que a mí me toca morirme primero y abandonar la fiesta.

De ningún modo deseo que las mujeres mueran primero. Válgame Dios. Pero tal vez los hombres pudiéramos intentar durar un poquito más, porque lo cierto es que la fiesta comienza a ponerse buena cuando uno 10 tiene sesenta años más o menos.

Es decir, cuando uno ya se jubila, los hijos al fin dejaron de ser horriblemente adolescentes, ya uno tiene serenidad y experiencia para disfrutar los placeres más simples y cotidianos de la vida, porque a esa edad ya nadie aspira a las proezas de todo tipo que pretendió realizar o realizó entre los 15 veinte y los cincuenta y pico.

Confieso que llevo años pensando en el asunto y, por supuesto, he hablado mucho del tema con la gente más diversa. Al parecer todo el mundo coincide en que el hombre se desgasta más. El hombre moderno se exige demasiado a sí mismo y por eso se acarrea los infartos y lo demás.

20 Hay otra hipótesis en boga, de carácter bioquímico: la mujer está mejor preparada genéticamente que el hombre. Y puede ser. En definitiva, la mujer es una maravillosa fábrica de vida.

Por ahora los científicos no dicen la última palabra. Pero me inclino a pensar que en el asunto puede haber un poco de bioquímica y mucho de 25 desgaste excesivo y autoexigencia del hombre.

Creo que es un problema de organización de la sociedad moderna. No sólo en el Tercer Mundo. Hasta en Europa y Norteamérica —que supuestamente van delante— sucede lo mismo: el macho no recibe tregua. Desde que nace hasta que muere le inyectan en la cabeza que "el hombre 30 es el sostén de la familia", que "el hombre es el que tiene que traer la comida a la casa", y que "los machos no lloran", que "los hombres tienen que ser fuertes y valientes, nada de cobardía".

A mi modo de ver ahí está el origen del problema. Es muy difícil ser macho: tienes que ser físicamente fuerte, no puedes llorar, siempre tienes 35 que poseer dinero en el bolsillo, sexualmente tienes que ser el uno, porque ese es un campo muy competitivo para algunas mujeres.

No te puedes dar el lujo de estar un día triste, alicaído, depresivo. En la casa debes ser además de buen padre y esposo, carpintero, plomero, albañil, mecánico, electricista, etc., o corres el riesgo de que te acusen de 40 inútil y vago.

En fin, conozco mujeres que una vez viudas se arrepienten de todo lo que le exigieron al marido a lo largo de su vida y hasta tienen complejo de culpa porque el hombre murió con el corazón reventado.

Una vecina, de 68 años, es irremediablemente peor. Perdió al marido
45 hace unos meses y me confiesa que a veces lo invoca para reprocharle que se murió sin arreglarle unas ventanas y sin reparar y pintar algunas paredes descascaradas. "Un hombre que sabía hacer de todo, y por vago me dejó sin terminar de hacer esos arreglitos". Parece un chiste, pero juro que es rigurosamente cierto. Espero que ella no lea esta crónica.

50 Así las cosas, hay que dejar que las mujeres asuman cada día más responsabilidad, y no creernos tan importantes. Y digo responsabilidad pensando en grande: hasta dejarles el gobierno de las naciones. Que asuman todo el poder. En definitiva, los hombres gobernando durante siglos hemos acarreado al mundo guerras, hambre, miseria, contami-
55 nación y todo tipo de problemas e insensateces. Así que no debemos estar orgullosos porque nos ha salido bastante mal.

Hay que aprender de ellas. Yo por lo menos cada día aprendo más de las mujeres que me rodean y trato de ser menos macho y más hombre. ■

ACTIVIDAD 19 Realidades y perspectivas

Distinguishing fact from opinion

Las siguientes oraciones resumen ideas claves de la crónica "El difícil arte de ser macho". En parejas, decidan si cada idea representa un hecho o una opinión. Después, digan si están de acuerdo o no con cada opinión y por qué.

1. Los hombres suelen morir antes que las mujeres.
2. La fiesta (la vida) comienza a ponerse buena cuando uno tiene sesenta años más o menos.
3. El hombre moderno se exige demasiado a sí mismo y por eso se acarrea los infartos.

4. La mujer está mejor preparada genéticamente que el hombre.
5. Desde que nace hasta que muere, el hombre aprende que "el hombre es el sostén de la familia" y que "los machos no lloran".
6. En la casa el hombre debe ser buen padre, esposo, carpintero, plomero, albañil, etc., o corre el riesgo de que lo acusen de inútil y vago.
7. Es muy difícil ser macho.
8. Las mujeres deben asumir el poder y el gobierno de las naciones ya que los hombres solo han acarreado guerras, hambre, miseria, contaminación...

Making inferences

ACTIVIDAD 20 ¿Hombre o macho?

En parejas comenten las siguientes preguntas, y piensen en las implicaciones de las respuestas.

1. ¿Cómo será el narrador? ¿Cuántos años tendrá? ¿Cómo lo saben?
2. ¿Cuál es el público de esta crónica? ¿Los hombres, las mujeres o los dos? ¿Cómo lo saben? ¿Qué implicaciones tiene este hecho?
3. ¿Qué opina el autor/narrador de las mujeres? Consideren las siguientes citas:
   a. "El hombre moderno se exige demasiado a sí mismo."
   b. "... sexualmente tienes que ser el uno, porque ese es un campo muy competitivo para algunas mujeres."
   c. "En la casa debes ser además de buen padre y esposo, carpintero, plomero, albañil, mecánico, electricista, etc., o corres el riesgo de que te acusen de inútil y vago."
   d. "... la mujer es una maravillosa fábrica de vida."
   e. "Que [las mujeres] asuman todo el poder. En definitiva, los hombres gobernando durante siglos hemos acarreado al mundo guerras, hambre, miseria, contaminación..."
4. ¿Es "machista" el autor/narrador? ¿Por qué sí o no?

Making inferences

ACTIVIDAD 21 Nuevas condiciones

En grupos de tres, terminen las siguientes oraciones pensando en la lectura y la discusión de las actividades anteriores.

1. Los hombres vivirían más tiempo si...
2. Si las mujeres asumieran el poder y el gobierno de todas las naciones, entonces...
3. El autor/narrador cambiaría de opinión si...

Cuaderno personal 10-3

En tu opinión, ¿las diferencias entre los hombres y las mujeres se basan en la biología, en la cultura o en las dos? ¿Por qué?

Redacción: Ensayo

ESTRATEGIA DE REDACCIÓN

Comparing and Contrasting

Whenever you analyze two or more items and look for similarities or differences between them, you compare and contrast. When you make choices, you are comparing and contrasting, and when learning, you often compare and contrast new information with information you already know. Comparing and contrasting are ways of thinking that can be used in all types of writing, but can also serve as a way of organizing your writing. If you are looking at two different objects, you may talk about first one object and then the other (**comparación secuenciada**) or you may compare and contrast both objects point by point (**comparación simultánea**). The following outlines show these two basic types.

Tema: Papeles del hombre y de la mujer en un programa de televisión

Comparación secuenciada

I. Los hombres
   A. características personales
   B. temas de conversación
   C. ocupaciones
II. Las mujeres
   A. características personales
   B. temas de conversación
   C. ocupaciones

Comparación simultánea

I. Características personales
   A. Mujeres
   B. Hombres
II. Temas de conversación
   A. Mujeres
   B. Hombres
III. Ocupaciones
   A. Mujeres
   B. Hombres

In a comparison and contrast essay, you may choose to emphasize either similarities or contrasts or to emphasize the description of unfamiliar items over familiar ones. Using transition expressions to mark comparisons and contrasts will also help you improve the style and clarity of your writing.

Comparación	
al igual que / a semejanza de	just like, as
de la misma manera/forma, del mismo modo	in the same way
parecerse a	to resemble
ser similar/parecido/semejante a	to be similar to
tan (+ *adjetivo*) **como**	as (*adj.*) as
tanto A como B	both A and B

Contraste	
a diferencia de	unlike
diferenciarse de	to differ from

en cambio	on the other hand, instead
en contraste con	in contrast to/with
más/menos (+ *adj./sustantivo*) **que**	more/less/fewer (*adj./noun*) than
por un lado...	on the one hand . . .
por otro lado / por el otro...	on the other hand/on the other . . .
sin embargo / no obstante	however

Analyzing

ACTIVIDAD 22 La televisión y el género

Parte A: Se ha estudiado mucho la representación del hombre y de la mujer en la televisión, ya que este es el medio de comunicación que los niños y adultos ven con más frecuencia. En grupos de tres, comenten las siguientes preguntas.

1. ¿Cuáles son las cinco series de televisión más populares del momento?
2. ¿Cuáles de estos programas presentan a hombres y mujeres?
3. ¿Cuáles de estos programas tienen un público de hombres y mujeres?
4. ¿Cuál de estos programas sería más útil para una comparación del papel de la mujer y el del hombre?

Parte B: En los mismos grupos de tres, escojan un programa que todos conozcan y hagan un análisis pensando en los siguientes aspectos. Decidan cuáles de los siguientes aspectos se pueden analizar en una comparación del papel del hombre y el papel de la mujer.

1. el número de personajes masculinos frente al número de personajes femeninos
2. la cantidad de diálogo: hombres frente a mujeres
3. los temas de conversación de los hombres en comparación con los de las mujeres
4. el número de personajes simpáticos/antipáticos: hombres frente a mujeres
5. el número de éxitos o problemas personales que tienen los hombres y las mujeres
6. las ocupaciones de los hombres y de las mujeres
7. los gustos y las características personales de los hombres y de las mujeres

Parte C: Ahora, hagan una lista de tres conclusiones que pueden sacar de su análisis de los diferentes aspectos de este programa. Las conclusiones deben considerar las implicaciones del análisis, además de los cambios que resultarían de una representación más (o menos) igualitaria de los sexos.

▶ Si las mujeres tuvieran trabajos menos tradicionales, entonces el programa tendría una influencia más positiva sobre las personas que lo ven.

ACTIVIDAD 23 La redacción del análisis

Writing an essay

Parte A: Repite los pasos de la Actividad 22 y después escribe una oración de tesis para tu ensayo. Luego, haz una lista de aspectos de la serie de televisión que vas a analizar y comparar, como en el bosquejo que aparece en la Estrategia de redacción de las páginas 209–210. Piensa también en una conclusión —o varias— que se pueda sacar del análisis comparativo.

Parte B: Trabajando individualmente, prepara el primer borrador del ensayo. Incluye un título, introducción con oración de tesis, cuerpo con detalles tomados del análisis y conclusión o conclusiones.

CAPÍTULO 11

Actos ilegales

See the *Fuentes* website for related links and activities: www.cengage.com/spanish/fuentes

Diez toneladas de paquetes de cocaína confiscadas por la policía en el puerto colombiano de Barranquilla. La cocaína iba destinada a la ciudad mexicana de Veracruz y de ahí a los consumidores de los Estados Unidos.

ACTIVIDAD 1 Causas, efectos y soluciones

Activating background knowledge

La siguiente lista incluye cinco de los problemas de delincuencia con los que se enfrentan los países latinoamericanos y muchos otros países del mundo. En grupos de tres, determinen para cada problema por lo menos una causa, un efecto y una solución. Luego, compartan sus ideas con el resto de la clase.

- el tráfico de drogas
- los atracos y robos de casas
- los asesinatos
- el crimen organizado
- el soborno y la corrupción en el gobierno

Lectura 1: Un editorial

ACTIVIDAD 2 A propósito de las drogas

Building vocabulary

Antes de leer el editorial escrito por el director de la revista española *Cambio 16*, asocia cada una de las palabras de la primera columna, las cuales aparecen en el artículo, con la palabra o expresión correspondiente de la segunda. Usa tus conocimientos de cognados y raíces para adivinar. Consulta el vocabulario o un diccionario solo cuando sea necesario.

1. ____ adormilado/a	a. juicio, prudencia
2. ____ adulterado/a	b. inundación
3. ____ el coraje	c. cantidad de medicina que se toma
4. ____ la cordura	d. mala costumbre
5. ____ la dosis	e. valor
6. ____ enganchado/a	f. que produce ganancias o intereses
7. ____ rentable	g. mezclado con sustancias peligrosas
8. ____ la riada	h. que depende de una droga
9. ____ el vicio	i. drogadicto
10. ____ el drogata	j. con sueño

ACTIVIDAD 3 La droga ilegal y sus efectos

Activating background knowledge

Cambio 16, la revista de noticias más importante de España, lanzó hace varios años una campaña para legalizar las drogas. Como parte de esa campaña, el director de *Cambio 16*, Juan Tomás de Salas, escribió el siguiente editorial. Antes de leerlo, en parejas, hagan una lista de dos o tres problemas que causa el uso ilegal de las drogas. Luego compartan sus ideas sobre la mejor solución: la prohibición, la legalización parcial o la legalización total.

Muchas personas famosas apoyaron la campaña, incluso el conocido autor colombiano Gabriel García Márquez, ganador del Premio Nobel de Literatura, quien escribió el manifiesto de la campaña a favor de la legalización de las drogas.

You can write in the margins of the text if space allows. If not, take notes on a separate sheet of paper.

ESTRATEGIA DE LECTURA

Annotating and Reacting to Reading

Taking notes on important or interesting ideas can aid you in organizing and understanding a reading. You can use notes on information contained in the reading to guide your studying and to prepare outlines. Emotional reactions and doubts can be used as prompts to discuss and ask questions about difficult parts of the reading. Notetaking is most useful when done methodically, so you should develop a method that is comfortable for you. One possibility is to record notes on content to the left and more personal reactions to the right, while underlining important unfamiliar vocabulary and highlighting significant details.

Active reading, Annotating and reacting

Note that Spanish law already allows the growth and consumption of marijuana for personal use within the home.

ACTIVIDAD 4 Efectos y reacciones

Mientras lees el siguiente editorial, subraya los posibles efectos de la legalización y apunta en el margen o en otra hoja tus reacciones (**¡qué fascinante!, ¡qué raro!, ¡qué locura!, no estoy de acuerdo, no comprendo,** etc.) a detalles específicos del editorial.

Legalización de las drogas

¿Qué pasaría si, en un gesto de cordura y de coraje sin precedentes, el Gobierno español despenalizara el consumo y comercio de drogas, autorizando su venta libre en las farmacias o estancos del país? Pasarían varias cosas:

1. De inmediato se detendría la sangría de muertos provocados por el consumo de droga, adulterada hasta el ladrillo, que es la que hoy se vende en el mercado nacional. Algún muerto habría, por sobredosis o imprudencia, pero la riada de jóvenes asesinados con porquería en sus venas se detendría de inmediato.
2. Las farmacias, con las condiciones razonables del caso, expenderían, a precio también razonable, las dosis de droga demandada por los ciudadanos. El producto estaría garantizado contra adulteraciones y sería tan seguro —y dañino— como indicara exactamente en el prospecto.
3. El precio de la venta de la droga sería una fracción de los feroces precios actuales de la droga clandestina. Ello detendría en el acto la riada de pequeños y grandes delitos que los drogatas actuales cometen para poder financiar su vicio. Si pocos roban para comprarse cerveza, bien pocos lo harían para comprarse dosis a precio normal. Al respecto conviene no olvidar que el costo original de la droga es bien bajo, lo astronómico del precio es resultado de la prohibición, no de la droga.
4. El Estado cobraría un fuerte impuesto sobre las drogas vendidas, como hace con alcoholes y tabacos. Con ello podría financiar masivamente programas de rehabilitación y de prevención del consumo de drogas. Igualmente podría dedicar parte de ese impuesto a financiar escuelas de educación profesional para una

juventud como la nuestra que hemos condenado al paro y a la droga entre todos.

5. Millares de funcionarios —policías, aduaneros, jueces y oficiales, etc.— quedarían de inmediato liberados de la imposible tarea de impedir su tráfico, que es el más rentable del planeta, y contra el que han fracasado en todo el mundo. Con ello se reduciría el déficit público, mejoraría la justicia y policía común de nuestras calles, y hasta quedarían recursos humanos para luchar contra esa lacra, aún vigente, que es el terrorismo.

6. Posiblemente, como ocurrió al abolir la prohibición norteamericana del alcohol a principios de los años 30, el consumo legalizado de drogas aumentaría ligeramente. Sólo los puritanos extremos temen que la legalización traería consigo una drogadicción masiva. Pero un cierto aumento del consumo es casi seguro. Pero sólo el consumo, no la muerte. Habría algunos jóvenes más enganchados, es decir, adormilados y soñadores, poco útiles, quizás para la producción en cadena, pero no habría muertos. ■

JUAN TOMÁS DE SALAS

ACTIVIDAD 5 Los efectos de la despenalización

Summarizing

Parte A: En grupos de tres, hagan una lista de todos los posibles efectos propuestos por Salas, terminando la siguiente oración.

Si el Gobierno (español) despenalizara el consumo y comercio de drogas,...

Reacting

Parte B: En parejas, indiquen cómo reaccionaría a la legalización la mayoría de los miembros de los siguientes grupos.

los policías
los aduaneros
los jueces
los dueños de negocios
los padres de familia
los estudiantes universitarios

aduanero = customs officer

Parte C: La campaña de legalización lanzada por *Cambio 16* no tuvo éxito, pero, si el Gobierno hubiera decidido despenalizar el consumo y comercio de drogas, ¿qué habría pasado? En parejas, den sus opiniones personales, haciendo una lista de dos efectos positivos y dos efectos negativos, por lo menos, y terminando de manera original la siguiente oración.

Si el Gobierno (español) hubiera despenalizado el consumo y comercio de drogas,...

Comparing and contrasting

ACTIVIDAD 6 ¿Qué es una droga?

El autor del artículo no especifica las drogas a las que se refiere. En grupos de tres, decidan cuáles de las siguientes sustancias se deben prohibir o legalizar. Expliquen por qué.

el café	*el alcohol*	*la coca*	*el crack*
el tabaco	*la mariguana*	*la cocaína*	

ACTIVIDAD 7 El consumo y la cárcel

En grupos de cuatro, compartan sus reacciones a las siguientes preguntas.

1. ¿Conocen a alguien que consuma o haya consumido drogas?
2. ¿Creen que esa persona merece estar en la cárcel? ¿Por qué sí o no?

¿Estás a favor o en contra de la legalización de las drogas? Justifica tu respuesta.

Lectura 2: Panorama cultural

Guessing meaning from context, Building vocabulary

ACTIVIDAD 8 Palabras claves

Las palabras indicadas en las oraciones son de la lectura "Modernización, globalización y delincuencia en Latinoamérica". Asocia cada palabra indicada en negrita con su equivalente de la lista que aparece a continuación.

a. *to take for granted*
b. *crime*
c. *standard*
d. *characteristic of a region*
e. *to take root*
f. *seed*
g. *narcotic*
h. *government employee or civil servant*
i. *bribe*

1. _____ Decir la verdad no es **delito.**
2. _____ El problema de violencia criminal **ha echado raíz** en las sociedades en vías de desarrollo.

3. ______ Algunas personas **dan por descontado** el derecho de llevar armas; otras lo disputan.

4. ______ Los **patrones** de conducta no se pueden mantener sin un sistema de sanciones y castigos.

5. ______ La violencia criminal es **endémica** en algunas sociedades en vías de desarrollo.

6. ______ Los **estupefacientes** suelen impedir la percepción clara de la realidad.

7. ______ La **semilla** de la delincuencia está en la enorme desigualdad entre los muy ricos y los muy pobres.

8. ______ El policía fue despedido por aceptar múltiples **sobornos** que se valorizaron en más de cien mil dólares.

9. ______ En principio, la obligación de todo **funcionario** es servir a los ciudadanos del país.

ACTIVIDAD 9 Delitos y crímenes

Activating background knowledge

Parte A: En grupos de tres, hagan una lista de tipos de delincuencia que son problemas en la sociedad de su país. Después, decidan cuáles son los dos problemas principales.

Active reading, Annotating and reacting

Parte B: Al leer el artículo sobre la delincuencia en Latinoamérica, apunta en los márgenes la idea general de cada párrafo y tus reacciones a esas ideas. Después, vuelve a leer todo el artículo con más cuidado para asegurarte de que entendiste bien la idea principal de cada párrafo.

Modernización, globalización y delincuencia en Latinoamérica

Latinoamérica, al igual que otras regiones del mundo, tiene una larga tradición de violencia, mas en el pasado esta se ha caracterizado principalmente como violencia política, es decir, la represión de gobiernos dictatoriales y los movimientos que utilizaban la lucha armada en contra (5) de dichos gobiernos. Sin embargo, en las últimas décadas, la violencia ha dejado de ser una lucha por ideales sociales y políticos para convertirse en una violencia asociada con la delincuencia. Esta violencia, que se ha convertido en una de las principales preocupaciones de los gobiernos y del público, se debe en gran parte a los efectos de la modernización y la (10) globalización.

mas = pero

Causantes generales de la delincuencia

Aunque parezca irónico que la violencia criminal aumente precisamente cuando la violencia política disminuye, en realidad el aumento de la delincuencia es en parte un efecto normal de los cambios sociales y económicos que afectan a América Latina. Por una parte, la vuelta a la (15) democracia ha eliminado la dura represión que era típica de las dictadu-

Continúa en la página siguiente

ras. Por otra parte, los países latinoamericanos pertenecen al grupo de países "en vías de desarrollo", es decir, los que han participado en
20 los procesos de industrialización, urbanización y globalización, pero que se encuentran en una situación de tensión entre la sociedad tradicional y la sociedad plenamente
25 modernizada.

Los procesos de modernización implican profundos cambios en la sociedad. Para empezar, los campesinos abandonan el campo, donde la
30 mecanización de la agricultura y la globalización comercial los deja sin trabajo y se trasladan a buscarlo a las ciudades industrializadas. Como resultado de la migración en masa,
35 se crean grandes urbes densamente pobladas. Los efectos más agudos de esta rápida urbanización son la pérdida de influencias estabilizadoras, como las viejas relaciones íntimas de la
40 familia extendida y su sustitución por nuevas relaciones menos fuertes. La familia deja de ejercer un control directo sobre las acciones del individuo y pierde influencia en la formación de los valores personales.

Un barrio pobre en las afueras de Caracas, Venezuela.

45 Estos cambios se han producido en varios países de Latinoamérica en el espacio de solo cinco o seis decenas de años y, al mismo tiempo, la población urbana ha crecido con una rapidez alarmante. En las afueras de las grandes ciudades en que viven muchos de los recién llegados, se han creado enormes villas miseria, donde a menudo los habitantes no
50 tienen ni agua corriente ni electricidad. El contraste entre su situación y la de las clases acomodadas, enorme en muchas partes de Latinoamérica, ha contribuido a alimentar la semilla de la delincuencia. En la ciudad, los campesinos suelen abandonar su tradicional fatalismo al encontrar una nueva ética de consumo y materialismo. Es decir que, en vez de resig-
55 narse a su pobreza como lo hubieran hecho anteriormente, luchan por obtener y consumir más. A menudo, les es imposible alcanzar una vida mejor por medio del trabajo, y el delito se ofrece como la ruta más directa hacia la adquisición de bienes materiales. Es así que han aumentado tanto los delitos contra la propiedad —robos y atracos— como los
60 crímenes contra la persona —asaltos y asesinatos.

Latinoamérica es una de las regiones del mundo con mayor desigualdad de ingresos. El 10% más rico de la población recibe un 35% de los ingresos, mientras más del 40% de la población vive por debajo de la línea de pobreza.

La corrupción

Un tipo de delito endémico en las sociedades que se encuentran en vías de desarrollo es la corrupción que existe en el gobierno. En Latinoamérica hay dos motivos principales de esta corrupción. En primer lugar, lo que actualmente se considera corrupción se daba por descontado en las sociedades tradicionales. Un funcionario con acceso al poder tenía la obligación de usar sus privilegios para ayudar a parientes y amigos, ya que la familia extendida era la unidad social y económica más importante. Con la democratización actual, sin embargo, ha surgido mayor necesidad de adoptar y proteger patrones de conducta que no permiten tal personalismo. En segundo lugar, la situación económica inestable de muchos países limita el sueldo de los funcionarios, quienes se ven obligados a buscar ingresos en forma de regalos, contribuciones o sobornos. De todas formas, las protestas en contra de la corrupción están echando raíz en Latinoamérica y muchos gobiernos están tomando medidas para resolver el problema.

Estas elegantes rejas protegen una casa hondureña contra posibles robos, al mismo tiempo que marcan la división que existe entre ricos y pobres.

En México, el soborno que exige un policía se llama **mordida** (*bite*).

El narcotráfico

El narcotráfico es la forma más perniciosa de criminalidad que azota a Latinoamérica. Ha crecido a la par con la globalización comercial y los avances de las tecnologías del transporte y de la comunicación, pero depende fundamentalmente de la demanda de estupefacientes por parte de los países desarrollados, donde la cocaína se ha establecido como una droga de moda por la cual los consumidores pagan precios exorbitantes. Este consumo insaciable fomenta la producción, el transporte y la distribución de la droga. El clima de los países andinos de Bolivia, Perú y Colombia se presta al cultivo de la coca, planta autóctona de la región que fue cultivada por los incas. Ahora, cientos de miles de campesinos pobres abandonan otros cultivos para dedicarse a esta cosecha más rentable. Se transporta la coca a laboratorios clandestinos en Colombia donde se transforma en cocaína y luego el producto acabado se transporta para vender en otros países del mundo, especialmente los Estados Unidos y Canadá.

Continúa en la página siguiente

El consumo de cocaína se ha estabilizado en los EE.UU. desde los años 90, pero sigue creciendo en Europa y otras partes del mundo, incluso Latinoamérica.

La coca es un cultivo tradicional de los indígenas de Perú y Bolivia, quienes la mastican para poder soportar largos días de trabajo. En el altiplano peruano y boliviano, es frecuente servir té de coca a los turistas, ya que esa bebida les ayuda a acostumbrarse a las grandes alturas.

La comercialización de la cocaína requiere una organización internacional a gran escala. Durante los años 80 y 90, los grandes carteles colombianos se conocieron por su riqueza, poder y violencia, y dominaron todos los 105 aspectos del proceso. Hoy día, sin embargo, los carteles colombianos son más pequeños, más numerosos y más especializados. Estos "carteles bebé" se dedican principalmente a la compra de coca en los Andes, la producción de la cocaína y su transporte a Centroamérica y México, mientras que los nuevos carteles mexicanos, cada vez más grandes, se dedican a hacer llegar la mayor 110 parte de la droga a los consumidores norteamericanos. El tamaño relativamente pequeño de los carteles colombianos los hace más difíciles de localizar y, por lo tanto, más difíciles de eliminar, mientras que las enormes cantidades de dinero que manejan los carteles mexicanos les permiten sobornar a políticos y fomentar la corrupción. Cuando los sobornos no funcionan, 115 recurren a los asesinatos de políticos, policías y periodistas que intentan denunciar o impedir sus actividades. Aunque el ejército mexicano ha luchado por eliminar los carteles desde 2006, ha tenido poco éxito a causa de la riqueza y el tamaño de los carteles.

En 1990 los carteles colombianos mataron a tres candidatos presidenciales. Desde el año 2000, los carteles mexicanos han matado a más de 25 periodistas que han informado sobre las actividades de los narcotraficantes.

Los gobiernos latinoamericanos han intentado luchar contra estas 120 amenazas, pero algunos se encuentran relativamente impotentes; a veces sus presupuestos ni siquiera llegan a la altura de los ingresos de los carteles. Desde los años 80 los Estados Unidos han mantenido una "guerra contra la droga," mandando equipo militar y miles de millones de dólares para destruir los campos de coca y para luchar contra los carteles. No 125 obstante, estos esfuerzos no han logrado reducir la demanda y el consumo en los Estados Unidos y otros países, y mientras estos existan, habrá personas dispuestas a arriesgarse para enriquecerse. Por tanto, algunos líderes, como el ex presidente de México Ernesto Zedillo, sugieren que la única manera de eliminar la violencia de los carteles, que dependen de la 130 venta de drogas ilegales, es por medio de la legalización y regulación gubernamental del mercado de drogas.

El consumo de drogas en Latinoamérica siempre ha sido bastante menor que en otros países del mundo. Sin embargo, en años recientes ha subido el consumo de drogas como la cocaína. En los países andinos, una droga barata, la pasta básica de cocaína (PBC), ha hecho estragos entre los jóvenes más pobres. La PBC o "basuco" es un producto intermedio del proceso de producción de la cocaína, que produce efectos similares a los del *crack*.

La extensión de las pandillas

Otro fenómeno nefasto que se asocia con la globalización es la extensión de las pandillas de jóvenes o "maras" en Centroamérica, sobre todo en El Salvador, Guatemala y Honduras. Es de sorprender que algunos de estos 135 grupos tuvieron su origen en los Estados Unidos. Durante los disturbios políticos de los años 80, muchos salvadoreños y otros centroamericanos se refugiaron en los Estados Unidos, pero en los años 90 las autoridades norteamericanas empezaron a deportar a jóvenes que habían entrado en el mundo de las pandillas, especialmente en Los Ángeles, y se habían convertido en delincuentes. Al volver a sus países de origen, llevaron consigo la cultura de las "maras," y allí reclutaron a muchos nuevos miembros, debido en parte a la impotencia de las autoridades locales y la falta de oportunidades de trabajo para los jóvenes. Hoy se calcula que hay más de setenta mil miembros de las maras; representan una verdadera plaga no solo para Centroamérica, sino también para México y los Estados Unidos, donde se dedican a la prostitución, los robos, los asesinatos, y el contrabando de drogas y armas.

Un miembro de la pandilla M18 de El Salvador. Los miembros de las pandillas o maras se pueden identificar por su uso evidente de armas, tatuajes y grafitis.

En busca de soluciones

Es fácil reconocer el impacto nocivo de la delincuencia y la violencia criminal, pero no hay acuerdo en cuanto a la forma de combatirlo. Por un lado, hay muchos que abogan por leyes y castigos más duros, y en el caso del narcotráfico, de un endurecimiento de la "guerra contra la droga". Por otro lado, hay quienes arguyen que es más importante atacar los causantes fundamentales de la delincuencia, especialmente la gran desigualdad entre ricos y pobres y la falta de oportunidades educativas y laborales para los jóvenes pobres. Lo más probable es que solo por medio de una combinación de estos métodos será posible encauzar las sociedades latinoamericanas hacia un futuro de mayor paz y prosperidad. ■

ESTRATEGIA DE LECTURA

Outlining

An outline (**bosquejo**) is a plan showing the relationship between main topics and supporting ideas. A good outline can both help your understanding of a reading and serve as a check that you have understood a passage. Use the notes you take while reading as a starting point and try to sort the ideas by their relative importance. In traditional outlining, the most important ideas are usually listed with Roman numerals (I, II, III, etc.), lesser ideas are listed with capital letters (A, B, C, etc.) under each Roman numeral, and details may be listed with Arabic numerals (1, 2, 3, etc.), small letters (a, b, c, etc.), or small Roman numerals (i, ii, iii, etc.).

Outlining

ACTIVIDAD 10 Un bosquejo

En parejas, vuelvan a mirar la lectura y preparen un bosquejo. Pueden usar los subtítulos que aparecen en la lectura y/o los términos que aparecen abajo, además de otros. Cada párrafo o idea principal se debe incluir en el bosquejo, pero el bosquejo debe reflejar bien la organización general y la relativa importancia de las ideas. Después, comparen su bosquejo con el de otra pareja.

las pandillas
soluciones para la violencia criminal
la corrupción
los mayores problemas de delincuencia y criminalidad
la lucha contra el narcotráfico
las villas miseria y sus efectos
el narcotráfico
el cambio de la violencia política a la violencia criminal
el consumo de drogas en Latinoamérica
el impacto de los procesos de modernización y globalización
el sistema de distribución y los carteles
el sistema de producción y transporte de la droga
la rápida urbanización demográfica

Scanning

ACTIVIDAD 11 Datos y detalles

Lee las siguientes oraciones e indica si son ciertas o falsas según la lectura. Corrige las falsas.

1. _____ El aumento rápido de la violencia criminal es un fenómeno relativamente reciente en Latinoamérica.
2. _____ Los campesinos se trasladan a las ciudades porque allí tienen trabajo garantizado.
3. _____ Las villas miseria son comunidades de pobres que se encuentran en zonas rurales.

4. ______ Los campesinos que se trasladan a las ciudades mantienen sus valores tradicionales.

5. ______ En parte, lo que hoy se percibe como corrupción es el resultado de una actitud que enfatizaba las obligaciones familiares.

6. ______ La demanda mundial por la cocaína ha bajado desde el año 2000.

7. ______ Los centros de producción de la cocaína son Bolivia y Perú.

8. ______ Irónicamente, muchas de las pandillas o "maras" de Centroamérica tuvieron su origen en los Estados Unidos.

ACTIVIDAD 12 Los delincuentes

Analyzing, Making inferences

En parejas, describan el papel que desempeñan los siguientes grupos en relación con cada tipo de delincuencia comentada en la lectura (los delitos y crímenes, la corrupción, las drogas).

los pobres urbanos	*los funcionarios*	*los jóvenes urbanos*
los campesinos	*los narcotraficantes*	

ACTIVIDAD 13 Soluciones hipotéticas

Comparing and contrasting, Making inferences

En grupos de tres, comparen los problemas de violencia criminal que existen en Latinoamérica con los de los Estados Unidos. ¿Qué semejanzas y diferencias existen? Después, escojan uno de estos problemas y terminen la siguiente oración.

Este problema ya habría desaparecido (o disminuido) en Latinoamérica/Estados Unidos si...

ACTIVIDAD 14 En el año 2050

En grupos de tres, discutan qué se habrá hecho o qué habrá ocurrido en el año 2050 con respecto a cada uno de los siguientes problemas sociales en este país, en Latinoamérica y en el mundo: ¿Se habrá solucionado o eliminado? ¿Habrá aumentado o disminuido su frecuencia? ¿Se habrá legalizado? Justifiquen sus respuestas.

▶ Para el año 2050 (no) se habrá eliminado la corrupción porque...

la corrupción	*el terrorismo*	*los secuestros*
el narcotráfico	*el consumo de drogas*	*los asesinatos*
las pandillas	*los robos*	*las violaciones*
los atracos		

Cuaderno personal 11-2

¿Quiénes tienen la responsabilidad del narcotráfico: los países consumidores o los países productores? Justifica tu respuesta.

VIDEOFUENTES

¿Cuál es el objetivo de las actividades del Día Latino de Fenway Park? ¿Es realmente útil este tipo de programa? ¿Por qué sí o no? ¿Qué más se puede o debe hacer para ayudar a los jóvenes a evitar la delincuencia?

Lectura 3: Literatura

Building vocabulary

ACTIVIDAD 15 Las armas y su uso

En la historia "La escuela del profe Pérez" que van a leer, un niño aprende a llevar y usar armas. Estudia la siguiente lista de palabras y expresiones relacionadas con el uso de las armas, y después, termina las oraciones que aparecen a continuación con una expresión apropiada.

el manejo de armas	use or operation of firearms
portar armas	to carry or bear arms
la culata	butt of a revolver
la bala	bullet
el tiro	shot; bullet
disparar; el disparo	to fire, shoot; shot
desarmar	to dismantle, take apart
el blanco	target
cargar; descargar	to load; to unload
el polígono de tiro; hacer polígono	firing range; to practice on a firing range
apuntar; la puntería	to aim; aim
el puntaje	score or point total

1. En la tienda de armas, el dependiente le explicó al cliente cómo se meten ____________ en el revólver.
2. En general, sólo los policías pueden ____________ en lugares públicos, pero en algunos lugares los individuos pueden solicitar una licencia especial.
3. El ladrón sacó una pistola y después se oyeron tres ____________.

4. En el curso sobre el manejo de armas, aprendieron a ________________ el revólver Smith & Wesson 38 y a nombrar todas sus partes, como el tambor, la culata, etc.
5. Para mejorar nuestra puntería, fuimos a un ________________ para practicar.
6. Durante las prácticas, las personas que no daban en el blanco recibían el peor ________________, lógicamente.

ACTIVIDAD 16 Más palabras y expresiones

Building vocabulary

El autor del texto que vas a leer utiliza un vocabulario muy variado para describir acciones y emociones. Lee cada oración y usa el contexto para determinar el mejor equivalente en inglés.

1. ______ La mujer sintió un **escalofrío** al ver al muerto delante de ella en la calle.
2. ______ Los niños estaban encantados con la historia que les contaba la maestra y se quedaban sentados y calladitos como **ostras**.
3. ______ Las madres a menudo **acarician** a sus hijos.
4. ______ El general les dijo "Levántense, señores" y todos los oficiales **cumplieron** la orden en seguida.
5. ______ Con frecuencia las películas de terror **amedrentan** a los niños pequeños.
6. ______ Ese señor se enoja por cualquier cosa; tiene muy **mal genio**.

a. *to terrify*
b. *oysters*
c. *to carry out*
d. *to caress*
e. *a shiver*
f. *bad temper*

ACTIVIDAD 17 De la infancia a la delincuencia

Activating background knowledge

Parte A: Las personas no nacen delincuentes; por lo tanto hay que preguntar cómo llegan a la delincuencia. En grupos de tres, discutan las siguientes preguntas.

- En su opinión, ¿cómo y por qué entran las personas jóvenes en el mundo de la delincuencia?
- ¿Creen que a los delincuentes les gusta su vida? ¿Por qué sí o no?

Active reading, Identifying tone, Annotating and reacting

¡OJO! Busca las ideas importantes. No es necesario buscar todas las palabras en el diccionario.

Parte B: En el fragmento de la novela *Sangre ajena* que van a leer, se nos cuentan las experiencias de un niño, Ramoncito Chatarra, en una "escuela" de Colombia en la época de los grandes carteles. Antes de leer toda la historia, lee el título del fragmento y el primer párrafo y contesta las siguientes preguntas. Después, lee toda la historia y apunta las ideas y las acciones más importantes en el margen.

1. ¿Quién es el "profe Pérez"?
2. ¿Qué indica la forma abreviada de "profe"?
3. ¿Quién narra: Ramoncito Chatarra o el profe Pérez?
4. ¿De quién son la mayoría de las ideas expresadas en el primer párrafo?
5. ¿Cuál es el tema general?
6. ¿Cuál es el tono del párrafo: serio, inocente, irónico o triste?

Arturo Alape es el seudónimo del colombiano Carlos Arturo Ruiz. Nació en Cali en 1938 y murió en 2006. Desde los años sesenta su obra se concentró en el análisis de la violencia en su país. A causa de sus opiniones abiertamente declaradas acerca de los problemas políticos y económicos del país, Alape recibió muchas amenazas de muerte. Debido a esto, el autor vivió muchos años fuera de Colombia. La lectura siguiente proviene de la novela Sangre ajena*, que fue publicada en el año 2000. Esta novela está basada en las entrevistas de Alape con un joven que fue sicario de niño a finales del siglo XX. Alape convierte la vida del niño en una novela testimonial que nos permite entender cómo los jóvenes pobres se sienten atraídos por el mundo del narcotráfico y la criminalidad. Su protagonista se llama Ramoncito Chatarra.*

Sangre ajena: "La escuela del profe Pérez"

Arturo Alape

Dijo el profe Pérez que con él íbamos a aprender el manejo de armas, que saldríamos de la escuela diestros en su conocimiento y manejo. Las armas debíamos utilizarlas no para matar muñecos, en principio, sino para amedrentar al tipo que debíamos tumbar en su negocio o que no quisiera soltar a las buenas la guita que tuviera en el bolsillo. Debemos o deben disparar y matar en casos especiales cuando la vida de ustedes esté en peligro. Las armas no deben portarse para hacer demostraciones públicas ante mujercitas... Quien haga una exposición güevona por ahí en cualquier sitio de mala muerte, mala suerte porque de inmediato saldrá del grupo y pagará muy caro su propio error.

Y todos, ostras silenciosas aprobando sus palabras. Hizo que cada uno cogiera un Smith & Wesson 38 largo, pidió que lo acariciáramos... Cumplimos a cabalidad la orden: hasta besos en la culata le dimos. Nos dio un plano del revólver y él mismo lo cargó con proyectiles, giró el tambor, descargó los proyectiles y fingió disparar contra cada uno de nosotros. Yo sentí un escalofrío comiéndome las tripas. Nos familiarizamos con el fierro: que tiene un tambor, que se abre de esta manera, que por dentro tiene tantos tiros, que los tiros se meten así, cómo se limpia, qué instrumentos se deben utilizar en su limpieza, cómo se engrasa. Jugamos con el fierro, nos hicimos sus amigos...

Pérez sí que era un profesor rebueno, no como esas cuchas histéricas que nos tocó soportar en clases junto a Nelson, en la escuela de Bogotá.

Un revólver Smith & Wesson.

diestro = skillful, adroit

tumbar = to knock down

guita = cash (*colloquial*)

güevón/a = stupid, dumb (*very vulgar term in Colombia*); **sitio de mala muerte** = godforsaken place

a cabalidad = exactly

giró el tambor = spinned the drum

fierro = "piece," gun

cuchas = old ladies

Cómo es la vida de curiosa: ahora Nelson sí era un estudiante de verdad, muy aplicado, no le perdía detalles a las explicaciones de los profes de la escuela. Eso sí, muy buenos maestros, un poco atravesados por el mal 35 genio... pero chéveres para enseñar. Veía que Nelson aprendía con velocidad y locura cualquier cosa que le pusieran sobre la mesa. Yo tenía ciertas dificultades en los dedos, pero hacía lo posible para no retrasarme en nada. Nelson me repetía las explicaciones de los maestros en la noche. No le perdía detalle a sus palabras...

40 Luego de aprender con la paciencia de gusano de seda a sacarle las balas, los casquillos y saber cómo se limpia el proveedor y cómo se desarma la pistola, era justo, más que justo, que tuviéramos el premio y estímulo por lo aprendido. Que nos dieran la más querida y amada noticia, de que un día ya pudiéramos totear esas joyas de armas. Ordenados y callados con el alma 45 escondida por la emoción, los cinco entramos detrás del profesor al subterráneo donde se hacía polígono: al fondo había unos cuadros con un blanco en la mitad y círculos crecientes que sirven para señalar los puntajes. Entramos y el profesor Pérez, con su voz conocida dijo, todos los disparos hay que meterlos en el círculo del centro, ése es el círculo de la muerte...

50 Aprendimos a tomar respiración, a detenerla para calmar el pulso, cerrar el ojo izquierdo y apuntar con el arma correspondiente, revólver, pistola y metralleta. Cuando hice mi primer disparo, pensé o sentí que todo mi cuerpo se había ido detrás del proyectil para indicarle el punto de mira y quedé aturdido por el resultado: había disparado por fuera del foco. 55 Seguí; a medida que iba equilibrando el pulso con la respiración, me di cuenta que mejoraba la puntería... Esa noche dormí plácidamente, pensaba en la vida que tendría en adelante, con mi nueva compañía: una pistola bien asegurada en la pretina. Soñé que hacía polígono contra los ojos quietos de una tarántula que venía en línea directa hacia mis ojos: disparaba y 60 disparaba y la maldita pollona continuaba caminando, muy lenta y segura de su aguijón ponzoñoso... ■

totear = to explode, blow up , "fire"

aturdido = bewildered, confused

pretina = belt, waistband

maldita pollona = damned "little chicken"

aguijón ponzoñoso = poisonous sting

ACTIVIDAD 18 La escuela de armas

Identifying main ideas

Termina cada una de las siguientes oraciones de acuerdo con el contenido de la historia.

1. Según el profesor Pérez, las armas no deben usarse para matar inocentes, sino...
2. Durante la clase los estudiantes estaban silenciosos pero...
3. El profe Pérez no quería que solo miraran el Smith & Wesson, sino que...
4. Había buenos profesores en la escuela, aunque...
5. Al principio, los cinco chicos de la clase no podían usar las armas como...
6. Nelson, el hermano de Ramoncito, había encontrado una escuela donde...
7. Todos los chicos aprendieron cómo...

Making inferences, Analyzing

ACTIVIDAD 19 Las reacciones de Ramoncito

Ramoncito revela directa e indirectamente sus reacciones al programa de entrenamiento y sus implicaciones para su vida. Busca evidencia en la historia que apoye (o no) cada una de las siguientes oraciones.

1. Ramoncito estaba muy contento con la "escuela" y sus profesores.
2. Nelson tenía interés y talento para el manejo de las armas.
3. Ramoncito estaba preocupado por su propio uso de las armas.
4. Ramoncito sentía gran ambivalencia hacia su futuro.

Making inferences, Analyzing causes and effects

ACTIVIDAD 20 Si las cosas hubieran sido diferentes

La vida de Ramoncito representa la de muchos jóvenes pobres que no ven más salida que una vida de delincuente. En parejas, completen las siguientes oraciones para imaginar cómo habría sido su vida si las cosas hubieran sido diferentes.

1. Si Ramoncito Chatarra hubiera nacido en una familia de clase media o alta, entonces...
2. Si los "profesores" hubieran sido buenos de verdad, entonces...
3. Si Ramoncito no hubiera aprendido a manejar las armas, entonces...

Cuaderno personal 11-3

¿Hasta qué punto crees que los delincuentes son responsables de sus acciones? ¿Tienen la libertad de escoger otro camino en la vida o son más bien víctimas de sus circunstancias sociales? Justifica tu respuesta.

Redacción: Ensayo

ESTRATEGIA DE REDACCIÓN

Analyzing Causes and Effects

In this chapter you have been reading about causes and effects, for example, the causes of criminal violence and the possible effects of drug legalization. Analyzing cause and effect is both a way of organizing thoughts and a means of organizing writing. It is a useful strategy to employ when you need to answer the question *Why?* The discussion of a cause automatically assumes an effect and vice versa, but in writing, one of these two aspects may become the focus. In **Lectura 1,** Juan Tomás de Salas sees several effects for one cause, drug legalization. On the other hand, **Lectura 2** looks at many causes for one broad phenomenon, a rise in crime.

Using cause and effect as a basis for your writing requires clear thinking on your part. Think about the following points before writing.

1. Determine whether you want to analyze the causes of an event or phenomenon, its effects, or both. Make a list of the points you want to discuss.
2. Distinguish clearly between causes and effects or indicate where this is difficult to do. For example, is violence on television a cause or an effect of increasing violence in society?
3. Avoid the assumption that one event causes another simply because one precedes the other; there may be no causal relation. For example, a change in curriculum at a school is followed by a gradual fall in test scores, but other factors besides the change in curriculum, such as broader changes in society, may have actually caused the fall in test scores.
4. Finally, be aware that it is not possible to fully explain many phenomena. The number of potential causes is in reality infinite, and you should limit yourself to speculation about those that are most important or immediate or to those for which you have the most compelling arguments.

The following expressions are often useful for discussing causes and effects.

así que	thus, so
como consecuencia, como resultado	as a consequence, as a result
el factor; la causa	factor; cause
por consiguiente, por eso, por lo tanto	therefore
porque + *verbo conjugado*	because
una razón por la cual	one reason why
el resultado	result
ya que, puesto que, como	since
a causa de (que), debido a (que)	because of, due to
por + *infinitivo/sustantivo*	because of, for
causar, provocar, producir	to cause
conducir a, llevar a	to lead to
deberse a (que)	to be due to
resultar de	to result from
tener como/por resultado	to result in

ACTIVIDAD 21 Fenómenos y causas

Analyzing causes and effects

Parte A: La siguiente lista incluye temas candentes o importantes en este país. En grupos de tres, escriban oraciones sobre algunos de los fenómenos asociados con estos temas.

▶ Cada vez hay más (o menos) personas que consumen drogas.

el consumo y tráfico de drogas
el crimen violento (asesinatos, asaltos, violaciones)
el crimen organizado
el terrorismo
el número de cárceles y prisioneros
la pena de muerte
la corrupción en el gobierno
la violencia en los medios de comunicación

Parte B: Escojan uno de los fenómenos y hagan una lista de causas posibles. Usen las sugerencias de la Estrategia de redacción para discutir qué causas son posibles. Luego, de las que queden, decidan cuáles son más importantes y cuáles menos importantes.

Writing an essay

ACTIVIDAD 22 La redacción

Vas a redactar un ensayo para explicarles a tus compañeros las causas del fenómeno social escogido en la Actividad 21B.

Parte A: Escribe el título y la introducción de forma que presenten el tema general. Si tu público no conoce bien el fenómeno social que vas a tratar, tendrás que incluir evidencia, como estadísticas o comentarios hechos por expertos, para demostrar su existencia y su importancia.

Parte B: Basándote en tu lista de causas importantes, decide si vas a enfocarte en una o varias causas en el cuerpo de tu ensayo. Presenta evidencia para apoyar cada causa.

Parte C: Escribe la conclusión haciendo un resumen de las causas presentadas y considerando otra vez la importancia del tema y otras implicaciones.

Cruzando fronteras

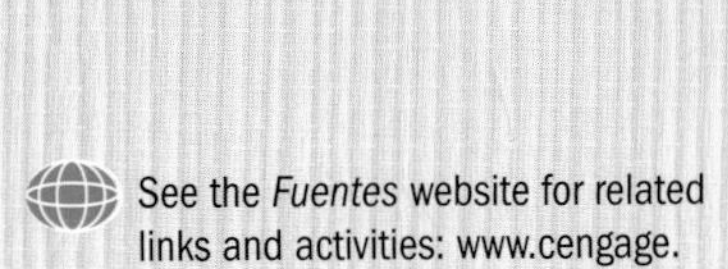

See the *Fuentes* website for related links and activities: www.cengage.com/spanish/fuentes

Una estudiante de intercambio de los Estados Unidos conoce por primera vez a los miembros de su familia anfitriona en Uruguay.

Activating background knowledge

ACTIVIDAD 1 El contacto entre culturas

Parte A: La globalización es un fenómeno del mundo actual que trae consigo un creciente nivel de contacto entre personas de diferente origen cultural. En grupos de tres, hagan una lista de dos o tres factores que contribuyen al aumento del contacto entre diferentes culturas. Después, digan por lo menos un aspecto positivo y un aspecto negativo de ese contacto. Justifiquen sus respuestas.

Parte B: En la foto de la página anterior, una estudiante de intercambio norteamericana llega a Uruguay. En grupos de tres, hagan una lista de tres o cuatro tipos de diferencia cultural que ella pueda encontrar en su nuevo país. Luego, hagan una lista de las ventajas de viajar a otros países y conocer otras culturas.

Building vocabulary

Lectura 1: Un ensayo

estudiante de intercambio = exchange student

ACTIVIDAD 2 Recuerdos de Daniel

Las siguientes oraciones describen las experiencias de un estudiante de intercambio norteamericano en Colombia. Completa cada oración con una expresión apropiada de la lista que sigue.

meter la pata = to put your foot in it
metedura de pata (*España*) = **metida de pata** (*Latinoamérica*)

botar	to discard, throw away
despedirse de	to say good-by to
dominar (una lengua)	to speak (a language) well
enterarse de (algo)	to find out about (something)
extrañar	to miss
una metedura de pata	a faux pas
mudarse	to move, change residence
pegar	to hit
reprender	to scold; to correct (*someone's behavior*)
saludar	to greet, say hello to

1. El programa de intercambio estuvo muy bien organizado y Daniel ____________________ de su destino —Cali— y de su familia anfitriona —los Valderrama— un mes antes de irse.
2. Cuando llegó a Cali, su familia anfitriona lo estaba esperando en el aeropuerto. Aunque no sabía español, Daniel ____________________ a cada miembro de la familia con una frase que había memorizado: "Mucho gusto en conocerle".
3. Daniel se dedicó a aprender muy bien español. Su mejor profesor era su hermanito de ocho años, que lo ayudaba con la pronunciación de la erre y lo ____________________ cuando conjugaba mal los verbos.
4. Durante los primeros meses, Daniel tuvo algunos problemas con la lengua. Por ejemplo, pasó dos meses exclamando "¡Estoy tan embarazado!" ¡Qué ____________________!

embarazada = pregnant

5. Daniel lo pasaba muy bien en Cali, pero le pidió a su madre que le mandara mantequilla de maní JIF porque también ________________ a su familia y su vida en los Estados Unidos.
6. Después de seis meses, Daniel ________________ de su familia de Cali y ________________ a Bogotá para conocer otra región del país.
7. Al final del año, Daniel había acumulado muchos libros, fotos y otros recuerdos. No quería ________________ nada, así que tuvo que comprarse una maleta nueva para llevar todas las cosas.
8. Después de su año en Colombia, Daniel ________________ bastante bien el español.

ACTIVIDAD 3 ¿Estudiar en el extranjero?

Activating background knowledge

Parte A: En parejas háganse las siguientes preguntas.

1. ¿A ti te gustaría estudiar en el extranjero? ¿Dónde? ¿Por qué sí o no?
2. Si eres (o si fueras) un/a norteamericano/a de origen latino/hispano, ¿te gustaría estudiar en algún país hispanohablante? ¿Por qué sí o no?

Active reading

Parte B: Ahora, lee individualmente la siguiente historia de un estudiante latino y sus experiencias interculturales dentro y fuera de los Estados Unidos. Al leer, decide si las experiencias de Hugo reflejan o no tus ideas, y apunta tus reacciones en los márgenes.

Hugo Aparicio *estudió en la Universidad de Emory, donde se especializó en biología y español. Después ha estudiado medicina en la Universidad de Pennsylvania. El siguiente texto contiene sus reflexiones sobre la experiencia de crecer y vivir en contacto con diferentes culturas.*

Este texto auténtico refleja el español que habla Hugo Aparicio. Se nota la influencia de diferentes variedades de español y también del inglés.

Una educación intercultural

Hugo Javier Aparicio

"¿No es que ya sabes hablar español?"

¡Cuántas veces he escuchado esta pregunta! Mientras mis amigos se especializaron en la universidad con asignaturas como ingeniería, ciencias políticas o negocios, yo decidí concentrar mis estudios en la lengua española. Al enterarse de mi concentración, algunas personas respondieron con una mezcla de incredulidad e indignación —"¡Pero eres *hispano*! ¿Para qué te sirve estudiar español?"

Soy latino y he hablado español toda mi vida, pero la situación no es así de sencilla.

Nací en La Paz, Bolivia, pero cuando tenía tres años mi familia inmigró a los Estados Unidos y nos establecimos en Lexington, Kentucky. Años después, durante el octavo curso de escuela primaria, falté a un día de clases para visitar Frankfort, la capital de Kentucky. El próximo día, les conté a mis compañeros que mis padres se habían naturalizado y que yo, como hijo, también

Continúa en la página siguiente

me había convertido en ciudadano estadounidense. Al oír esto, estaban completamente sorprendidos. Se habían olvidado que yo no había nacido en Kentucky y que no había sido americano toda mi vida.

Y yo siempre tenía un dilema cuando alguien me preguntaba "¿de donde eres?". Tenía una variedad de respuestas posibles:

1. "Soy de Bolivia", decía yo.
   "Ese país", a veces respondían, "es ahí al lado de Honduras, ¿no?"
2. "Soy sudamericano."
   "¡Wow!" decían, "tu inglés está perfecto."
3. "Soy de Kentucky."
   "Qué extraño", respondían, "¿un latino en Kentucky?"

Más interesante, quizás, es cómo me identifican personas de diferentes partes del mundo. En los Estados Unidos usualmente piensan que soy mexicano. En América Latina, notan mi acento e inmediatamente creen que soy gringo. En Europa, me identifican como americano porque hablo inglés y porque llevo pantalones cortos y una gorra de béisbol.

Sin embargo, esta ambigüedad de identificación y mi deseo de mejorar mi uso del español me empujaron a aprender más sobre los países que había dejado como niño.

Cuando llegué a la universidad decidí que era importante dominar el español, así que empecé mis estudios de la lengua. Al principio fue fácil leer los textos y añadir a la discusión en clase, pero pronto reconocí mis defectos. Por falta de una comprensión de la gramática y la sintaxis, no sabía cómo escribir bien. Encima, no podía entender vocabulario más avanzado de lo que había hablado en la casa. Tuve que aprender mucho esos primeros años, pero al mismo tiempo yo estaba sumamente interesado en aprender más sobre las culturas hispanas.

La experiencia durante mi carrera que más me abrió mis ojos fue la oportunidad de ir a España como estudiante de intercambio. Descubrí, durante mi tiempo ahí, muchas diferencias importantes entre la gente del mundo hispanohablante y entre los Estados Unidos y Europa.

Estudié ese semestre en la Universidad de Salamanca, una antigua y prestigiosa institución, fundada en el año 1218. Además, durante mi estancia, me quedé con una familia española para sumergirme completamente en la cultura del país. Fue interesante vivir y estudiar en el extranjero, siendo ya en mi propio país (los Estados Unidos) una persona del extranjero.

La transición a la cultura española no debería haber sido difícil, en vista de que había crecido hablando la lengua en mi casa y aprendiendo sobre las diferentes culturas de mi familia en Sudamérica. Sin embargo, los países hispanohablantes no son todos lo mismo. Había visitado Bolivia y Ecuador, donde vive mi familia en Sudamérica, pero visitar a España fue una experiencia distinta.

Tuve que adaptarme desde el primer día. Cuando primero conocí a mi *señora*, la madre de la familia con la que yo iba a quedarme, le saludé con sólo un beso en la mejilla. Siendo latino, yo estaba acostumbrado a dar sólo un beso cuando saludaba a mis amigas y familiares. Es costumbre en España, al conocer a alguien, dar y recibir dos besos, pero yo me olvidé varias veces de esta convención. Cada vez que

Hugo Aparicio, durante una excursión a la ciudad española de Segovia. Detrás de él se ven los arcos del acueducto romano.

cometí esta metedura de pata, mi señora me reprendió, aunque con paciencia y humor.

Entre las culturas que yo conocía, había siempre que tomar en cuenta las diferentes convenciones sociales. La distancia entre tú y la persona con quien hablas, por ejemplo, variará de un país al otro. Por un lado, la gente española y latina, incluyendo mi familia en Kentucky, se acercan mucho cuando hablan y no tienen miedo del contacto físico. Por otro lado, muchos americanos están incómodos con estas transgresiones del espacio personal; si tratas de dar un beso a una americana, cuando recién la estás conociendo, es muy posible que te pegue.

Vi durante mis viajes que la cultura latina ponía mayor importancia en la conexión de familia. En la casa de mi señora vivía casi toda la familia, aunque algunos de los hijos ya se habían graduado de la universidad. Reconocí algo semejante en la casa de mis parientes en Ecuador, donde vive mucho de la familia extendida bajo un techo. Esto no ocurre en los Estados Unidos, donde me parece que los niños están botados del hogar al cumplir los 18. Sin embargo, esta tradición en España está cambiando, visto que la generación joven se está mudando de los pueblos para encontrar trabajo en las ciudades o donde hay turismo. La hija de mi señora, por ejemplo, está contemplando mudarse a la costa para encontrar mejor trabajo.

Adaptarme a las diferentes culturas, al final, no fue tanto trabajo como fue siempre usar el español y tratar de entender las diferencias lingüísticas entre España y América Latina. Primeramente, noté que muchas palabras en mi vocabulario no correspondían a las cosas en España: llegamos *conduciendo el coche*, no *manejando* el *carro*; escribía mis trabajos en el *ordenador*, no en la *computadora*; yo me despedía de la gente con ciao pero ellos siempre me decían *adiós*. Ciertamente, la lengua que hablaban, el *castellano*, no era el *español* que yo usaba.

Además, yo había aprendido a hablar usando *usted* y *ustedes*, pero me hicieron comprender en mi casa adoptiva que estas formas son demasiado formales con familia, que es casi un insulto usarlas con gente que conoces bien. Lentamente, empecé a hablar con la forma de vosotros, aunque mis padres se reían cuando decía por teléfono, "Y vosotros, ¿cómo estáis?"

Después de un semestre muy divertido, mi familia en Kentucky ya me echaba de menos (en español boliviano: me *extrañaba*). Tuve que regresar a los Estados Unidos, pero ya me había educado no sólo en las costumbres y el idioma de otra cultura, sino también en las diferencias y semejanzas que yo reconocía entre mis propias culturas.

Ahora estoy acostumbrado a cómo mi identidad está cambiando continuamente. Para diferentes grupos, entre diferentes culturas, soy algo distinto. Esto me encanta, ser boliviano, americano, latino e indoeuropeo. Reconozco que soy afortunado por tener tanta riqueza de cultura, lengua y experiencias.

Sudamérica. Los Estados Unidos. España. En estos lugares he recibido una educación entre y dentro de múltiples culturas. Al notar las diferencias entre ellas y tratar de comprender los hábitos, las costumbres y las peculiaridades de los países que visité, he podido cambiar mis ideas sobre el mundo y sobre mí mismo. De hecho, estas experiencias han sido las más ricas de mis años de universidad. ■

Desde hace siglos, la Plaza Mayor ha servido como eje de la vida social de la ciudad de Salamanca, sede de la universidad más antigua del mundo hispano.

Scanning, Making inferences

ACTIVIDAD 4 ¿Qué dijo Hugo?

En parejas, contesten las siguientes preguntas sobre la lectura.

1. ¿Dónde nació?
2. ¿Cuándo inmigró a los Estados Unidos?
3. ¿Por qué les sorprendió a sus amigos saber que no había sido siempre ciudadano?
4. ¿Cuándo se convirtió en ciudadano de los Estados Unidos?
5. ¿Cómo se identifica Hugo? ¿Cómo lo identifican los demás?
6. ¿Adónde fue Hugo como estudiante de intercambio?
7. ¿Por qué la *señora* reprendía a Hugo?
8. Cuando Hugo fue estudiante en España, ¿qué semejanzas descubrió entre la cultura española y la de su familia? ¿Entre la cultura española y la norteamericana?
9. ¿Qué diferencias descubrió entre la cultura española y la boliviana? ¿Entre la cultura española y la norteamericana?
10. ¿Por qué la experiencia fue valiosa para Hugo? ¿Qué efectos tuvo sobre él?

Making inferences, Forming hypotheses

ACTIVIDAD 5 ¿Por qué será?

Hugo hace varias generalizaciones sobre las culturas que él conoce. En grupos de tres, lean las siguientes generalizaciones y traten de explicar las razones de cada fenómeno descrito.

1. Los norteamericanos suelen guardar mayor distancia física cuando hablan con otra persona.
2. Los norteamericanos suponen que los hijos deben irse de la casa de los padres a partir de los 18 años.
3. Los bolivianos y ecuatorianos usan las formas de **usted/ustedes** con mucha más frecuencia que los españoles.
4. España, Bolivia y Ecuador tienen diferentes maneras de hablar español.

ACTIVIDAD 6 Comparando experiencias

Comparing and contrasting

Muchas personas deciden estudiar en el extranjero. En grupos de tres, digan si Uds. han tenido experiencia en el extranjero o si han conocido a algún estudiante de intercambio o una persona extranjera que viva en los Estados Unidos. Después, háganse las siguientes preguntas.

1. Si tú estudiaras en un país hispanohablante, ¿qué aspectos de tu experiencia serían diferentes de la de Hugo?
2. ¿Has tenido confusión o algún malentendido causado por una diferencia entre dos culturas? ¿Cuándo y por qué surgió? ¿Aprendiste algo de la experiencia?
3. ¿Conoces a otra persona que haya tenido confusión o algún malentendido causado por una diferencia entre dos culturas? ¿Cuándo y por qué surgió? ¿Aprendió esa persona algo de la experiencia?

Cuaderno personal 12-1

¿Te gustaría estudiar en el extranjero? ¿Por qué sí o no? ¿Adónde irías y por qué?

VIDEOFUENTES

¿En qué se asemejan o se diferencian las experiencias de Hugo Aparicio y las de las personas entrevistadas en el video? ¿A qué factores se deben estas semejanzas o diferencias?

Lectura 2: Un ensayo

ACTIVIDAD 7 ¿Amenazas a la seguridad?

Building vocabulary

amenaza = menace, threat

Parte A: Existen muchas amenazas naturales y climatológicas que afectan a los habitantes de Norteamérica. En parejas, digan con qué estaciones y con qué regiones de Norteamérica se asocia cada amenaza natural.

alergias	*hielos/heladas*	*huracanes*
incendios forestales	*riadas o inundaciones*	*tempestades de nieve*
terremotos	*tornados*	

Parte B: En parejas, hagan una lista de peligros o amenazas sociales que preocupan a los habitantes de Norteamérica.

Building vocabulary

ACTIVIDAD 8 Palabras necesarias

Las palabras de la lista aparecen en la lectura "El amor al miedo" que vas a leer. Míralas y después completa las oraciones que siguen con una forma apropiada de una palabra de la lista.

acechar	to lie in wait for
aliviar	to relieve
el bombero	firefighter
el camión cisterna	fire engine
la cotidianidad	everyday life, "everydayness"
de temporada	of the season, of the moment
indespegable	inseparable
la inquietud	concern
perecer	to perish
el porvenir	the future
el siniestro	disaster
la toma directa	live shot (*e.g., of a news report*)
la vecindad	vicinity; proximity

cotidiano/a = daily, everyday

temporada de ópera = opera season
temporada de fútbol = soccer season

1. Cuando sonó la alarma, todos los ____________ subieron al ____________ y salieron para apagar el incendio.
2. El hombre caminaba sin saber que un delincuente lo ____________ a la vuelta de la esquina. Al doblar la esquina, el delincuente lo amenazó con un cuchillo y le robó la cartera.
3. La ____________ norteamericana incluye el uso constante del carro y el consumo de mucha "comida rápida".
4. Todos los habitantes del pueblo ____________ en el huracán; no sobrevivió ninguno.
5. María Mercedes y Pepa parecen ____________; siempre se ven juntas.
6. Cuando llegó el huracán, los de la estación de televisión sacaron unas ____________ impresionantes del ____________.

7. Iván es un gran aficionado a los deportes y siempre está pegado a la tele viendo el deporte ________________, sea el béisbol, el fútbol o el baloncesto.
8. Don Carlos sufría mucho, pero la inyección que le puso el médico le ________________ el dolor.
9. El ________________ le preocupa a mucha gente porque es imposible predecir todo lo que va a pasar.
10. La estación de bomberos quedaba muy cerca de su casa, y esta ________________ le quitaba muchas ________________ a Carmen.

ACTIVIDAD 9 Las noticias en EE.UU.

Activating background knowledge

Parte A: El ensayo que Uds. van a leer incluye un análisis de los telediarios norteamericanos. En grupos de tres, comenten las siguientes preguntas.

telediario = daily news program

1. ¿Qué tipos de noticias se presentan en los telediarios?
2. ¿En qué orden se suelen presentar? ¿Por qué?
3. ¿Cuánto tiempo se dedica a cada tipo de noticia?
4. ¿Quiénes (o qué tipo de personas) presentan cada tipo de noticia?
5. ¿Por qué la gente mira los telediarios?

Parte B: Lee individualmente el ensayo. Al leer, compara tus ideas sobre los telediarios norteamericanos con las de Vicente Verdú. Apunta las ideas más importantes y tus reacciones personales en los márgenes.

Active reading, Annotating and reacting

Vicente Verdú *es pensador y periodista español. Escribe con frecuencia para el conocido periódico español* El País. *Pasó una temporada en los Estados Unidos, y después puso sus reflexiones sobre su experiencia en el libro de ensayos* El planeta americano. *En este libro, Verdú argumenta que la globalización es realmente un proceso de americanización, y que es necesario entender la cultura americana para entender los cambios culturales que están ocurriendo en todas partes del mundo. Según Verdú, uno de los aspectos más destacados de la cultura norteamericana es su creación y reproducción constante del miedo.*

El planeta americano: "El amor al miedo"

Vicente Verdú

El amor al miedo

Los telediarios locales norteamericanos ofrecen tres secciones principales. Una dedicada a los crímenes y catástrofes, otra destinada a los deportes y una tercera concentrada en el tiempo. Los cuatro presentadores que aparecen se dividen así: dos para lo general, en cuya generalidad el crimen 5 junto al siniestro de temporada ocupa el minutaje más largo. Luego, un presentador —no una presentadora— desenfadado habla de la marcha deportiva del béisbol, el baloncesto o el hockey. Después le toca el turno al hombre o la mujer del tiempo. Ocasionalmente se ofrecen algunas noticias políticas y algún reportaje curioso, pero no son tan distinguibles y asiduos 10 como aquel trinomio fundamental.

La primera parte es, por su énfasis, la más determinante para el espectador. Estados Unidos aparece en esa primera sección como un país amenazado por individuos o fuerzas naturales, que acechan a la población, modifican el territorio y conmueven las expectativas inme- 15 diatas. La narración deportiva de la segunda entrega alivia este efecto de inquietud pero mantiene no obstante el espíritu excitado. Finalmente el porvenir climatológico restablece una cotidianidad relativamente predecible. Hay pocas informaciones de instituciones excepto si se refieren a departamentos de sanidad desde donde se notifican nuevos 20 peligros dietéticos o medioambientales a tener en cuenta. Puede ser que algunos telediarios se aderecen con reportajes sobre animales o niños a los que suceden por lo general hechos positivos, pero incluso 25 esas alusiones más benévolas podrían estar aliñadas con los peligros que siempre merodean.

30 El tiempo suele ser lo más rutinario comparativamente hablando, pero las alergias son una plaga 35 en primavera y enseguida se redoblan los incendios forestales en verano, la

Las amenazas y los desastres predominan también en los telediarios de las cadenas de televisión hispanas de los Estados Unidos.

sesión de huracanes, la formación de tornados en la zona, los movimientos
40 de tierra en la Costa Oeste o las riadas en la mitad del país. Como dicen algunos carteles urbanos, *Disaster never rests* (El desastre no descansa nunca): cada diez minutos ocurre un desastre. La Cruz Roja ha adaptado el lenguaje de sus paneles a la sensibilidad popular tanto con el fin de disminuir el efecto de las devastaciones como para contribuir a cultivar la
45 vecindad del cataclismo.

En julio de 1994 se anunciaba una colección de vídeos titulada *Eyewitness of Disaster* (Testigos Oculares del Desastre) con escenas aterradoras para la degustación privada. El terremoto de Los Ángeles, las inundaciones del Mississippi, el resultado de los vientos y los hie-
50 los..., tomas directas de gentes en circunstancias que les llevaban a perecer angustiosamente. Todo esto para pasar el rato en casa. De hecho, las devastaciones podrían formar parte del programa televisivo estacional, y los incendios en la barriada provocados o no, a pesar de las múltiples prevenciones y sistemas de alarma, son parte de las noti-
55 cias diarias. Cada seis segundos hay una llamada a los bomberos: se queman 40 veces más casas per cápita en Estados Unidos que en Japón pese a que en Japón se construyen buena parte de ellas en madera y papel. El fuego arrasador aparece en los informativos de la tarde y de la noche, pero su presencia se vive sin necesidad de mediación por las
60 ventanas, en directo, sobresaltado por la estridente carrera de los camiones cisterna. De igual modo, el crimen y los accidentes todavía sin nombre no sólo se escuchan en las emisoras, se presienten en la luminotecnia y los alaridos de las sirenas que sortean el tráfico a cualquier hora. La sensación de amenaza parece indespegable de América.
65 Una atmósfera de miedo directo y cinematográfico, oral, visual y estereofónico es parte de la cotidianidad real. Contemplados en Europa, las películas y telefilmes de violencia pueden parecer cosa de la ficción, pero los norteamericanos identifican entre los personajes de la cinta aquellos prototipos fisiognómicos del barrio con los que se cruzan y
70 que acaso esconden a violadores, ladrones, pirómanos o asesinos psicópatas.

El miedo circunda a la población, y los demás medios lo recogen y multiplican en sus planos, sus argumentos, sus efectos especiales. El crimen es excitación y espectáculo. La sociedad norteamericana es espec-
75 táculo y excitación. Los dos cabos se alían potenciando el sensacionalismo de la vida. ¿Aman esto los norteamericanos? No faltan políticos que acusan a los media de contribuir a la desmoralización y perjudicar la base de la sociedad civil, pero la corriente se mantiene y no es improbable, conociendo el marketing norteamericano, que se corresponda con una efectiva demanda nacional de adrenalina. ■

Identifying main ideas, Scanning

ACTIVIDAD 10 Según Vicente Verdú

El autor del ensayo expone sus análisis e interpretaciones de ciertos aspectos de la sociedad norteamericana. En parejas, contesten las siguientes preguntas según lo dicho por Verdú en el ensayo.

1. ¿Cuál es la secuencia típica de un telediario norteamericano? ¿Cuál es la parte más importante de los telediarios? ¿Por qué?
2. ¿Cuándo aparecen noticias de instituciones?
3. ¿Por qué la parte sobre el tiempo no es meramente rutinaria?
4. ¿Los carteles "*Disaster never rests*" son una causa o un efecto de la cultura del miedo?
5. ¿Qué video veían los norteamericanos para pasar el rato en casa?
6. ¿El cine norteamericano refleja la realidad de la vida cotidiana norteamericana?
7. ¿Por qué el miedo es tan atractivo para los norteamericanos?

ESTRATEGIA DE LECTURA

Summarizing
A summary includes the most important information from a reading. It can be a good study aid because it goes beyond notes and outlines by bringing out important relations between ideas. To prepare a summary, start with notes you make while reading and with an outline of the material. If you are summarizing an informative or argumentative text, you should make the thesis of the text the first sentence of your summary. Each paragraph or main idea may then be summarized with one sentence, or you may opt to reorganize the information in order to present it more succinctly. Use transition expressions to help point out the relations between ideas, and restate the material in your own words, since this will deepen your understanding and permit greater concision.

Summarizing

ACTIVIDAD 11 Preparación de un resumen

Parte A: En parejas, usen sus apuntes para decidir si la siguiente lista contiene los términos más importantes de la lectura. Si es necesario, quiten o añadan términos y organicen los términos para reflejar las conexiones entre ellos. Luego, escriban una oración que resuma la tesis del ensayo y empleen los términos de su lista final para escribir un breve resumen. Usen expresiones de transición para conectar las ideas.

Aspectos importantes de la lectura	
el sensacionalismo	*amenazas sociales*
los telediarios	*los medios de comunicación*
amenazas naturales	*las emisoras de radio*
el miedo	*la vida real o cotidiana*
el cine	

Parte B: En grupos de tres, lean los resúmenes y decidan cómo se pueden mejorar, usando las siguientes sugerencias.

- Hay que expresar de forma más clara o concisa la tesis.
- Hay que alargar el resumen para que incluya todas las ideas importantes.
- Hay que acortar un poco el resumen.
- Hay que eliminar algunos detalles para que resalten las ideas principales.
- Hay que añadir algunos detalles para apoyar mejor las ideas principales.
- Hay que corregir la información incorrecta.
- Hay que organizar mejor el resumen.

ACTIVIDAD 12 Reacciones personales

Reacting and analyzing

En parejas, comenten las siguientes preguntas.

1. ¿Les gusta el tono del ensayo? ¿Por qué sí o no?
2. ¿Están de acuerdo con el argumento general de Verdú? ¿Por qué sí o no?
3. ¿Les parece igualmente válida toda la evidencia ofrecida por Verdú?
4. ¿Con qué ideas o interpretaciones específicas no están de acuerdo?

ACTIVIDAD 13 Las sobregeneralizaciones

Analyzing, Forming hypotheses

Uno de los grandes desafíos de las personas que tratan de entender otras culturas es la tendencia a sobregeneralizar. En parejas, comenten las siguientes preguntas sobre el contacto intercultural y las sobregeneralizaciones.

1. ¿Qué sobregeneralizaciones pueden identificar Uds. en el ensayo de Verdú?
2. Al hacer sus generalizaciones, ¿Verdú disminuye la importancia de algunos aspectos de la realidad norteamericana?
3. Si Uds. fueran a vivir a otro país y otra cultura, ¿creen que también harían sobregeneralizaciones? ¿Por qué?
4. ¿Cómo se pueden evitar las sobregeneralizaciones?

Cuaderno personal 12-2

¿Crees que los medios de comunicación en los Estados Unidos fomentan el miedo? ¿Por qué sí o no?

Lectura 3: Un artículo

Building vocabulary

ACTIVIDAD 14 Palabras claves

Las siguientes oraciones contienen palabras en negrita que aparecen en la lectura "La identidad y los McDonald's". Después de leer cada oración, decide qué término en inglés corresponde mejor a cada palabra en negrita, y pon su letra en el espacio en blanco.

1. ______ Los terroristas **atentaron** contra el restaurante de McDonald's.
2. ______ Todos quedaron **aliviados** al descubrir que la amenaza había sido una falsa alarma.
3. ______ McDonald's, KFC y Starbucks tienen muchas **franquicias** en todas partes del mundo.
4. ______ La comida de Taco Bell no es comida mexicana auténtica; es más bien una versión **apócrifa.**
5. ______ Esa mujer siempre grita en la calle; todos dicen que está **chiflada.**
6. ______ España y México están **vinculados** por una lengua común.
7. ______ Tenía tanta hambre que **se tragó** tres hamburguesas seguidas.
8. ______ El hombre casi **atropelló** al niño que salió corriendo a la carretera, pero pudo frenar a tiempo y no ocurrió nada.
9. ______ Muchas personas elogian su **propia** cultura y desprecian las culturas **ajenas.**

a. *apocryphal, inauthentic*
b. *crazy*
c. *franchise*
d. *linked, bound*
e. *of another*
f. *own*
g. *relieved*
h. *to assault, attack, commit an outrage against*
i. *to run over*
j. *to swallow*

Activating background knowledge

ser americano/a = to be American

el ser americano = the American being; compare **el ser humano** = human being

ACTIVIDAD 15 La identidad norteamericana

Todos nosotros tendemos a categorizar a los extranjeros según ciertas características estereotípicas nacionales. En parejas, escriban una definición de lo que significa para Uds. la expresión "ser americano/a".

ESTRATEGIA DE LECTURA

Increasing Reading Speed

If you want to increase reading speed, you must learn to decide how carefully to read any particular text. Slow readers often believe they must read and understand every word. Though this is sometimes necessary, a quick first reading can help you see the broader context and facilitate later, closer readings. Some suggestions:

1. On a first reading, focus on understanding broad meaning and allow yourself to skip or only semi-comprehend some words.
2. Use your eyes efficiently. Many slow readers allow their eyes to wander back repeatedly to words they have just read without improving comprehension. Try to move your eyes over each line in smooth sweeps from left to right.
3. Read in short phrases rather than words. The brain absorbs information several words at a time, so read chunks or groups of words rather than individual words. Though there are no hard and fast rules for these groupings, they are often closely related by meaning: a noun plus its modifiers, a prepositional phrase, or a verb and its complements.

ACTIVIDAD 16 El lector eficiente

Increasing reading speed

Parte A: Divide el primer párrafo de la lectura "La identidad y los McDonald's" en frases cortas, manteniendo juntas las palabras que tienen alguna relación de significado. Luego, compara tus divisiones con las de un/a compañero/a.

Active reading

Parte B: Lee cada párrafo de la lectura tan rápido como puedas, leyendo en frases cortas sin volver atrás. Al final de cada párrafo, apunta en el margen la idea general del párrafo. Después, vuelve a leer todo el artículo con más cuidado para asegurarte de que entendiste bien la idea principal de cada párrafo.

Carlos Alberto Montaner *nació en La Habana, Cuba, en 1943. Reside en Madrid desde 1970. Es escritor y periodista, y ha sido profesor universitario en diversas instituciones de América Latina y Estados Unidos. Varias decenas de diarios de América Latina, España y Estados Unidos recogen desde hace treinta años su columna semanal. La revista española* Cambio 16 *lo ha calificado como el columnista más leído de lengua española, y una colección de sus ensayos se puede encontrar en el sitio web de Firmas Press. El siguiente artículo explora los problemas que surgen de los intentos de definir una identidad nacional.*

La identidad y los McDonald's

— Carlos Alberto Montaner —

Hace unos años el francés José Bové, líder de los antiglobalizadores, saltó a las primeras páginas de los periódicos cuando intentó destruir un McDonald's. No se trataba de un problema de odio a las calorías, sino de patriotismo. Le parecía que el restaurante norteamericano, con sus
5 emblemáticos arcos amarillos, era una amenaza a la identidad de su país. Y no era la suya una conducta excéntrica: poco antes, y por razones parecidas, Jack Lang, el ministro de Cultura de Francia, le había declarado la

Continúa en la página siguiente

guerra al cine estadounidense con una pasión similar a la que la Academia Francesa entonces ponía en combatir los americanismos que penetraban en el idioma.

Pero ni siquiera estábamos ante una moda venida de Francia. En España escuché razonamientos parecidos cuando la empresa Disney se debatía entre crear un parque infantil en París o cerca de Barcelona. Mickey Mouse, aparentemente, atentaba contra algo que tenía que ver con la esencia de España. Los empresarios norteamericanos finalmente se decidieron por París y los nacionalistas culturales españoles respiraron aliviados, aunque se perdieron dos millones de turistas anuales y quince mil puestos de trabajo permanentes.

En Estados Unidos, curiosamente, tienen otra visión mucho más inteligente de las influencias extranjeras. Es verdad que el músculo empresarial norteamericano, para furia de los antiglobalizadores, ha creado en México 270 franquicias de McDonald's, pero, mientras tanto, sin una sola protesta, en Estados Unidos existen 6.000 Taco Bell en los que se expende una versión apócrifa y menos picante de la cocina popular mexicana. Simultáneamente, florecen las cadenas de comida japonesa, china, vietnamita, italiana o de cualquier lugar del planeta que tenga algo que ofrecer al incansable paladar estadounidense.

Uno de los muchos restaurantes McDonald's de México, donde se siente cada vez más la influencia comercial y cultural norteamericana.

La paradoja consiste en que mientras medio mundo lucha contra la influencia americana, como si peligrara la identidad nacional, los norteamericanos absorben y metabolizan todas las influencias extranjeras, modificando constantemente y sin miedo el propio perfil del país, sin perder un minuto en la absurda definición y defensa del "ser americano", entre otras razones, porque esa criatura, como el *big foot* de California, nunca ha podido ser encontrada.

A nadie, con la excepción de unos cuantos racistas chiflados, se le ocurre definir cuál es la esencia del *homo americanus* y dedicarse a proclamar sus virtudes o a defenderlo de los rasgos culturales o de los usos y costumbres de otros pueblos. Por el contrario, deambulan por el país casi 300 millones de personas, procedentes de todos los rincones de la tierra, coloreadas por todas las posibles combinaciones de acentos y dosis de melanina, frágilmente vinculados por las instituciones, la historia y los intereses, quienes libremente eligen el modo de buscar la felicidad según les indican sus preferencias y su sentido común.

55 Intuitivamente —porque ni siquiera existe un debate nacional— esa actitud es la que ha permitido que los inmigrantes europeos trajeran el gran cine, los alemanes de la Bauhaus le colocaran su esbelto acento arquitectónico a New York, o los músicos caribeños —con Paquito D'Rivera a la cabeza— introdujeran o potenciaran el *jazz* latino en el hambriento oído 60 de una sociedad que con el mismo apetito musical se traga a los Beatles británicos que al *bossa nova* de los brasileros. En suma, el fundamento en que descansa el país es muy simple: el americano, como idea platónica, como abstracción, no existe. El americano es un ser dinámico, en constante evolución, que sabe que su asombrosa vitalidad no es la consecuencia de las vir- 65 tudes de una incontaminada cultura primigenia, sino de la capacidad para adoptar y adaptar un talento ajeno que inmediatamente pasa a ser propio. Es el genio del mestizaje cultural y no la exclusión lo que engrandece a la nación.

Es bueno que así sea. Hay pocas actividades más peligrosas que definir el ser nacional. Ese es el punto de partida de todos los fascismos. 70 La Alemania de los nazis no comenzó con Adolfo Hitler, sino con el nacionalismo cultural, la Kulturkampf impulsada por Bismarck medio siglo antes. Cuando los grupos dominantes de una sociedad definen el perímetro sagrado de la cultura propia, inevitablemente acabarán atropellando a quienes parcialmente escapan o disienten de esa definición. 75 Cuando orgullosamente creen haber identificado el arquetipo nacional, molde y modelo del ciudadano perfecto, lo que realmente están haciendo es con- 80 denar a la muerte o a la marginalidad a quienes se diferencian de esa peligrosa construcción. El horror del holocausto no sólo descansaba en un monstruoso 85 prejuicio sobre la supuesta naturaleza de los judíos, sino en la idealización del arquetipo germano, suma y resumen de todas las virtudes y talentos. 90 Se empieza, traviesamente, por tirarles piedras a los cristales de los McDonald's. Se acaba creando campos de exterminio. ■

Este letrero multilingüe del estado de California refleja un esfuerzo por incluir a todos los ciudadanos americanos en el proceso democrático.

Scanning

ACTIVIDAD 17 Según Montaner

Las siguientes oraciones deben expresar la idea principal de cada párrafo. En parejas, decidan si son ciertas o falsas, y corrijan las falsas.

1. _____ Para algunos franceses, los McDonald's, el cine norteamericano y las palabras de origen norteamericano se convirtieron en una amenaza a la identidad francesa.
2. _____ A diferencia de los franceses, los españoles reaccionaron muy bien cuando la compañía Disney propuso el establecimiento de Euro-Disney en España.
3. _____ Las influencias extranjeras no presentan ningún problema para la cultura norteamericana.
4. _____ La paradoja consiste en que mientras McDonald's vende una versión auténtica de la comida americana, Taco Bell vende una versión no auténtica de la comida mexicana.
5. _____ Solo a algunos chiflados se les ocurre intentar definir la esencia de la identidad americana.
6. _____ Lo que caracteriza a los Estados Unidos como nación es el mestizaje cultural, del cual existen numerosos ejemplos.
7. _____ El horror del holocausto se basó principalmente en el prejuicio contra los judíos.

Summarizing

ACTIVIDAD 18 Un resumen

Parte A: En parejas hagan una lista de los conceptos y términos más importantes de la lectura. Después, escriban una oración de tesis que resuma el argumento principal de la lectura. Luego, preparen un bosquejo de un resumen y compartan su resumen con la clase en voz alta.

Parte B: Escribe individualmente un breve resumen del ensayo de Montaner.

Reacting and analyzing

ACTIVIDAD 19 Reacciones y análisis

En parejas, comenten las siguientes preguntas.

1. ¿Están de acuerdo con la tesis principal de Montaner? ¿Por qué sí o no?
2. ¿Creen que Montaner tiene razón o se equivoca con respecto a su interpretación de la cultura norteamericana? Den ejemplos y justifiquen su opinión.
3. ¿Creen que Montaner idealiza demasiado la cultura de los Estados Unidos? ¿Hay contraejemplos que demuestren que su perspectiva es una sobregeneralización?
4. Tanto Vicente Verdú como Carlos Montaner hablan del miedo en los Estados Unidos. ¿En qué se asemejan o se diferencian las dos perspectivas sobre el miedo en la cultura norteamericana? ¿Es posible aceptar la perspectiva de uno sin rechazar la del otro?

ACTIVIDAD 20 Un debate

Defending a position

Montaner dice que los americanos aceptan las diferencias culturales sin problema y sin debate. En grupos de tres, busquen evidencia y desarrollen argumentos a favor de este argumento o en contra de él. Apunten sus ideas y, después, presenten sus ideas a la clase.

Cuaderno personal 12-3

¿Crees que los extranjeros tienen una perspectiva más objetiva de una cultura que no sea la suya? ¿Qué ventajas o desventajas tiene un extranjero cuando tiene que interpretar y entender una cultura?

Redacción: Ensayo

ESTRATEGIA DE REDACCIÓN

Defending a Position

When you declare your opinion on a topic, you must be ready to defend your position. Ideally, you can also convince others to share your views. In order to defend your position, you must garner facts that will support it, such as examples, statistics, statements by authorities, or even personal experiences. However, facts can lead to very different opinions on a specific issue, depending on your broader values and beliefs. The best way to convince your readers of the validity of your position is by showing them that, if they hold the same values and beliefs as you do, then the logical position to take is the one you are defending. Strategies such as the ones you have already practiced can help you build your argument: narrating, describing, analyzing, comparing and contrasting, looking at causes and effects, and hypothesizing. Acknowledging opposing points of view and maintaining a reasonable tone can also make the reader more willing to accept what you have to say.

ACTIVIDAD 21 Defensa de una postura

Defending a position

Parte A: En grupos de tres, miren la lista y decidan qué diferencias de opinión pueden surgir con respecto a cada tema.

- la inmigración (a los Estados Unidos, Canadá o Europa)
- el movimiento *English Only* en los Estados Unidos
- la educación bilingüe y la identidad nacional
- la globalización (¿homogeneización?) económica y/o cultural
- las cuotas que favorecen a las minorías étnicas y raciales

Parte B: Escojan un tema de la lista que les parezca importante. Primero, definan la polémica. ¿Por qué hay desacuerdo? Luego, adopten una postura y hagan una lista de argumentos a favor de esta postura y otra lista de contraargumentos, o sea, argumentos a favor de la postura opuesta. Traten de explorar el tema en un tono moderado y objetivo.

Parte C: Escojan los mejores argumentos de su lista y decidan qué tipo de evidencia se necesita para apoyar cada argumento. Luego, miren los contraargumentos y decidan si es necesario mencionar alguno de estos. De ser así, tendrán que refutar el argumento o mostrar que no es muy importante.

Writing an essay

ACTIVIDAD 22 La redacción

Vas a escribir un ensayo para convencer a los demás miembros de tu clase del valor de tu postura.

Parte A: Escribe una introducción en la que demuestres, con datos o ejemplos, que el asunto o la polémica existe, y en la que la oración de tesis presente claramente tu postura.

Parte B: Basándote en las ideas de la Actividad 21, escribe el cuerpo de tu ensayo presentando argumentos específicos y evidencia para apoyarlos.

Parte C: Escribe la conclusión en la que resumas tus argumentos y tu tesis. Puedes elaborar un poco: ¿Qué pasará en el futuro? ¿Qué deben hacer las personas que asumen esa postura?

Spanish-English Vocabulary

This vocabulary includes both active and passive vocabulary found throughout the chapters. The definitions are limited to the context in which the words are used in the book. Exact or reasonably close cognates of English are not included, nor are certain common words that are considered to be within the mastery of a second-year student, such as numbers, articles, pronouns, and possessive adjectives.

The gender of nouns is given except for masculine nouns ending in **-l, -o, -n, -e, -r,** and **-s** and feminine nouns ending in **-a, -d, -ión,** and **-z**. Adjectives are given only in the masculine singular form.

The following abbreviations are used in this vocabulary.

adj.	adjective	*n.*	noun
adv.	adverb	*pl.*	plural
f.	feminine	*p.p.*	past participle
inf.	infinitive	*prep.*	preposition
irreg.	irregular verb	*sing.*	singular
m.	masculine		

A

abanico folding fan
abarcar to include, span
abastecer to supply
abierto (*p.p. of* **abrir**) open
abnegado self-sacrificing
abogar por to advocate; to plead for
abrazar to embrace, hug
abreviatura abbreviation
abrumador *adj.* overwhelming, crushing
abstenerse *irreg.* to abstain
aburrir to bore
acabar to finish, complete; **acabar con** to put an end to; to finish with; **acabar de** (+ *inf.*) to have just (done something)
acariciar to caress
acarrear to cause; to bring
acaso *adv.* perhaps, maybe; **por acaso** by chance; **por si acaso** just in case
acción action; stock share; *pl.* stock
acechar to lie in wait for
aceite oil
aceituna olive
acelerar to accelerate
acercarse to come near, draw near
acertar (ie) to guess right, to hit the target
acoger to welcome, receive
acomodado well-off, well-to-do
aconsejar to advise
acontecimiento event
acoplar to fit together
acostarse (ue) to go to bed
actitud attitude
actuación performance
actual *adj.* present-day, current
actualidad: en la actualidad nowadays, at the present time
actuar to perform; to act upon/as
acuclillarse to squat down
acudir to come, come up
acuerdo agreement; **de acuerdo con** in accordance with; **estar de acuerdo** to agree
además in addition; besides
adentro within; inside
aderezarse to adorn oneself
adinerado wealthy, well-off
adivinar to guess
adjudicar to award
adobo seasoning
adormilado sleepy, drowsy
adquirir acquire
aduanero customs officer
aducir *irreg.* to bring forward; to offer as proof
adueñarse to take possession of
adulterado adulterated, made impure
advenimiento *n.* coming, advent
advertencia warning; observation
advertir (ie, i) to warn, notify
afán desire, urge
afinado *adj.* in tune; tuned up
afinar to tune; to tune up
afligido distressed, grieved
afligir to afflict, trouble
afrontar to confront, deal with
afueras *f. pl.* outskirts
agarrar to grab, grasp
agazaparse to crouch down; to hide
aglomeración built-up area
agonizar to be dying
agotado exhausted; spent
agradecer to thank, to be grateful
agregar to add
agrupar to group, assemble
aguas negras *f. pl.* untreated sewage
agudo acute; sharp; witty
aguijón sting (*of a spider or insect*)
águila *f.* (*but* **el águila**) eagle
ahorrar to save
aire: al aire libre outdoors
airoso graceful, elegant
aislado isolated; insulated
aislamiento isolation; insulation
aislar to isolate; to insulate
ajado creased, wrinkled
ajeno of another; not one's own
ají *m.* bell pepper; chili pepper
ajiaco a Caribbean stew containing a varied mix of ingredients
alabar to praise
alameda tree-lined lane
alarido howl, scream
alba *f.* (*but* **el alba**) dawn
albañil bricklayer, mason
albergar to give shelter to; to house
albóndiga meatball
alcance: al alcance de within reach of (*the hand, the eye*)
alcanzar to reach; to manage to; to succeed in
alegrar to cheer, to brighten up
alejar to distance; to keep away from
alentar (ie) to encourage, cheer on
alfiler pin
alfombrado carpeted
alguien somebody, someone
aliado ally
alianza alliance, union
alicaído *adj.* drooping, weak; downcast, depressed

alimentar to feed
alimenticio nourishing; nutritional; related to food
alimento *n.* food
aliñado spiced; prepared
alistar to enlist, enroll; **alistarse** to get ready
aliviado relieved
aliviar to relieve
allanar to smooth, level
alma soul
almacenar to store
almorávides Almoravids (Islamic dynasty)
alpinismo mountain climbing
alrededor around
altivez arrogance, haughtiness
alto *n.* stop sign, traffic light; *adj.* High
altura height; stage
alumbrar to light, light up
amante *m./f.* lover
amargado embittered
amargo bitter
ambicioso ambitious
ambiente atmosphere, environment
ambos both
amedrentar to scare, frighten, terrify; to intimidate
amenaza threat
amenazar to threaten
amigable friendly
amistad friendship
amo master, boss
amorío love affair, romance
amparo *n.* protection, shelter
ampliar to extend, enlarge
amplio wide, full; broad
amplitud extent, size
anfitrión host
angloparlante *adj.* English-speaking; *n. m./f.* English speaker
angustia anguish, distress
angustiarse to be distressed; to grieve
angustioso distressed; distressing
anhelante *adj.* yearning, longing
animar to cheer up; encourage; to inspire; to animate
anochecer to get dark; **al anochecer** at nightfall
antaño *adv.* long ago
antecedente *adj.* preceding; *m. pl.* record, history
antepasado ancestor
anteponer *irreg.* to place in front of; to prefer
anterior *adj.* Previous
antes before; **antes de eso** before that; **cuanto antes** as soon as possible
antiguo former; ancient
antillano West Indian, from the Antilles (Caribbean islands)
anuncio personal personal ad
apagar to put out; to turn off
aparcería share-cropping, tenant farming
aparecer to appear
apariencia física outward physical appearance
apartado section
apellido surname
aplicado hardworking, diligent
apócrifo *adj.* apocryphal, not authentic
apoderado *n.* attorney, agent
apoderarse de to seize power, to take over
apodo nickname; alias
aportar to bring, contribute
aporte contribution
apostolado apostolate
apoyar to support
apoyo *n.* support; **apoyo en línea** online support
apresar to capture, arrest
aprobar (ue) to approve
aprovechamiento good use, development
aprovechar to make good use of; to make the most of
apuntar to take notes; to point out; to aim, point (*a gun*)
apuntes *m. pl.* written notes
apuro: en apuros in trouble
árbol tree
archivo file (record); filing; archive
arcilla clay
arco arc; arch
arena sand
argot *m.* slang
arma weapon; **arma de fuego** firearm, gun
armar to arm; to assemble
arraigar to take root; to become established
arrancar to start (*a car*); to start moving, get going
arrancón sudden starting (*of a car*)
arrasador *adj.* devastating, destructive
arrasamiento leveling, destruction
arrebatar to snatch, seize
arreglo *n.* arrangement; repair
arrellanarse to stretch out, make oneself comfortable
arrepentirse (ie, i) to repent, regret
arriesgar to risk
arroyo stream
arrugado wrinkled
artesanía crafts, handicrafts
articulado *n.* article (*of a proposal or bill*)
arzobispo archbishop
asado *adj.* roast or roasted; *n.* roast
asar to roast; **asar a la parrilla** to grill, broil
ascendencia ancestry, origin
asegurar to make sure; to insure
asemejarse to be like, resemble
asesinar to murder; to assassinate
asesinato murder
asesino murderer
asesor advisor, consultant
asesoría advice; **asesoría jurídica** legal advice
aseverar to assert
así so, thus; **así que** so
asiduo assiduous; frequent
asignatura subject; course
asimismo *adv.* likewise, in like manner
asistir a to attend
asomar to show, stick out; to lean out
asombrado astonished, amazed
asombro *n.* astonishment, amazement
asunto issue, affair, matter
asustado scared, frightened
atado tied
atardecer to grow dim; **al atardecer** at dusk, evening
ataviado dressed up
atávico atavistic
atemorizar to frighten, scare
atender (ie) to wait on; to pay attention
atentar to assault, attack; to commit an outrage against
aterrado terrified, horrified
aterrador terrifying, fearful
atónito astonished, amazed
atraco holdup, robbery
atrás behind; back
atravesado shot through, crossed by
atravesar (ie) to cross; to pass through
atreverse to dare
atrevido daring; insolent
atropellar to run over
aturdido bewildered, dazed, confused
audaz daring, audacious
aumentar to increase
aumento *n.* increase
aun even
aún still, yet
aunque although, even though
aurora dawn
ausencia absence
autóctono *adj.* native, indigenous
autoexigencia self-demand, demand(s) made of oneself
autopista motorway, freeway
autorretrato self-portrait
ave *f.* (*but* **el ave**) bird
aventurero *n.* adventurer; *adj.* Adventurous
averiguación investigation, inquiry
averiguar to investigate, ascertain; to find out, look up
azar *n.* chance; accident

azotar to lash; to whip
azúcar sugar

B

bacalao codfish
bache pothole; rough spot
bachiller *m./f.* high school graduate
bahía bay
bajar to lower; to go down; to bring, take down
bajo *adj.* low, short; *prep.* under; *n.* bass (guitar)
bala bullet
bala: orificio de bala bullet hole
baldío empty land, wasteland
banca banking industry
bancarrota bankruptcy
banda sonora soundtrack
bandera flag
barrera barrier
barriada quarter, district; slum area
barrio neighborhood, quarter; ghetto
bastante enough, quite, rather; quite a lot
bastar to be enough
basura trash, garbage
batata sweet potato
beca scholarship, grant
bendición blessing
bicarbonato baking soda
bienes *m. pl.* goods; **bienes raíces** real estate
bienestar well-being, welfare
bizcocho sponge cake
blanco *n.* target
bofetada slap
boga: en boga in vogue
bolsa bag
bolsa bag; stock exchange, stock market
bombero firefighter
bondad goodness, kindness
borde edge
borrador rough draft
borrar to erase
borrón blot or stain left by an erasure
bosque woods; forest; jungle
bosquejo *n.* outline
botar to discard, throw out
brebaje brew, concoction
brillar to shine
brindar to offer; to present
brocha paint brush
bruja witch
brujo wizard, sorcerer
bruma mist, fog
brusco sudden, abrupt; rude
buena: a las buenas willingly
buey ox
bufar to snort
burrada stupid thing; *pl.* nonsense
busca: en busca de in search of
buscar to seek, to look for
búsqueda search

C

cabalidad: a cabalidad *adv.* exactly, perfectly
cabaña cabin
caber *irreg.* to fit; to be possible
cabildo town council
cabo end
cacique chief; political boss
cacofonía cacophony, discordant repetition of sound
cadáver corpse
cadena chain; television network; **producción en cadena** production-line assembly
caer(se) to fall, fall down; **caerle bien** to be to the liking of
caída fall
cajero cashier, teller
calefacción heating
calentamiento heating, warming
calentar (ie) to warm; to heat up
calidad quality
calificar to describe
califont hot water heater (*commercial name, Chile*)
callejero *adj.* pertaining to the streets
calzado *adj.* wearing shoes; *n.* footwear
calzar to shoe, provide with shoes
camarón shrimp
cambiante changing
cambiar to change; **cambiar de papel** to switch roles
cambio de código code-switching
camino path, road, way
camión cisterna *m.* fire engine
campaña campaign
campesino peasant **campo** field; country, countryside
candente *adj.* red-hot; burning, important
canje barter, exchange
cantante *m./f.* singer
cantidad quantity
caos chaos, confusion
capacitado qualified
capaz capable, able
capricho caprice, whim
cárcel *f.* prison, jail
carga load; charge
cargado loaded
cargar to load
cargo important position
caribeño *adj.* Caribbean
caricia caress
caridad charity
cariñoso loving, affectionate
carrera area of study; career; race
carretera highway
cartel poster; drug cartel
cartón cardboard; carton
casero *adj.* homestyle, home
casi almost
casquillo bullet case, cartridge
castaño *adj.* chestnut brown
castigar to punish
castigo *n.* punishment
caudaloso swift, large; abundant
caudillo leader; tyrant; political boss
cautiverio captivity
cazador hunter
celos *m. pl.* jealousy
celoso jealous
centenar *n.* a hundred (*of something*)
cerca *n.* fence
cerdo pig; **carne de cerdo** pork
chacra small farm
charlar to chat, talk
chaya de ducha showerhead (*Chile*)
chévere great, fantastic
chicharrón pork rind
chiche *adv.* Easily
chicotazo lash, swipe
chiflado crazy
chimenea fireplace; chimney
chino *n.* kid, youngster; *adj.* Chinese
chisme piece of gossip
chistar to say a word; to speak
chivo goat
chocante *adj.* Shocking
chofer chauffeur
choque crash, shock; clash, conflict
chorizo pork sausage
chorrear to gush; to drip
cicatriz scar
cifra figure, number, numeral
circundado surrounded
circundar to surround
ciudadano citizen
clarear to clear up; to become lighter
clave *f.* key; clue
coartada alibi
cobardía cowardice
cobrar to charge; to receive; **cobrar vida** to come alive
cobre copper
cocina cooking; kitchen; stove
código code
colega *m.* colleague

colibrí *m.* hummingbird
colmo: para colmo to cap it all
colocar to place
comadre godmother; neighbor; midwife
combustible fuel
comerciante *m./f.* merchant, storekeeper
comestible edible, food-related
cómico *adj.* Funny
como like, as; **como si tal cosa** as if nothing had happened
compadecerse de to pity, be sorry for
compañero companion, friend, workmate
compartir to share
complacido pleased, satisfied
complejo complex
componer *irreg.* to compose; **componerse de** to be composed of
comportamiento behavior
comportarse to behave
comprobar (ue) to confirm; to check
comprometerse to commit oneself
compuesto *adj.* and *n.* compound
concejal alderperson, town council member
concentración concentration; gathering, meeting, rally
concertar to arrange, set up
concurrir to converge, meet; to concur
concurso contest
condiscípulo fellow student
conducir *irreg.* to lead; to drive
confiado trustful, confident
confiar en to trust, have faith in
confundir to confuse, to mix up; **confundirse** to make a mistake
congelar to freeze
conjunto set, collection, whole; musical group, band
conmover (ue) to move; to touch emotionally
conocer to know; to meet
conocido well-known
conocimiento knowledge
conquistar to conquer
consagrar to consecrate, establish
conseguir (i, i) to get, obtain; to attain, achieve, succeed in
consejo council; advice
conservación conservation
conservado preserved
conservar to keep, preserve; to conserve
consolar (ue) to console, comfort
constatar to confirm, verify
constructora construction company
consuelo solace; consolation
contados few
contaminación pollution
contaminante *adj.* polluting; *n.* pollutant
contar to count; to tell
controvertido controversial
contundente *adj.* forceful, convincing, overwhelming
conversador *adj.* talkative, chatty; *n.* conversationalist
convivencia "living together"; term describing the coexistence of Christians, Jews, and Moslems in medieval Spain
convocar to call, summon, convene
copal resin, incense
coraje courage
cordura good sense; sanity
correo mail
correr to run; **correr el riesgo** to run the risk
corriente *adj.* common, current; *f.* trend, tendency
cortador de caña sugar cane cutter
cortés courteous, polite
cortometraje short film
cosa thing; **como si tal cosa** as if nothing had happened
cosecha harvest
costumbre *f.* custom, tradition
cotidianidad *n.* everyday life, "everydayness"
cotidiano *adj.* everyday, daily
crecer to grow
creciente *adj.* growing, increasing
crecimiento growth
creencia belief
creíble believable
creído conceited
crepúsculo twilight, dusk, dawn
criada servant, maid
criado *n.* servant; (*p.p. of* **criar**) raised
crimen violent crime; murder
crisol melting pot
crónico chronic
cruce crossing
cruzar to cross
cuadro box, table, chart; painting, picture
cualquier any
cuanto antes as soon as possible
cubeta pail, bucket
cucha old woman (*Colombia*)
cuenca basin
cuenta: darse cuenta de to realize
cuento story
cuerdo *adj.* sane
cuerno horn
cuero leather; drum skin
cuidar (de) to take care of, look after
culata butt of a revolver or shotgun
culminar to culminate
cultivo cultivation of land, farming
culto *n.* worship, adoration; *adj.* cultured, educated
cumplir to carry out, perform, fulfil; **cumplir con** to carry out, fulfill
cura *m.* priest

D

dama lady
dañar to damage, harm
dañino harmful, destructive
daño *n.* damage
dar to give; **dar de comer** to feed; **dar por descontado** to take for granted; **darse cuenta de** to realize; **darse el lujo de** to give oneself the luxury of
dato piece of information; **datos** *m. pl.* data
deambular to roam about
deber *n.* duty
deberse a (que) to be due to
debidamente properly, duly
debilitar to weaken, enervate
declive *n.* decline
decorado *n.* set (*decorations and props*)
degustación action of tasting
dejar to leave; to lend; to let, allow
delgado thin
delincuencia crime
delito crime, offense
demandar to sue
demás: los demás the others, the rest
demasiado *adv.* too; *adj.* too much, too many
demente crazy, insane
denominar to name, denominate
denunciar to report, denounce
depósito warehouse
derechista *m./f.* rightist
derechos humanos *m. pl.* human rights
derrocar to overthrow, topple
derrumbar to overthrow; to throw down; **derrumbarse** to collapse
desafiante challenging, defiant
desafiar to challenge, defy
desafío *n.* challenge
desagradable unpleasant
desagrado displeasure
desaire gracelessness, rudeness
desangrarse to bleed profusely
desaparecer to disappear
desaparecido *adj.* disappeared; *n.* missing person
desarmar to dismantle, take apart
desarrollado developed
desarrollar to develop
desarrollo *n.* development; **en vías de desarrollo** developing (*e.g., nation*)
desatar to untie; to trigger, unleash

descampado *n.* empty, abandoned ground
descargar to unload
descarnado raw, harsh
descascarado chipped
desconcierto confusion
desconfiar to distrust
descongelar to unfreeze
descontado: dar por descontado to take for granted
descrito (*p.p. of* **describir**) described
descuartizar to carve up; to tear apart
desde since, from
desdén disdain
desdoblamiento splitting
desechable disposable
desechar to discard; to throw away
desechos waste, garbage
desempeñar to carry out; to fulfill; to play (*a part*)
desempleo unemployment
desenfadado free, uninhibited, casual
desenlace denouement, conclusion
desenterrar (ie) to dig up
desentrañar to unravel, disentangle
desenvolverse (ue) to evolve, unfold
deseo: pozo de los deseos wishing well
desesperadamente desperately
desesperar to despair, lose hope
desfilar to march, parade
desgajar to pull away from, separate from
desgarrado torn, ripped
desgastar to wear away
desgaste *n.* wear and tear; erosion
deshacer *irreg.* to undo; to dissolve
deshielo melting, thawing
desmesura excess, lack of restraint
despachar to dispatch, send
despacio *adv.* slowly
despedir (i, i) to emit; **despedirse de** to say good-bye to
despenalizar to decriminalize
desperdiciar to waste
desperdicio *n.* waste
despiadado inhuman, merciless
desplegar (ie) to unfold, unfurl; to display
despreciado despised
despreciar to scorn, despise
desprecio scorn; contempt
desproporcionado out of proportion
después afterward, later;
  después de eso after that
destacar to stand out
desterrar (ie) to exile
destinar to allocate; to assign
destinatario addressee
detalle detail
detenerse *irreg.* to detain; to stop
detenido *adj.* detailed; thorough; arrested
deterioro deterioration; damage
deuda debt
diario *n.* daily newspaper
dictadura dictatorship
diestro skilled, skillfull, adroit
diferenciarse de to differ from
difundir to disseminate, spread
difusión diffusion; broadcasting
dirigente *n. m./f.* leader
discutir to discuss; to argue
disentir (ie, i) to disagree, differ
disfrutar de to enjoy
disminuir to lower, diminish
disolver (ue) to dissolve; to destroy
disparar to fire, shoot
disparar to shoot, fire
disparate foolish remark, nonsense
disparo shot
disponerse *irreg.* to get ready
disponible available
dispuesto willing; ready
distinto different; distinct
disyuntiva alternative, choice; dilemma
divertido *adj.* fun, entertaining
doblaje dubbing (*of a film*)
doblar to dub; to fold; to bend; to turn
doloroso painful
dominante dominant
dominar to dominate, to master; **dominar una lengua** to speak a language well
dominical Sunday
dominio authority, control
dorado golden
dosis *f.* dose, dosage
drogata *m./f.* drug addict (*slang*)
dueño owner, landlord; master of the house
duradero lasting, long-lasting
durar to last

E

echar to throw, toss; **echar de menos** to miss; **echar mano de** to make use of; **echar pie atrás** to back out, down; **echar raíces** to take root; **echar un vistazo** to take a look at
ecologista *n. m./f.* environmentalist
eficacia *n.* effectiveness; efficiency
egoísta *adj.* selfish
eje axis; center
ejemplar copy (*of a book*)
ejemplificar to exemplify
ejercer to practice, perform; to exercise, wield
elegir (i, i) to elect; to choose, select
elenco cast
elogiable praiseworthy
elogiar to praise
embarazada pregnant
embargo: sin embargo however
embotelladora bottling company or plant
emisora radio station
emitir to emit; to broadcast
empeño determination
empeorar to worsen
empero *conj.* but; yet; however
emplazar to place, to erect on a site
empleado employee
emprendedor enterprising
emprender to undertake; to start
empresa company, firm, business
empresario business person; entrepreneur
empujar to push
encajar to fit; to insert; to fit in
encantar to delight, charm
encanto *n.* enchantment; magic spell
encarcelar to put in jail
encargado *adj.* in charge
encauzar to channel, direct
encender to light; to light up; to turn on
encerrar (ie) to lock up
enchilado shellfish stew (*Cuba*)
enchufe plug, socket; **tener** (*irreg.*) **enchufe** to have connections
encima on top, above;
  por encima superficially
endémico endemic, characteristic of a region
enfatizar to emphasize
enfermar(se) to get sick
enfermedad illness
enfermero *n.* nurse
enfermo *adj.* sick, ill
enfrentamiento clash, confrontation
enfrentarse (a/con) to deal (with), confront
engañar to deceive; to cheat on
enganchado hooked
enganchar to hook
engrandecer to enhance
engrasar to grease, lubricate
enjabonar to soap, lather up
enloquecer to drive crazy; to delight;
  enloquecerse to go crazy
enojarse to get angry
enredarse to get tangled up
enriquecer to enrich;
enriquecerse to get rich
ensayo essay; rehearsal
enseguida at once, immediately
ensuciar to dirty; to pollute
ente entity
enterado informed
enterarse de to find out about
enterrar (ie) to bury
entibiar to grow warm, tepid

entorno setting; environment
entre between; among
entredicho: estar en entredicho to be questionable or in doubt
entrega delivery; installment
entregar to deliver, hand over, hand in
entrevista interview
entrevistado *adj.* interviewed; *n.* interviewee
entrevistador interviewer
entrevistar to interview
envase package; packaging, wrapping
envenenamiento poisoning
envenenar to poison
enviar to send
envidia *n.* envy
envidiar to envy
envío dispatching; shipment
envoltura wrapping
envolver (ue) to wrap; **envolverse en** to get wrapped up in
epiceno epicene (*a word with only one gender, such as* ***la víctima,*** *which applies to males and females*)
época time, period, age
equilibrado balanced
equivocado mistaken
equivocarse to be wrong
esbelto graceful; slender
escalera stairway
escalofrío chill, shiver
escamotear to snatch away, make vanish
escaparate shop window
escaramuza skirmish
escarbar to investigate, delve into
escasamente scarcely
escasez shortage, lack
escaso scarce; very limited; **escaso de** short of
escena scene
escenario stage, setting; situation, scenario
escénico *adj.* pertaining to the stage
esclavizar to enslave
esclavo *n.* slave
escoger to choose
escombros *m. pl.* rubble, debris
escondite hideout
escudriñar to investigate, scrutinize
esforzar(se) to strive, to make an effort
esfuerzo *n.* effort
esmerarse to do one's best; to shine
espada sword; **entre la espada y la pared** between a rock and a hard place
espaldas: de espaldas a with one's back to
especialmente specially, especially
especie *f.* species; sort, type
especificar to specify; to define
esperanza hope
espigar to glean; to collect
espina thorn
espumarajo foam, froth (*from the mouth*)
estabilizar to stabilize
estable stable
establecer to establish
establecido established
establecimiento establishment
estado state, condition; national state, government; **golpe de estado** coup d'état; **estado civil** marital status
estancia stay
estanco tobacco shop
estrago devastation
estrella star
estrenar to show or wear for the first time
estribillo refrain (*of a poem*)
estridente strident, shrill
estrofa stanza, verse
estudio study, library
estudioso scholar
estufa heater; **estufa a leña** wood stove
estupefaciente *n.* narcotic
etapa stage, phase
evitar to avoid
evolucionar to evolve, develop
excluir to exclude; to expel
exhibir to exhibit, display
exigencia demand, requirement
exigente *adj.* demanding
exigir to demand, require
éxito success
exitoso successful
expectativa expectation
expender to sell
explotación exploitation, development
explotar to exploit; to explode
extender (ie) to extend, expand
extrañar to miss
extranjero *adj.* foreign; *n.* foreigner; **al/en el extranjero** abroad
extraño *adj.* strange; foreign

F

fabricante maker
fácil easy
facilitar to facilitate, make easy
facturar to invoice, bill; to receive
faena task, job
falta *n.* lack; error, mistake; offense
faltar to be missing or lacking; **faltar a** to miss (*e.g., a class*)
fama fame; reputation
familiar *adj.* pertaining to the family; *n. m./f.* relation, member of the family
fantasma *m.* phantom, ghost
fatalista *adj.* fatalistic
fatigarse to wear oneself out
fauno faun (*part human, part goat*)
feroz ferocious
festejo celebration, festivity
fiebre *f.* fever
fiel faithful
fiereza fierceness, ferocity, cruelty
fierro piece of metal; gun (*slang*)
fijamente fixedly, attentively
fijar to fix, set, establish
filmoteca film library/archive/club
filología study of literature and linguistics
filólogo *m./f.* philologist, specialist in the study of literature and linguistics
fin end; **por fin** finally
finado deceased
final ending; **al final** in the end
finalidad purpose, aim
finar to die, pass away
finca farm; estate
fingir to pretend
firmar to sign
fiscal *n.* prosecutor; **fiscal general** Attorney General
físico physicist; physique
fisiognómico pertaining to the face or physical appearance as indicative of character
florecer to flourish, bloom
florecimiento flowering, blossoming
flujo flow
foco focus
fomentar to encourage, promote
fondo bottom, depth
fondo fund; **fondo de pensiones** pension fund
forja forging, making
forjar to forge, shape, make
forma form; way, manner
fortalecer to strengthen
fracasado unsuccessful
fracasar to fail
franquicia franchise
frasco bottle, jar
frenar to restrain; to brake
frente *m.* front; *f.* forehead; **frente a** *prep.* facing, in front of
frescura freshness; coolness
fritura fritter
frontera border; frontier
fructífero fruitful
fuente *f.* fountain; spring; source; serving platter
fuerza strength, force, power
funcionamiento functioning; operation
funcionario government employee, civil servant

fundación founding; foundation
fundar to found
fundir to fuse; to merge
fusilamiento shooting, execution

G

galardonar to award, to give an award to
galopar to gallop, go at a gallop
ganadería cattle raising
ganadero *adj.* cattle; *n.* rancher
ganado *n.* cattle
ganador winner
ganancia profit; **ganancias** *f. pl.* earnings
ganancioso profitable
ganar to win; to win over; to earn
gandules *m. pl.* pigeon peas
garantizar to guarantee
gasto expense; expenditure
gavilla bundle, sheaf
género grammatical gender; sexual gender; genre (*type of literature or film*)
genio temper
gestado conceived
gesto gesture; expression
giro turn of phrase, expression
gobernar (ie) to govern
gobierno government
golfo gulf; lazy person (*slang*)
golpe blow; **de golpe** suddenly; **golpe de estado** coup d'état, overthrow of the government
golpecito tap
goma rubber; tree gum
gorra cap
gota drop
gotear to drip
gozar to enjoy, delight in
grabación recording
grabar to record
grado grade; degree
grato pleasant, welcome
gritar to shout; to scream
guarda *m./f.* guard, caretaker
guardar to put away; to keep
guardería de niños day care center
guayaba guava
guerrero *n.* warrior; *adj.* warlike
guerrilla guerrilla warfare
güevón *adj.* stupid, silly (*vulgar slang*)
guía *m./f.* guide
guion script
guionista *m./f.* script writer
guita cash, "dough" (*slang*)
gusano worm; **gusano de seda** silkworm
gusto *n.* like, interest; taste

H

hábil clever, skillful
habitante *m./f.* inhabitant
hablador talkative, chatty
hacer to do; to make; **hacer caso de/a** to pay attention to, to take notice of; **hacer pesas** to lift weights; **hacer un papel** to play a role
hacia towards, to
hada madrina fairy godmother
hallar to find; to discover
hallazgo finding, discovery
hambriento hungry
harina flour
hechizo *adj.* artificial; *n.* magic spell
hecho *n.* fact, deed; **de hecho** in fact
helada freeze, frost
helar to freeze, ice up
herencia heritage; inheritance
herida wound
herido *adj.* wounded
herir (ie, i) to wound
hermetismo secrecy, silence, reserve
hielo ice; freeze, frost
hilo thread
hispanohablante *adj.*
hispanoparlante *adj.* Spanish-speaking; *n.* Spanish speaker
historia story; history
hocico snout
hogar home; hearth
hoja leaf; sheet
hollín soot
hombría manliness
honrado honest, decent
hoyo hole
hueco hole
huella trace; footprint
huir to flee; to escape
humilde humble, modest, lowly
humo smoke
huracán hurricane
husmear to sniff out; to pry into

I

idioma *m.* language
igualar to make equal; to match
igualdad equality
imponer to impose
impresionante impressive, amazing
imprimir to print
impuesto *adj.* imposed; *n.*tax
impureza impurity
incansable tireless
incendiar to set on fire
incendio forestal forest fire
incertidumbre *f.* uncertainty, doubt
incluso even; including
incómodo uncomfortable
inconfundible unmistakable
incontable countless, innumerable
indespegable inseparable, "not unstickable"
índice index; rate
indígena americano *m./f.* Native American
indumentaria clothing, apparel, dress
inesperado unexpected
inestabilidad instability
inestable unstable
infancia infancy
infarto heart attack
inflado *adj,* inflated
inflar to inflate
ingenuismo naiveté, ingenuousness
ingresar to deposit; to earn; to enter or join; to be admitted
ingreso admission; **ingresos** *m. pl.* income
iniciar to start, begin
inmigrar to immigrate
innato innate, inborn
innegable undeniable
inodoro toilet
inquietar to worry, disturb
inquietud concern, worry
insaciable insatiable
inscribirse en to enter, sign up for
insensatez senselessness, stupidity
intentar to attempt, to try to
intercambiar to exchange
intercambio: estudiante de intercambio *m./f.* exchange student
internar to admit (hospitalize); **internarse** to go deeply into
interrogante *n.* query, question
intromisión insertion; interfering
inundación flood
inútil useless
invasor invader
invencible invincible; unconquerable
invernadero *n.* greenhouse
inversión investment
inversionista *m./f.* investor
invertir (ie, i) to invest
involucrado involved
irremisiblemente unpardonably
izquierdista *m./f.* leftist

J

jabón *m.* soap
jactarse to brag
jamás never
jefe head; chief; boss

jerarquía hierarchy
jerarquización hierarchization
jonrón homerun
jorobado hunchback
jubilar(se) to retire
judío *n.* Jew; *adj.* Jewish
juez *m.* judge
jugador player
juguetón playful
juicio judgment
junta board, council; **junta militar** military junta
juntar to join, bring together
jurar to swear, take an oath
justo just, fair
juventud youth
juzgar to judge

L

lacra blot, blemish
ladino person who has adopted Spanish and Hispanic culture (*Guatemala*)
lado side; **por un lado** on the one hand; **por otro lado** on the other hand
ladrar to bark
ladrón thief
lágrima tear
laguna lacuna, gap
lamentar to lament, mourn
lanzador pitcher (*in baseball*)
lanzar to throw; to launch; **lanzarse** to begin to
largo long; **a lo largo de** along, throughout
lastimado *adj.* hurt
latigazo lashing, lash (*of a whip*)
latir to beat
lazo tie
leal loyal
lealtad loyalty
lecho bed; **lecho de muerte** deathbed
lector reader
lectura reading
legado *n.* legacy
legumbre *f.* vegetable
lema *m.* motto, slogan
leña firewood
lengua: dominar una lengua to speak a language well
lenguaje mode or style of language; language
lento slow
liberar to free, release; to liberate
libre pensador free thinker
licenciatura university degree, traditionally requiring five years of study
lidiar to fight; to deal or struggle with
ligado linked
ligeramente slightly
limpiador cleaner
limpieza cleaning, cleanliness
llamar la atención to attract attention
llanta tire
llegada arrival
llenar to fill
llevar to carry; to lead; to have been;
llevarse to carry away
lobo wolf
loco crazy
lograr to manage to; to succeed in
logro *n.* achievement
lote portion, share
lucha *n.* struggle, fight
luchar to struggle; to fight for
luego then, next, later
lugar place
lujo: darse el lujo de to give or allow oneself the luxury of
luminotecnia lighting

M

madera wood
maderero *adj.* pertaining to timber or lumber
madurar to ripen; to mature
maestría mastery; master's degree
maestro schoolteacher; master
mago magician; wizard
malanga root vegetable
maldad evil; evil act
maldecir *irreg.* to curse
maldito damned, cursed
malentendido misunderstanding
malva mauve
manar to flow, run
mancha de sangre blood stain
manchar to stain, get dirty
manco one-handed, one-armed
mandar to send; to order, command
manejar to run, manage; to drive; to use
manejo use, operation
manguera hose
maní *m.* peanut
manifestación manifestation, show, sign; demonstration, rally
manifestar (ie) to show, display
manifiesto statement, declaration
mantener *irreg.* to maintain, keep; to support
mantenimiento maintenance; support
mantequilla de maní peanut butter
mañana morning; **muy de mañana** very early in the morning
marca brand, make
marcharse to go away, leave
mareado dizzy
marginar to marginalize, exclude
marianismo devotion to the Virgin Mary
marrón *adj.* dark brown
mas but, however
más more; **es más** what's more
masa mass; pulp; dough
materia subject matter; **materia prima** raw material
matorral thicket, bushes, scrubland
mayordomo butler
mazorca corncob
mecanografía typing
medida measure; step
medio *adj.* middle; half; average; *n.* means; **media naranja** better half (spouse); **medio ambiente** natural environment; **por medio de** by means of; **medios de comunicación** media
mediocridad mediocrity
mejorar to improve
mendigo beggar
menear to move, shake
menos less; **echar de menos** to miss; **por lo menos** at least
mensaje message
mentir (ie, i) to lie
menudo: a menudo often
mercadeo marketing
mercader merchant
mercadotecnia marketing
merecer to deserve
merodear to prowl about
mestizaje mixing of races and cultures (European and Native American)
mesura moderation, restraint
meta goal, aim
metáfora metaphor
metedura de pata faux pas
meter la pata to put your foot in it
metralleta submachine gun
mezcla *n.* mixture
mezclar to mix
mezquita mosque
microondas *m. sing.* microwave oven
miel *f.* honey
miembro *m./f.* member
mientras while; **mientras tanto** meanwhile
milagro miracle
millar *n.* thousand
milpa corn field
mimado spoiled, pampered
mina mine
minero *adj.* mining, pertaining to mining
minorista *adj.* retail; *n.* retailer
minutaje total time in minutes
mira *n.* aim, intention

mirada look, glance
misa Catholic Mass
mito myth
moda: de moda in style, fashionable, popular; **ponerse** (*irreg.*) **de moda** to come into fashion
modismo idiom
modista fashion designer
modo mode, manner, way; **a mi modo de ver** in my view, the way I see it; **de ningún modo** in no way
molestar to bother
montaje editing
monto sum, total
moraleja moral (*of a story*)
morder (ue) to bite
mordida bribe (*México*)
moreno olive-skinned; dark-skinned; tanned
moro *n.* Moor; *adj.* Moorish
mostrar (ue) to show
motivo motif; reason, motive
móvil motive for a crime
mudarse to move to another house
muerte *f.* death
muestra sign; sample; display
multiplicidad great number; multitude
multisecular *adj.* many centuries old
mundial *adj.* world, worldwide
muñeca doll
muñeco doll, puppet
muralla city wall
musulmán *adj.* Moslem

N

nacer to be born
nadie no one, nobody, (not) anybody
nalga buttock, rump
narrar to narrate
natal *adj.* native, home
navegante *m./f.* navigator, sailor
neblina fog, mist
necesidad *n.* need, necessity
negación denial; refusal
negar (ie) to deny; **negarse a** to refuse to
negocio *n.* business
negrita: en negrita in boldface
ni siquiera not even
nicho niche, recess
nieve *f.* snow; **tempestad de nieve** snow-storm
niñez childhood
ningún, ninguno no, not any, none; **de ningún modo** in no way
nivel level; **nivel de vida** standard of living
nocivo harmful
norma norm, standard
notario notary
noticias *f. pl.* news
nudo knot; climax (*of a novel, drama*)
numerar to enumerate, number

Ñ

ñame yam (*similar to sweet potato*)

O

obedecer to obey
obra *n.* work; **obra maestra** masterpiece; **obra de bien** good deed
obrero *n.* worker; **clase obrera** working class
obsequiar to offer as a gift
obstante: no obstante however, nevertheless
obstinado obstinate, stubborn
occidental *adj.* western
ocultar to hide
odiar to hate
odio hatred
ofendido insulted, hurt
oficio trade, job
ola wave
olla pot, pan
olor smell
olvidar to forget
ondulante undulating, waving
oprimir to oppress
opuesto opposite
oración prayer; sentence
orden *m.* order, arrangement, disposition; *f.* command
ordenador computer (*España*)
organismo organization
orgullo pride
orgulloso proud
orificio de bala bullet hole
orisha *m.* god/saint of santería
oro gold
orquestado orchestrated
oscurecer to get dark
oscuro dark
ostentar to show off, have
ostra oyster
otorgar to grant, give

P

padecer to suffer from
padrastro stepfather
paladar *n.* palate, taste
palanca lever, crowbar; **tener** (*irreg.*) **palanca** to have connections
paloma dove
pantalla screen
papa *f.* potato
Papa *m.* Pope
papel paper; role; **cambiar de papel** to switch roles; **hacer un papel** to play a role
par couple, pair; **a la par con** at the same time as, while
paraestatal public, semi-official
parapetarse to hide oneself
parar to stop; **pararse** to stand up
parecer to seem; **parecerse a** to resemble; **al parecer** apparently
parecido similar
pared wall; **entre la espada y la pared** between a rock and a hard place
pareja pair, couple; partner
paro unemployment (*España*)
parque de los robles oak grove
parra: subirse a la parra to get all high and mighty
parrilla grill
particular *adj.* particular; *n.* individual
partir to leave, depart; **a partir de** beginning in/on/with
pasamanos *m. sing. or pl.* handrail
pasar to pass; to go through; **pasársele la mano** to go too far, to cross the line
pasear al perro to walk the dog
paseo walk, stroll
paso step, stride; **a grandes pasos** by leaps and bounds
pastoso doughy, pasty
pata foot and leg of an animal; **metedura de pata** faux pas; **meter la pata** to put your foot in it
patrocinado sponsored; patronized
patrón patron; standard; boss, master
pedazo piece
pedir (i, i) to ask for; to order; **pedir prestado** to borrow
pegamento glue
pegar to hit; to stick, glue
peldaño step (*of a porch or stairs*)
pelear to argue, quarrel
película film; **rodar (ue) una película** to shoot a film
peligrar to be in danger
peligro danger
peligroso dangerous
penoso painful, distressing
pensador: libre pensador free thinker
pensamiento thought; idea
percatarse de to notice, take note of
pérdida loss
perdido *adj.* lost; **perdida** *n.* loose woman
perdiz partridge
perecer to perish

perfil profile
periodista *m./f.* journalist
perjudicar to damage, harm, impair
permanecer to remain
personaje character (*in a novel*)
pertenecer to belong
pesar to weigh; **a pesar de** despite, in spite of
pesas: hacer pesas to lift weights
pez *m.* fish
picado chopped
picana eléctrica electric (cattle) prod
picante very hot, highly seasoned
pie: echar pie atrás to back out, down
piel *f.* skin; leather; fur
pieza piece; room
pincel paintbrush
pintura paint; painting
pitar to blow a whistle; to honk
pitón horn (*of a bull*)
placa de matrícula license plate
plagar to plague; to infest
platanero banana tree
platicar to talk, chat (*México*)
plazo period of time; **a largo plazo** *adv.* in the long run, *adj.* long-term
plenamente fully, completely
pleno full; **en pleno verano** in the middle of summer, at the height of the summer
plomo lead
población population
poblador inhabitant, settler
pobreza poverty
poder (ue) *v.* to be able; *n.* power
poema *m.* poem
poeta *m./f.* poet
polémica controversy, debate
polifacético multifaceted
polígono de tiro firing range; **hacer polígono** to practice shooting at a firing range
politeísta *adj.* polytheistic
pollona little chicken
polvo dust; powder
poner *irreg.* to put, to place; **ponerse de moda** to come into fashion
ponzoñoso poisonous
popular of the people, people´s; popular
por by; for; through; **por acaso** by chance; **por dónde** because of this; **por encima** superficially; **por si acaso** just in case; **por supuesto** of course
pormenor *n.* detail, particular
porque because
porquería filth, garbage
portar to carry, bear
portavoz *m./f.* spokesperson
porteño of or from Buenos Aires
porvenir *n.* future
pos: en pos de after, in pursuit of
postura position, stand
potencia power, ability
potenciar to foster, promote; to strengthen
pozo *n.* well; **pozo de los deseos** wishing well
predecible predictable
predecir *irreg.* to predict, foretell
prejuicio prejudice; bias
premio prize, award
prensa press, media
preocuparse de to worry about
prestado: pedir prestado to borrow
préstamo borrowing; loan
presupuesto *n.* budget
pretender to intend; to aim to
pretina belt, waistband
prever *irreg.* to foresee, predict
previsible foreseeable
primero *adj., adv.* first
primigenio original, primitive
primordial basic, fundamental, essential
principio principle; beginning; **al principio** at first
problema *m.* problem
procedencia origin
procesamiento de datos data processing
procesar to prosecute, put on trial
procurar to endeavor, to try to
proeza exploit, feat
promover (ue) to promote, encourage
promulgar to put (*a law*) into force
pronto soon; **de pronto** suddenly
propiedad property; propriety
propietario owner; landlord
propio own; one's own; very same
propósito purpose
protagonizar to take a leading part in
proveedor magazine (*of a firearm*)
provenir *irreg.* to come from
provocar to provoke; to cause
proyectil projectile; bullet
prueba proof
prueba proof, evidence
público *n.* audience
pueblo people of a region or country; town, village
puente bridge
puerco pig; **carne de puerco** pork
puesto (*p.p. of* **poner**) put; placed; **puesto de canje** *n.* stall or booth for small trades or exchanges; **puesto que** because, since
pujante strong, vigorous
puñado fistful
puñal dagger
puntaje score, point total
puntería aim
punto de mira sight of a gun; objective
puro cubano Cuban cigar

Q

quedarse to stay, remain
quejarse to complain
quemadura burn
quemar to burn
queroseno kerosene
quiebra: en quiebra broke, bankrupt
quiebre breakdown, collapse
quinceañera girl celebrating her 15th birthday (*Latinoamérica*)
quitar to take away, remove
quizás perhaps, maybe

R

rabioso furious, angry
rabo tail
radicar to be rooted in; to lie in
raído frayed, threadbare; shameless
raíz root; **echar raíces** to take root
rango rank
rascar to scratch
rasgo trait, feature
rasurarse to shave
rato *n.* a while, short period of time; **pasar el rato to** pass the time
razonamiento reasoning
reacio reluctant, resistant
real real; royal
realizado accomplished, fulfilled
realizar to do; to make real; to achieve
rebelde *adj.* rebellious; *n.* rebel
rebueno very good
recado message; errand
recargable rechargeable
recargar to recharge; to load down
receloso suspicious, apprehensive
receta recipe; prescription
rechazar to reject
recibir tregua to get a break, relief
recién newly; just, recently
recipiente container
reclamar to claim, demand
reclusión seclusion
recoger to gather, collect
recoger to pick up; to gather together
reconocer to recognize
reconocimiento recognition
recuerdo *n.* memory, recollection
recurso resource; **recurso poético** poetic device

red net; network; Internet
redacción composition; writing
redactar to write, draft
redactor editor, writer
redada police raid
redentor *adj.* redeeming
reemplazar to replace
reforzar (ue) to reinforce, strengthen
refrescar to refresh; to cool down
refresco soft drink
regadera shower head
regalo gift
regar (ie) to water
regresar to return
reina queen
reino *n.* kingdom
reír (i, i) to laugh at
reja iron grille, screen (*on a window*)
remediar to remedy; to put right
remesa remittance
remisible pardonable, forgiveable
remitente *m./f.* sender (*of a letter*)
remitir to remit, send; to forgive, pardon
remontarse to go back to, to date from
remordimiento remorse
renacer to be reborn
rengo lame
rentable profitable
rentista stockholder
renuncia resignation
reparto *n.* cast (*of a play, film*)
repente: de repente suddenly
reprender to scold, correct
repuesto (*p.p. of* **reponer**) replaced; *n.* replacement
res: carne de res beef
rescate rescue
reseña review
residuo residue
respaldo back (*of a chair*)
respetado respected, honored
respetuoso respectful
respirar to breath
restañar to staunch, stop the flow of
restringido restricted, limited
resultar to turn out, to be
resumen summary
retener *irreg.* to retain; to hold back
retrasarse to get or fall behind
retrato portrait
reunión meeting, gathering
reventado broken, smashed
revés: al revés the other way around
revisar to review; to revise; to check
revisión review; check, inspection
revista magazine
revolverse (ue) to revolve;
revolvérsele la sangre to make one's blood boil
revuelo fluttering; stir, commotion
rey *m.* king
rezar to pray
riada flood
rico rich
riesgo risk; **correr el riesgo** to run the risk
rincón inside corner
riqueza riches, wealth
risa laughter
rizado curly
rodar (ue) to roll; **rodar una película** to shoot a film
rodeado surrounded
rodear to surround
rogar (ue) to beg, plead
rostro face
rotulado labeled
rotular to label
rótulo label
ruego request, entreaty
ruido noise

S

sabor *n.* flavor; taste
sabroso delicious
sacar to take out, extract
sacerdote priest
sagrado sacred
salario wage, wages
salida departure; exit
salir *irreg.* to leave, go out; **salirse con la suya** to get one's own way
saltar to jump, leap
saludar to greet, say hello to
salvaje wild; savage
salvar to save
sangre *f.* blood; **mancha de sangre** blood stain; **revolvérsele (ue) la sangre** to make one's blood boil
sangría spilling of blood; Spanish punch with red wine and fruit
sangriento bloody
santería religion of mixed African and Christian origin
sapo toad
secuestro kidnapping; hijacking
seda silk
sede *f.* seat, place; venue
seductor *adj.* seductive; *n.* seducer; charmer
seguida: en seguida immediately
seguidor follower
seguir (i, i) to follow; to continue, to keep on; **seguir en sus trece** to stick to one's guns
según according to
seguro insurance
sello stamp; seal
selva jungle, forest
sembrar (ie) to sow, plant seed
semejante similar
semejanza similarity, likeness; **a semejanza de** just like, as
semilla seed
señalar to point out; to indicate
senda path, track
sendero path, track
sensibilidad sensitivity
sensible sensitive
sentar (ie) to seat; to set, establish
sentido meaning, sense; **sentido del humor** sense of humor; **tener sentido** to make sense
sentimiento feeling
sentir (ie, i) to feel; to regret; to be sorry about
sequía drought
ser *v.* to be; **ser el uno** to be the best; *n.* being
seto hedge, fence, enclosure
sicario hitman, hired killer
siembra sowing
siglo century
significado meaning
significar to mean; to signify
siguiente following
sillón armchair; **sillón de terciopelo verde** green velvet armchair
símil simile
simpático pleasant, likable
sin without; **sin embargo** however; **sin límite** limitless
sinagoga synagogue
sincrético syncretic
sincretismo syncretism
siniestro disaster
sino but
siquiera even; **ni siquiera** not even
sistema *m.* system
sitio place; **sitio de mala muerte** godforsaken place
soberbio magnificent, superb; proud
soborno bribery; bribe
sobrar to be left over, to be more than enough
sobre *n.* envelope
sobredosis *f.* overdose
sobregeneralizar to overgeneralize
sobrepoblación overpopulation
sobresaliente outstanding
sobresalir *irreg.* to stand out
sobresaltar to fall upon; to attack
sobretodo *n.* overcoat

sobrevivir to survive
socarrón *adj.* cunning; sarcastic, ironic
socio business partner; member of club
sofreír (i, i) to sauté
soledad solitude, loneliness
soler (ue) to be in the habit of; to usually (do)
solicitud application
soliviantarse to become angry, get roused
solo *adj.* alone; sole
solo/sólo *adv.* only (accent optional)
soltar to let go of, release
soltero *adj.* single, unmarried; *n.* unmarried person
someterse to submit to; to undergo
soñador *n.* dreamer; *adj.* dreamy
sonreír (i, i) to smile
sonriente smiling
sopesar to test the weight of; to consider
soplador blower; **soplador de hojas** leafblower
soplar to blow
sortear to dodge, avoid; to decide by chance; to draw lots (for)
soslayo: de soslayo sideways; obliquely
soso tasteless, insipid, dull
sospechar to suspect
sostén support
subir to go up; to get on (*a bus, train*); to climb
suceder to happen
suceso event
sudor sweat
sueldo salary
suelo ground; floor; soil
suelto loose, free; flowing
sueño dream; sleep
sumamente extremely, exceedingly, highly
sumiso *adj.* submissive
superar to surpass, exceed; to overcome
superpoblación overpopulation
supervivencia survival
supresión suppression, elimination, deletion
suprimir to suppress, eliminate, delete
suprimir to suppress; to abolish, eliminate; to cut out
supuesto supposed; **por supuesto** of course
surgimiento emergence
surgir to appear; to emerge; to arise
susceptible de liable to; capable of
sustantivo noun
sustento support; sustenance
sutileza subtlety

T

tal such; **tal o cual** such and such
tamaño size
también also, too
tambor drum; drum of a revolver
tanto as much, so much, such a; **por lo tanto** therefore
tapar to cover up
tarea task; homework
tarifa tariff, tax
tartamudo *adj.* stuttering
tasa rate; **tasa de desempleo** unemployment rate
tela fabric; oil painting
telediario daily news program
tema *m.* topic, theme
temer to fear
temor *n.* fear
tempestad de nieve snowstorm
temporada period, season; **de temporada** of the season, of the moment
tender (ie) to stretch; to extend; to tend to
tener *irreg.* to have; **tener como/por resultado** to result in; **tener enchufe** to have connections; **tener palanca** to have connections; **tener vergüenza** to be ashamed
tercio *n.* third
terciopelo velvet
terminar to end, finish
término term; end, conclusion
terrateniente *m./f.* landowner
terremoto earthquake
terruño native land
testigo witness
tibio tepid
tierno affectionate, tender
tildar de to label, characterize as
tipo type; guy
tipología typology
tira cómica comic strip
tiro shot
título universitario academic degree
tocar to touch; to play (*a musical instrument*); **tocarle a uno** to be one's turn or obligation
toma directa *n.* live shot
tomar to take; **tomar(se) en cuenta** to take into account
tontería foolishness, silliness
torero bullfighter
torno: en torno a about; around
totear to explode, burst (*slang, Colombia*)
trabajador *adj.* hardworking; *n.* worker
tragar to swallow
trama plot
trámite step, procedure; *pl.* paperwork, errands
tras after; behind
trasladar to transfer, move
traspaso transfer
trasponer *irreg.* to transpose; to move across
trastes *m. pl.* housewares, pots and pans
trasvasijar to pour into another container
tratar to treat; to deal with; **tratar de** to try to; to be about
través: a través de across, through
travieso naughty, mischievous
tregua truce; **no recibir tregua** not to get a break
trinomio something composed of three elements
tripas guts, intestines
triunfar to triumph; to succeed
tronchar to cut down, to cut off
tropezar (ie) to stumble, trip; to bump into
tumbadora large conga drum
tumbar to knock down, knock over
tutela tutelage, protection

U

ubicación placement, location
ubicar to locate, place
último *adj.* last; **por ultimo** *adv.* lastly
umbral threshold
único *adj.* only, sole
unir to unite; to join together
uno: ser el uno to be the best
urbe *f.* large city
urdido put together, contrived
útil useful

V

vacío *adj.* empty; *n.m.* void
vago lazy, slack
valer to be worth; **valerse de** to make use of
¡válgame Dios! God help me!
valioso valuable
valor value; courage
valoración valuation, appraisal
vanguardia vanguard; avant-garde
varilla rod, rail
varón male, man
varón man, male
vasallo vassal
vasija vessel, pot, dish
vatio watt
vecindad vicinity, nearness
vecindario neighborhood
velocidad speed, velocity; **velocidad crucero** cruising speed
veloz quick, fast

veneno poison; venom
venidero *adj.* coming, future
venta sale, selling
ventaja advantage
ventanal large window
ventilador electric fan
verano: en pleno verano in the middle of summer, at the height of the summer
verdadero true
vergüenza shame; **tener** (*irreg.*) **vergüenza** to be ashamed
verso line of a poem
verter (ie) to pour or dump out
vestirse (i, i) to get dressed
vez time, occasion; **en vez de** instead of; **otra vez** again; **a la vez** at the same time; **a su vez** in turn
vía way, road, track; **vía media** middle way; **en vías de desarrollo** developing (*e.g., nation*)
vicio vice; bad habit
vidrio glass
vientre stomach, belly
vigente current, in force
vigor: entrar en vigor to take effect, come into force
villa miseria shantytown
vinculado linked, bound
violador rapist
vista view; **en vista de** in view of, considering
vistazo: echar un vistazo to take a look at
viuda widow
vivienda housing
vivo alive; lively
vocablo word
vocho Volkswagen Beetle (*México*)
volver to turn; to return; **volverse** to become; **volver a** to do again
vuelta turn; return; a trip around something; walk, stroll; **dar vueltas** to turn around, to move around, to go around, to circle, to stir (*coffee*)

Y

ya already; now; **ya no** not any more; **ya que** since, as
yautía a starchy, edible root
yerba herb; **yerba mate** herbal tea (*Argentina*)
yuxtaposición juxtaposition

Z

zanjón gully, ditch
zurdo left-handed; clumsy

Permissions and Credits

Text Permissions and Sources

The authors and editors thank the following persons and publishers for permission to use copyrighted material.

Chapter 2: page 32, "El criado de mercader," and 33, "Dayoub, el criado del rico mercader," Copyright © Bernardo Atxaga, 1989. By arrangement with Ediciones B.S.A., Barcelona, Spain. 37, Actividad 26, "La creación de un cuento original," Partially inspired by "Fairytale Update" in Hadfield's *Writing Games.* Walton-on-Thames, Surry: Thomas Nelson and Sons, 1990. **Chapter 3:** page 42, "Autopsia de una civilización," Reprinted from *Qué pasa*, Santiago, Chile, August 28, 1993, pp. 44–45. Reprinted with permission of COPESA, Consorcio Periodístico de Chile S.A. 53, "chorrear," "confiado," "confiar," "engañar," "fijamente," "fijo," "lecho," "luz," and "rodear," Copyright © 2001 by Houghton Mifflin Harcourt Publishing Company. Reproduced by permission from *The American Heritage Spanish Dictionary*, Second Edition. 55, "El eclipse" by Augusto Monterroso, Reprinted by permission of International Editors Company, S.L. 63, "La reina Rumba habla de la 'salsa,'" by Norma Niurka, Reprinted with permission of *The Miami Herald* via the Copyright Clearance Center. Originally printed in *El Nuevo Herald*, Miami, June 5, 1987. **Chapter 4:** page 74, "Habananisis" ("Havananisis") by Richard Blanco, from *City of a Hundred Fires*, Copyright © 1998. Reprinted by permission of the University of Pittsburgh Press. 76, Actividad 21B, "La biografía y sus elementos," Partially based on information contained in Tricia Hedge's *Writing.* Oxford: Oxford University Press, 1988. **Chapter 5:** page 81, "Como estas you el día de today?" Interview with Ilán Stavans, by Ima Sanchís, printed in *La Vanguardia*, May 16, 2002. 83, Excerpt from *Spanglish* by Ilán Stavans, Copyright © 2003 by Ilán Stavans. Reprinted by permission of HarperCollins Publishers, Inc. 93, "Ausencia" by Wilie Colón and Héctor Lavoe. Reprinted by permission of Hal Leonard Corporation. 93, "Bilingual Blues" by Gustavo Pérez Firmat from Bilingual Blues, Published by Bilingual Press/Editorial Bilingue, Arizona State University, Tempe, Arizona. Copyright © 1994. Reprinted with permission. 94, "Where you from?" by Gina Valdés. 96, Actividad 16, Partially based on information contained on page 36 of Duff, Alan and Alan Maley, *Literature.* Oxford: Oxford University Press, 1990. **Chapter 6:** 102, "Silencio y obediencia" by Carlos Ramos, Copyright © 1998, *La Opinion* newspaper. All rights reserved. 117, "Los major calzados," Luisa Valenzuela, *Aquí pasan cosas raras*, Copyright © 1975 by *Ediciones de la Flor*, Buenos Aires, Argentina. Reprinted with permission. 119, "La historia oficial por canal 23," by Beatriz Parga. Copyright © by *The Miami Herald.* Reproduced with permission of *The Miami Herald*, via Copyright Clearance Center. Originally printed in *El Nuevo Herald*, Miami. 120, POLÍTICA A RITMO DE TANGO, by César Santos Fontenla. Originally printed in *Cambio 16*, No. 743, February 24, 1986, p. 119. Published with permission from Grupo EIG Multimedia—*Cambio 16.* **Chapter 7:** page 126, "Cuarenta formas de contribuir a un aire más limpio," Excerpted and shortened for students of Spanish from "Cuarenta formas de contribuir a un aire más limpio." Reprinted with permission from CONAMA RM, Copyright © 2007. 138, "La Naturaleza, la tierra madre del hombre. El sol, el copal, el fuego, el agua," from *Me llamo Rigoberta Menchú y así me nació la conciencia*, by Rigoberta Menchú. Reprinted with permission from Siglo Veintiuno Editores, México, D.F. 141, "Fin de siglo" by Eduardo Galeano del libro Patas arriba: La escuela del mundo al revés. Siglo XXI Editores, Copyright © 1998. Reprinted by permission of Eduardo Galeano. 143, "Indígenas ecuatorianos sientan precedente ecológico mundial," reprinted with permission. **Chapter 8:** page 147, "¿Quién es Carlos Slim?" ("Who is Carlos Slim?"), Copyright © BBC 2007. Reproduced by permission from BBC. 158, "La carta" by José Luis González, is excerpted from *El arte del cuento en Puerto Rico*, by Concha Meléndez, Copyright © 1961 by Las Americas Publishing Company. **Chapter 9:** page 169, "Frida Kahlo: El pincel de la angustia" ("Frida Kahlo: The Brush of Anguish") by Martha Zamora. Article by Barbara Mujica, Copyright © *Américas* magazine. Reproduced with permission of the General Secretariat of the Organization of American States. 183, Julio Cortázar, "Continuidad de los parques," FINAL DEL JUEGO. Copyright © Herederos de Julio Cortázar, 2009. Reprinted by permission of Agencia Literaria Carmen Balcells, S.A. **Chapter 10:** page 198, "El lenguaje es sexista. ¿Hay que forzar el cambio?" by Tereixa Constenla. 205, "El difícil

Permissions and Credits

arte de ser macho" by Pedro Juan Gutiérrez, from *Cuentos de la Habana Vieja*. **Chapter 11:** page 214, "Legalización de las drogas" by Juan Tomás de Salas. Originally printed in *Cambio 16*, No. 1, 154, January 3, 1994, page 5. Published with permission from Grupo EIG Multimedia—*Cambio 16*. 226, Excerpt from Sangre ajena by Arturo Alape. Seix Barral, Copyright © 2000. Reprinted with permission of Editorial Planeta, Colombia. **Chapter 12:** page 233, "Una educación intercultural" by Hugo Javier Aparicio. 240, "El amor al miedo" from "El planeta americano" by Vicente Verdú. Copyright © 1996. Reprinted by permission of Editorial Anagrama. 245–246, "La identidad y los McDonald's" by Carlos Alberto Montaner. Reprinted by permission of Firmas Press.

Illustrations

Anna Veltfort

Photographs

Chapter 1: page 3, Comstock Images/Jupiter Images; 4 *top*, Hill Street Studios LLC/Jupiter Images; 4 *middle*, Nonstock/Jupiter Images; 4 *bottom*, Comstock/Jupiter Images; 5 *top*, Comstock/Jupiter Images; 5 *bottom*, Adam Friedman/Jupiter Images; 7 *top left*, Nonstock /Jupiter Images; 7 *top middle*, Comstock/Jupiter Images; 7 *top right*, Thinkstock Images/Jupiter Images; 7 *bottom left*, BananaStock/Jupiter Images; 7 *bottom middle*, Image Source/ Jupiter Images; 7 *bottom right*, Edward McCain/Workbook Stock/Jupiter Images; 12 *left*, © Gene Blevins/Corbis; 12 *right*, © Reuters/Corbis; 13 *left*, Jim McIsaac/Getty Images; 7 *top right*, George Pimentel/WireImage/Getty Images; 7 *bottom right*, © Fred Prouser/Reuters/Corbis. **Chapter 2:** page 18, *top left*, Courtesy of José Luis Boigues; 18 *top middle*, © James Sparshatt/Corbis; 18 *top right*, © Roger Antrobus/Corbis; 18 *middle left*, © Ruggero Vanni/ Corbis; 18 *middle right*, © Macduff Everton/Corbis; 18 *bottom left*, © Christopher J. Hall; Eye Ubiquitous/Corbis; 18 *bottom middle*, © Eric and David Hosking/Corbis; 21 *left*, © Allied Artists/The Kobal Collection; 21 *right*, © Pedro Costa/Sigepaq/CANAL + / The Kobal Collection / De Amo, Ignacio; 22 *left*, © WARNER BROS / The Kobal Collection / Appleby, David; 22 *right*, © Picturehouse/courtesy Everett Collection; 25, Courtesy of José Luis Boigues; 27, Scala / Art Resource, NY. **Chapter 3:** page 38, Courtesy of Donald N. Tuten; 43, Lord Bird Jaguar IV preparing for battle, part of a door lintel from Structure 42, Yaxchilan, Mexico, Late Classic Period, 600-900 AD (limestone), Mayan / British Museum, London, UK / Photo © Boltin Picture Library / The Bridgeman Art Library; 48 *top*, © Richard Cummins/Corbis; 48 *bottom*, Henry Romero/Reuters/Landov; 49, Shutterstock; 50, © Martin Alipaz/epa/Corbis; 54, Courtesy, National Museum of the American Indian, Smithsonian Institution. **Chapter 4:** page 63, Christian Augustin/Action Press/Zuma Press; 69 *top*, © Envision/Corbis; 69 *bottom*, Courtesy of Elva González; 71, Denise Truscello/WireImage/Getty Images; 74, TIPS RF/Jupiter Images; 75, Ulrike Welsch. **Chapter 5:** page 79, Courtesy of Donald N. Tuten; 82, Frank Ward/Amherst College; 86, Courtesy of Donald N. Tuten; 87, Source: Pew Hispanic Center analysis of U.S. Census Bureau county population estimates. Reprinted with permission of Pew Hispanic Center, a Pew Research Center project, www.pewhispanic.org; 89, Courtesy of Carmelo Esterrich; 90, Willie J. Allen Jr/St. Petersburg Times/ZUMA Press; 94, Copyright © 2005 by Earl Cryer/ZUMA Press; 95, © Hulton-Deutsch Collection/Corbis. **Chapter 6:** page 100, AP Photo/Daniel Luna; 104, AFP/Getty Images; 110, AP Photo/Dolores Ochoa; 111, © Xinhua/ZUMA Press; 112, Thomas Coex/AFP/Getty Images. **Chapter 7:** page 122, Stockbyte/Jupiter Images; 127, Aaron Mccoy/Robert Harding/Jupiter Images; 132, Randall Hyman/Stock Boston; 133, © Royalty-Free/Corbis; 134, Courtesy ECOCE; 138, © Robert Fried / Alamy; 140, © Reuters/Corbis. **Chapter 8:** page 147, Luis Acosta/AFP/Getty Images; 152, Ulrike Welsch; 153, © Charles O'Rear/Corbis; 154, © Diego Giudice/Corbis. **Chapter 9:** page 165, *Autorretrato en la frontera entre Mexico y los Estados Unidos*, 1932, Frida Kahlo (Mexico), © Christie's Images/Corbis; 170 *top*, *Autorretrato con collar de espinas y colibrí*, 1940, Frida Kahlo.

Harry Ransom Humanities Research Center, The University of Texas at Austin. Reproduccion autorizada por el Instituto Nacional de Bellas Artes y Literatura; 170 *bottom*, *Las dos Fridas*, 1940, Frida Kahlo, © Bob Schalkwijk/ Art Resource; 175 *top*, *Collage de Bolivar*; 1979, Juan Camilo Uribe (Colombia). Collection of the Artist; 175 *bottom*, Arnaldo Roche-Rabell. *Hay que soñar en azul*, 1986. Oil on canvas, 84 × 60 in. Collection of John Belk and Margarita Serapion, © Arnaldo Roche-Rabell, courtesy of Walter Otero Gallery, San Juan, PR; 176 *top*, *La Familia Presidencial*, 1967, Fernando Botero (Colombia). Oil on canvas, 6'8-1/8" × 6'5-1/4" (203.5 × 196.2 cm). Digital Image © The Museum of Modern Art, NY/Licensed by SCALA / Art Resource, NY; 176 *bottom*, *Sueno de una tarde dominical en la Alameda*, 1947-8, Diego Rivera (Mexico), © Bob Schalkwijk / Art Resource, NY; 178 *top*, *Colombia*, 1976 by Antonio Caro. Courtesy of Antonio Caro. Collection of the Artist; 178 *bottom*, *El nortes es el sur*, 1943, Joaquin Torres-Garcia (Uruguay). Cecilia de Torres, Ltd., New York; 179, Ojo de luz, 1987, Oswaldo Viteri (Ecuador). Collection of the Artist. **Chapter 10:** page 190, Jose Luis Pelaez Inc/Blend Images/Jupiter Images; 194, © EFE/ZUMA Press; 199, © David Frazier Photolibrary; 200, Instituto de las Mujeres del Distrito Federal; 201, © Alexander Nikolaev/PhotoXpress/ZUMA Press. **Chapter 11:** page 212, Jhony Olivares/AFP/Getty Images; 218, Ulrike Welsch; 219, David Simson/Stock Boston; 221, AP Photo/ Edgar Romero; 226, © Hugh Threlfall / Alamy. **Chapter 12:** page 231, Joe Viesti/Viesti Associates; 234, Courtesy of Hugo Aparicio; 235, Courtesy of José Luis Boigues; 240, Beryl Goldberg; 246, © David H. Wells/Corbis; 247, © David Young-Wolff/PhotoEdit.

México
ESTADOS UNIDOS
Río
Río
Río
Río Bravo
Tijuana
Mexicali
Nogales
Nogales
El Paso
Ciudad Juárez
Hermosillo
Chihuahua
Houston
San Antonio
Laredo
Nuevo Laredo
Brownsville
Matamoros
Reynosa
Monterrey
Saltillo
Torreón
BAJA CALIFORNIA
Golfo de California
SIERRA MADRE OCCIDENTAL
SIERRA MADRE ORIENTAL
Golfo de México
Trópico de Cáncer
Ca
La Paz
Cabo San Lucas
Mazatlán
Ciudad Victoria
Tula
Zacatecas
Tampico
San Luis Potosí
Aguascalientes
León
Guanajuato
Puerto Vallarta
Guadalajara
OCÉANO PACÍFICO
Islas Revillagigedo
Bahía de Campeche
Teotihuacán
México, D.F.
Morelia
Toluca
Cuernavaca
Uruapan
Taxco
Jalapa
Puebla
Veracruz
Orizaba
Tlapa
Oaxaca
Acapulco
ISTMO DE TEHUANTEPEC
Golfo de Tehuantepec
Villahermosa
Tizmín
Cancún
Mérida
Chichén Itzá
Uxmal
Campeche
Cozumel
YUCATÁN
Lago Petén Itzá
Belmopan
BELICE
Lago Isabel
GUATEMALA
Guatemala
Copán
San Pedro Sula
HONDURAS
Tegucigalpa
San Salvador
EL SALVADOR
0 100 200 300 400 Km.
0 100 200 300 400 Mi.

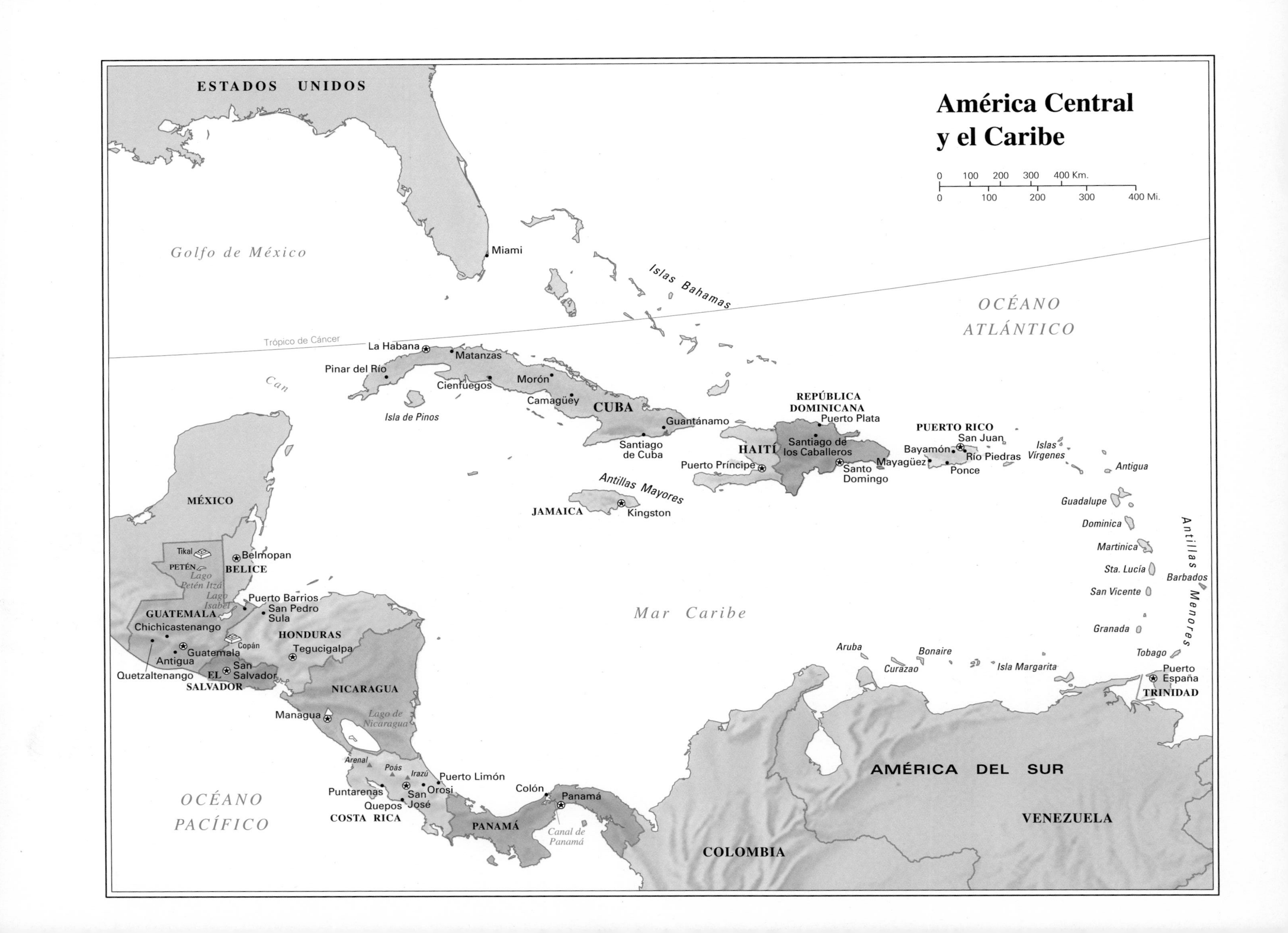
América Central y el Caribe
0 100 200 300 400 Km.
0 100 200 300 400 Mi.
ESTADOS UNIDOS
Golfo de México
Miami
Islas Bahamas
OCÉANO ATLÁNTICO
Trópico de Cáncer
La Habana
Matanzas
Pinar del Río
Cienfuegos
Morón
Camagüey
CUBA
Isla de Pinos
Guantánamo
Santiago de Cuba
REPÚBLICA DOMINICANA
Puerto Plata
Santiago de los Caballeros
HAITÍ
Puerto Príncipe
Santo Domingo
PUERTO RICO
San Juan
Bayamón
Río Piedras
Mayagüez
Ponce
Islas Vírgenes
Antigua
Antillas Mayores
JAMAICA
Kingston
Guadalupe
Dominica
Martinica
Sta. Lucía
Barbados
San Vicente
Antillas Menores
Granada
Tobago
Puerto España
TRINIDAD
MÉXICO
Tikal
PETÉN
Lago Petén Itzá
Lago Isabel
Belmopan
BELICE
Puerto Barrios
San Pedro Sula
GUATEMALA
Chichicastenango
Copán
HONDURAS
Guatemala
Antigua
Tegucigalpa
Quetzaltenango
EL SALVADOR
San Salvador
NICARAGUA
Managua
Lago de Nicaragua
Mar Caribe
Aruba
Bonaire
Curazao
Isla Margarita
Arenal
Poás
Irazú
Puerto Limón
Puntarenas
Orosi
San José
Quepos
COSTA RICA
Colón
Panamá
PANAMÁ
Canal de Panamá
OCÉANO PACÍFICO
AMÉRICA DEL SUR
VENEZUELA
COLOMBIA

Mar Caribe
TRINIDAD Y TOBAGO
Puerto España
Barranquilla
Cartagena
Maracaibo
Caracas
La Guaira
San Carlos
Ciudad Bolívar
VENEZUELA
Río Orinoco
OCÉANO ATLÁNTICO
Georgetown
Paramaribo
Cayena
GUYANA
SURINAM
GUAYANA FRANCESA
Salto Ángel
Medellín
Río Magdalena
Zipaquirá
Bogotá
Cali
COLOMBIA
Popayán
San Agustín
Otavalo
Pichincha
Santo Domingo de los Colorados
Quito
ECUADOR
Chimborazo
Guayaquil
CORDILLERA DE LOS ANDES
Ecuador
Río Negro
Río Amazonas
Manaos
Belén
Iquitos
Río Madeira
Sipán
Trujillo
BRASIL
Recife
PERÚ
Machu Picchu
Callao
Lima
Cuzco
Lago Titicaca
Puno
La Paz
Arequipa
Tiahuanaco
Cochabamba
Río Paraguay
Brasilia
Salvador
BOLIVIA
Arica
Sucre
Potosí
Iquique
Bello Horizonte
Filadelfia
Río Paraná
PARAGUAY
Río de Janeiro
San Pablo
Santos
Trópico de Capricornio
Antofagasta
Salta
Asunción
San Miguel de Tucumán
Puerto Iguazú
Resistencia
Río Uruguay
CHILE
OCÉANO PACÍFICO
Puerto Alegre
Córdoba
Aconcagua
Mendoza
Viña del Mar
Valparaíso
Santiago
Rosario
URUGUAY
Montevideo
Buenos Aires
La Plata
Punta del Este
ARGENTINA
Río de la Plata
Concepción
CORDILLERA DE LOS ANDES
Río Colorado
Mar del Plata
Bahía Blanca
ISLAS GALÁPAGOS
San Salvador
Santa Cruz
San Cristóbal
Isabela
Ecuador
Quito
ECUADOR
Guayaquil
Bariloche
Puerto Montt
PATAGONIA
América del Sur
Estrecho de Magallanes
Islas Malvinas
Punta Arenas
TIERRA DEL FUEGO
Cabo de Hornos
0 250 500 Km.
0 250 500 Mi.